현대문학 교수 350명이 뽑은

2014 올해의
문제소설

한국현대소설학회 엮음

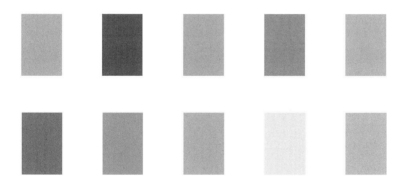

푸른사상
PRUNSASANG

2014 올해의 문제소설

한국현대소설학회 엮음

『2014 올해의 문제소설』을 발간하며

『올해의 문제소설』 발간은 한국현대소설학회가 전개하는 주요 사업 중 하나이다. 본 학회는 1994년부터 해마다 이 선집을 발간함으로써 한 해 동안 우리 소설이 거둔 성과를 정리하고 그 의의를 탐구하였다. 어느덧 스무 해를 넘겨 누적된 이 작업에는 당대 소설의 전반적 윤곽이 투사되어 있어서 미래의 소설사 연구를 위한 기틀로서 일정한 기여를 할 수 있으리라 기대된다. 아울러 완성도 높은 소설을 선별하여 해설과 함께 소개하는 일은 소설 독자의 수준 향상과 저변 확대를 위해 전문 연구자가 마땅히 수행해야 할 소임이기도 하였다.

『2014 올해의 문제소설』에 수록될 소설의 선정 작업도 예년과 마찬가지의 방식으로 진행되었다. 대상 기간이 2012년 10월부터 2013년 9월까지로 한정되었으며 그 기간 동안 주요 문예지에 발표된 중·단편소설이 모두 검토되었다. 먼저 다수의 박사급 연구자들이 수차례에 걸친 독회와 세미나를 진행하여 20편을 최종 후보작으로 추렸다. 이어서 본 학회의 편집위원들을 중심으로 구성된 문제소설 기획위원회에서 그 소설들을 면밀히 검토하여 수록 작품을 결정하였다. 그 작품들은 다음과 같다.

1. 권여선, 「봄밤」, 『문학과 사회』, 2013. 여름.
2. 김경욱, 「승강기」, 『현대문학』, 2012. 12.
3. 김엄지, 「미래를 도모하는 방식 가운데」, 『창작과 비평』, 2013. 가을.
4. 박성원, 「몸」, 『현대문학』, 2013. 4.

5. 박형서, 「무한의 흰 벽」, 『문학과 사회』, 2013. 가을.

6. 송하춘, 「마적을 꿈꾸다─김유정 평설」, 『현대문학』, 2013. 2.

7. 윤고은, 「월리를 찾아라」, 『창작과 비평』, 2012. 겨울.

8. 이기호, 「나정만 씨의 살짝 아래로 굽은 붐」, 『창작과 비평』, 2012. 겨울.

9. 임철우, 「세상의 모든 저녁」, 『문학과 사회』, 2012. 겨울.

10. 정미경, 「목 놓아 우네」, 『현대문학』, 2012. 12.

11. 조해진, 「빛의 호위」, 『한국문학』, 2013. 여름.

12. 최인석, 「초록이 지쳐 단풍 드는데」, 『현대문학』, 2013. 9.

  선정된 작품들은 우리 소설의 여러 표정을 보여준다. 복잡하고 다양한 세상만큼이나 그 소설들에서 다뤄진 소재가 다채롭다. 작가가 의도하든 의도하지 않든 소설은 현실을 반영하기 마련이어서 당대에 벌어지는 온갖 일들이 소설에 초대된 것이다. 인간의 삶에 관한 존재론적 성찰에서 사회의 모순에 대한 비판적 인식이 일상적 국면이나 예외적인 사건, 일탈적 상상 등을 통해 서사화되었다. 극심한 경쟁이 초래한 개인들 간의 소외가 주목되었고 억압된 욕망이 탐색되었다. 영혼을 화자로 설정하거나 유령을 인물로 등장시킴으로써 리얼리즘의 기율에서 자유로워지려고 하는 움직임이 있는가 하면, 새로운 통신 수단이 빚은 인간관계의 변화가 고찰되었다. 방법에 대한 고민과 모색도 뚜렷한 징후로 드러난다. 소설 창작에 대한 자기 지시적 서술이나 낯선 담화 방식의 차용은 전통적인 소설 문법의 변경을 개척하려는 시도로 보인다. 그러한 일련의 동향들은 이 책에 수록된 소설들이 그 나름대로 문제성을 구현한다는 의의에 가 닿는다.

우리 소설의 전체 지형에서 나타나는 변화의 징후들을 포착하여 명시하는 것이 이 책의 주요 편찬취지 중 하나라고 한다면 각각의 소설이 나타내는 문제성은 설령 그것이 미미하더라도 소중하다. 작품마다 엄선된 필자에 의한 해설을 첨부하여 그 개성이 상세하고도 구체적으로 두드러지도록 하였다. 작품에 대한 분석과 해석의 과정에서 소설의 일반이론과 개념이 동원되었고 소설과 현실의 관계가 고려되었으며 소설의 효용성에 관한 반성도 있었다. 따라서 그 해설들은 가히 작품론의 모범 사례로서 소설을 공부하는 학생들이나 소설에 대해 지적인 관심을 가진 독자들에게 좋은 참고가 될 수 있을 것이다.

  해마다 수많은 소설들이 지면에 발표되고 이런저런 명목으로 발간되는 선집도 여러 종이 된다. 『올해의 문제소설』은 현대소설을 연구하는 학자들이 학문적인 입장에서 작품을 추리고 그 가치를 가늠한다는 점에서 여타의 선집들과 뚜렷하게 구별되는 차별성을 지닌다. 이 책을 통해 우리 소설의 현주소가 온전히 드러나기를 기대한다.

2014년 2월
한국현대소설학회 『2014 올해의 문제소설』 기획위원회

● 차 례

2014 올해의
문제소설

1996년 장편소설 『푸르른 틈새』로 상상문학상을 받으며 등단했다. 소설집 『처녀치마』 『분홍 리본의 시절』 『내 정원의 붉은 열매』 『비자나무숲』 등과 장편소설 『푸르른 틈새』 『레가토』가 있다. 오영수문학상, 이상문학상, 한국일보문학상을 수상했다.

권여선

봄밤

봄밤

"산다는 게 참 끔찍하다. 그렇지 않니?"

영선은 이렇게 말하고 영미를 돌아보았다. 영미는 운전대를 잡고 눈을 가늘게 뜬 채 앞만 바라보고 있었다. 영선이 잠시 기다렸지만 대답이 없었다.

"지난번 면회에서 걔가 우리를 아주 잡아먹으려고 했을 때부터 알아봤어야 하는 건데. 다른 사람은 몰라도 수환이까지 잊어버리다니, 걔가 어떻게 수환이를……"

말하는 도중에 영선은 차가 갑자기 속도를 내는 걸 느꼈다. 커브를 돌 때 그녀는 중심을 잡지 못해 다급히 창문 위 손잡이를 부여잡았다.

"영미야! 속도 좀 늦춰!"

속도는 조금 늦춰졌지만 영선에게는 여전히 빠르게 느껴졌다. 국도변 나무들이 획획 지나갔다. 영선은 가슴에 손을 얹었다.

"아이고, 하나님 아버지! 얻어 타고 다니는 내가 무슨 말을 하겠니?"

영선이 보란 듯이 안전벨트를 바짝 조여 맸지만 영미는 여전히 눈을 가늘게 뜬 채 앞만 응시하고 있었다.

"너도 낼모레면 환갑인데 운전할 때 그렇게 흥분하는 거 아니다."

영선은 마지막으로 이렇게 오금을 박은 뒤 열선이 켜진 좌석에 몸을 기댔다. 기대도 하지 않았는데 영미가 불쑥 말을 꺼냈다.

"뭘 더 바라겠어?"

영선은 영미를 힐끗 보고 잠시 생각에 잠겼다. 그리고 고개를 끄덕였다.

"그래, 네 말도 맞다. 차라리 잘된 일인지도 모르지. 어쨌든 더는 나가서 술 먹고 돌아다니진 못할 테니까."

"내 말은, 언니하고 나하고……"

영미의 말에 영선이 좌석에서 몸을 일으켰다.

"그래, 우리가 뭐? 앞으로 우리가 어떻게 해야겠니? 영경이 아파트도 팔아버리는 게 좋겠지? 물려줄 자식도 없는 거나 마찬가지니까."

영미가 답답하다는 듯 고개를 빠르게 저었다.

"우리가 뭐 어떻게 할 건 하나도 없고, 어쨌든 우리는 이렇게 멀쩡히 살아 있으니 됐지 않냐고? 뭘 더 바라겠냐고?"

영미의 말을 끝으로 차 안은 엔진 소리와 스쳐가는 바람 소리 외엔 조용했다. 바깥 공기는 아직 쌀쌀한데도 차창으로 쏟아져 들어오는 봄볕은 따스했다.

수환과 영경은 12년 전 마흔셋 봄에 작은 웨딩홀에서 처음 만났다. 수환은 신랑의 고등학교 동창이었고 영경은 신부의 대학교 동창이었다. 신랑 신부가 마흔을 훌쩍 넘긴 나이인 데다 쌍방이 모두 재혼이었기에 식은 매우 조촐하게 진행되었다. 하객은 양쪽을 합쳐 50명이 넘지 않았다. 중년의 신랑 신부는 신혼여행도 떠나지 않았다. 그들은 마치 재혼의 목적이 거기 있기라도 한 듯 식이 끝나자마자 양쪽 친구들을 자신들의 집에 모아놓고 술을 퍼마시기 시작했다. 술자리는 다음날 새벽까지 이어졌다.

새벽에 수환은 술이 억병으로 취한 영경을 업어서 집까지 바래다주었다. 다음날부터 그들은 매일 만나 함께 저녁을 먹고 술을 마셨다. 수환이 술을 잘 먹지 못했으므로 술자리는 늘 영경이 만취해서 뻗는 걸로 끝났다. 그러면 수환은 첫날 그랬던 것처럼 영경을 업어 그녀의 아파트까지 데려다주었다. 그 번거로운 과정은 일주일 만에 수환이 옥탑방을 정리하고 영경의 아파트로 들어오면서 자연스레 해결되었다. 그 후 그들은 딱 한 번 빼고는 떨어져 살아본 적이 없었다.

면회실로 들어선 영경은 소파에 혼자 앉아 있는 기순을 발견하고 그쪽으로 휠체어를 밀고 갔다. 영경은 수환이 탄 휠체어를 기순의 소파 옆에 고정시키고 자신은 기순과 마주보는 자리에 앉았다.

"어여 와라, 어여 와."

틀니를 하여 발음이 정확하지 않은 기순의 말을 알아듣기 위해 수환은 왼쪽으로 상체를 기울였다.

"밥은 먹었냐?"

기순이 어물거리는 소리로 물었다.

"먹었지, 그럼."

수환이 말했다.

"밥은 잘 주나?"

"그럼 잘 주지."

기순이 이번엔 영경을 보고 물었다.

"아가, 너도 밥은 먹었냐?"

"네, 먹었어요."

"그래, 아가, 너는 몸이 약해서 밥을 많이 먹어야 한다."

영경의 귀에 정확히 그렇게 들린 건 아니었지만 대충 그런 말일 터이므로 영경은 고개를 끄덕였다.

"네, 어머니."

수환이 천천히 고개를 돌려 주변을 돌아보았다.

"형은 어디 갔어?"

기순은 잘 알아듣지 못했다.

"뭐라고?"

수환이 목소리를 높였다.

"형은, 어디, 갔냐고?"

"응. 네 형은 담배 피우러 나갔어. 곧 들어올 거야. 아직도 못 끊고 저런다."

수환은 수철이 곧 들어오지 않으리라는 것을 알고 있었지만 아무 말도 하지 않았다. 기순은 드디어 때가 왔다는 듯 검버섯으로 뒤덮인 두 손으로 수환의 왼손을 꼭 붙들고 울기 시작했다.

"아이고, 수환아, 우리 수환이, 불쌍한 우리 수환이……"

기순은 한동안 울었다. 수환은 기순에게 손을 잡힌 채 영경을 보았다. 영경은 멍한 눈빛으로 기순의 위쪽 허공을 바라보고 있었다.

"우리 엄마, 기운 빠지신다. 그만해."

수환이 슬그머니 손을 뺐다. 기순이 주머니에서 거즈 손수건을 꺼내 눈곱을 닦으며 말했다.

"내가 밥만 끓여 먹을 수 있으면 요 근처에 방 얻어가지고 살면서 매일 와서 너를 이렇게 만져볼 것을."

"말도 안 되는 소리 하지 마. 형이 그러라고 하겠어?"

"네 형이 말도 못 꺼내게 해."

시무룩하던 기순이 갑자기 눈을 번득이며 말했다.

"이게 다 환이 네가 쇠를 많이 만져 이렇게 된 거다."

뻔한 레퍼토리였지만 수환은 진지하게 대꾸했다.

"그건 아니라니까."

"뭐가 아니야? 젊어서부터 쇠 깎고 불질을 해서 그런 거야."

기순이 분연히 말했다.

"아니야. 그래서 생기는 병은 따로 있고 나는 그 병이 아니라니까."

"다들 그러더라. 몸에 쇳독이 올라서 병이 난 거라고. 안 그러면 젊은 나이에 왜 이런 병에 걸려?"

"엄마, 나 안 젊어."

수환은 웃으며 영경을 보았다.

"쉰다섯이 왜 안 젊어? 공장 차려놓고 쇠 만지고 불질 안 했으면 네가 왜 이런 병에 걸려? 눈에 아다리 걸려가면서 그 힘든 일 해서 다 남 좋은 일만 시키고. 아이고, 내가 그년을 어디서라도 만나면 요절을 내도 시원찮다만은."

기순의 분명치 않은 넋두리를 들으며 수환은 계속 영경을 바라보았다. 영경은 똑같은 표정이었다. 수환이 가장 잘 알고 있고 가장 두려워하는, 넋이 나간 듯 텅 비어 있는 가면의 표정……

수철은 오전 면회 시간이 다 끝나갈 때쯤에야 들어와 말없이 기순의 뒤에 있다가 면회종료 벨이 울리자 다시 울먹이기 시작하는 기순을 일으켜 세웠다. 무표정하게 앉아 있던 영경도 벨 소리를 듣자 놀라서 자리에서 일어났다. 수철이 기순을 데리고 면회실을 나갔고 영경이 수환의 휠체어를 밀고 그 뒤를 따랐다. 본관의 현관 입구에서 수환은 환갑 넘은 형이 여든 넘은 노모를 10년도 더 된 낡은 자동차의 뒷좌석에 태우고 요양원 정문을 빠져나가는 걸 바라보았다.

수환에게 류머티스 관절염으로 의심되는 증상이 나타난 것은 3년 또는 3년 반 전이었다. 그러나 신용불량 상태로 10년 가까이 살아온 수환은 건강보험에 가입되어 있지 않았으므로 곧바로 병원에 가볼 수 없었다. 어쩔 수 없는 일 앞에서 누구나 그러하듯, 수환도 크게 염려하지 않고 사태를 낙관하는 걸로 영경과 자신의 불안을 잠재웠다. 1년쯤 지나자 수환은 도저히 더는 이렇게 버틸 수 없다는 판단을 내렸다. 그는 오래전에 영경을 처음 만났던 그 자그마한 웨딩홀에서 재혼한 고등학교 동창에게 전화를 걸었다. 건강보험증을 빌려줄 수 없겠냐는 그의 부탁에 친구는 낄낄 웃으면서 요즘은 보험증 같은 건 필요 없고 병원에 가서 이름과 주민번호만 대면 된다고 흔쾌히 자신의 주민번호를 알려주었다.

동네병원 의사는 간단한 검사를 한 후 수환에게 당장 큰 병원에 가보는 게 좋겠다고 말했다. 하지만 큰 병원에 가면 백발백중 복잡한 검사와 수술을 받아야 할 텐데 친구의 건강보험으로 그렇게 할 수는 없었다. 수환은 동네병원에서 해줄 수 있는 처치와 처방은 없는지 물었다. 의사는 간단한 파라핀 치료와 일반적인 류머티즘 약을 처방할 수는 있지만 이미 비틀리기 시작한 관절 상태로 보아 큰 효과를 기대하기는 어려울 거라고 말했다. 하지만 수환은 당분간 그렇게라도 치료를 받아보기로 했다. 처음에는 증상이 한결 완화되는 느낌이 들었다. 하지만 몇 달 뒤에는 상태가 걷잡을 수 없이 악화되었다.

　영선과 영미는 혼자 면회실로 들어오는 영경을 보고 나란히 소파에서 일어났다. 영경은 그들 맞은편 소파에 앉아 탁자 위에 펼쳐진 음식을 흘깃 보더니 말없이 창문 쪽으로 고개를 돌렸다. 영경의 비참한 몰골에 영선과 영미는 어찌해야 좋을지 몰라 서로 얼굴을 마주 보았다. 먼저 말을 꺼낸 건 영미였다.

　"뭐 좀 안 먹을래, 막내야?"

　영경은 고개를 저었다.

　"수환 씨는 어때?"

　"그냥 그래."

　영경은 창밖을 보며 건성으로 대답했다.

　"더 나빠지진 않았어?"

　영경은 그거 아주 훌륭한 질문이라는 듯 고개를 돌려 두 언니들을 차례로 보았다.

　"어떻게 더 안 나빠지겠어? 원래 나빠지기 시작하면 걷잡을 수 없는 병이라는데."

　그 병에 대해서라면 듣기도 지겹다는 듯 영선이 체머리를 흔들자 영경은 그걸 놓치지 않았다.

　"큰언니는 그럴 거면 여기 뭐하러 왔어?"

　영선이 황급히 표정을 바꾸었다.

　"뭐하러 오긴? 널 보러 왔지."

　영경이 웃었다.

"큰언니도 늙었는지 연기에 진실성 없는 거 티 나요."

"그러지 마, 영경아. 언니도 정말 네 걱정 많이 해."

영미가 말했다.

"작은언니, 그러니까 제발 집에서 걱정만 하라고. 이렇게 와서 벌서지들 말고."

"영경이 너 진짜 점점."

영선이 혀를 찼다.

"큰언니, 말씀 한번 잘하셨어. 내가 진짜 점점 뭐?"

"여기 직원한테 들었는데 너 지난번에 나가서 일주일이나 있다가 들어왔 다며? 들어온 지 보름밖에 안 됐다며? 보름 만에 벌써 이러는 거니? 네가 그 렇게 끔찍이 생각하는 수환이를 봐서라도 이러면 안 되는 거 아니니?"

영경이 다시 창 쪽으로 고개를 돌리자 영선과 영미는 다시 얼굴을 마주보 았다. 영미가 그러지 말라는 눈짓을 하자 영선이 마지못해 고개를 끄덕였 다. 영경이 넋두리하듯 중얼거렸다.

"보름밖에, 보름밖에라. 그게 아닌 거거든, 내 지랄병은. 보름씩이나인 거 거든."

영경은 잠시 입을 꾹 다물고 있다 갑자기 무슨 좋은 생각이라도 떠오른 듯 언니들 쪽으로 고개를 돌렸다.

"가만 있어 봐."

영경의 말에 영미가 몸을 앞으로 내밀었다.

"왜, 막내야? 얘기해."

"그러니까……"

영경이 낮게 으르렁거렸다.

"내가 일주일 나가 있었고 들어온 지 보름 됐으면 언니들은 대체 얼마 만에 온 거니?"

영미가 죄인처럼 손을 모았다.

"막내야, 그동안 내가 좀 아팠어. 그래서 못 왔어. 큰언니는 와보고 싶어 했는데 내가 운전을 못해서 그렇게 됐어. 미안해."

영경이 하하 웃었다. 영미와 영선도 덩달아 억지로 미소를 지었다.

"늘 그랬지. 그때도 그랬지. 늘 언니들은 옳고 이유가 있지. 그만 가세요들."

영경이 자리에서 벌떡 일어서자 영미가 덩달아 일어서려다 얕은 비명을 터뜨리며 무릎을 움켜쥐었다.

"막내야, 잠깐만. 막내야, 그러지 마. 큰언니도 많이 늙었어. 힘든 걸음 한 거야."

"네, 그러셔요? 작은언니 그 무릎으로 운전하느라 얼마나 힘드셨어요? 그 차에 실려오느라 큰언니는 또 얼마나 힘드셨어요? 어쩌다 생각나면 몰려와서 사람 더 돌게 만들지 말고 그만 가시라고요. 여기가 도시락 싸가지고 소풍 오는 데는 아니……"

영경이 목이 막혀 말을 멈추자 영미의 눈시울이 붉어졌다.

"작은언니, 가! 큰언니, 가! 가라고! 욕 나오기 전에."

영경의 개 쫓는 듯한 말투와 손짓에 놀라 영선이 가슴에 손을 얹고 탄식했다.

"아이고, 하나님 아버지! 저런 게 학교에서 애들을 가르쳤다니."

면회실 문을 향해 걸어가는 영경의 귀에 영미의 가느다란 외침이 들려왔다.

"막내야, 기도해! 언니도 기도할게. 하나님은 너를 사랑하셔! 영원히……"

건강보험에 가입하기 위해 수환은 영경과 의논하여 신용회복 절차를 밟기로 했다. 그는 자신이 진 빚이 얼마인지는 대충 알고 있었지만 갚아야 할 빚이 얼마인지는 전혀 알지 못했다. 세월은 양면을 가지고 있어, 세월이 많이 흘러 이자도 그만큼 엄청나게 불어났겠지만 또 세월이 많이 흘러 빚이 이미 불량채권이 되어버렸을 가능성도 높았다. 수환은 후자의 경우를 바랐지만 여러 가지 복잡한 법적 문제가 얽혀 있어 그의 부채 액수는 거의 탕감되지 않았다.

　수환은 영경과 다시 의논하여 신용을 회복하는 대신 파산을 신청하기로 했다. 파산신청을 해도 건강보험에는 가입할 수 있다고 했다. 파산선고가 내려진 후 그들은 결혼신고를 하고 같은 건강보험증을 갖게 되었지만 그동안 수환의 증상은 급속히 악화되었다. 마침내 수환이 종합병원의 진료를 받을 수 있게 되었을 때는 염증이 척추까지 침범해 혼자서는 제대로 걸을 수도 없는 상태였다. 게다가 병원에 입원하자마자 기다렸다는 듯 온갖 합병증이 발병했다.

　1년 전에 수환은 영경과 의논하여 병원치료를 포기하고 노인과 중증환자들을 전문으로 돌봐주는 지방 요양원에 입주했다. 시설이 괜찮은 곳이라 입주금이 적잖게 들었지만 다행히 그 정도는 영경의 저금으로 충당할 수 있었다. 영경은 서울 아파트에, 수환은 지방 요양원에 각자 두 달 정도 떨어져 지냈는데, 그게 그들이 12년의 동거생활 중 유일하게 떨어져 살아본 시기였다.

　영경은 병실 창가에 서서 본관 뒤뜰을 내려다보고 있었다.

　"기분 안 좋아?"

　병상에 비스듬히 누운 수환이 물었다.

"아니야."

영경은 고개도 돌리지 않고 말했다.

"면회는 잘 했어? 언니들은 어떠셔?"

"뭘 어때? 늘 그렇지."

"건강하시지?"

"내가 알 게 뭐야? 건강하겠지."

"왜 남 말 하듯 해? 언니들도 나이가 있으신데 어디 건강하시기만 하겠어?"

"그래, 작은언니도 무릎이 많이 아픈 것 같더라. 큰언니야 늘 심장이 안 좋은 데다 머리도 아프고 백내장에 뭐에 여러 가지로 복잡하게 아프지. 근데 우리 주제에 그런 거 걱정할 때니?"

수환은 할 말이 없었다. 영경은 뒤뜰 쪽으로 휠체어를 밀고 가는 늙은 여자의 뒷모습을 내려다보았다. 휠체어에 탄 사람은 보이지 않았지만 아마 늙은 남자일 거라고 그녀는 생각했다.

"내 안부도 전해주지. 언니들이 뭐라셔?"

수환이 잠긴 목소리로 물었다.

"뭐래긴 뭐래? 늘 똑같은 소리지."

"우리 엄마도 늘 똑같은 소리 하시잖아?"

"그 소리랑 그 소리가 같니?"

"우리 형을 봐. 부모하고 형제는 다른 거야."

"우리 환이 도가 트셨구나."

"기분 안 좋네, 우리 빵경이."

"아니야."

"그럼 나 봐야지."

"당신이 자꾸 모르는 소리를 하니까……"

영경이 돌아섰다.

"그러다 울겠다."

수환이 뻣뻣한 손을 움직여 가까이 오라는 손짓을 하자 영경은 그의 병상 옆으로 와서 눈을 내리깔았다. 오전 면회 때 기순이 붙들고 울던, 제멋대로 자란 관목처럼 굽고 휜 그의 손가락 위로 눈물이 후드득 떨어졌다.

"이거 슬퍼서 우는 거 아닌 거 알지?"

영경이 말했다.

"난 슬퍼도 못 우는 거 알지?"

수환이 말했다.

"참 장한 커플이다, 우리."

"맞아. 당신 참 장해. 오래 버텼어. 다녀와라."

영경의 젖은 눈에 퍼뜩 생기가 돌았다.

"정말 괜찮겠어?"

"난 괜찮아."

영경이 더는 묻지 않고 단호한 어조로 말했다.

"다행이다."

"다행이지. 우리 빵경이, 걱정 말고 다녀와."

영경이 눈물을 뚝뚝 흘렸다.

"나 정말 안 나가겠다는 말은 못하겠어, 환아."

"그래, 다녀오라니까. 너무 오래 있지만 말고."

영경이 눈물을 훔치며 빠르게 말했다.

"오래 안 있어. 사흘, 아니 이틀. 환아, 그 정도면 충분해. 이틀만 있다 들어올게. 딱 두 밤 자고 들어올게, 환아."

그 말을 듣고 수환은 환하게 웃으려고 했다.

수환과 영경이 떨어져 지낸 두 달 동안 수환의 증세도 눈에 띄게 나빠졌지만 영경의 증세는 더욱 나빠졌다. 두 달 후에 영경은 아파트를 반월세로 놓고 보증금 받은 걸로 자기 몫의 입주금을 내고 수환이 있는 요양원으로 들어왔다. 영경의 병명은 중증 알코올중독과 간경화, 심각한 영양실조였다. 그렇게 류머티즘 환자와 알코올중독 환자의 위험한 동거가 이곳 요양원에서 시작되었다. 요양원 직원들은 유난히 의가 좋고 사랑스러운 대신 화약처럼 아슬아슬한 그들 부부를 '알루 커플'이라 불렀다.

서로 떨어져 살지 않기 위해 영경이 요양원에 들어왔지만 그 때문에 그들은 이후로 만남과 헤어짐을 반복하지 않으면 안 되었다. 요양원에서는 절대 술을 마실 수 없도록 되어 있었다. 몰래 술을 먹다 두 번이나 걸린 영경은 마지막으로 한 번만 더 적발되면 당장 퇴원조치 하겠다는 위협을 받았다. 그래서 영경은 구토와 불면, 경련과 섬망증상에 시달리다 더 이상 견디기 어려우면 외출증을 끊어 요양원 밖으로 나가 술을 마시고 돌아오곤 했다. 남편인 수환이 그걸 제지하려는 강력한 의지를 보이기는커녕 본인인 영경의 의사를 최우선으로 존중했으므로 담당의도 어찌할 수가 없었다. 영경은 처음엔 당일에 들어왔지만 곧 이틀이 지나 들어왔고 때로는 사흘 만에 들어오기도 했는데, 지난번엔 오후에 면회 온 영선의 말대로 일주일 만에 들어왔다.

질병이 다른 만큼 수환과 영경은 담당의도 각기 달랐다. 그러나 두 의사가 한결같이 주장하건대 '알루 커플'은 급작스럽게 악화될 가능성이 높은 고위험 질환을 앓는 환자군에 속했다. 그래서 그들 부부는 요양원 별채가 아닌, 중증환자들을 위한 본관 병동의 숙소에 입주해 있었다.

외출하기 전에 영경은 숙소에서 간단히 가방을 챙긴 후 수환의 담당의를 만나보러 갔다. 마침 의사는 자리를 비우고 없었다. 영경은 기다리려다 슬그머니 돌아섰다. 수환의 상태에 대해 좋지 않은 소리를 듣는 걸 견딜 수 없었다. 어차피 들어도 소용없는 일이었다. 수환이 허락한 한, 그녀가 오늘 외출하는 건 해가 뜨고 해가 지는 것처럼, 아니 그보다 더 굳건하고 완강한 사실이라 도저히 변경될 수 없었다. 영경은 빠른 걸음으로 자신의 담당의를 만나러 갔다. 외출하기 위해서는 수환의 담당의는 만나지 않아도 되지만 자신의 담당의는 반드시 만나야 했다.

영경의 담당의는 늘 하나마나한 소리를 늘어놓았다. 환자 본인의 의지로는 안 되는 일이다, 남편이든 형제든 누군가를 보호자로 내세워 강제 입원을 해야 한다, 보호자의 동의 없이는 나갈 수 없도록 통제를 해놓고 치료를 해야 한다, 이렇게 들락날락거려서는 아무 효과가 없다 등등 귀에 못이 박이도록 들어온 얘기였다. 영경은 늘 그랬듯이 생각해보겠다고 말했다. 의사는 한숨을 쉬고 외출증에 사인을 해주었다. 영경은 오늘따라 담당의가 왠지 자신에게 적대적이라는 생각을 했지만 어쩌면 그런 느낌 또한 자기 병의 또다른 증상일 수도 있다고 생각했다.

영경이 병실로 돌아왔을 때 수환은 잠자는 듯 보였다. 그러나 영경이 살그머니 다가가 손을 잡자 수환은 눈을 떴다.

"가는 거야?"

"아니."

"그럼 안 가?"

"아니, 좀 있다 막차 시간에 맞춰 나가려고. 그 전에 책 좀 읽어줄까 해서."

"그래."

"괜찮아?"

"응, 괜찮아. 읽어줘."

영경은 가방에서 책과 안경을 꺼냈다. 아주 오래된 세로 판형의 『부활』이었다.

"아까 재밌는 데를 읽어서 당신한테 읽어주려고 접어놨지."

"그래, 잘했다."

영경은 왼손으로 오른쪽 팔꿈치를 받쳐 떨리는 손으로 안경을 끼고 책을 수환의 옆구리 쪽 시트에 비스듬히 걸쳐놓았다. 그리고 책의 접어놓은 부분을 펼쳤다.

"어떤 정치범에 대한 톨스토이의 설명이야."

"응."

영경은 손을 더듬어 다시 수환의 손을 잡고 책을 읽기 시작했다.

"노보드보로프는 혁명가들 사이에서 대단한 존경을 받고 있었으며 또 훌륭한 학자이고 아주 현명한 인물이었음에도 불구하고 네흘류도프는 그를 도덕적 자질로 봐서 일반 수준보다 훨씬 하위의 혁명가 부류로 간주했다."

영경은 계속 읽어나갔다. 이름도 발음하기 어려운 노보드보로프라는 혁명가는, 톨스토이에 따르면, 이지력은 남보다 뛰어났지만 자만심 또한 굉장하여 결국 별 쓸모없는 인간이라는 것이었다. 그 까닭인즉, 이지력이 분자라면 자만심은 분모여서 분자의 숫자가 아무리 크더라도 분모의 숫자가 그보다 측량할 수 없이 더 크게 되면 분자를 초과해버리기 때문이라는 것이었다.

책을 다 읽고 난 영경이 수환을 보았다.

"분자, 분모. 머리에 쏙 박히는 설명이네."

수환이 말했다.

"그렇지? 가끔 톨스토이에게 반하게 되는 이유가 이런 대목 때문인 것 같아."

영경은 여전히 수환의 손을 잡은 채 한손으로 안경을 빼려고 했다. 손은 안경테를 잡을 듯 말 듯 허공에서 파들거렸다. 며칠 전에 심한 사지경련을 일으킨 후로 그녀는 아직까지 손을 떨고 있었다. 그녀가 잡아채듯 안경을 빼며 말했다.

"내가 생각해봤는데 이 비유는 모든 사람에게 적용시킬 수 있을 것 같아. 분자에 그 사람의 좋은 점을 놓고 분모에 그 사람의 나쁜 점을 놓으면 그 사람의 값이 나오는 식이지. 아무리 장점이 많아도 단점이 더 많으면 그 값은 1보다 작고 그 역이면 1보다 크고."

"그러니까 1이 기준인 거네."

수환이 말했다.

"그렇지. 모든 인간은 1보다 크거나 작게 되지."

"당신은 너무 똑똑해서 섹시할 때가 있어."

영경이 씩 웃었다.

"그래? 너무 간헐적이라 탈이지. 그런데 우리는 어떨까? 1이 될까?"

"모르지."

수환의 말에 영경이 중얼거렸다.

"내 병은 내 분모의 크기를 얼마나 측량할 수 없이 크게 하고 있을까?"

"그렇지 않아. 당신은 아직도 분모보다 분자가 훨씬 더 큰 사람이야."

"과연 그럴까?"

영경이 쓸쓸하게 웃었다.

"과연 그래."

"근데 환아, 나는 사람들이 내 병을 병으로 보지 않는다는 느낌이 들어. 의사들까지도 그런 것 같아. 그럴 때면 심하게 위축돼. 당신은 어때? 1이 될 것 같아?"

"그건 당신이 정해줘."

"알았어. 다녀와서 정해줄게."

"그래, 그렇게 해."

수환은 이렇게 말했지만, 실은 자신의 병이야말로 분모를 무한대로 늘리고 있어서 자신의 값은 1보다 작은 건 물론이고 점점 0에 수렴되어 가고 있는 중이라고 생각하고 있었다. 아니, 꼭 병 때문만은 아닐지도 몰랐다. 그는 마흔세 살에 영경을 만난 후로 취한 영경을 집까지 업어오는 일 말고 영경에게 해준 것이 거의 없었다. 그러니 분모가 이토록 확 늘어나기 전에도 이미 분자의 숫자마저 미미했던 것이다. 그러나 지금 그런 말을 영경에게 하는 건 좋지 않을 것 같았다. 영경이 기꺼운 마음으로 외출할 수 있게 해주는 게 그나마 자신의 분자를 조금이라도 늘리는 일이라고, 영경에게서 자신의 존재감을 조금이라도 크게 하는 일이라고 수환은 생각했다.

수환은 스무 살에 쇳일을 시작해 10년 넘게 선반 절단 용접 제관 등 쇠 다루는 모든 기술을 익혔다. 서른셋에 친구와 작은 규모의 철공소를 차려 공업사 수준으로 키워내는 데 성공했다. 한때 공장이 쌩쌩 돌아갈 적엔 제법 돈을 벌기도 했지만 거래처의 횡포로 갑작스레 판로가 막히는 바람에 부도를 맞았다. 위장이혼을 제안한 아내는 이혼하자마자 자기 명의로 변경된 집과 재산을 모조리 팔아 잠적해버렸다. 듣기로는 외국에 나갔다고 했지만 알 수 없는 일이었다. 다행히 자식은 없었다. 서른아홉에 신용불량자가 된 그는 지금껏 변변한 돈벌이를 해본 적이 없었다. 단순영업직, 택배, 대리운전 등 닥치는 대로 일을 했지만 한동안은 일을 놓고 공황상태에 빠진 적도 있었고 한 달 정도 노숙생활을 한 적도 있었다. 이후로 알음알음 선배나 친구가 하는 사업을 도와주며 생계를 유지했다. 친구의 재혼식에서 영경을 만나기 전까지 수환은 언제든 자살할 수 있다는 생각을 단검처럼 지니고 살았다. 그 날이 무뎌지지 않도록 밤마다 자살할 시기를 저울질하며 마음을 벼리는 힘으로 하루하루를 버텼다.

영경은 스물세 살에 중등교사 임용을 받아 국어교사로 20년을 재직한 후 마흔셋에 퇴직했다. 서른둘에 결혼을 했고 1년 반 만에 이혼했다. 전남편은 이혼하자마자 다른 여자와 재혼했다. 그는 자기 부모의 반대를 무릅쓰고 백일 된 아들의 양육을 영경이 맡는 데 동의했다. 다만 한 달에 한 번씩 자기 부모에게 아이를 하루 정도 맡길 것을 요구했고 영경도 거기에 합의했다. 아이가 돌을 앞두고 있던 어느 날 아이를 데려간 예전 시부모에게서 앞으로는 자기들이 손자를 키울 테니 걱정하지 말라는 연락이 왔다. 전남편 부부와 예전 시부모는 그녀 모르게 준비해두었다가 아이를 데리고 이민을 떠나버렸다. 경찰에 납치신고를 내고 소송을 준비하는 영경에게, 영선은 그럴 것 없다고, 차라리 잘된 일이니 내버려두라고 했고 영미는 울면서 하나님께 기도하자고 했다. 그때부터 영경은 언니들과 오랫동안 만나지 않았고, 모든 일에서 손을 놓고 술을 마시기 시작했다. 점점 알코올의존증이 깊어져 지각이 잦고 학교 일에 태만해졌다. 더 이상 교사로서의 업무를 감당하지 못하고 있다는 죄책감과 걷잡을 수 없이 나빠진 평판 때문에 그녀는 마흔셋에 퇴직을 결심했다. 퇴직한 지 두어 달쯤 지나 친구의 재혼식에서 수환을 만났을 때 영경은 술을 마시면서 자꾸 가까이 앉은 수환의 눈을 들여다보았다. 그리고 그가 조용히 등을 내밀어 그녀를 업었을 때 그녀는 취한 와중에도 자신에게 돌아올 행운의 몫이 아직 남아 있었다는 사실에 놀라고 의아해했다.

　요양원은 본관 건물과 별채 건물 두 동으로 이루어져 있었다. 웅장하고 규모가 큰 본관 건물에는 입원병실과 언제 입원할지 모르는 중증환자들의 숙소가 있었고, 펜션처럼 보이는 별채 두 동에는 요양원 직원과 일반요양인 들의 숙소와 휴게실, 운동시설 등이 있었다. 널찍한 주차장 한편에는 응급환자들을 수송하기 위한 앰뷸런스 두 대가 주차되어 있고, 정문 쪽으로는 아담한 정원이, 본관 건물을 감싼 뒷산 쪽으로는 조경이 잘된 산책로가 있었다.
　젊은 청년이 수환의 휠체어를 밀고 와 본관 현관에 세워놓은 후 영경에게 말했다.
　"자리 비켜줄게요, 아줌마."
　"고맙다, 종우야."
　종우는 영경이 외출할 때마다 수환을 돌봐주는 단골 간병인이었다. 청년이 멀찍이 가기도 전에 영경이 허리를 구부려 수환에게 입맞추려 하자 수환이 고개를 돌렸다.
　"뭐야? 마음이 식은 거야?"
　영경이 장난스럽게 물었다.
　"아니, 입냄새 때문에 그래."
　수환이 입을 가리며 말했다.
　"그게 뭐 어때서? 입이 말라서 그런 건데."
　"그래도 오늘따라 유난히 짜고 쓰네."
　"난 괜찮아."

"내가 싫어. 달콤까지는 안 돼도 간간한 정도만이라도 지키고 싶어서 그래."

"참 까탈스럽게 군다. 내 입에서 술냄새 나면 당신 근처에도 못 가겠다."

"그런 거 아니야."

"뭐가 아니야?"

"아직도 내가 우리 빵경이한테 잘 보이고 싶나 보지. 당신 들어올 때까진 어떻게든 간간한 정도로 낮춰놓을게."

"그럼 당신이 해줘."

영경이 푹 파인 볼을 내밀었다. 수환은 숨을 멈추고 가만히 영경의 볼에 입술을 갖다댔다.

"다녀올게."

"그래. 잘 다녀와."

수환은 허깨비같이 걸어가는 영경의 깡마른 뒷모습을 보면서 그녀가 돌아올 때까지 자신이 과연 버틸 수 있을지, 그리고 그녀가 무사히 돌아올 수 있을지를 생각했다. 언제나 영경이 외출할 때마다 드는 생각이었다. 영경은 이틀 만에 돌아오겠다고 했지만 요 근래엔 이틀 만에 돌아온 적이 거의 없었다. 사흘도 아니고, 나흘도 아니고, 지난번엔 일주일 만에 거의 송장 꼴이 되어 돌아왔다. 수환은 어쩌면 이게 정말 마지막일지 모른다는 생각을 했지만 합병증인 쇼그렌증후군으로 림프선이 말라붙어 눈물은 나지 않았다.

종우가 다가와 휠체어 손잡이를 잡으며 물었다.

"들어갈래요, 아저씨?"

"조금만 더 있다 들어가자."

"그래요."

수환은 종우에게서 풍기는 옅은 담배냄새를 맡았다. 동네병원에서 류머티스 진단을 받고 곧바로 담배를 끊었으니 끊은 지 2년이 넘었다. 끊기 전까지는 그야말로 골초였다. 문득 담배가 피우고 싶다는 생각이 들었다.

"산책 좀 할래요?"

종우가 물었다.

"아니야. 그냥 여기 있을란다."

"힘들죠, 아저씨?"

"아직 괜찮다."

"그러니까 뭐하러 그 독한 주사까지 맞으면서 멀쩡한 척해요?"

청년이 툴툴거렸다.

"안 그러면 못 가, 저 사람."

"못 가면 더 좋죠. 담당선생님도 아까 막 뭐라 하던데."

"종우야."

"네."

"여자친구한테 선물해본 적 있냐?"

"있죠. 아, 나는 여자애들 선물 고르는 게 제일 싫어요."

"그게 왜 싫어?"

"뭘 해줘야 할지 모르겠잖아요. 근데 선물이 왜요?"

"아니야. 그냥 물어봤어."

잠시 뒤 종우가 말했다.

"이거 선물 아니에요, 아저씨. 이렇게 자꾸 나가는 거 아줌마한테도 안 좋은 일이잖아요?"

"분모야 어쩔 수 없다 쳐도 분자라도 늘려야지."

"네? 부모가 뭐요?"

"아니다, 아무것도."

수환은 처음 영경을 만나던 봄날을 생각했다. 웨딩홀에서 사람들에 섞여 있을 때부터 그는 영경을 주목하고 있었다. 한 달 동안 노숙생활을 했을 때 본 여자노숙자들을 생각나게 하는 얼굴이었다. 비록 화장을 하고 있었지만 영경의 눈가는 쌍안경 자국처럼 깊게 패였고 볼은 말랑한 주머니처럼 늘어져 있었다. 재혼한 친구의 집에 몰려가 술을 마실 때 그는 영경과 가까운 자리에 앉았다. 술을 마실수록 영경의 얼굴은 붉어지기보다 회색에 가까워졌고 표정은 딱딱하게 굳어 막 마르기 시작하는 석고상처럼 보였다. 가끔 그녀는 취한 눈으로 그의 눈을 빤히 들여다보곤 했다. 취한 그녀를 업었을 때 혹시 달그락거리는 소리가 나지 않을까 염려될 정도로 앙상하고 가벼운 뼈만을 가진 부피감에 놀랐던 기억이 있다. 그 봄밤이 시작이었고 이 봄밤이 마지막일지 몰랐다.

수환은 진통제 기운이 떨어질 때까지 영경이 마지막으로 사라진 지점을 바라보고 있었다.

막차를 타고 읍내에 내린 영경은 편의점에 들어가 맥주 두 캔과 소주 한 병을 샀다. 편의점 스탠드에 서서 맥주 한 캔을 따서 한 모금 마신 후 캔의 좁은 입구에 소주를 따랐다. 또 한 모금 마시고 소주를 따랐다. 그런 식으로 맥주 두 캔과 소주 한 병을 비우는 데 30분도 걸리지 않았다. 몸은 오슬오슬 떨렸지만 속은 후끈후끈 달아올랐다. 꽉 조였던 나사가 돌돌 풀리면서 유쾌하고 나른한 생명감이 충만해졌다. 이게 모두 중독된 몸이 일으키는 거짓된 반응이라는 걸 알고 있었지만 그까짓 것은 아무래도 좋았다. 젖을 빠는 허기진 아이처럼 그녀의 몸은 더 많은 알코올을 쭉쭉 흡수하기를 원했다.

영경은 컵라면과 소주 한 병을 샀다. 컵라면에 물을 부으며 그녀는 이제 시작일 뿐이라고, 서둘지 말자고 스스로에게 타일렀다. 애타도록 마음에 서둘지 말라. 영경은 작게 읊조렸다. 강물 위에 떨어진 불빛처럼 혁혁한 업적을 바라지 말라. 개가 울고 종이 울리고 달이 떠도 너는 조금도 당황하지 말라. 영경은 자신의 중얼거리는 목소리가 점점 커지는 것을 알지 못했다. 계속 뭐라고 중얼거리며 소주와 컵라면을 먹는 그녀를 사람들이 곁눈질했다.

영경은 컵라면과 소주 한 병을 비우고 과자 한 봉지와 페트 소주와 생수를 사가지고 편의점을 나왔다. 눈을 뜨지 않은 땅속의 벌레같이! 영경은 큰소리로 외치며 걸었다. 아둔하고 가난한 마음은 서둘지 말라! 애타도록 마음에 서둘지 말라! 영경은 작은 모텔 입구에 멈춰 섰다. 절제여! 나의 귀여운 아들이여! 오오 나의 영감이여! 갑자기 수환이 보고 싶었다. 오후에 면회를 온 영선과 영미 생각도 났다. 그 아이가 살아 있다면, 하고 생각하다 영경은 고개를 흔들었다. 촛불 모양의 흰 봉오리를 매단 목련나무 아래에서 그녀는 소리 내어 울었다. 울면서도 자신이 슬퍼서 우는 게 아니라 감정조절장애 때문에 우는 것이라고 생각했다. 의사는 그녀의 모든 신체적 감정적 반응들이 거짓이라고 했다. 그럴지도 모른다고 그녀는 생각했다. 모텔 방에 들어가자마자 수환에게 전화를 하고 언니들에게도 전화를 해야겠다고 생각했다. 딱 오늘 하룻밤만 마시고 요양원으로 돌아가야겠다고 생각했다. 그녀는 그렇게 할 수 있고 마땅히 그렇게 할 것이었다. 성마른 몸에 취한 피가 돌면서 그녀의 눈에 모든 것이 아주 단순하고 명료해 보였다. 손도 떨리지 않고 금세라도 깊이 잠들 수 있을 것 같았다. 영경은 모텔 현관 계단을 올라가며 시의 마지막 부분을 또박또박 반복했다.

절. 제. 여. 나. 의. 귀. 여. 운. 아. 들. 이. 여. 오. 오. 나. 의. 영. 감. 이. 여.*

• • • • •

* 김수영의 「봄밤」 중에서

종우는 간병인으로서 자기가 할 수 있는 일이 아무것도 없다는 걸 알았다. 의사들의 최종처치도 끝났다. 이마와 가슴, 양 옆구리에 냉팩을 빈틈없이 끼워놓았지만 수환의 열은 가라앉지 않았다.

"아저씨, 내 얘기 들려요?"

수환은 말없이 숨을 헐떡거렸다.

"아줌마는 연락이 안 되고요, 이제 아저씨네 엄마랑 형이 온댔어요. 그때까진 기다릴 수 있죠?"

종우는 가망이 없는 줄 알면서도 30분마다 한 번씩 영경의 꺼진 휴대폰으로 전화를 걸어보았다. 서울에서 출발한 수환의 가족이 언제 도착할지는 확실하지 않았다. 세 시간 또는 네 시간 뒤?

아침 햇살이 쏟아져 들어와 병실이 환했지만 종우는 왠지 무서운 생각이 들었다. 간병인이 된 후로 그는 아직까지 누군가의 죽음을 혼자 맞이해본 적이 없었다. 많건 적건 늘 환자의 곁에는 가족들이 있었다.

"내가 얘기 하나 해줄까요?"

종우는 죽어가는 사람에게 최후로 남아 있는 감각이 청각이라는 얘기를 들은 기억이 나서 이렇게 말했다. 그런데 막상 무슨 얘기를 해야 좋을지 몰랐다.

"여기 사람들이 아저씨랑 아줌마 보고 뭐라는지 알아요? 이산가족 같대요. 맨날 아침마다 두 사람 만날 때면 이산가족 만나는 것 같대요. 난 아줌마 별로 안 좋아하는데 어쩔 때 아줌마가 아저씨 빤히 쳐다볼 때는 괜히 눈물 나요. 아, 참, 며칠 전에 아저씨가 선물 얘기 했잖아요? 여자친구한테 주는 선물이요."

종우는 심박측정기의 그래프를 바라보며 생각에 잠겼다. 왜 갑자기 그 여자 얼굴이 떠올랐는지 모를 일이었다.

"여자애들은 선물 받는 거 진짜 좋아해요. 어떨 땐 대놓고 뻔뻔하게 요구해요. 근데 진짜 선물 사달라는 말을 한 번도 안 한 여자애가 있었어요."

종우는 힐긋 수환을 보았다. 수환은 여전히 고열에 시달리고 있었다. 담당의 말로는 주기적으로 오르내리는 열의 수준이 아니라고 했다.

"아, 혼자 얘기하려니 답답하네."

종우는 목소리를 높였다.

"아저씨, 그러니까 내가요, 학교 때 운동 좀 했다고 얘기했죠? 역도는 진짜 잘해가지고 아마 대회 같은 데 나가서 입상도 하고 그랬어요. 그러다가 언제부터 암벽등반에 빠지게 됐는데 그게 무지하게 재밌더라고요. 거기 동호회에서 여자애들도 만나고 그랬는데 내가 처음엔 딴 애를 좋아했거든요. 근데 그 딴 애랑 그 애가 친한 것 같더라고요. 그래서 그 애한테 접근해가지고 장난도 걸고, 뭐 좋아하냐, 선물 받고 싶은 거 없냐, 물어보기도 하고 그랬는데, 그 애가 그런 거 없다고 하더라고요. 그래서 그냥 그런가보다 하고 말았어요. 나는 쭉 딴 애한테 마음이 가 있던 거니까."

종우는 갑자기 말을 끊고 자리에서 벌떡 일어나 창가로 가서 본관 뒤뜰을 내려다보았다. 잠시 뒤에 그는 수환 쪽으로 몸을 돌렸다.

"나 담배 한 대 피우고 들어와도 돼요, 아저씨?"

열에 들떠 위로 올라가 있는 수환의 검은 동자가 좌우로 살짝 흔들리는 것 같았다.

"알았어요, 아저씨."

종우는 체념한 얼굴로 돌아와 자리에 앉았다.

"얘기를 계속하면요, 그 딴 애가 갑자기 나한테 관심을 보이기 시작한 거에요. 내가 지를 안 좋아하고 그 애를 좋아하는 줄 안 거죠. 근데 왜 그랬는지 모르겠는데 내가 그렇다고 해버렸어요. 그래 나 소연이 좋아한다 어쩔

래, 그런 거죠. 그러고 나니까 웃긴 게 얘가 은근히 달라붙더라고요. 여기서 얘는 소연이가 아니고 딴 애, 은경이 말이에요. 아, 씨, 내가 왜 이런 얘길 하고 있지?"

종우는 손을 우둑거리며 잠시 멍한 상태로 앉아 있었다. 열린 문틈으로 늙은 간호사가 지나가는 게 보였다. 요양원 사람들은 입주자들뿐 아니라 의사와 간호사, 직원들까지도 모두 늙었다. 힘을 써야 하는 몇몇 간병인들만이 젊었다. 종우는 자신이 언제까지 이곳에 있을 수 있을까 생각했다.

"그러니까 내가 그때 바로 은경이랑 사귀었으면 됐을 건데, 왜 그랬는지 모르겠는데 계속 소연이한테 잘해주고 좋아하는 척하고 그런 거에요. 은경이가 몸이 달아서 어쩔 줄 몰라 하는 게 재밌었던 거죠. 소연이 생각은 하나도 안 하고. 진짜 안 했어요, 그 애 생각은. 나 못됐죠?"

종우는 문득 생각난 듯 휴대폰을 꺼내 전화를 걸었다.

"이 아줌마 진짜 못됐다."

그리고 수환을 힐긋 보고 고개를 끄덕였다.

"알았어요, 알았어. 아줌마 욕 안 할게요. 근데 이상한 거 하나 있어요. 내가 왜 이런 얘길 하냐 하면요, 아줌마 우는 거 보면 자꾸 소연이 생각이 나요."

종우는 심박측정기에서 나는 기계음에 귀를 기울이며 누군가 지금 자기 곁에 있어주었으면 좋겠다고 생각했다. 그게 소연이었으면 어떨까 하고도 생각했다.

"내가 은경이랑 사귀기로 하고 소연이한테 헤어지자고 얘기했을 때, 와, 나 진짜 쫄았거든요. 소연이 걔가 막 울고불고 할 줄 알았는데 전혀 울지를 않더라고요. 눈은 막 울 것 같은데 끝까지 울지를 않더라고요. 그냥 알았다고, 헤어지자고 그러는데 혹시 얘가 그동안 내 마음을 다 알고 있었나 싶어서 겁나기도 하고 또 징징거리지 않아서 잘됐다 싶기도 하고, 암튼 이상했어요. 집에 간다길래 택시 잡아주려고 서 있는데 갑자기 얘가 코피를 쏟는 거에요. 난 세상에 그렇게 무섭게 코피 쏟는 거는 처음 봤어요. 그 밤중에, 아무 짓도 안 했는데 코피가 그냥……"

종우는 말을 멈췄다. 수환의 숨소리가 급격히 가빠졌다 가라앉았다.

"코피가 그냥……."

수환의 목에서 꺼억 하는 소리가 났다.

"코피가……."

심박측정기의 그래프가 일직선으로 내려앉으며 기계음이 길게 울렸다.

"아저씨."

종우는 몇 초 동안 기다렸다.

"아저씨, 이러지 마!"

종우가 빽 소리치며 비상벨을 눌렀다.

"아줌마는 어쩔 거야, 이제?"

모텔 주인의 신고로 의식불명인 영경이 요양원의 앰뷸런스에 실려왔을 때는 수환의 장례가 다 끝난 후였다. 영경은 이틀 만에 의식을 되찾았지만 온전히 되찾은 것은 아니었다. 영경은 수환에 대해 묻지 않았다. 직원들도 수환에 대해 말하지 않았다. 담당의가 영경을 상담한 후 화난 얼굴로 전화를 거는 것을 간호사 몇 명이 보았다. 다음날 영선과 영미가 요양원으로 찾아왔지만 영경은 그들조차 알아보지 못했다. 법적 대리인이자 보호자가 된 영선과 영미의 동의로 영경은 알코올성 치매로 인한 금치산 상태에 놓였다. 그 이후로 영경은 잦은 경련과 발작 등 지독한 금단증상에 시달렸지만 다행히 그녀의 몸은 어려운 고비를 잘 견뎌냈다.

몸이 어느 정도 회복된 후에도 영경은 여전히 수환의 존재를 기억해내지 못했다. 다만 자신의 인생에서 뭔가 엄청난 것이 증발되었다는 것만은 느끼고 있는 듯했다. 영경은 계속 뭔가를 찾아 두리번거렸고 다른 환자들의 병실 문을 함부로 열고 돌아다녔다. 요양원 사람들은 수환이 죽었을 때 자신들이 연락두절인 영경에게 품었던 단단한 적의가 푹 끓인 무처럼 물러져 깊은 동정과 연민으로 바뀐 것을 느꼈다. 영경의 온전치 못한 정신이 수환을 보낼 때까지 죽을힘을 다해 견뎠다는 것을, 그리고 수환이 떠난 후에야 비로소 안심하고 죽어버렸다는 것을, 늙은 그들은 본능적으로 알았다.

가끔 영경의 눈앞엔 조숙한 소년 같기도 하고 쫓기는 짐승 같기도 한, 놀란 듯하면서도 긴장된 두 개의 눈동자가 떠오르곤 했는데, 그럴 때면 종우가 대체 무슨 일이냐고, 왜 그러느냐고 거듭 묻는데도 영경은 오랜 시간 울기만 했다.

다층적 시선의 교차를 통한 '오해'에서 '이해'로의 과정

　「봄밤」은 '류머티즘 환자 수환과 알코올중독 환자 영경의 애절한 사랑과 이별'이 서사의 중심에 놓인다. 자칫 비극적 감상으로 귀결되기 쉬운 소재 이지만, 작가 권여선은 중층적인 서사 구성을 통해 이러한 제약을 벗어나 소설이 포착할 수 있는 삶의 진실을 절실히 드러내고 있다. 인물들의 대화 가 중심이 된 서사는 마치 배우들의 연기를 보는 듯한데, 여기에서는 인물 들의 제약된 시선 속에 한정된 정보만을 제공하면서 삶의 일면만을 보여준 다. 그와 교차되고 있는 사건의 전모를 알고 있는 서술자의 진술은 그 이면 의 진면목을 드러내며 독자에게 새로운 정보를 더하되 절제된 진술을 통해 삶의 진실을 더 처연하게 보여준다.

　특히 소설의 시작과 끝은 여주인공 영경에 대한 진술로 구성되는데, 다 층적 시선이 교차하면서 영경에 대한 '오해'가 어떻게 '이해'로 변화해가 고 있는지 그 과정을 보여준다.

"산다는 게 참 끔찍하다. 그렇지 않니?"

영선은 이렇게 말하고 영미를 돌아보았다. 영미는 운전대를 잡고 눈을 가늘게 뜬 채 앞만 바라보고 있었다. 영선이 잠시 기다렸지만 대답이 없었다.

"지난번 면회에서 걔가 우리를 아주 잡아먹으려고 했을 때부터 알아봤어야 하는 건데. 다른 사람은 몰라도 수환이까지 잊어버리다니, 걔가 어떻게 수환이를⋯⋯" (12쪽)

소설의 시작인 위의 예문은 자신의 친동생 영경을 탓하고 있는 큰언니 영선의 시선을 담고 있다. 그런데 이러한 시선은 치부까지 속속들이 알고 있는 사랑하는 가족에 의해 잔인하게 던져진다는 점에서 더 깊은 상처와 아픔을 수반한다. 동시에 가족에 대해 잘 알고 있다는 환상은 대상에 대한 객관화가 아닌 자기중심적인 '오해'를 통해 확신에 가깝게 그려지고 있다. 위의 예문에서도 영경이 어떻게 수환을 잊어버릴 수 있는지 힐난하고 있는 것은 핑계일 뿐, 비난의 근저에는 동생에 대한 큰언니의 서운함이 자리 잡고 있는 것이다. 이는 늘 영경을 위해 기도하고 있다는 작은언니 영미에게서도 동일한 기제로 드러난다. 영선과는 다른 맥락에서 영경의 상황에 접근하고 있는 듯하지만, 영경의 불행을 보며 피붙이인 동생의 고통을 진정으로 이해하기보다는 자신들이 멀쩡히 살아 있으니 뭘 더 바라겠냐며 반문하는 장면은 그 역시 자신의 시각에서 동생을 규율하고 있음을 보여준다.

이러한 가족 간의 어긋남은 세 자매가 얽혀 있는 과거와 현재의 서사들을 넘나들면서 그 이면에 감춰진 비밀들을 폭로한다. 언니들을 서운하게 했던 지난번 면회는 영경의 위악적인 말과 행동으로 표면에 드러나지만, 그 이면에는 전남편 가족에게 돌을 앞둔 아이를 납치하듯 빼앗겼을 때 오히려 잘된 일이라고 하거나 기도하자고 했던 언니들의 자기만족적인 조언, 동생에 대한 몰이해가 그들의 관계에서 늘 반복되고 있었음을 확인시켜준다. 결국 사랑하는 피붙이 가족이 나를 이해하려 하지 않으며, 그들의 말과 행동 또한 진실성 없는 연기에 불과하다는 인식은 영경이 보여준 비뚤어진 듯한 분노와 증오에 정당성을 부여한다. 그런데 이러한 타인보다 못한 피붙이 가족 간의 어긋남은 수환에게도 동일하게 겹쳐진다. 곧 들어올 듯 담배 피우러 나간 척하지만 면회의 끝에야 어머니를 모시러 들어와 침묵하는 큰형은 가족 간의 거리감을 잘 보여준다. 뿐만 아니라 아들을 붙잡고 울며 넋두리를 하는 어머니 또한 수환과 밀착된 거리를 보여주는 듯하지만 수환의 시각에서 진정으로 이해하는 것이 아니라 제멋대로 '오해' 하고 있다. 또한 반복되는 수환 어머니의 뻔한 레퍼토리는 불쌍한 아들을 둔 어머니의 역할을 과장되게 연기하며 자신의 슬픔을 쏟아내고 있는 것처럼 보인다.

이처럼 피붙이 가족에게서 소외된 수환과 영경은 오롯이 서로에게만 의미 있는 '함께' 가 가능하다. 죽음의 문턱에서 만난 그들은 서로의 고통을 제멋대로 해석하는 것이 아니라, 그 자체로 공감한다. 위장이혼을 제안한 아내에게 집과 재산을 모두 빼앗긴 수환이나 아이의 양육을 맡겼던 전남편에게 속아 아이를 빼앗긴 영경은 한때 가족이었던 이들에게 받은 상흔으로 인해 벼랑 끝의 삶을 살고 있었다. 그러나 유사한 상처와 고통을 안고 있는 서로의 영혼을 알아보면서 그들은 사랑에 빠졌고, 서로가 살아갈 이유를 발견하게 된다.

> 친구의 재혼식에서 영경을 만나기 전까지 수환은 언제든 자살할 수 있다는 생각을 단검처럼 지니고 살았다. 그 날이 무뎌지지 않도록 밤마다 자살할 시기를 저울질하며 마음을 벼리는 힘으로 하루하루를 버텼다.
> (…중략…) 퇴직한 지 두어 달쯤 지나 친구의 재혼식에서 수환을 만났을 때 영경은 술을 마시면서 자꾸 가까이 앉은 수환의 눈을 들여다보았다. 그리고 그가 조용히 등을 내밀어 그녀를 업었을 때 그녀는 취한 와중에도 자신에게 돌아

올 행운의 몫이 아직 남아 있었다는 사실에 놀라고 의아해했다. (29~30쪽)

서로에 대한 이들의 시선은 '오해'가 아닌 '이해'로 드러난다. 있는 그대로의 서로를 바라볼 때, '옥탑방'과 '아파트', '신용불량자'와 '명퇴교사', 병의 합병증으로 더 이상 슬퍼도 못 우는 신체적인 장애를 갖게 된 '류머티즘 환자'와 감정조절 장애로 자주 우는 정신적인 장애를 가지고 있는 '알코올중독 환자'라는 표면적 차이는 중요하지 않다. 물론 이들도 때로는 연기를 하지만 서로를 배려하기 위한 가장이라는 점에서 자신을 위해 연기하고 있는 다른 피붙이 가족들의 연기와는 구분된다. 상대방이 마음 아파할까 봐 자신의 상태가 괜찮다는 수환이나 슬퍼서 우는 것이 아니라고 말하는 영경의 반응은 가식이 아닌 상대에 대한 배려에서 비롯된 것이기 때문이다. 그러나 서로를 잘 알고 있기에 이러한 거짓말이 사실이 아님을 인식하고 있으며, 사랑의 끝을 예감하고 있기에 상대방에 대한 배려로 모른 척 연기하고 있다.

그런데 이들이 사랑하는 방식은 다르다. 이러한 사랑의 차이를 극적으로 뚜렷하게 드러내주는 것이 상호텍스트성을 갖고 이 소설 속에서 중요한 역할을 하고 있는 톨스토이의 『부활』과 김수영의 「봄밤」이다. 이 작품들이 소설적 장치로 적절히 활용되면서, 여느 부부의 현실적인 사랑과는 거리를 둔 채 비현실적이지만 이상화된 사랑을 효과적으로 구현해내고 있다. 특히 "유난히 의가 좋고 사랑스러운 대신 화약처럼 아슬아슬한 그들 부부"의 동거는 결혼이 아닌 연애에 가깝게 보이지만, 이들의 사랑이 지금 이 순간 주체 못할 감정이나 열정에 휘말린 것이 아니라 사랑에 대한 어떤 윤리적 선택과 연결되고 있음을 두 작품이 상징적으로 보여줌으로써 이들의 사랑이 갖는 가치를 높이고 있다는 점에서 주목된다.

사람의 값어치를 수학 분수로 비유하고 있는 톨스토이의 『부활』의 에피소드는 영경에 대한 수환의 사랑이 어떤 양상을 보이는지 단적으로 보여준다. 사람들이 자신의 병을 병으로 보지 않기에 심하게 위축된다고 고백하는 영경은 자신의 병이 단점인 분모의 크기를 측량할 수 없을 만큼 크게 하고 있는 건 아닌지 고민한다. 그러나 수환은 영경이 아직도 단점인 분모보다 장점인 분자가 훨씬 더 큰 사람이라고 말해준다. 그렇지만 정작 수환은 영경에게 해줄 수 있는 것이 너무나 미약한 자신의 값이야말로 1보다 작은 건 물론, 점점 0에 수렴되어 가고 있다고 생각한다. 그러나 이러한 생각은 영경에게 말해질 수 없는데, 영경이 알코올중독 증상을 더 이상 견디기 어려울 때마다 기꺼운 마음으로 외출할 수 있도록 도와주는 것만이 그가 현재 할 수 있는 그 나름의 사랑법이기 때문이다. 혹시 달그락거리는 소리가 나지 않을까 염려될 정도로 앙상하고 가벼운 뼈만을 가진 부피감에 놀랐던 '그 봄밤'에 시작되었던 수환의 사랑은, 허깨비같이 걸어가는 그녀의 깡마른 뒷모습을 보면서 그녀가 돌아올 때까지 자신이 과연 버틸 수 있을지, 그리고 그녀가 무사히 돌아올 수 있지를 생각했던 '이 봄밤'에 마지막을 예감하는 것이다.

　반면 수환에 대한 영경의 사랑은 김수영의 「봄밤」이라는 시를 연극적으로 읊으며 스스로에게 자기암시를 걸고 결단하고자 노력하는 모습을 통해 드러난다. "절제여! 나의 귀여운 아들이여! 오오 나의 영감이여!"라는 마지막 시구를 읊조리며, 그녀는 수환을, 오후에 면회 왔던 언니들을, 자신의 아이를 생각한다. 모텔 방에 들어가자마자 수환에게 전화를 하고 언니들에게도 전화를 해야겠다고, 딱 오늘 하룻밤만 마시고 요양원으로 돌아가야겠다고, 손도 떨리지 않고 금세라도 깊이 잠들 수 있을 거라고 김수영의 시처럼 서둘지 말고 절제하며 의연히 살아갈 것을 거듭 다짐하는 것이다.

그러나 결국 알코올을 절제하지 못했던 영경은 수환과 연락이 닿지 않았고 누구보다 사랑했던 수환은 가족 없이 홀로 임종을 맞는다. 의식불명 상태로 요양원에 돌아온 그녀는 알코올성 치매로 금치산 상태에 놓이고, 몸은 회복되었지만 영혼을 잃고 만다. 이러한 결말은 헌신적이었던 남편의 사랑에 부응하지 못했던 못된 아내의 당연한 귀결처럼 보일 수도 있다. 그럼에도 소설의 마지막 부분 서술자의 시선으로 담담하게 제시된 영경에 대한 후일담은 그녀에 대한 '오해'를 풀고 '이해'라는 반전을 선사한다.

몸이 어느 정도 회복된 후에도 영경은 여전히 수환의 존재를 기억해내지 못했다. 다만 자신의 인생에서 뭔가 엄청난 것이 증발되었다는 것만은 느끼고 있는 듯했다. 영경은 계속 뭔가를 찾아 두리번거렸고 다른 환자들의 병실 문을 함부로 열고 돌아다녔다. 요양원 사람들은 수환이 죽었을 때 자신들이 연락두절인 영경에게 품었던 단단한 적의가 푹 끓인 무처럼 물러져 깊은 동정과 연민으로 바뀐 것을 느꼈다. 영경의 온전치 못한 정신이 수환을 보낼 때까지 죽을 힘을 다해 견뎠다는 것을, 그리고 수환이 떠난 후에야 비로소 안심하고 죽어버렸다는 것을, 늙은 그들은 본능적으로 알았다. (39쪽)

사랑을 위해 죽을힘을 다해 견디며 절제했었다는 진실은 영경이 자기암시처럼 반복했던 김수영의 「봄밤」과 겹쳐지며, 자기 욕망에만 충실한 것처럼 오해되었던 그녀가 자기 나름의 방식으로 수환을 사랑하고 있었음을 독자에게 이해시키며 긴 여운을 남긴다. 영경과 수환이 병이 나아 행복하게 잘 살았다거나 영경이 죽고 하루하루 몸이 망가져 갔던 수환이 영혼마저 망가져 갔다는 손쉬운 결말로 끝났더라면 지금처럼 비루한 삶을 살아내게 하는 사랑의 힘을 강력하게 보여주지는 못했으리라. 가장 중요한 것을 결여했지만 그것이 무엇인지를 기억하지 못해 계속 찾아다니거나 이유도 모른 채 문득문득 오랜 시간 울기만 하는 영경의 존재로 인해 이들의 사랑은 미완인 채로 계속될 것이며, 영원으로 남을 것이다. 동시에 수환의 사랑이 시작되었고 끝을 예감했던 '봄밤', 영경에 대한 수환의 지극한 사랑이 남겼던 여운도 결코 끝나지 않은 채 지속될 것이다.

1993년 『작가세계』 신인상을 수상하며 등단했다. 소설집 『누가 커트 코베인을 죽였는가』 『장국영이 죽었다고?』 『위험한 독서』 『신에게는 손자가 없다』, 장편소설 『황금 사과』 『천년의 왕국』 『동화처럼』 『야구란 무엇인가』 등이 있다.

김경욱

승강기

승강기

퇴근길, 우편함에 봉투도 없이 꽂혀 있는 관리비 고지서를 발견한 공은 이맛살을 찌푸렸다. 전에 살던 아파트에서는 봉투를 봉하기까지 했는데. 여기서는 마음만 먹으면 다른 집이 물과 전기와 가스를 얼마나 쓰는지 엿볼 수 있다. 그러니까 몸은 얼마나 자주 씻는지, 텔레비전은 얼마나 오래 보는지, 외식은 얼마나 잦은지 짐작할 수 있다는 얘기. 공은 관리비 고지서를 양복바지 주머니에 쑤셔 넣었다. 새로 이사 온 아파트에서의 첫 관리비 고지서였다.

엘리베이터에 올라탄 까무잡잡한 사내애가 코를 후비며 공을 빤히 쳐다보고 있었다. 공은 굳은 얼굴로 엘리베이터를 지나쳐 계단을 성큼성큼 올라갔다. 사내애의 무례한 시선이 뒤통수에 들러붙은 느낌이었다. 엘리베이터 안에서도 남의 시선을 피하는 게 고역인 공이었다. 새 아파트에서는 엘리베이터를 타지 않아도 돼 다행이었다.

2층으로 올라간 공은 오른쪽 문 앞에 섰다. 옆집이 203호이니 204호여야 맞지만 문패에는 205호라고 적혀 있었다. 불길하다고 끝자리에서 4를 뺀 모양인데 4층은 층수를 그대로 표기했다. 공은 일관성 없는 거부감이 거슬렸다.

공은 전자키의 번호를 익숙한 손놀림으로 눌렀다. 삐릭삐릭. 뜻밖의 새된 소리에 공의 한쪽 눈썹과 입꼬리는 치켜 올라가고 한쪽 눈과 콧구멍은 커졌다. 무심코 전에 살던 아파트 비밀번호를 입력한 것이다. 공은 새 비밀번호를 입력했다. 삐 소리와 함께 자물쇠가 팔짱을 푸는 금속성이 부드럽게 들려왔다. 치켜 올라간 눈썹과 입꼬리는 제자리로, 커진 눈과 콧구멍은 본래 크기로 돌아왔다. 균형을 회복한 것이다. 새 기관장이 낙하산을 타고 내려올 때마다 조직도를 다시 그려야 하는 직장에서 20년 넘게 책상을 지켜낸 것도 일관성과 더불어 균형을 금과옥조로 여긴 덕이었다.

세탁소에 맡길 옷가지를 챙기다 관리비 고지서를 다시 발견한 것은 나흘 뒤, 일요일 오후였다. 주머니에 쑤셔 넣은 게 언제였더라. 관리비 따위에 신경 쓰지 않고 살아온 공이었다. 공은 납부기한부터 확인했다. 다행히 마감은 아직 멀었다. 자동납부를 신청해야겠다고 다짐하며 공은 관리비 내역을 훑어보았다.

승강기 교체비 항목을 발견한 공은 단순한 착오일 거라고 짐작했다. 엘리베이터는 2층에 서지 않았으니까. 에너지 절약의 생활화라나 뭐라나. 엘리베이터도 아니고 촌스럽게 승강기는 뭔가. 게다가 '기'도 아니고 '이'라고 적혀 있었다. 승강이라니. 착오일 것이라는 짐작은 확신이 되었다. 맞춤법 오류 덕분에 한결 가벼워진 마음으로 공은 인터폰 수화기를 들었다. 관리사무소를 호출했지만 먹통이었다. 교체해야 할 것은 엘리베이터가 아니라 인터폰이었다.

관리사무소 전화번호는 고지서 하단에 적혀 있었다. 공이 전화를 걸자 가늘고 낮은 목소리가 굵고 높은 신호음을 잘라내며 기어 나왔다. 분리수거를 철저히 하라며 주말 저녁잠을 깨우고 태극기를 내걸라며 공휴일 아침잠을 흔들던 목소리였다. 공의 미간이 좁아졌다. 시도 때도 없는 방송도 방송이었지만 가늘고 낮은 목소리와 우물거리는 말투 때문에 무슨 내용인지 귀를 곤두세우게 되는 게 영 마뜩찮았다. 공은 호수를 대고 곧장 용건을 꺼냈다. 단순한 착오가 분명했으므로 보탤 것도 뺄 것도 없었다. 수화기 저쪽은 잠잠했다. 의외의 침묵이었다. 전화선의 문제인가 싶어 수화기를 귀에 바짝 댔지만 아무 소리도 들리지 않았다. 실수가 민망해서라기에는 침묵이 길었다.

"여보세요?"

공이 먼저 입을 열었다.

"네?"

관리소장이 전화선 이쪽의 존재를 깜박하고 있었다는 투로 대꾸했다.

"착오가 맞죠?"

"그 건은 전임 소장 때 결정된 사안이라 그쪽에 확인해봐야 합니."

착오인 게 불을 보듯 빤한데 확인이라니. 의외의 반응에 짜증이 치밀었지만 공은 숨을 깊이 들이마시며 뾰족해지는 감정을 다독였다.

"2층에는 서지도 않는데 교체비용을 내라는 건 말이 안 되지 않습니까?"

수화기는 다시 입을 굳게 다물었다. 공은 관리소장의 침묵을 어떻게 해석해야 할지 난감했다.

한참 뒤에야 가늘고 낮은 목소리가 들려왔다.

"승강이 건은 전임에 알아봐 연락 드리."

공이 대꾸할 새도 없이 관리소장은 제 말꼬리까지 자르며 전화를 끊었다.

그날 저녁에도 다음날에도 그 다음날에도 관리사무소에서는 기별이 없었다. 공은 다시 관리사무소로 전화를 걸었다.

"205홉니다. 엘리베이터 건은 알아보셨습니까?"

"네."

"뭐라고 하던가요?"

"주민들이 그리 하이로, 똑같이 분할납부하이로 했답니."

"주민 누가요?"

공의 말꼬리가 올라갔다.

수화기 저쪽은 다시 조용했다.

"주민총회에서 결정했다는 겁니까?"

침묵을 깬 쪽은 이번에도 공이었다.

"전임에 알아봐 연락 드리."

관리소장은 또다시 제 말꼬리를 자르며 전화를 끊었다. 말꼬리를 잘라먹는 것은 버릇인 듯했다. 제 꼬리를 자르고 달아나는 도마뱀. 파충류라면 질색인 공이었다. 공은 관리사무소로 다시 전화를 걸어 결과를 곧장 알려달라고 부탁하며 휴대폰 번호를 불러줬다. 관리소장은 이번에도 가타부타 대꾸 없이 전화를 뚝 끊었다. 전화를 일방적으로 끊는 것도 버릇임이 분명했다.

휴대폰 번호를 알려준 뒤로 공은 회사에서도 관리소장의 전화를 기다리게 되었다. 주민들이 결정했다고? 1, 2층에 사는 사람들도 교체비용을 내겠다고 했단 말인가? 도무지 납득할 수 없었다. 납득할 수 없는 일과 납득할 수 없는 일의 납득할 수 없음 때문에 일이 손에 잡히지 않았다. 지역기업들의 고용현황에 대한 통계를 만지작거리면서, 무난하고 두루뭉술한 분석을 덧붙이면서, 민간 경제연구소의 전망을 표 나지 않게 베끼면서, 자신이 감찰을 위해 파견된 것이라는 헛소문을 방관하면서, 공은 관리소장의 연락을 기다렸다. 아무리 기다려도 연락이 없자 번호를 잘못 불러주지 않았나 의심했고 급기야 휴대폰 번호를 알려준 것을 후회하게 되었다.

공이 회사에서 관리소장에게 전화를 건 것은 휴대폰 번호를 알려준 지 이틀 뒤였다. 양복바지 주머니에 담고 다니던 관리비 고지서를 꺼내 번호를 확인하고 전화를 걸었다. 신호음이 한참 울린 뒤에야 가늘고 낮은 목소리가 들려왔다.

"205홉니다."

관리소장은 대꾸가 없었다.

"알아보셨습니까?"

"네."

선선한 대답에 공은 불끈 화가 치밀었다.

"알아보는 대로 연락주기로 하셨잖습니까?"

따지듯 물었지만 관리소장은 묵묵부답이었다. 칸막이 너머도 잠잠해졌다. 부스럭거리는 소리, 자판 두드리는 소리, 종이 넘기는 소리가 동시에 멎었다. 가뜩이나 헛소문 때문에 경계하고 경원하는 동료들이었다. 통화 요금 몇 푼 아끼려고 사무실 전화로 연락한 것을 후회하며 공은 입과 송화기를 손으로 감쌌다.

"누가 결정한 겁니까?"

공은 기어들어가는 목소리로 물었다.

"나인에서 했답니."

"라인이오?"

"통로대표들 말입니."

"어떻게 자기들끼리 결정합니까?"

공은 여전히 기어들어가는 목소리로 따졌다. 항의로 받아들여지지 않으면 어쩌나 싶었지만 어쩔 도리가 없었다. 관리소장은 이번에도 입을 다물었다. 통로대표들이 멋대로 정했다는 사실보다 억울한 일을 당하고도 죄인처럼 숨죽여야 하는 상황에 더 부아가 치밀었다. 퇴근이 고작 한 시간 뒤인데 그새를 못 참고 연락한 자신이 원망스러웠다.

"우리 라인은 누가 맡고 있습니까?"

수화기 저쪽에서 부스럭거리는 소리가 들려왔다. 서랍 여는 소리, 서랍 뒤지는 소리, 서랍에서 뭔가를 꺼내는 소리, 서랍 닫는 소리가 띄엄띄엄 이어졌다.

"3·5라인은 303홉니."

관리소장은 어김없이 제 말꼬리를 자르며 전화를 끊었다. 공은 한숨을 내쉰 뒤 담배를 챙겨 자리에서 일어섰다. 칸막이 너머의 시선들이 약속이라도 한 것처럼 딴전을 피웠다. 본부에서 개인물품을 챙겨 나올 때도 그랬다. 갑작스런 지방전출에 대한 억측이 무성했지만 면전에서 물어보는 사람은 없었다.

공은 퇴근길에 라인대표를 찾아갔다. 엘리베이터가 꼭대기 층에 붙들려 있어서 계단으로 올라갔다. 초인종을 누르자 뽀글뽀글 파마머리의 중년 여자가 얼굴을 내밀었다. 공은 아래층에 사는 사람이라고 공손하게 인사한 뒤 라인대표인지 물었다. 여자는 라인대표인지 여부가 공의 행색에 달렸다는 듯 머리부터 발끝까지 훑어보았다. 무례한 눈길이 불쾌했지만 공은 참을성 있게 기다렸다. 철두철미한 탐색 끝에 여자는 라인대표라는 사실을 인정했고 무슨 일인지 물었다. 공은 엘리베이터 교체비용을 모든 세대가 똑같이 분담하기로 결정한 자리에 참석했는지, 참석했다면 찬성했는지를 역시 공손하게 물었다. 이번에도 답변은 전적으로 공의 입에 달린 것처럼, 여자는 무슨 일로 그러느냐고 되물었다. 공이 대답하지 않거나 답이 신통치 않으면 금방이라도 문을 닫을 태세였다. 사용하지도 않는 엘리베이터의 교체비용을 물게 되었다고 공은 상황을 설명했다. 왠지 설명이 아니라 하소연하는 기분이 들었다. 그래서였을까. 공은 자신의 처지가 더 억울하게 여겨졌고 실제로 설명은 점점 하소연에 가까워졌다. 공의 하소연 같은 설명, 아니 설명 같은 하소연에 여자는 모르는 일이라고 답했다. 공은 당혹스러웠다. 전임 관리소장의 말이 거짓인가? 금방 들통 날 거짓말이라니. 당최 이해할 수 없었다.

공은 한달음에 집으로 내려가 관리사무소로 전화를 걸었다. 신호음이 들리자 공은 마른침을 삼켰다. 까닭 모를 긴장감이었다.

"라인대표는 금시초문이라는데 대체 누가 결정한 겁니까?"

공이 목소리를 높였다. 이상하게도 거짓말의 장본인보다 거짓말을 옮긴 관리소장이 더 못마땅했지만 관리소장을 몰아세워서 득 될 것은 없었다. 관리소장이 결정한 일도 아니지 않는가. 공은 눈썹만큼이나 치켜 올라간 말꼬리를 끌어내리기 위해 애썼다. 이 모든 자제와 이해와 배려에도 불구하고 관리소장은 도통 반응이 없었다. 전화선 끝에 벽이 버티고 있는 것 같았다.

"여보세요?"

"네."

벽이 짧지만 완강하게 건재를 알려왔다. 공은 벽 너머에 도사린 거짓보다 벽 자체의 완고함에 숨이 막혔다. 관리소장은 다시 잠잠했다. 새삼스러울 것은 없었지만 관리소장의 침묵이 공은 왠지 꺼림칙했다. 수화기를 쥔 손에 식은땀이 맺혔다. 부장이 차비나 하라며 주머니에 막무가내 찔러준 돈 때문에 뒤척이던 밤에도 같은 기분이었다. 평소 소 닭 보듯 하던 부장이 연구용역을 의뢰한 교수와의 저녁식사에 데려갈 때부터 꺼림칙했다. 기관장이 데리고 온 부장은 법인카드를 쓰는 자리에 아무나 데려가지 않았다. 그래서 그런 자리에 불려가는 이는 기관장의 사람으로 받아들여졌고 '법인'이라 불렸다. 그렇지 못한 부류는 '무법인'으로 불렸는데 법인들의 전횡을 개탄하는 무법인 중에는 '무법자'라고 자조하는 이도 있었다. 공은 '무법인'이었지만 '무법자'라고 자조하는 쪽은 아니었다. 세상에 공짜는 없다는 진리를 꼭 겪어봐야 아는 건 아니었으니까. 만년설이라는 단어에서 우아함을 느끼는 공이어서 만년과장이라는 별명도 싫지만은 않았다.

"다른 집들은 아무 말 없습니까?"

"네."

관리소장은 여느 때와 달리 곧장 대답했다.

"일층 주민들도요?"

"아무 말 없습니."

공은 벽에 부딪친 기분이었다.

"정말입니까?"

"거짓말이라도 한다는 겁니?"

관리소장이 발끈했다. 공은 관리소장도 언성을 높일 수 있다는 사실에 놀랐고 당연한 사실에 놀랐다는 것에 또 한 번 놀랐다. 무엇보다 놀라운 것은 관리소장이 내뱉은 '거짓말'이라는 단어를 듣는 순간 관리소장에 대한 의구심이 생겼다는 점이다. 엘리베이터 건에 대한 관리소장의 입장은 대체 뭔가? 전임자에게 확인하겠다는 걸 보면 문제가 있다고 판단하는 것 같기도 하고 전화 받는 태도를 보면 아닌 것 같기도 했다. 관리소장의 침묵이 벽이라면, 공은 자신이 벽 안쪽에 있는지 바깥쪽에 있는지 가늠할 수 없었다. 관리소장의 침묵이 께름칙했던 이유를 그제야 알 것 같았다. 도마뱀인 줄 알았는데 박쥐였다. 날개 달린 쥐라니. 관리소장은 어두컴컴한 관리사무소 천장에 거꾸로 매달려 있을지도 모른다. 상상만으로도 불쾌했지만 불쾌한 상상을 멈출 수 없었다. 박쥐라는 상상의 외발자전거에 올라탄 공이 넘어지지 않기 위해 할 수 있는 일은 바퀴를 계속 굴리는 것뿐이었다.

"그게 아니라 일층 주민들조차 아무 말 없다는 게 이상해서 그러는 것 아닙니까?"

공은 가슴이 답답했다. 납득할 수 없는 인사발령 앞에서 자꾸만 그날 저녁을 떠올릴 때처럼. 부장은 와인을 곁들인 식사 내내 공에게 친근감을 표시했다. 노동시장의 유연성과 생산성의 상관관계에 대한 연구용역을 맡긴 교수에게 노동시장이 후렉서블해야 글로벌 경제위기에 선제적으로 대응할 수 있다고 떠들면서 공의 어깨를 두드렸고 화장실에서 나와 비틀거리며 카운터로 걸어가면서는 공의 손을 꼭 잡았다. 술기운이 확 달아난 것은 부장이 레스토랑 매니저로부터 법인카드를 돌려받을 때였다. 5만 원짜리 지폐 두 장이 영수증과 함께 슬쩍 딸려왔다. 거스름돈이라도 주고받는 듯 자연스러운 게 한두 번 맞춘 장단이 아니었다. 부장은 차비나 하라며 그중 한 장을 공의 바지 주머니에 찔러 넣었다. 정신이 번쩍 든 공은 지폐를 꺼내 들고 뒤따라갔지만 부장은 벌써 택시에 오르고 있었다. 뒤따라온 공을 부장은 차창 너머로 물끄러미 바라보았다. 공의 손에 들린 지폐를 발견한 부장의 한쪽 눈이 밤의 어스름 속에서 살짝 찌그러졌는데 윙크처럼 보이기도 했다.

문제는 돈이 아니라 억울함이었다. 누가 억울하겠다는 말만 건네준다면 엘리베이터든 승강기든 교체비용을 눈 딱 감고, 아니 기꺼이 낼 수 있을 것 같았다. 하지만 관리소장은 대꾸조차 없었다. 공은 모멸감에 휩싸였다. 관리소장에게 억울함을 호소했다 무시당한 것 같았다. 모멸감에 가장 먼저 반응한 것은 눈썹이었다. 한쪽 눈썹이 치켜 올라갔다. 눈, 코, 입이 뒤를 이었다. 한쪽 눈이 튀어나올 것처럼 커졌고 한쪽 콧구멍이 실룩댔으며 한쪽 입꼬리가 올라가며 파르르 떨렸다.

"그이야 1층 주민들한테 물어볼 일입니."

관리소장이 심드렁하게 대꾸했다.

공의 삐뚜름해진 얼굴 반쪽이 고압전기에 감전된 듯 펄쩍 뛰어올랐다. 분노의 파란 전기에 머릿속이 하얗게 표백되는 것 같았다. 표백된 머릿속은 차츰 쇠처럼 차가워졌다. 온탕에서 나와 냉탕에 들어앉았을 때처럼 서늘하고 영리한 잔인함으로 온몸이 단단하게 수축되는 느낌이었다. 냉탕의 빡빡한 수압은 공에게 진실의 서늘한 외침을 들려주었다. 진실은 관리소장이라는 벽 너머에 있다는 진실.

공은 관리소장보다 먼저 전화를 끊었다. 분에 겨워서였는데 단호함을 보여준 것 같아 통쾌했다. 그러고 보니 이쪽에서 먼저 끊기는 처음이었다. 여세를 몰아 공은 컴퓨터를 켜고 문서를 작성했다. 눈 감고도 할 수 있는 일이었지만 세심하게 주의를 기울였다. 맞춤법이 틀리지 않았는지 특히 신경 썼다. 공은 출력한 문서를 들고 203호의 초인종부터 눌렀다.

관리사무소로 향하는 공의 손에는 사흘 치 수고의 결과물이 들려 있었다. 서명란의 빈칸은 하나뿐이었다. 203호는 늘 비어 있었다. 관리비 고지서를 비롯한 우편물이 우편함에 그대로 꽂혀 있는 걸로 보아 멀리 여행이라도 간 모양이었다. 100퍼센트를 채우지 못한 게 아쉬웠지만 납부마감이 다가오는데 마냥 기다릴 수도 없었다. 엘리베이터 교체비가 포함된 사실을 모르고 있던 사람부터 한 건물에 사는데 한 푼도 안 낼 수야 없지 않느냐고 망설이던 사람까지 모두 열다섯 집의 서명을 받아냈다. 반응은 제각각이었지만 엘리베이터 교체비용 분담을 누가, 어떻게 정했는지 까맣게 모르기는 매한가지였다. 공교롭게도 서명 받으러 찾아간 집들 중에 라인대표는 없었다. 라인대표들이 모여서 결정했다는 것은 사실일지도 몰랐다. 그렇다면 거짓말의 장본인은 303호일 테지만 아무래도 상관없었다. 열다섯 집의 한결같은 뜻이 봉투에 담겨 있었으니까.

공은 부장에게도 자신의 뜻을 봉투에 정중히 담았다. 난데없이 굴러들어온 얄궂은 돈 때문에 마음이 영 불편해서였다. 돌려주면 부장이 불쾌해할까? 편지라도 동봉할까? 마음만 고맙게 받겠습니다? 그 자리에서 돌려줬어야 했는데. 심장에 벽돌이라도 얹힌 듯 잠을 이룰 수 없었다. 다음날 공은 문제의 돈이 담긴 봉투를 결재서류 사이에 끼워 부장의 책상에 올려놓았다. 번지수가 틀린 우편물을 반송함에 넣는 것이라고 여기며.

대꾸는 없었지만 안쪽에서 인기척이 느껴져 공은 문을 밀고 들어갔다. 관리사무소는 의외로 환했다. 머리가 희끗희끗한 노인 둘이 소파에 마주 앉아 탁자 위의 장기판을 들여다보고 있었다. 두 노인은 동시에 공을 쓱 쳐다본 뒤 다시 장기판으로 고개를 돌렸다.

"소장님 만나러 왔는데요."

공이 문서를 만지작거리며 말했다.

"저녁 먹으러 갔어."

돋보기를 낀 노인이 장기판에서 눈을 떼지 않은 채 말했다.

"언제쯤 오실까요?"

"그거야 모르지. 무슨 일인데?"

돋보기 노인이 퉁명스레 물었다.

"소장님께 전할 게 있어서요."

"저기 놓고 가."

돋보기 노인이 사무실 안쪽 벽을 향해 놓은 책상을 턱으로 가리키며 말했다. 공은 서명지가 담긴 편지봉투를 책상에 올려놓고 관리사무소에서 나왔다. 그쯤에서 엘리베이터 건이 해결되리라 기대하면서.

공의 기대와 달리 관리소장한테서는 반응이 없었다. 사흘째가 되자 공은 근무시간 내내 수화기를 몇 번이나 들었다가 그냥 내려놨다. 무엇 때문인지 직원들의 태도가 부쩍 조심스럽고 서먹서먹했다. 공이 뭔가를 캐내려 한다고 여기는 듯 말은 물론 시선조차 섞으려 들지 않았다. 오해를 풀기 위해서는 진실을 밝혀야 했지만 갑작스러운 전근의 이유를 모르기는 공도 마찬가지였다. 누구도 속 시원히 얘기해주지 않았기 때문이다. 인사 담당 실무자는 통상적인 순환인사라는 말만 되풀이했다. 짐작 가는 바가 없지는 않았다. 부장에게 돌려준 5만 원이 마음에 걸렸다. 봉투에 적힌 한자도 눈에 밟혔다. 부의(賻儀) 봉투에 돈을 넣었다는 사실을 우연히 알게 된 것은 전근 통보를 받고 나서였다. 부장에게 대놓고 물어볼 수도 없었다. 아니라면 그만이어서 괜히 우스운 꼴만 되기 십상이었다. 무엇보다 공은 설마 했다. 설마 그깟 일로. 그러니 아내에게도 함구했어야 했다. 부당한 인사라고 부글부글 끓던 공을 위로하던 아내는 미안하지만 함께 내려갈 수는 없다고 했다. 지방에 내려가기 싫어서가 아니라 아이 뒷바라지 때문에 어쩔 수 없다는 것이었다. 대학생씩이나 되었는데 무슨 뒷바라지냐는 말을 공은 꿀떡 삼키고 말았다. 아내의 입꼬리가 살짝 올라가는 게 웃는 것 같기도 하고 비웃는 것 같기도 했던 것이다.

여태 깜깜무소식이라니. 일이 꼬인 게 틀림없었다. 사무실 밖으로 나가 휴대폰으로 연락해볼 수도 있었지만 통화하게 되면 당장 달려가고 싶어질 것 같았다. 근무시간이 끝나고 사무실에서 나오자마자 공은 휴대폰으로 관리사무소에 전화를 걸었다. 거리의 소음 때문에 가뜩이나 가늘고 낮은 목소리가 더 어렴풋했다.

"205홉니다. 서명문건은 확인했습니까?"

"네."

"그래서요?"

"인급주민총회를 소입했는데 출석미달로 무산됐습니."

"총회를 언제 열었는데요?"

"어제 저녁에 열었습니."

"안내 받은 적 없는데요?"

"방송도 하고 안내문도 붙였습니."

"언제 방송했다는 겁니까?"

"낮에 여러 번 했습니."

"출근하는 사람은 어쩌라고 낮에만 합니까?"

"아임 저녁에 시끄럽다 민원이 들어와 그랬습니."

그러고 보니 요 며칠 아침저녁은 조용했다.

"안내문도 본 적 없는데요."

"거짓말 한다는 말입니?"

관리소장이 펄쩍 뛰었다.

"잠깐만요. 버스가 와서 나중에 연락드리겠습니다."

공은 전화를 끊었다. 전화로 될 일이 아니었다. 만나서 담판을 지어야 했다. 진즉 그랬어야 했다. 집으로 가는 버스가 멈췄지만 공은 뒤따라오던 택시를 세웠다. 시끄러워서 낮에만 안내방송을 했다고? 한번 해보자 이거지. 도마뱀이 꼬리를 자르고 달아나기 전에 몸통을 붙들어야 했다. 공은 급히 택시에 오르며 입술을 깨물었다.

관리사무소 문을 두드리면서도 공은 입술을 깨물었다. 안쪽에서는 반응이 없었다. 다시 두드렸지만 마찬가지였다. 공이 손잡이를 밀자 문이 스르르 열렸다. 전과 달리 관리사무소는 어둑어둑했다. 천장의 형광등은 꺼진 채였고 안쪽 책상 위의 스탠드 빛만 겨우 어둠의 껍질을 벗기고 있었다. 관리소장은 유니폼 차림에 모자까지 쓴 채 책상 앞에 앉아 있었는데 의자가 장난감처럼 보일 정도로 덩치가 컸다. 관리소장의 커다란 등짝 너머에서 사각거리는 소리, 쩝쩝 대는 소리가 희미하게 들려왔다.

"소장님?"

공의 목소리가 어둠 속에 울려 퍼졌다.

관리소장이 뒤를 돌아보았다. 가늘고 낮은 목소리와 어울리지 않게 얼굴은 둥글넓적하고 투실투실했으며 목은 짧고 굵었다. 낯선 사람의 갑작스런 출현에 놀랐는지 휘둥그레진 눈으로 멀뚱멀뚱 쳐다보았다. 입을 헤벌쭉 벌리고 있는 게 코에 문제가 있는 듯했다. 관리소장은 혀를 내밀어 아랫입술에 침을 묻혔다. 혀끝에 파란 반점이 돋아 있었다. 파란 반점이 눈길을 끌었지만 관리소장이 스탠드 빛을 가린데다 빤히 쳐다보고 있어서 정체를 확인할 수는 없었다.

"205홉니다."

어둠 때문이었을까. 사방 벽에서 공의 목소리가 울려나오는 듯했다. 관리소장이 책상 서랍에서 문서를 꺼내 공에게 내밀었다. 임시주민총회 참석 확인표였다. 참석자 확인란에 서명한 집은 채 4분의 1도 안될 것 같았다. 1층과 2층도 사정은 다르지 않았다. 공은 얼굴이 화끈거렸다. 모욕이라도 받은 기분이었는데 누구한테 받은 것인지 모호해서 모욕감은 더 커졌다.

"날을 촉박하게 잡아서 그런 것 아닙니까?"

"내일이 납부 마감일이라서 그랬습니다."

목소리는 여전히 가늘고 낮았지만 관리소장은 방송이나 통화 때와 달리 말꼬리를 잘라먹지도 발음을 흐리지도 않았다. 다른 사람과 말하는 기분이 들 정도였다.

"다시 여세요."

"그럴 수 없습니다."

"왜요?"

"내일이 마감이라고 했잖습니까."

"미루면 되죠."

"안 됩니다. 업자한테 계약금을 줘야 합니다."

"양해를 구하면 되잖습니까?"

"안 됩니다."

"왜죠?"

"내일이 마감이라서 안 된다고 했잖습니까."

관리소장이 앵무새처럼 같은 말을 되풀이하자 공의 얼굴이 삐뚜름해졌다. 사방을 막아선 벽이 점점 조여오는 듯했다.

"승강이가 아니라 승강기입니다."

꿈쩍도 않는 벽에 대고 주먹질하듯 공이 버럭 소리쳤다.

"네?"

관리소장이 놀란 표정으로 공을 쳐다보았다. 놀라기는 공도 마찬가지였다. 저도 모르게 튀어나온 말이었지만 내친걸음이었다. 공은 양복바지 주머니에서 관리비 고지서를 꺼내 관리소장에게 들이밀었다. 관리소장이 혀를 살짝 빼문 채 관리비 고지서를 들여다보자 공은 마음껏 관리소장의 혀를 쳐다볼 수 있었다. 관리소장의 혀끝에 돋은 파란 반점은 우표였다. 두루미인지 학인지 모를 새가 그려진 파란 우표. 책상 위에는 편지봉투가 수북이 쌓여 있었다.

관리소장은 입을 꾹 다문 채 눈만 뒤룩거렸다. 관리소장이 우표를 삼켜버릴까 봐 공은 가슴을 졸였다.

"승강기를 안 쓴다는 증거 있습니까?"

관리소장이 승강기의 '기' 자에 힘을 주며 말했다.

"네?"

공은 귀를 의심하지 않을 수 없었다. 이미 커진 한쪽 눈이 금방이라도 튀어나올 것처럼 더 커졌다. 관리소장의 멱살을 잡지 않기 위해 공은 젖 먹던 힘까지 쥐어짜야 했다. 뭐라고 쏘아붙이고 싶었지만 너무 어처구니가 없어 입이 떨어지지 않았다. 공은 코를 실룩거리며 관리소장을 노려보았다. 관리소장은 눈만 뒤룩거릴 뿐이었다. 아직 볼일이 남았느냐는 태도였다. 삐뚜름해진 공의 얼굴이 파랗게 달아올랐다. 말도 안 되는 소리 작작하라고 외치고 싶었자만 그래봤자 소용없을 게 뻔했다. 눈앞에 버티고 있는 벽을, 억지를 부리는 벽을 부셔버리고 싶었다.

"증거를 대면 될 거 아닙니까?"

관리비 고지서를 낚아챈 공은 관리사무소를 빠져나와 곧장 집으로 향했다. 사용하지 않는 증거를 대라고? 끝까지 해보자는 거지. 집에 돌아오자마자 공은 순식간에 문서를 작성했다. 엘리베이터에서 공을 본 적 없다는 사실을 확인한다는 글을 적고 서명 받을 표를 덧붙였다. 출력한 문서를 들고 집을 나서는 공의 심장은 삐뚜름한 세상을 바로잡아야 한다는 사명감에 불타올랐다.

이번에도 공은 203호의 초인종부터 눌렀지만 문은 열리지 않았다. 아직도 여행 중인가. 초장부터 김이 샜지만 굴하지 않고 1층으로 내려갔다. 지난번에도 203호만 빠졌으니까. 적어도 일관성은 있는 셈이었다. 103호는 출석률 저조로 주민총회가 무산된 것에 분통을 터뜨리더니 자기도 서명을 받아야겠다고 씩씩거리며 사인했다.

105호는 주민총회가 언제 열렸느냐고 물었다.

"어제 저녁에 열렸답니다. 안내문도 붙이고 했다는데요."

"안내문은 못 봤는데."

"방송도 했다는데요."

"……."

"낮에 여러 번 했답니다."

105호는 대꾸가 없었다. 공은 이제 침묵이라면 질색이었다.

"서명은……."

공이 문서를 내밀며 말했다.

"애 아빠와 상의해보고요."

"지난번에는 해주셨잖습니까?"

"이건 다른 문제니까."

"제가 엘리베이터에 타는 걸 본 적이 없잖습니까?"

"그거야 그렇지만."

"그럼 서명 안 하실 이유가 없잖습니까?"

"그래도 이건 상의를 해야 할 것 같아요. 안내문은 구경도 못했는데……. 아들! 아들은 봤어?"

105호 여자가 뒤를 돌아보며 물었다. 까무잡잡한 사내애가 고개를 절레절레 흔들었다. 요전 날 엘리베이터에서 코를 후비며 공을 빤히 쳐다보던 녀석이었다.

"보세요. 안내문은 구경도 못했다고 하잖아요."

"알겠습니다."

공은 힘없이 발길을 돌렸다.

"안 타세요?"

양복 차림의 젊은 남자가 엘리베이터를 붙든 채 물었다.

공은 무심코 엘리베이터에 오르려다 멈칫했다.

"안 탑니다."

엘리베이터 문이 닫히는 것을 지켜보며 공은 낭패를 당할 뻔했다고 가슴을 쓸어내렸다. 공은 계단을 꾹꾹 밟으며 3층으로 올라갔다.

303호는 아이들만 있어서 서명을 받지 못했다. 305호 초인종을 누르자 앞치마 차림의 대머리 할아버지가 푸들을 안은 채 문을 열었다. 푸들이 공을 향해 짖는 시늉을 했지만 낑낑대는 소리만 났다. 305호가 무슨 일이냐고 묻자 공은 자초지종을 설명했다.

"보시오. 젊은 양반. 왜 이 녀석 멱을 딴 줄 아쇼? 가족을 생각해서요. 한 지붕 아래 살면 가족이란 말이오. 가족이 사는 집을 수리하는 데 나 몰라라 하면 되겠소?"

"무슨 말씀인지 알겠습니다만 이건 다른 문제잖습니까?"

"젊은 양반은 이 녀석이 짖는 소리가 얼마나 아름다웠는지 모를 거요. 이 녀석 멱을 따고서 얼마나 후회했는지 아시오? 아직도 단독주택으로 이사 가는 꿈을 꾼단 말이오. 할망구가 그렇게 전원주택 타령을 했는데……. 할망구가 허망하게 갈 줄 알았다면 이 녀석 짖는 소리라도 녹음해둘 걸."

푸들의 머리를 어루만지는 305호의 눈시울이 붉어졌다. 문서를 쥔 손이 슬그머니 내려가는가 싶더니 공은 도망치듯 4층으로 올라갔다.

4층에서도 소득은 없었다. 403호는 부재중이었고 405호는 가족들에게 다 확인해야 서명해줄 수 있다며 자정쯤 다시 오라고 했다. 따지고 보면 틀린 말도 아니었기에 공은 발길을 돌릴 수밖에 없었다.

5층으로 올라가는 공은 몸도 마음도 천근만근이었다. 극심한 피로감이 어깨를 짓누르고 발목을 붙들었다. 달랑 한 집의 서명밖에 얻지 못했다는 사실에 맥이 풀렸다. 오늘은 이쯤 할까 싶었지만 관리비 납부 마감이 내일이니 오늘밤에 끝장을 봐야 했다. 안내문을 붙였다고? 새빨간 거짓말. 통로 어디에도 안내문은 보이지 않았다. 공은 새삼 관리소장에 대한 분노로 치를 떨며 꾸역꾸역 계단을 올라갔다.

사달이 난 것은 12층에서였다. 1203호 여자는 공이 설명하는 내내 팔짱을 풀지 않더니 공의 말이 끝나자마자 대뜸 소리쳤다.

"아저씨, 아파트 시세 떨어지면 책임질 거에요?"

"아파트 시세랑 무슨 상관입니까?"

공이 항변했지만 1203호 여자는 눈도 깜짝 안 했다.

"막말로 낡은 엘리베이터 때문에 사고 나서 누가 죽기라도 하면 그쪽에서 책임질 거냐고요?"

"말씀이 지나치시네요. 엘리베이터를 바꾸지 말자는 게 아니잖습니까?"

"혼자 잘 먹고 잘 살겠다고 서명 받으러 다니는 그쪽이야말로 지나친 거 아니에요?"

"돈 때문에 이러는 게 아닙니다. 엘리베이터를 쓰지도 않는데 교체비를 무는 게 이치에 맞다고 생각하세요?"

"그깟 교체비 대신 내줄 테니 괜한 분란 일으키지 말고 가만히 계세요."

"뭐요?"

공이 목청을 높였다.

그때였다. 갑자기 속옷 차림의 남편이 뛰쳐나와 공을 밀치며 소리쳤다.

"싫다는데 왜 자꾸 지랄이야?"

파랗게 달려드는 서슬에 움찔한 공이 정신을 수습하며 왜 몸에 손대느냐고 맞받아치자. 남자가 공의 목을 쥐고 한 방 날릴 자세를 취했다. 공은 턱을 쭉 내밀며 소리쳤다.

"때려봐. 어디 한 번 때려봐."

남자의 숫돌 같은 눈동자에 파르르 불꽃이 튀었다. 여자가 누구누구 아빠 그러면 안 된다고, 정초의 맹세를 벌써 잊었느냐고 울며불며 팔뚝에 매달리자 남자의 파란 불꽃이 흔들리며 스러졌다. 그래도 남자는 씩씩대며 공의 목을 놓지 않았다. 공은 얼굴이 파래졌고 여자는 사색이 되어 남자를 뜯어내려 버둥거렸다. 남자는 분이 풀리지 않은 듯 공을 바닥에 패대기쳤다. 공은 바닥에 엉덩방아를 찧으며 벌러덩 넘어졌고 1203호의 문은 쾅 소리를 내며 닫혔다. 자신을 바라보는 시선을 느끼고 공은 고개를 들었다. 빠끔 열린 1205호 문틈으로 미간을 모은 채 밖을 내다보던 중년 여자가 황급히 문을 닫았다. 자신이 다운 당한 사실에 놀란 복서처럼 공은 벌떡 일어섰다. 1205호도 글렀다고 탄식하면서.

험한 꼴을 당했지만 이상하게 화가 나지는 않았다. 뒤로 넘어졌다가 일어서니 오히려 마음은 가라앉아서 대체 무슨 짓을 하고 있나 싶었다. 그래도 포기할 수는 없었다. 공은 서명지를 쥔 손에 힘을 줬다. 다운을 딛고 일어선 복서처럼 숨을 고르면서 목과 어깨와 다리를 놀려보았다. 좀 뻣뻣한 감이 있었지만 문제없었다. 공은 다시 계단을 올라갔다.

1303호는 응답이 없었고 1305호는 문에 대고 용건을 말하게 하고서 바쁘니 나중에 오라며 코빼기도 안 비쳤다. 이제는 실망이나 분노조차 느낄 수 없었다. 다만 지치고 피로했다. 공은 한숨을 쉬며 다시 계단을 오르기 시작했다. 두 층밖에 안 남았다는 사실이 그나마 위안거리였다.

14층으로 올라가는 계단참에서 공은 외마디 비명을 지르며 주저앉았다. 한쪽 장딴지에 경련이 일더니 힘줄을 쥐어뜯는 듯한 통증이 엄습했다. 공은 두 손으로 장딴지를 주물렀다. 미친 듯 장딴지를 주무르는 공의 입에서 연방 신음이 새어나왔다. 급기야 공은 볼펜으로 장딴지를 냅다 찔렀다. 통증이 주춤하는가 싶었지만 잠시뿐이었다. 다시 볼펜으로 장딴지를 힘껏 찔렀다. 주춤했던 통증이 다시 고개를 들 때마다 찌르고 또 찔렀다. 이마에 식은땀이 맺혔다. 식은땀이 자꾸 흘러내려 눈이 따끔거리고 쓰렸다. 장딴지의 통증보다 눈의 쓰라림이 더 서러웠다. 눈의 쓰라림보다 저기 바닥에 뒹구는 앙상한 서명지가 더 서러웠다. 13층까지 고작 세 집이라니. 기력이 다 빠져나간 듯 발치에 떨어진 서명지를 집어들 엄두가 나지 않았다. 머리를 가눌 힘조차 없었다. 공은 머리를 무릎에 묻었다.

땡. 아래쪽에서 들리는 소리에 공은 고개를 들었다. 엘리베이터의 문이 열렸지만 아무도 없었다. 텅 빈 엘리베이터를 공은 망연히 들여다보았다. 닳을 대로 닳은 바닥, 얼룩덜룩한 데다 금까지 간 거울. 금을 따라 붙여놓은 노란 테이프. 특별한 구석이라고는 찾아볼 수 없는 낡은 엘리베이터였지만 공은 예전에 본 듯한 느낌에 사로잡혔다. 엘리베이터가 천천히 입을 다물었다. 승강기를 안 쓴다는 증거 있습니까? 관리소장의 가늘고 낮은 목소리가 문득 귓전을 때렸다. 정말로 엘리베이터를 탄 적이 없을까. 한 번도 없을까. 무심결에, 실수로라도 탄 적이 없을까. 공은 남은 기력을 끌어 모아 기억을 쥐어짰다. 기억해낼 때까지 기다리겠다는 듯 엘리베이터는 꿈쩍도 안 했다. 눈앞에 버티고 선 엘리베이터 때문에 공은 초조해졌다. 엘리베이터에 탔던 기억을 떠올리는 게 절체절명의 목표라도 되는 것처럼 공은 필사적으로 기억의 근육을 쥐어뜯었다.

엘리베이터가 눈앞에서 사라지면 터무니없는 짓을 멈출 수 있을 것 같았다. 공은 엘리베이터를 노려보았다. 엘리베이터 위쪽 벽에 적힌 숫자가 눈에 들어왔다. 13. 전에는 13층에 살았었다. 순간 공의 미간에 주름이 잡혔다. 기억의 밑바닥에서 뭔가 꿈틀대더니 의식의 표면을 향해 서서히 올라왔다. 10층, 11층, 12층, 13층. 땡. 엘리베이터 문이 열렸다. 엘리베이터에서 비틀대며 내린 사람은 만취한 공이었다. 전근 온 지, 이사 온 지 며칠 안 된 날, 직장동료들이 환영한다며 부어준 술을 한 잔 두 잔 마시다 코가 삐뚤어지고 말았지. 취중에 엘리베이터를 타고 13층으로 올라왔던가. 올라왔을 거야. 애먼 집 전자키를 다그치며 마누라가 그새 또 비밀번호를 바꿨다고 꿍얼거렸던가. 그랬을 거야. 계단에 주저앉아 머리를 무릎에 묻고 졸았던가. 그랬을 거야. 그랬어. 그런 게 틀림없어. 공은 힘차게 고개를 끄덕였다.

엘리베이터는 아직 그대로였다. 공은 끙 소리를 내며 일어나 절뚝거리며 계단을 내려갔다. 공은 얼굴뿐 아니라 몸 전체가 삐뚜름해졌다. 삐뚜름해져 계단 내려가기가 힘겨웠다. 계단을 다 내려오자 걷는 게 한결 수월했다. 엘리베이터가 가까워질수록 걸음걸이가 점점 자연스러워지더니 엘리베이터에 오를 때는 멀쩡했다.

2층 버튼을 눌렀지만 엘리베이터는 미동도 하지 않았다. 2층에 서지 않는다는 사실을 깨달은 공은 1층을 누를까 하다가 3층을 눌렀다. 계단 오르기라면 넌더리가 났다. 엘리베이터 문이 뻑뻑대며 닫혔다. 엘리베이터 문에 뭔가가 붙어 있었다. 주민총회 소집을 알리는 안내문이었다. 승강기 교체비용 분담 건으로 총회를 소집합니다.

엘리베이터가 끼익거리며 움직이기 시작했다. 녹슨 도르래와 낡은 케이블이 연방 비명을 내질렀지만 어쨌든 내려갔다. 한껏 치켜 올라갔던 공의 한쪽 눈썹과 입꼬리도 엘리베이터의 박자에 맞춰 누그러졌다. 심장 위에 얹힌 무언가도 내려가는 듯했다. 마침내 엘리베이터는 3층에 당도했고 공의 얼굴은 완전히 균형을 회복했다. 엘리베이터에서 내리는 공은 더없이 홀가분한 표정이었다.

사회와 개인 사이의 균형 잡기

　　김경욱의 「승강기」는 동시대인이라면 한 번쯤 겪었음직한 일상적 소재를
표면에 내세우고 있다. 이웃한 아파트 현관 입구에서 스쳐 지나칠 수도 있
을 인물이 겪고 일으키는 사건이 정교한 퍼즐조각을 맞추어 놓은 듯 작가가
숨겨놓은 밑그림 위에서 전개되지만, 그 이면은 매우 묵직한 주제를 함축하
고 있는 간단치 않은 소설이다.

　　먼저 소설에서 자주 등장하며 키워드가 되는 '균형'이라는 말은 작가가
독자들에게 제시하는 일종의 화두이다. 소설의 독해는 그 화두를 머리에 놓
고 관념의 퍼즐을 맞추는 게임과도 같다. 즉 독자에게는 의미 있는 사색의
시간이 시작되는 것이다.

　　성실하지만 한편으로는 완고하고 융통성이 없어 보이는 중년 남성이 있
다. 작자가 서술하는 '공'이란 이름의 인물은 우리가 주변에서 한 번쯤 마

주칠 법한 사람이다. 만년과장에서 벗어나지 못하는 '공'은 "새 기관장이 낙하산을 타고 내려올 때마다 조직도를 다시 그려야 하는 직장"에서 20년 간 책상을 지켜온 것은 자신이 "일관성과 더불어 균형"을 잃지 않았기 때문 이라고 여기는 인물이다. '균형'이란 말의 사전적인 의미는 어느 한쪽으로 기울거나 치우치지 않는 고른 상태를 나타낸다. 그러나 이 개념은 상황에 따라 다른 뜻으로 변화될 수 있는데, 만약 외줄타기를 앞두고 있는 광대에 게 '균형'이란 생명과 맞먹는 개념이 될 것이다. 조직의 구성원에게 있어 '균형'은 어떤 의미인가. 새로 부임한 기관장에게 줄서기를 하지 않기 때문 에 이익을 취하지 못할 수 있지만 한편으로는 그 기관장이 떠날 때 불이익 을 당하지 않을 수 있다는 것을 의미한다. 출세는 더디지만 안정은 보장되 는 방법으로 편향이 아니라 중립을 선택해온 것이 '공'의 일관성이고, '공' 은 그것을 균형감각이라고 여기며 살아온 것이다.

그런데 그렇게 균형을 원칙으로 삼아 버려온 그가 어느 날 납득할 수 없 는 인사발령으로 지방으로 좌천되면서 이야기가 시작된다. 현재의 아파트 에 이사 온 후 '공'은 일관성을 중시하는 자신의 습성에 반하는 일련의 현 상들과 마주하는데, 가령 불길하다고 204호라고 표기하지 않고 205호로 표 기하면서도 4층은 그대로 표기한 것을 보고 마음이 불편하다. 관리비 고지 서에 '승강기'가 '승강이'로 적힌 것도 마찬가지다. 어쩌면 사소하다 할 수 있는 이런 사실들이 거부감을 일으키는 것은 앞뒤가 맞아야 하고 완벽해야 하는 것이 그가 중시하는 원칙이고 습관이기 때문일 것이다. 그러나 세상일 이란 그가 생각하는 것처럼 앞뒤가 딱 맞고 완벽하게 돌아가는 것은 아니 다. '공'이 바라는 것과 사회 현실의 불일치한 현상을 작가는 사소하지만 치밀한 이런 장치를 통해서 은유적으로 보여준다.

'공'을 결정적으로 자극한 것은 승강기를 이용하지 않는 2층 거주자임에도 관리비 내역에 승강기 교체비용이 기재되어 있다는 사실이다. 그는 그것이 옳지 않으며 착오일 것이라는 확신을 갖고 관리사무소에 전화를 걸어 항의한다. 그러나 그의 항의는 관리소장의 긴 침묵과 맞닥뜨리게 되는데, 이는 입장을 달리해서 생각하면, 주민총회에서 결정된 사항과 그에 대한 이견 사이에서 중간자의 위치에 놓여 있는 관리소장이 나름의 고충을 갖고 있다는 것을 시사해준다. 그러나 '공'의 입장에서는 관리소장의 침묵을 해석해낼 수 없는데, 자신이 옳다고 생각하는 관점에 몰입된 나머지 상대에 대한 배려가 그 안에 존재하지 않기 때문이다. '공'은 침묵과 더불어 "제 꼬리를 자르고 달아나는 도마뱀"처럼 말꼬리를 자르며 일방적으로 전화를 끊어버리는 관리소장의 행동에 의구심과 불쾌감을 가질 뿐이다.

우리가 옳다고 배웠던 교과서적인 지식과 가치관이 통하지 않을 때가 있다. 그러한 문제는 대개 다른 사람과의 관계에서 생겨난다. 즉 자신만의 삶의 철학과 가치관이 다른 사람들과 소통되지 못할 때 우리는 벽을 느끼는데, 작품 속의 고지식한 '공' 또한 그런 사람이다. '공'은 다른 사람들과의 관계에서 자신의 억울함에만 몰두할 뿐, 다른 사람의 오해나 헛소문에 대해서는 적극적인 자세를 취하지 않는다. 즉, 그들의 오해나 헛소문, 억측의 벽을 허무는 대신 자신이 부당하다고 생각하는 현실에 대한 저항에 집착할 뿐이다. '공'의 직장에서의 오해와 부당한 인사발령의 기억은 관리사무소 소장과의 통화와 기다림 사이에 자리 잡는다. '공'은 "자신이 감찰을 위해 파견된 것이라는 헛소문을 방관"하면서도, 동료들의 경계와 경원과 억측에 대해서는 무반응으로 일관하고, 자신의 항의에 침묵으로 대응하는 관리소장의 완고함에 자신을 인사발령한 부장의 전횡을 투사한다. '공'은 관리소장의 행동이 박쥐와 같은 것이라고 생각한다.

진실이 무엇이든 간에 이기는 쪽에 붙는 습성을 갖고 있는 박쥐의 행동을 보이는 관리소장을 대하면서 '공'은 그것이 관리소장만의 처세술(아파트의 공적인 안건과 '공'의 개인적인 의견 사이의 행동)이라는 것을 깨닫지 못한 채, 회사의 법인카드를 사용하고 횡령한 10만 원 중 5만 원을 무심결에 받은 뒤 돌려주려고 한 자신의 행위에 언짢아하던 부장의 모습을 떠올린다. 관리소장의 벽과 같은 침묵에서 느끼는 좌절감은 부장한테서 받은 모멸감과 결합되어 '공'의 감정을 격앙시키는 것이다. 그는 억울함을 느낀 결과, 자신에게 부당하게 부과되었다고 여기는 승강기 교체비용을 내지 않기 위한 적극적인 행동에 나서는데, 곧 자신이 옳다고 생각하는 이 세계의 진실, 즉 관리소장의 거짓을 밝히기 위해서 사흘 동안 열다섯 집의 서명을 받아내는 일을 감행하는 것이다. '공'은 인간관계 속에서 같은 조건과 처지일지라도 백 퍼센트의 정답이 나오기 어렵다는 사실을 간과한 채, 라인 대표의 의견이 잘못되었다는 것을 증명하기 위해 열다섯 집의 서명을 받은 것에 만족해한다. 부장에게 받은 돈으로 인해 "심장에 벽돌"이 얹힌 듯한 기분을 해소하기 위해 문제의 돈이 담긴 봉투(그것도 '부의'라고 쓰인)를 결재서류 사이에 끼워서 부장의 책상에 올려놓았던 일을 상기하면서, 관리소장의 책상에 서명지가 담긴 편지봉투를 올려놓지만, '공'의 기대와는 달리 관리소장한테서는 반응이 없었다. 또한 사무실 동료들은 '공'이 뭔가를 캐내려 한다고 여기는 듯 말은 물론 시선조차 섞으려 들지 않았다. '공'은 그 자신도 전근의 이유를 모른다고 여기기 때문에 그들의 오해에 대해 침묵으로 일관한다. '공'은 자신이 출근하고 없는 사이에 관리사무소에서 임시 주민총회 안내방송과 총회가 열렸다는 것을 알게 되고, 이에 '누구한테 받은 것인지 모호한 모욕감'까지 더 커져서 관리소장을 직접 대면하는 단계에 이른다. 관리소장은 임시주민총회가 미달되었다고 '공'에게 말하고, '공'은 다시 열어야 한다고 실랑이를 벌인다. '공'은 "승강기를 안 쓴다는 증거"가 있느냐는 말에 "눈앞에 버티고 있는 벽을, 억지를 부리는 벽을 부셔버리고 싶"다는 생각과 함께 "삐뚜름한 세상을 바로잡아야 한다는 사명감"에서 자신이 승강기를 타지 않았다는 것을 증명하기 위해 또다시 사람들을 찾아 나선다.

그러나 각 층에 살고 있는 사람들은 갖가지 이유를 대면서 서명을 해주지 않았고 13층까지 돌아다녔지만 겨우 세 집에서만 서명을 받을 수 있었다. 그렇다고 '공'은 포기할 수 없었고, 자신이 옳다는 것을 증명하기 위해 계속 올라가다가 14층의 계단에서 장딴지에 경련이 일어나 그만 주저앉고 만다.

그런데 이때 '공'에게 결정적인 성찰과 반성의 시간이 찾아오는데, 관리소장이 '승강기를 안 쓴다는 증거가 있느냐'고 물었던 것을 떠올리며 '과연 자신이 한 번도 승강기를 이용한 적이 없는가' 하고 생각하는 것이다. 그리고 이사를 한 직후 술김에 예전에 살던 아파트로 착각하고 13층까지 올라간 적이 있었음을 떠올리는 순간, 자신이 옳다고 주장하고 증명하려고 했던 것들이 틀린 것이 되어 자신에게 화살로 돌아오는 것을 깨닫는다. 또한 자신의 존재방식과 삶의 원칙이 다른 사람들에게는 받아들일 수 없는 것일 수도 있다는 사실을 자각한다. 그래서 13층까지 방문했던 각 호의 사람들이 증명서에 서명할 수 없었던 여러 이유를 통해서 각 개개인마다 다른 삶의 방식과 원칙이 각자의 정답이 될 수 있다는 사실을 받아들인다. 이제 '공'은 통증이 사라진 다리로 승강기에 오른다. 그리고 그곳에서 비로소 승강기 교체비용 분담 건으로 총회를 소집한다는 안내문을 읽게 된다. 마침내 '공'은 거짓이었다고 생각하던 진실과 마주하게 됨으로써 마음의 통증도, 장딴지의 통증처럼 사라지는 것을 경험한다. '공'의 얼굴은 승강기의 박자에 맞춰 누그러졌고, 부당한 전근으로 심장에 벽돌이 얹힌 듯한 피해의식도 사라지는 것을 경험한다.

『중용(中庸)』에서는 균형감각의 전제로 자신을 바르게 하는 태도 곧, 정기(正己)를 무엇보다 중요시한다. 현실을 인정하고 받아들이면서도 결코 올바름을 놓치지 않아야 한다는 뜻이다. 그런데 자신을 바르게 하고 올바른 뜻을 굳게 지켜 나가는 일은 중요하지만, 자신의 신념에 대한 과도한 의지가 오히려 현실의 조건과 상황을 무시한 채 날카롭게 되어 편협한 모습으로 드러날 가능성도 있다. 그리하여 편협한 마음으로 세상을 원망하고 분노하게 되는 것이다.

맹자(孟子)에 의하면 성인이란 공자와 같이 주어진 상황에 적합한 방식으로 문제를 해결하는 변통의 능력을 가진 인물이다. 불의에 분노하여 수양산에 들어가 굶어 죽었던 백이(伯夷)는 지조 있는 성인이라고 평가할 수 있지만, 또 다른 시각에서 보자면 어려운 상황에서 자신을 변화시켜 적합한 방식으로 문제를 해결하는 변통의 능력이 모자라는 사람으로 안타까워 할 수도 있다. '공'에게도 승강기 사건의 체험은 자신이 옳다고 생각하는 것에만 갇혀 있는 완고와 협애(狹隘)의 '알'을 깨고 나올 기회가 될 수도 있을 것이다. 여럿이 함께 살아가는 공동체에서 타인에 대한 배려는 구성원에게 필요한 덕(德)으로 요구되며, 형편과 경우에 따라 원칙보다 융통성이 필요할 때가 있다. '공'은 아픈 경험을 통해 비로소 진정한 균형감각에 이르는 첫 발을 뗀 것이 아닐까.

2010년 『문학과 사회』에 단편소설 「돼지우리」를 발표하며 등단했다.

김엄지

미래를 도모하는 방식 가운데

미래를 도모하는 방식 가운데

그는 산으로 갔다.

그는 산으로 가기 위해 배낭을 샀다. 양말과 팬티, 점퍼와 트레이닝 바지, 치약과 칫솔, 야구모자와 수영모, 물안경을 챙겼다. 그는 계곡을 기대하고 있었다. 그는 다이빙을 하고 싶었다. 3미터는 돼야 해. 그는 수심 3미터 이상의 계곡이 있는 산을 검색했다. 익사, 중태와 같은 기사를 여러 건 읽을 수 있었다.

그는 산으로 가기 위해서 네 시간 동안 고속버스를 타야 했다. 그리고 두 번 더 버스를 갈아타야 했다. 잠들고 깨기를 반복했다. 잠에서 깰 때마다 그는 고민했다. 며칠 동안 산에서 머무를 것인가. 그가 고민하는 동안 비가 내렸다. 장마는 끝이라는 예보가 있었지만 비는 계속 내렸다.

휴게소에서 그는 소시지와 통감자구이를 사 먹었다. 버스가 다시 출발했을 때 가슴 언저리에서 소시지와 통감자구이가 거북하게 일렁였다. 그는 버스 창에 머리를 기대고 심호흡을 했다. 그는 멀미를 앓으면서 다시 생각했다. 며칠 동안 산에서 머무를 것인가. 아주 오래 머물고 싶기도 했고, 다이빙을 단 한 차례만 한 뒤에 곧바로 돌아올 생각도 있었다.

그가 산 입구에 도착했을 때 비는 거의 내리지 않는 것처럼 내렸다. 그래서 그는 비가 그쳤다고 생각했다. 그는 좀 쉬고 싶었다. 하늘이 어두웠다. 민박이나 펜션, 산장 같은 건물은 보이지 않았다. 보이는 것은 어두운 하늘과 텅 빈 주차장, 수심 3미터의 계곡이 있다는 크고 짙은 산, 산의 입구를 상징하는 녹슨 철제 구조물, 비교적 환하게 빛나는 24시 편의점뿐이었다.

근처에 숙소 있습니까? 그는 편의점으로 들어가 물었다. 편의점 직원은 근처에 숙소가 없다고 대답했다. 없어요. 짧은 대답이어서 그는 섭섭함을 느꼈다. 그는 1.5리터 게토레이를 계산했다.

근처에 숙소 있습니까? 그는 등산복을 갖춰 입은 오십 대 남자에게 물었다. 등산복 차림의 남자는 편의점 계산대에서 버터오징어를 계산하는 중이었다. 없습니다. 등산복의 남자 역시 짧게 대답했다. 그는 이제 누구에게 더 물어보아야 할지 고민됐다. 그는 편의점 밖으로 나왔다.

편의점에서 게토레이를 계산하고 숙소를 물었을 뿐이었지만 그 사이 하늘은 좀 더 어두워졌다. 산은 좀 더 짙어졌고, 산 입구를 상징하는 철제 구조물은 좀 더 녹슬어 보였다. 그리고 주차장은 더 넓게 비어 있었다. 그는 가끔 공간이 넓어지는 현상을 겪었다. 실제로 공간이 넓어진 것이 아니라 그가 그렇게 느끼는 것이었다. 가벼운 공황증세를 갖고 있기 때문인데, 그는 자신이 공황증세를 가지고 있다는 것을 아직 알지 못했다. 그는 편의점 유리 앞에 서서 1.5리터의 게토레이를 들이켰다.

좀 더 어두워지기 전에. 그는, 좀 더 어두워지기 전에, 라는 생각을 반복적으로 했다. 좀 더 어두워지기 전에. 좀 더 어두워지기 전에. 좀 더 어두워지기 전에. 그는 한 가지 생각을 반복적으로 되새겼다. 그가 가벼운 강박을 가지고 있기 때문이었다. 그는 자신이 가벼운 강박을 가지고 있다는 것을 아직 알지 못했다. 그는 1.5리터의 게토레이 병이 순식간에 가벼워진 것을 느꼈다. 한꺼번에 많이 마셨다는 것을 깨달았다. 너무 많이 마셨다는 사실을 깨닫자마자 화장실에 가고 싶었다. 화장실은 어디에도 없었다. 그는 좀 참아보기로 했다. 좀 참고, 좀 더 어두워지기 전에.

그는 편의점 유리 앞에 서서 하산하는 등산객 둘에게 다시 숙소를 물었다. 삼십 분쯤 걸어야 합니다. 그중 한 등산객이 그에게 말했다. 그는 걷는 것을 좋아하지 않았다. 감사합니다. 그는 걷는 것을 좋아하지 않았지만 등산객에게 인사를 했다. 등산객은 등산로를 따라 산속으로 삼십 분쯤 걸어가라 했다.

그는 산속으로 걷기 시작했다. 흙과 잎이 진한 냄새를 뿜었다. 축축하고 신선한 냄새였다. 축축하고 신선하게, 그는 신비로운 기분에 휩싸였다. 신비로운 기분은 그가 십 분 정도 더 걸었을 때 최고조에 달했다. 십 분쯤 걸었을 때 그는 안개에 휩싸였다. 그는 안개 속에서 눈을 감았다. 눈을 감고 뜨는 사이에 사위는 더 어두워졌다. 그는 안개 속에서 바지를 내리고 오줌을 쌌다. 그는 한 방향으로 힘을 주었다. 그를 보는 사람은 아무도 없었다. 그는 비가 멈췄다고 생각했지만, 비는 내리지 않는 듯 계속해서 내렸다. 그래서 그의 옷과 몸은 천천히 계속 젖었다. 흙과 잎, 등산로 역시 젖어 있었지만, 그는 비와 어두움에 적응하면서 그런대로 잘 걸어나갔다. 하지만 두 번의 심한 오르막을 거치고 나자 가방이 무겁게 느껴졌다. 길은 걸을수록 가팔라졌고, 그가 가방 안에서 무언가 버리고 싶다고 생각했을 때, 숙소가 보였다. 숙소라기보다 허름한 식당에 가까운 모습이었다. 백숙과 막걸리, 라면, 몇 가지 스낵을 파는 곳이었다.

잘 수 있습니까? 그가 물었다. 잘 수 있습니다. 비쩍 마른 여자가 대답했다. 여자는 비쩍 마른데다가 거의 백발이었다. 그리고 정리되지 않은 단발이었다. 허리가 약간 굽어 있어서 더욱 나이 들어 보였다. 그는 휴대폰을 꺼내어 시간을 확인했다. 그는 27분 만에 숙소에 도착했다. 등산객에 일러준 30분이 채 걸리지 않았기 때문에 뿌듯했다. 그는 뿌듯한 마음으로 라면을 주문했다. 늙고 마른 여자 주인은 방으로 가져다주겠다고 말했다.

그는 라면을 기다리는 동안 옷을 갈아입었다. 옷과 몸이 젖었다는 것, 심지어 자신의 몸이 차갑다는 것이 의아했다. 산속을 걷는 내내 더웠고, 비가 그친 줄로만 알고 있었기 때문이었다. 옷을 다 갈아입고 나서 그는 담배를 태웠다. 집에서 나온 뒤로 처음 태우는 담배였다. 맛이 좋았다. 그가 담배 한 대를 다 태우기 전에 주인여자가 방문을 두드렸다.

계곡은 여기서 얼마나 가야 합니까? 그는 라면을 가져온 주인여자에게 물었다. 여기서 멉니다. 한 시간은 걸어야 합니다. 주인여자의 목소리는 낮고 굵었다. 체형과 어울리지 않는 톤이었다. 보이는 대로라면 실같이 가늘고 작은, 떨리는 목소리를 내야 할 것 같았다. 그래서 그는 주인여자의 나이를 다시 가늠했다. 그는 방문을 닫고 라면을 먹었다.

그는 라면을 다 먹은 후에 담배를 한 대 더 피웠다. 그리고 구석에 놓인 요와 이불을 방 한가운데에 펼쳤다. 눅눅하고 무거운 이불이었다. 그의 집에 있는 것과 꼭 같은 눅눅함과 무거움이었다. 그는 친근함과 편안함을 느꼈다. 동시에 그는, 그가 얼마나 오랫동안 이불을 빨지 않았는지를 깨달았다. 그는 2년 7개월 동안 이불을 빨지 않았다. 그러나 그것이 정확히 2년 7개월이라는 것은 알지 못했다. 그는 그저, 집으로 돌아가면 이불을 빨아야 겠다고 결심했을 뿐이었다. 그는 눅눅하고 무거운 이불 속에서 고민했다. 며칠 동안 머무를 것인가. 그는 아직 결정하지 못했다. 아주 오랫동안 머물 수도 있었고, 단 한 차례 다이빙을 한 뒤에 돌아갈 수도 있었다. 이불의 눅눅함과 무거움이 익숙해서인지 오랫동안 머물러도 나쁘지 않을 것 같았다. 그는 꿈 없이 잠을 잤다.

아침이 되어도 어둡기는 마찬가지였다. 아침이 되어도 비는 그치지 않았다. 이미 예보는 장마의 끝을 선언했지만 갑자기 굵게 비가 내리기도 했다. 산속은 춥기까지 했다. 실제로 그는 추위에 선잠이 들었다 깨었다. 어둡고 추웠기 때문에 그는 계곡과 다이빙을 떠올리지 못했다. 더 자고 싶은 마음과 춥다는 생각뿐이었다.

그는 아침으로 라면을 주문했고, 주인여자가 방 안으로 라면을 들이며 그에게 하루 더 머무를 것인지 물었다. 그는 아직 모르겠다고 대답했다. 계곡은 어떻게 가야 합니까? 그는 주인여자에게 자세한 설명을 부탁했다. 주인여자는 그에게 약도를 그려주었다. 주인여자는 약도를 많이 그려본 솜씨였다. 감사합니다. 그는 인사했다. 인사 후에 방문을 닫고 라면을 먹었다. 그리고 담배를 피웠다. 라면보다 담배가 더 맛이 좋은 것 같았다. 담배를 피우려고 라면을 먹은 사람처럼, 진득한 침을 쩝쩝거리면서 담배를 빨았다. 그는 여전히 깊은 계곡을 기대했지만 어둡고 추웠기 때문에 망설여졌다. 이불 속이 너무나 편안하다는 사실, 그의 집 이불과 같은 무게, 같은 눅눅함, 같은 냄새를 풍긴다는 사실이 그를 더욱 이불 안에 머물게 했다. 그는 편안했다. 편안함과는 별개로, 그는 집으로 돌아가면 이불을 빨아야겠다고 다시 결심했다. 그는 결심을 잘 하는 편이었다.

비가 멈추겠습니까? 그가 주인여자에게 물었고, 주인여자는 정오가 되면 날이 갤 것이라고 말했다. 주인여자는 날씨에 대해 잘 알고 있는 듯했다. 계곡에서 다이빙을 해도 되겠습니까? 그가 주인여자에게 물었고, 주인여자는 기꺼이 그러라 말했다. 그는 하루 치의 숙박비를 미리 계산하고 숙소를 나섰다. 물안경과 수영모를 잊지 않고 챙겼다.

그는 사실 다이빙을 해본 적이 없었다. 수영을 배운 적은 있었지만, 잠수는 서툴렀다. 그는 삼 년 전 어느 날 갑자기 다이빙을 결심하게 되었다. 돌고래가 나오는 다큐를 시청한 날이었다. 다큐의 돌고래는 다이빙하지 않았지만, 그는 돌고래를 보자 다이빙이 하고 싶어졌고, 결심했다. 그에게 결심은 그렇게 어느 날 갑자기, 불현듯 생겨났다.

주인여자가 그에게 준 약도는 힘 있게 그려진 약도였다. 계곡의 위치를 정확히 알고 있는 사람만이 그릴 수 있는 능숙한 약도였다. 그는 주인여자를 믿었다. 주인여자가 그려준 약도를 믿었다. 그러나 그의 믿음과 상관없이 산길은 어둡고 추웠다. 가끔씩 굵게 비가 내리기도 했다. 정오가 거의 다 되어갔지만 날은 개지 않았다. 그는 삼십 분째 비를 맞으며 같은 방향으로 걷고 있었다. 비는 그치지 않았다. 내리지 않는 듯이 내리거나 혹은 확실하고 굵게. 그러니까 비는 어떤 식으로든 내렸다. 삼십 분을 걷는 동안 그는 몇 번인가 안개에 휩싸였다. 그때마다 신비로운 기분은 아니었다. 조급함이나 이상한 안달증이 들었다. 무엇에 대한 조급함과 안달인지 그는 정확히 알지 못했다.

그는 한 시간 동안 걸었지만 약도에 그려진 절을 발견하지 못했다. 그리고 그 뒤로 한 시간 더 걸었지만 절을 발견하지 못했다. 절을 기준으로 오른쪽 방향으로 가야 했다. 오른쪽으로 더 걸으면 계곡이 나타날 것이라 주인여자는 말했다. 약도 역시 그렇게 그려져 있었다. 그러나 두 시간을 걸어도 절은 보이지 않았다. 무성한 잎과 거친 돌길이 나타났고, 갑작스럽게 안개에 휩싸일 뿐이었다. 정오가 훨씬 지났지만 비는 그치지 않았다. 등산객과 한 번도 마주치지 않았다는 사실이 그를 더욱 조급하게 만들었다. 발이 무거웠다. 그는 담배를 꺼내 물었다.

그는 멀리서 표지판을 보았다. 표지판은 무성한 풀숲 가운데에 솟아 있었다. 절의 위치를 가리키는 화살표거나, 어쩌면 곧장 계곡을 가리키는 화살표

이거나. 그것도 아니라면, 어쨌든 무엇인가를 가리키고 있는 화살표임에 분명하다고 그는 생각했다. 그러나 표지판에 화살표는 없었다. 가까이 다가가서 확인한 표지판은 나무 합판이었다. 거기에 '산불 조심'이라고 쓰여 있었다. 그는 억하심정에 연달아 담배를 세 개비 피웠다. 줄담배는 오랜만이었다. 그는 여러 번 침을 뱉었다. 곧 갈증이 났다. 그러나 물은 가져오지 않았고, 물안경과 수영모만을 챙겨왔을 뿐이었다. 목마르다. 목마르다. 목마르다. 그는 반복적으로 같은 생각을 하기 시작했다. 그는 반복적으로 같은 생각을 할 때마다 멀미와 같은 증상에 시달렸다. 뒷골이 당기고 속이 메슥거렸다. 그는 그것이 강박증세일 것이라곤 미처 생각하지 못했다. 그저 비위가 약한 체질이라고 스스로 짐작할 뿐이었다. 지레짐작은 그를 슬프게 했다. 목마르다. 목마르다. 목마르다. 그는 슬프도록 목이 말랐다. 그는 심호흡을 했지만 멀미 증상은 쉽게 가시질 않았다. 그는 하늘을 향해 고개를 젖히고 혀를 내밀었다. 혓바닥에 비가 떨어지기도 했다. 그는 계속 목이 말랐다.

그는 조금 더 걷기로 했다. 길이 나 있는 쪽으로 걷다보면 무엇인가, 누군가와 마주칠 것이라는 기대 때문이었다. 그의 기대는 소박한 편이었다. 깊은 계곡과 다이빙보다도 절이 나타나주기를 바라는 기대가 더 커졌다. 그의 기대는 유연한 편이었다. 그러나 그의 어떤 기대와도 상관없이 그는 흙바닥에 늘어진 검은 물체와 마주쳤다. 정확히는 검붉은 색이었고 아무렇게나 헝클어지고 축 늘어진 상태였다. 아무렇게나 벗겨진 흙 묻은 목장갑이었다. 그는 놀랐지만, 목장갑이라는 것을 곧 알아차렸다. 어떤 것의 시체도 아니었고 단지 목장갑이라는 것을 알았지만 그는 두근거림을 느꼈다. 그리고 흙과 잎의 색이 더욱 짙어진 것을 보았다. 어두워졌고 앞으로 더 어두워질 것이었다. 목이 말랐고 앞으로 더 목이 마를 것이었다. 그는 돌아가야 한다고 생각했다. 그는 왔던 길을 되짚어 내려갔다. 뛰지 않으려고 노력하면서 빠르게 걸었다. 그는 넘어지고 싶지 않았다.

절이 나오지 않았습니다. 그가 주인여자에게 말했다. 그가 산을 헤매다 숙소에 도착했을 때 하늘은 아주 어두워져 있었다. 비는 그치지 않았다. 이상한 일이네요. 주인여자가 낮고 굵은 목소리로 대꾸했다. 오래 걸리기는 하지만 어려운 길은 아니라고 주인여자는 덧붙였다. 이상한 일이군요. 그는 주인여자의 말에 수긍했다. 산이란 게 그렇습니다. 주인여자는 그를 위로했다. 산이란 게 그렇군요. 그는 힘이 없었다. 그는 시무룩했다. 배가 고프지는 않나요? 주인여자가 그에게 물었고, 그는 목이 마르다고 대답했다. 주인여자는 그에게 물을 떠다주었다. 그는 벌컥벌컥 마셨다. 오늘은 하늘이 붉습니다. 불이 나고 있나봅니다. 주인여자는 서쪽을 가리켰다. 서쪽 하늘이 환하게 붉었다. 산불인가요? 그가 주인여자에게 물었다. 네. 주인여자는 굵고 낮게 대답했다. 그는 연달아 피웠던 세 개비의 담배가 떠올랐다. 비가 오는데도 산불이 납니까? 그가 주인여자에게 물었다. 비는 비고 불은 불입니다. 비가 와도 불은 납니다. 주인여자는 산에서 산불은 흔한 것이라 대답했다. 그는 주인여자에게 산 중턱에서 담배 세 대를 태웠다고 말하려다 하지 않았다. 그는 방으로 들어가 라면을 주문했다. 허기가 졌던 탓이었는지 두어 젓가락으로 라면 한 그릇을 모두 비웠다. 라면을 다 먹은 뒤에 입맛을 다시며 담배를 빨았다.

아직도 타고 있습니까? 그는 방 밖으로 나가 주인여자에게 물었다. 네. 훨훨 잘 타고 있습니다. 주인여자는 여유로웠다. 여기까지 내려오진 않습니까? 그는 산불이 숙소까지 내려올까 두려웠다. 그러지는 않을 것 같습니다. 주인여자가 말했고, 그는 주인여자의 말을 믿기로 했다.

얼마동안 머무를 것인지 그는 아직 결정하지 못했고, 얼마동안 머무른대도 상관없었다. 그를 찾는 사람은 없었다. 그가 산으로 온 지 하루가 지났지만 아무도 그에게 전화하지 않았다. 아무도 그에게 메시지를 보내지 않았다. 그 역시 아무에게도 연락하지 않았다. 연락하는 것과 연락받는 것에 대해서 그는 무감한 편이었다. 그러나 산불 때문이었을까. 어쩌면 그치지 않는 비 때문에, 그는 휴대폰을 만지작거렸다. 그는 약간 초조했다. 무엇을 향한 초조함인지는 알 수 없었다. 참지 못할 만큼의 초조함도 아니었기 때문에 그는 그저 휴대폰을 만지작거렸다. 휴대폰 배터리가 8퍼센트 남아 있었다. 그는 충전기를 가지고 오지 않았다는 것을 깨달았다.

그는 잘 깨닫는 타입이었다. 그리고 잘 잊는 편이었다. 제법 멍청한 편이었고, 우유부단한 면도 가지고 있었다. 그는 늘 사소한 망설임과 걱정을 갖고 있었다. 그는 휴대폰이 꺼질까 걱정되었다. 그것은 멍청한 걱정이었다. 배터리가 모자란 휴대폰은 꺼지는 것이 당연했다. 더욱이 아무도 그에게 연락하지 않을 것이었다. 그래도 그는 충전을 해야 한다고 생각했다.

그는 주인여자에게 휴대폰 충전을 부탁했고, 충전기가 없다는 대답을 들었다. 없습니다. 주인여자의 대답은 짧았다. 그는 섭섭함을 느꼈다. 주인여자는 휴대폰 자체를 가지고 있지 않았다. 그는 주인여자의 나이를 다시 가늠했다. 아무래도 칠십 대 후반 같았다. 사람은 칠십 대부터 비슷한 얼굴을 갖게 된다고 그는 생각했다. 어쩌면 주인여자는 구십 대일 수도 있었고, 백세를 넘겼을 수도 있었다. 그는 피곤했기 때문에 이불 속으로 들어갔다.

그는 눅눅하고 무거운 마음으로 내일이면 휴대폰이 꺼질 것이라는 것을 인정했다. 인정하고 나니 별일 아니라는 생각이 들었다. 휴대폰이 꺼지는 것뿐이었다. 하지만 그는 여전히 어딘가 아쉬웠다. 언제까지 산에서 머물 것인지 결정하지 못했기 때문에, 언제 휴대폰을 켤 수 있을지 알 수 없었다. 그는 휴대폰에 저장된 연락처 목록을 훑었다. 64명의 전화번호가 있었다. 뜻밖의 인물의 번호도 있었다. 헤어진 여자의 번호였다. 헤어진 여자의 이름으로 전화번호가 저장되어 있었는데, 그는 속으로 그 이름을 몇 번 불렀다. 입에 잘 붙지 않는 이름이었다. 그러다가 또 다른 사람들의 이름과 전화번호를 살폈다. 이미 본 이름과 전화번호를 반복해서 돌려가며 보았다. 차례차례, 그들의 번호를 외울 수도 있을 것 같았다. 그렇게 연락처 목록을 훑어보는 사이에 배터리의 잔여량이 7퍼센트로 떨어졌다. 그는 휴대폰이 꺼지기 전에 어디엔가 전화를 걸고 싶었다. 그러나 그의 연락처 목록에는 딱히 친구라 불릴 사람이 없었고, 동료라고 부를 만한 사람도 없었다. 애인이라고 부를 만한 사람도 없었고, 부모라고 부를 수 있는 사람은 있었지만 차마 전화를 걸어 할 말이 없었다.

딱 한 통만 걸어야 한다면, 걸 수 있다면…… 그는 생각했다. 뒷골이 당기고 속이 메스꺼웠다. 라면이 잘 소화되지 않은 것 같았다. 산길을 너무 오래 헤맨 탓이라고 그는 생각했다. 산불에 놀란 것 같다고도 생각했다. 배터리가 없고 충전기도 없기 때문에 아마 체한 것이라고 그는 짐작했다. 그는 트림을 하고 싶었지만 뜻대로 되지 않았다. 답답했고, 문득 내일 아침도 라면을 먹어야 할지 고민됐다. 백숙이나 막걸리는 더욱 아니었다. 그는 차라리 회가 먹고 싶었다. 그는 생 연어를 좋아했다.

그는 일단 휴대폰을 꺼두었다. 단 한 통화만 해야 하는 상황에서 휴대폰을 켤 생각이었다. 일단 휴대폰을 끄고 배터리를 아끼는 행동이 현명하다고 여겨져서 그는 스스로 뿌듯했다.

언제 집으로 돌아가야 할까. 그는 이불을 말아 안고 벽을 보고 누웠다. 집으로 돌아간 후에 그가 할 일은 없었다. 내야 할 세금이 있기는 했지만, 크게 마음 쓰이지는 않았다. 그는 습관처럼 세금을 밀려서 냈다.

언제 집으로 돌아가야 할까. 그는 이불에 얼굴을 묻고 깊이 숨을 들이쉬었다. 이불에서 곰팡이 냄새가 났다. 그는 곰팡이 냄새를 잘 알고 있었다.

집으로 돌아가면 이불 빨래를 하리라 다시 굳게 다짐했다. 하지만 그는 다짐이 이루어지지 않을 것이라는 것을 알고 있었다. 사실 그는 일 년 전부터 이불 빨래를 결심하고 있었다. 작년 여름, 우기와 같은 장마철을 지나고 나서였다. 어떤 날에는 이불을 쳐다보는 것만으로 후텁지근해졌다. 그는 답답한 기분이 들 때마다 반드시 이불을 빨리라 결심했지만, 가을과 겨울과 봄이 지났다. 그의 가을과 겨울과 봄은 다르지 않은 계절처럼 지나갔다. 그는 가을에도 겨울에도 봄에도 물먹은 이불을 덮고 꿈 없이 잠들었다. 그는 꿈을 잘 꾸지 않았다.

언제 집으로 돌아가야 할까. 그는 결정을 하지 못한 채 오래 고민하다 잠들었고, 오랜만에 꿈을 꾸었다. 뻘과 부메랑이 등장하는 어두운 꿈이었다. 하늘이 붉었다. 전쟁 탓이었다. 그는 비행기를 타기 위해 달리고 있었다. 질척한 뻘을 달렸다. 사방에서 크게 헬리콥터 소리가 들렸다. 그리고 바람이 사방에서 그를 향해 몰아쳤다. 그는 전력을 다해 달렸다. 그러나 계속해서 뻘이었다. 하늘이 붉었고, 수십 개의 부메랑이 그의 근처를 맴돌았다. 부메랑은 그의 머리 위, 어깨 옆을 스쳤다. 그는 앞을 제대로 볼 수가 없었다. 그는 무서웠다. 부메랑 때문인지, 시뻘건 하늘 때문인지, 끊임없는 뻘 때문인지, 헬리콥터 소리와 강풍 때문인지, 그중 무엇이 무서운 것인지 알 수 없었다. 알 수 없이 계속해서 무서웠다. 잠에서 깨기 직전이 가장 무서웠고, 그는 신음하며 잠에서 깨었다. 잠에서 깨었을 때 그는 엎드린 채로 이불에 얼굴을 묻고 있었다. 엎드려 잤기 때문에 악몽을 꾼 것이라 그는 짐작했다. 아직 어두웠다. 그러나 아침이었고 주인여자는 그의 방문을 두드리며 하루 더 묵을 것인지 물었다. 그는 모르겠다고 대답했다. 주인여자는 문밖에서 무어라 몇 마디 낮게 중얼거리고 사라졌다. 그는 주인여자가 무어라 했는지 궁금했지만 간절하지는 않았다.

그는 대체적으로 간절한 것이 없었다. 언젠가 그는 종교를 갖고 있기도 했다. 그때에도 그는 간절한 것이 없어서 기도가 늘 부실했다. 그는 자연스럽게 종교를 잊었다. 그는 이제 곧 다이빙에 대한 열망도 잊을 것이었다. 그러나 그는 아직 산에 머물러 있었고, 오늘은 꼭 계곡을 찾겠다고 마음먹었다. 비는 그치지 않았다.

비가 그치겠습니까? 그가 주인여자에게 물었고, 주인여자는 정오가 되면 비가 그칠 것이라 대답했다. 주인여자에게 비는 정오에 그치는 것이었다. 정오가 되면 점심인데 배가 고프지 않겠어요? 주인여자가 그에게 물었고, 그는 초콜릿과 하루 치 숙박비를 미리 계산했다. 그는 초콜릿과 물안경과 수영모를 챙겼다. 어제와 마찬가지로 우산은 쓰지 않았다. 그는 애초에 집에서부터 우산을 가져오지 않았다. 그에겐 비가 그칠 것이란 기대가 있었다. 그의 기대에는 확실한 이유가 없었다. 그는 어제보다 더, 계곡과 다이빙에 대한 확신이 있었다. 기대와 확신으로 그는 간밤에 꾸었던 악몽을 잊었다.

그는 산을 오르는 내내 초콜릿을 먹었다. 입안이 달아서 기분이 좋았다. 그러나 두 시간을 걸어도 절이 나오지 않기는 어제와 마찬가지였다. 어제와 마찬가지로 등산객은 보이질 않았고, 어제보다 더 짙은 안개에 휩싸일 뿐이었다. 초콜릿을 모두 먹고 나자 그는 담배를 피우고 싶어졌다. 그는 담배를 꺼내어 물고 앞을 내다보았다. 멀리 풀숲에 솟아 있는 표지판이 보였다. 그는 표지판 앞으로 다가갔다. 가까이 다가가서 본 표지판에는 화살표는 없었다. 어제와 마찬가지로 '산불 조심'이라고 쓰여 있었다. 그는 어제 산불은 어디에서부터 시작된 것인지 궁금해졌다. 불도 계곡도 그가 서 있는 산속에 있었지만, 그는 불도 계곡도 찾질 못했다. 그는 곧 계곡이 나올 것 같은 예감이 들었다. 그러나 그는 세 시간째 걷고 있었다. 그는 그가 세 시간째 걷고 있다는 것을 알지 못했다.

그는 안개에 익숙해졌다. 돌길과 젖은 풀숲에도 익숙해졌다. 어두움과 비, 어쩌다 들리는 짐승 소리에도 익숙해졌다. 갑자기 시작되는 가파른 언덕이 버겁기는 했다. 버거웠지만, 그는 계속 걸었다. 걷는 중에 그는 약간 슬퍼졌다. 그는 가끔씩 슬펐다. 특별히 이유가 있는 건 아니었다. 문득 좀 쉬고 싶었다. 그는 무릎까지 오는 풀숲 한가운데 멈춰 섰다. 목이 마른 것도 같았다. 고개를 하늘로 젖히고 혀를 내밀었다. 그의 혀 위에 아무것도 떨어지지 않았다. 비가 그친 것 같았다. 그는 비가 그쳤다는 것을 확인하기 위해 그대로 오래 혀를 내밀고 서 있었다. 혀가 마르도록 혀를 내밀고 서 있었다. 비는 확실히 그쳤다. 비가 그쳤기 때문에 그는 이제 정오가 된 것이라고 생각했다. 그는 시간을 확인하기 위해 꺼놓았던 휴대폰을 켰다. 아무도 그에게 연락하지 않았다. 온몸이 끈끈하게 더웠다.

그는 등산로를 벗어나 있었다. 의도한 것은 아니었다. 절은 보이지 않았고 계곡도 보이지 않았다. 그는 무릎까지 오는 무성한 풀숲에서 휴대폰을 들고 서 있었다. 그는 휴대폰의 GPS기능을 켜고 자신이 있는 위치를 확인해보았다. 휴대폰 액정 가득히 연두색이었다. 액정 속에 그는 어딘가를 향한 세모꼴의 화살표로 표시되어 있었다. 그는 분명히 산속에 있었다. 그는 분명히 어딘가를 향해 있었다. 그러나 그가 어디를 향해 서 있는 것인지 아무도 몰랐다. 그조차도 몰랐다. 그는 이제 숙소로 돌아가는 길도 몰랐다. 그는 너무 많이 걸었다. 그는 119에 전화를 걸어야 하는 것일까 고민되었다. 계곡과 숙소, 어느 곳에도 찾아갈 자신이 없었지만, 119를 부를 필요까지 있을까 싶어 망설여졌다. 그는 그의 연락처 목록을 다시 훑어보기 시작했다. 그는 그의 연락처 목록에 지리를 잘 아는 사람이 있기를 바랐다.

그는 헤어진 여자의 전화번호에 눈이 갔다. 헤어진 여자가 지리를 잘 아는 것은 아니었다. 그보다 아는 게 많은 여자이기는 했다. 그는 통화버튼을 눌렀다. 신호가 두 번 걸렸을 때 헤어진 여자는 전화를 받았다.

헤어진 여자는 그의 전화를 반가워했고, 자신의 근황에 대해 이야기했다. 헤어진 여자는 일주일에 두 번 요가를 하고, 일주일에 두 번은 달리기, 일주일에 한 번은 격한 근육운동을 한다고 말했다. 운동선수가 된 거니? 그가 물었다. 헤어진 여자는 마라톤에 중독됐다고 대답했다. 그녀는 그에게 마라톤을 권유하기도 했다. 아니야. 나는 체력이 좋지 않아. 그는 거절했다. 그녀는 체력이 좋지 않을수록 달리기가 이롭다고 말했다. 그는 전혀 엄두가 나질 않았다.

나는 지금 산속에 있어. 그가 말했다. 정말? 너무 부럽다. 헤어진 여자가 말했다.

나는 지금 계곡을 찾고 있어. 그가 말했다. 정말? 너무 좋겠다. 헤어진 여자가 말했다.

다이빙을 할 생각이야. 그가 말했다. 정말? 너무 멋있다. 헤어진 여자가 말했다. 헤어진 여자는 그에게 처음으로 멋있다는 말을 했다. 연애를 할 때도 그에게 멋있다고 한 적은 없었다. 멋진 일이 아니야. 길을 잃은 것 같아. 그가 말했고. 정말? 이제 어떡할 거야? 헤어진 여자가 그에게 물었다. 어떡해야 할지 모르겠어. 119를 불러야 할까? 그가 되물었다. 그녀는 그러라 했다. 119 말고 방법은 없을까? 그가 헤어진 여자에게 다시 물었다. 없어. 헤어진 여자는 짧게 대답했다. 그는 섭섭함을 느꼈다. 그러나 섭섭함을 호소하지는 않았다. 우린 왜 헤어진 거야? 그는 문득 궁금했다. 미래를 위해서. 헤어진 여자가 대답했다. 그 뒤로도 얼마간 그들의 통화가 이어졌고, 배터리는 5퍼센트로 떨어졌다. 배터리가 없다. 한번 보자. 그래, 한번 보자. 그들은 각자 전화를 끊었다.

개 같은 년. 그는 헤어진 여자가 딱히 밉지 않았지만 욕지기가 일었다. 그리고 119를 부르기 싫어졌다. 그는 일단 시야가 트인 곳으로 가고 싶었지만 그도 쉽지 않았다. 어쩌자고 이렇게 풀숲으로 들어온 걸까. 그는 생각해보았지만, 그저 그렇게 된 것이었다. 비가 그치자 더위가 시작되었다. 오후 네 시가 되어갔고, 천천히 해가 나타났다. 그는 윗옷을 벗었다. 그는 바지도 벗었다. 팬티를 벗고 오줌을 쌌다. 아무렇게나 갈겼다. 그의 손목에 오줌이 튀었다. 뜨거웠다. 그는 오줌줄기가 가장 멀리 뻗는 곳, 그 방향으로 걸을 작정이었다. 무모하고 아무런 근거가 없는 행동이었다.

미래. 미래. 미래. 미래. 그는 미래라는 단어를 반복적으로 되새기면서 걸었다. 그의 발걸음은 힘이 들어가 있었다. 그의 종아리에 가늘고 거친 풀이 스쳤다. 그는 쓰라렸지만 아무렇지 않게 걸으려고 노력했다.

미래. 미래. 미래. 그는 흥얼거리기도 했다. 그러다가 노래가 하고 싶어졌다. 딱히 부를 노래가 떠오르지 않아서 소리를 질렀다. 소리를 지르고 나니 노래를 부른 것처럼 기분이 나아졌다. 해가 떴기 때문인지 계곡이 멀지 않은 곳에 있는 것 같았다. 그리고 실제로 계곡은 그와 멀지 않은 곳에 있었다.

그는 미래에 대해서 생각하면서 걸었다. 그의 미래에는 눅눅한 이불과 밀린 세금이 있었다. 그는 미래에 대해 생각하던 중 새로 도배를 해야겠다는 결심도 하게 되었다. 그는 깨끗한 흰색으로 도배를 하고 싶었다. 도배를 하고 나면 새로운 여자가 생길 것도 같았다. 아주 좋은 예감이었다. 그래서 그의 기분은 고조되었다. 그의 기분은 십 분쯤 더 걸었을 때 최고조에 달했다. 십 분쯤 걸었을 때 그의 눈앞에 계곡이 나타났다.

계곡은 큰 나무와 큰 바위에 둘러싸여 있었다. 나무가 높게 자라 있어서 해가 들지 않았다. 나무와 바위 밑에 서늘하게 물이 흘렀다. 그는 계곡물에 얼굴을 씻었다. 머리통을 물속에 담그기도 했다. 마시기도 했다. 그는 119를 잊었다.

그는 3미터 이상의 수심을 찾기 위해 바위를 기어올랐다. 징검징검 뛰어넘었다. 뛰어오르고 기어오르기를 계속했다. 이끼가 짙은 바위도 있었다. 그는 넘어지지 않기 위해서 허벅지에 힘을 주었다. 그러나 그는 한 번 미끄러졌다. 손바닥과 무릎이 까졌다. 피가 맺히긴 했지만 뚝뚝 떨어지지는 않았다. 그는 아무렇지 않으려고 노력했지만 쓰라렸다. 바위에 닿도록 나뭇가지가 길게 늘어져 있기도 했고, 높은 나뭇가지에까지 바위가 불쑥 솟아 있기도 했다. 그는 숨이 찼다.

그는 담배를 물고 바위 위에 앉았다. 시원한 바람이 불었다. 대부분 나무에 가려지긴 했지만 햇빛도 느껴졌다. 그는 한숨 자고 싶었다. 그는 다이빙을 해야 했다. 그는 이제 다이빙을 해야 하는 이유를 알 수 없었다.

그가 찾아낸 수심은 족히 3미터가 넘어 보였다. 수심을 알 수 없도록 물 한가운데가 검은 색이었다. 그는 그가 검색하다 보았던 익사, 중태 같은 말들이 떠올랐다. 그는 익사, 중태라는 단어를 떨쳐내기 어려웠고 어디엔가 전화를 걸고 싶었다. 그러나 누구에게 전화를 걸어야 할지 알지 못했다. 수심이 얼마나 되는 걸까. 그는 알지 못했다. 언제 집으로 돌아가야 할까. 그는 알지 못했다. 그는 알지 못하는 것이 많았다. 그는 알지 못했지만, 서쪽의 산 중턱에서 산불이 시작되고 있었다. 어제와 다른 불이었다. 산불은 그가 이틀간 머물렀던 숙소를 향해 번지고 있었다. 이제 곧 허름한 식당 같은 숙소가 불에 탈 것이었다. 백발의 늙은 여자 주인은 69세였으며, 내일을 위해 닭을 삶고 있는 중이었다. 그러나 그 모든 것과 별개로 그는 다이빙을 할 것이었다. 그의 휴대폰은 아직 꺼지지 않았고, 물 묻은 이끼들은 짙게 번쩍였다. 그는 바위의 가장 높고 가파른 곳에 올라서서 어깨를 돌렸다. 크게 숨을 들이마신 뒤 숨을 멈췄다. 그리고 눈을 질끈 감았다.

일상의 GPS와 생존의 GPS

　　김엄지의 소설, 「미래를 도모하는 방식 가운데」는 일상에서 벗어난 2박 3일 동안의 산행 표류기이다. 산중 계곡에서 다이빙을 하고 싶다는 욕망으로 떠난 여정이지만, 계곡을 찾기까지 거의 모든 시간을 다 쏟고 마침내 찾아낸 그곳에서 다이빙을 위해 막 숨을 들이쉬는 장면에서 이야기는 끝난다. 그러니 어쩌면 이 작품은 표류기가 아니라 갖은 고난에도 마침내 자신이 꿈꾸었던 길을 찾아내는 성장기일 수도 있겠다. 그렇지 않겠는가. 어딘가 좀 빙충맞고 우유부단한 인물인 '그'로서는 한바탕 계곡에서 다이빙을 하고, 그 길로 지체 없이 집으로 돌아간 후, 그날 저녁 불러낸 친구들에게 어렵게 찾아낸 계곡과 그곳에서의 다이빙을 부풀리고 부풀려, 그걸 안주 삼아 유쾌하게 취할 수 있다면. 시쳇말로 그건 힐링인 셈이니까.

　　하지만 이런 해석은 좀 석연찮다. 이게 비록 우리의 일상일지라도, 그래서 가끔은 자신을 쌉싸름한 위기로 몰아넣고 싶은 치기스러움에 휩싸일지라도, 이 치기스러움이야말로 어쩌면 진정한 것일지도 모르니까. 그도 그럴 것이 언제부터인가 우리 삶은 온통 알 수 없는 것들로 가득 차버렸고, 알고자 할수록 더 미궁에 빠지는 한계상황을 뜻하는 것이 되어버렸으니까. 게다가 이 치기스러움이 진부한 일상의 턱을 살짝이라도 가격할 수 있다면, 비록 그 한 방에 쓰러질 리야 만무하겠지만, 보게 된다. 일상이라는 그놈, 시작도 끝도 알 수 없는 그놈, 울타리인지 감옥인지도 알 수 없는 그놈의 실체를, 살짝 흔들리는 그 순간에 예기치 않게 보게 된다. 그래서 그 거대하고 흉물스러운 몸뚱이에 기겁하고 납작 엎드려 일상의 발을 핥으며 살아가도 무방하겠지만, 이미 봐버린 공포는 쉬 사라지지 않는 법, 그러니 이 공포야말로 우리 삶의 진정한 국면이 아니겠는가.

이 작품의 매력은 이 국면을 크게 과장하지 않는 어법으로 그려내는 데 있다. 번번이 길을 잃지만 마침내는 길을 찾고, 작은 공황 상태에 빠지지만 그렇다고 이성을 잃을 정도는 아닌, 다소 약간 불운할 따름인 상황들. 그래서 어쩌면 이 사내의 행보를 쫓는 독자의 입장에선 이 불운이 지나치게 일상적이어서 심드렁할 수도 있겠다. 하지만 이 심드렁함 끝에, 하지 말아야 했을 일상의 턱을 가격해버리고, 우리를 공포에 몰아넣고 마는 건, '그'의 상황 자체가 아니라 이 상황을 전달하는 내레이터의 고자질이다.

> 그가 산 입구에 도착했을 때 비는 거의 내리지 않는 것처럼 내렸다. 그래서 그는 비가 그쳤다고 생각했다. (79쪽)
> 좀 더 어두워지기 전에. 좀 더 어두워지기 전에. 좀 더 어두워지기 전에. 그는 한 가지 생각을 반복적으로 되새겼다. 그가 가벼운 강박을 가지고 있기 때문이었다. 그는 자신이 가벼운 강박을 가지고 있다는 것을 아직 알지 못했다. (79~80쪽)
> 그는 알지 못했지만, 서쪽의 산 중턱에서 산불이 시작되고 있었다. 어제와 다른 불이었다. 산불은 그가 이틀간 머물렀던 숙소를 향해 번지고 있었다. 이

제 곧 허름한 식당 같은 숙소가 불에 탈 것이었다. 백발의 늙은 여자 주인은 69세였으며, 내일을 위해 닭을 삶고 있는 중이었다. (93쪽)

내레이터는 독자에게 크게 유용한 정보를 알려주지 않는다. 오히려 '그'가 처한 상황에 걱정 많은 노인네들처럼 한발 앞서 걱정하고, 하나마나한 우려를 '그'보다 조금 더 심각하게 해줄 뿐이다. 누구에게나 있을 법한 가벼운 강박 증세를 환기시켜주고, 비가 온다고도 안 온다고도 할 수 있을 상황에서 굳이 '그'가 비가 오는 것을 모르고 있다고 지적질이고, 숙소 노인의 죽음을 '그'보다 한발 먼저 안다 해도 '그'로서는 딱히 관심 밖의 일을 미주알고주알 떠벌리고 있을 따름이다. 그럴 뿐인데도, 독자들은 이 시원찮은 노파심에 미묘하게 흔들린다. 그건 내레이터가 제공하는 이런 정보 때문이 아니라 내레이터의 태도 때문이다. '그'의 일거수일투족을 관찰하고, 이를 해석하고, 평가까지 하고 있으면서도 '그'를 구원할 의사는 전혀 없어 보이는 이 특이한 존재의 태도 말이다.

누구에게나 있을 수 있는 이 일상적 일탈에 대해 야릇한 불길함을 야기하고 이를 증폭시키는 내레이터의 이 태도는 이 시대의 현자를 자처하는 사람들의 이야기와 담론을 그대로 빼닮았다. 대안은 없거나 너무나 멀리 있고, 삶의 의지보다는 절망의 충동질로 점철된 이야기들. 길을 찾으라고 떠벌리면서도 길을 보여주지는 않고, 사랑한다고 말하면서도 사랑이란 이름으로 주체의 죽음을 서슴없이 내뱉는 그들 혹은 그들의 이야기들.

원래 내레이터란 이런 부류의 존재들이 아니지 않았나. 삶의 허방을 딛고 있는 사람들에겐 단단한 토양을, 길을 잃은 어린 양들에겐 목자의 지팡이로 구원의 길을 지시해주곤 했던 내레이터가 이 소설에 와선 찌질한 지적질과 심드렁한 저주만으로 일관하고 있다니. 그 때문에 이 작품은 시작과 끝이 마냥 열려버리고, 서사는 제자리를 맴돌고만 있고, 길 위에서 길을 잃고 만다. 아무도 돌보아주지 않는 우리들의 삶, 119로는 해결되지 않는 생의 조건, 구원의 손길을 내밀어도 그 절박함조차 그저 가벼운 농담이 되고 마는 얇디얇은 사회적 관계들을 확인케 한 채 우리를 계곡의 가장 높은 바위 위에 올려 세우고 뛰어내리는 것을 수수방관한다. 그러니 두려운 것은 그가 수심 3m의 계곡 웅덩이로 뛰어내리거나 영영 올라오지 못하고 죽음에 이르는 것이 아니라, 그의 일탈과 방황과 불운을 시종일관 지켜보고 뒤따르면서도 뭘 어떻게 해야 그의 불운과 방황과 일탈을 멈출 수 있을지 독자인 우리뿐만 아니라 내레이터조차 그 방도를 전혀 알지 못한다는 사실이다.

그렇다면 '그'는 무사히 다이빙을 마치고 집으로 돌아간 것일까? 2년 7개월씩이나 세탁을 하지 않아 봄 가을 겨울, 밤낮 없이 눅진하고 두꺼운 이불이 깔려 있는 그 집, 두 끼를 라면으로 때우고, 비에 젖은 몸을 눕혀보지만 서려오는 냉기에 선잠을 깨곤 하는 산속의 숙소와 결코 다르지 않은, 그 집으로 돌아간 것일까? 그런데 돌아간들 무엇이 다르고 무엇이 달라질 수 있는 것인가.

소설이란 시간의 예술이고, 변화를 꿈꾸는 양식이다. 가끔 일상 속에서 길을 잃고 자신의 위치를 확인하고 싶을 때, 소설이라는 GPS가 길을 알려줄 수만 있다면, 소설에 대한 이 정의는 옳다. 하지만 가끔 업데이트되지 않은 GPS는 우리로 하여금 길이 아닌 길, 죽음의 길로 내몰기도 한다. 아무런 빛도 없는 어둠 속에서 믿을 수 없는 GPS기기를 켜고 한 번 달려보면 안다. 불안은 극에 이르고 속도를 따라잡을 수 없는 감각은 마침내 공황 상태에 이르고 만다는 것을. 그럴 때 우리가 할 수 있는 최선의 방책은, GPS를 끄는 것이다. 오로지 제 감각만을 믿고 앞으로 나아가면서, 만나는 세상의 모든 대상과 직접 대면하고 대화를 시도하는 일 말곤 달리 그 어떤 비법도 있을 순 없다.

이 소설은 다이빙을 하기 위해 집을 떠나 다이빙을 하려 하는 순간 끝이 난다. 이제 다시 묻자. 그는 다이빙을 마치고 집으로 돌아갔는가? 아니면 잠수를 배운 바가 없으니 그대로 익사해 집으로 영영 돌아갈 수 없는 불귀의 객이 되어버린 것일까? 이런 궁금증이 여전히 남아 있다면, 그/그녀는 이 작품을 다시 읽어야 한다. 이 소설의 내적 형식은 애당초 집을 떠나 다시 집으로 돌아가는 원환적 구성을 꿈꾸지 않았다. 눅진한 이불이 무겁게 삶을 짓누르고 있는 현실은 어디라고 다를 바 없고, 강한 자신감으로 그려준 약도로도 길을 찾을 수 없으며, 그렇게 확신에 가득 찼던 노인조차 산불에 타버릴 내일을 전혀 예견하지 못했으니, 시간은 흘렀으되 역사의 선분을 그릴 수는 없으며, 어디론가 나아가되 변증법적 정향점이 있을 까닭이 없는 것이다. 이럴 때 우린, 집으로 돌아갈 것을 종용하는 일상의 GPS를 끄고, 감각이라는 이 원시적인 생존의 GPS를 켜, 지도엔 없는 새로운 집, 혹은 집 없이 살아갈 새 삶을 꿈꾸어야 한다고 이 소설은 말한다.

그러므로 이 소설이 문제적이라면, 어디선가 들려올 현자의 목소리, 혹은 익숙한 내레이터의 권력에 등을 돌리고 오로지 혼자일 뿐인 삶의 조건을 수락하고 있다는 점 때문이다. 비를 피하려 뛰어본들 이젠 더 이상 젖을 것도 없다는 사실을 깨달은 사람처럼, 냉랭하게, 그렇게 비를 맞으며.

1994년 『문학과사회』 가을호에 단편소설 「유서」를 발표하면서 등단했다. 소설집 『이상(異常), 이상(李箱), 이상(理想)』『나를 훔쳐라』『우리는 달려간다』『도시는 무엇으로 이루어지는가』『하루』 등이 있다. 오늘의 젊은 예술가상, 현대문학상, 현대불교문학상, 한무숙문학상 등을 수상했다. 현재 계명대학교 문예창작학과 교수로 있다.

박성원

몸

몸

_____

우리는 섬세하고 민감한 물질로 되어 있으므로……
— 세르반테스

죽었던 그의 아내가 돌아왔다. 그것도 두 발이 없는 유령이 되어. 죽은 지 279일 만이었다.

금요일 오후였고, 그날은 그가 강사로 있던 수학학원에서 해고 통보를 받은 날이었다. 여름이 끝나고 있었지만 무척이나 더웠다. 햇살은 단단했고 무거웠다. 정체를 알 수 없는 미묘한 열이 그의 머리와 등에 그림자처럼 달라붙어 있었다. 미열 때문인지 늦더위 때문인지, 그는 맥주를 마시고 싶었고 아파트 부근에 있는 슈퍼마켓에 들렀다. 슈퍼 주인의 얼굴은 코뿔소 가죽처럼 두꺼웠고 거칠었다. 계산을 하면서 슈퍼 주인이 히죽 웃었다.

—뉴스 보셨지요?

슈퍼 주인의 얼굴 뒤에는 작은 텔레비전이 있었는데 화면에는 유도선수가 경기장을 뛰어다니고 있었다. 아나운서는 감격에 젖어 '우리가 해냈습니다, 드디어 우리가 해냈습니다.' 하고 외치고 있었다.

─아, 네.

새로운 소식이 무엇인지 알 수 없었지만 그는 잘 아는 것처럼 대답했다. 맥주를 담은 비닐봉지처럼 그의 몸이 축 처졌다. 집에 가자마자 맥주를 냉장고에 넣고 욕실로 갔다.

샤워를 하고 나왔을 때였다. 거실에 있는 작은 테이블 위에 죽었던 그의 아내는 앉아 있었다. 마치 원래 있던 장식물처럼. 알몸이었고 발코니를 통해 들어온 여름의 일몰이 우울하게 아내의 등을 감싸고 있었다.

그는 아내를 보자마자, '여보' 하고 불렀다. 그것은 아내가 맞는지 확인하는 말이거나 아니면 당황스러움에 무슨 말을 해야 할지 모르는 막연한 부름일 수도 있었다. 죽은 아내를 다시 보았을 때 그는 무섭거나 두렵다기보다는 당황스러웠다. 그의 머리카락에서는 채 마르지 않은 물방울이 뚝뚝 떨어졌다.

─잠들었다 깬 것 같은데, 눈을 떠보니 여기에 이렇게…….

아내는 마치 잠에서 막 깬 사람처럼 또렷하지 않게 말했다.

─일어날 수가 없어.

아내가 그렇게 말했다. 그는 아내의 발을 보았다. 아내의 발목 아래는 흐릿했다. 그림자에 가려 반만 보이는 반달처럼.

─손도 움직일 수 없어.

그의 아내는 두 손을 포개고 있었는데 움직일 수 없다고 했다. 아내는 울 것 같은 표정을 지었다. 그는 조심스럽게 다가가서 아내의 손을 만졌다. 꼭 붙잡을 순 없었지만 느낄 수는 있었다. 뭐랄까. 물을 움켜쥐었을 때의 느낌이랄까? 단단하게 잡히진 않았지만 분명 아내의 손을 느낄 수 있었다.

─설마……, 내가 죽었던 거야?

창백한 아내의 얼굴이 더 창백해졌다.

　−어디까지 기억하는 거야?

　그의 머리카락에서 떨어진 물방울이 아내의 얼굴 위에 아주 잠시 머물더니 흔적도 없이 사라졌다.

　−병원에 누워 있었는데. 난⋯⋯, 정말 내가 죽은 거야?

　아내는 금방이라도 울 것만 같았다. 그는 아내를 안았다. 그러고는 눈을 감았다. 눈을 뜨는 순간 자칫 아내의 희박한 몸이 기화되어 날아갈까 봐 무척이나 조심스러웠다. 갓 태어난 아기를 어떻게 다루어야 할지 모르는 사람처럼 그는 어떻게 해야 할지 알 수 없었다. 그는 눈을 감은 채 조심스럽게 아내를 불렀다. 그러자 아내 역시 아주 떨리는 소리로 대답했다. 아내의 부드러운 가슴이 느껴지는 것도 같았지만 눈을 감고 있어서인지 확신할 순 없었다.

　−내 몸이 느껴져?

　그는 아내에게 물었다. 아내는 그런 것 같기도 하고 아닌 것 같기도 하다고 말했다. 일몰 때문인지 눈꺼풀이 환해졌고 뜨거워졌다.

　−S는?

　아내가 물었다. S는 아들이었다. 그와 아내 사이에서 태어난.

　−여보, 10개월이 지났어.

　그의 입에서는 불쑥 그런 말이 튀어나왔다. 10개월은 긴 시간일 수도 있을 테지만 사실 그리 긴 시간이 아닐 수도 있을 것이다. S는 지금 J와 실내놀이터에서 놀고 있을 것이었다. 아내가 죽은 뒤 그는 J와 결혼을 앞두고 있었다. 혼란을 겪고 있는 S와 친해지기 위해 J는 직장을 그만두고 하루 종일 S와 지냈다.

　−10개월?

　−응, 10개월.

그는 눈을 뜨고 아내를 바라보았다. 아내는 사라지거나, 기화되거나, 어디론가 잠복하지도 않고 여전히 그의 눈앞에 있었다. 보고 싶었던 건 사실이었지만 도저히 믿을 수가 없었다. 순간 S가 걱정되었다. 홀연히 되돌아온 아내를 S는 어떻게 생각할까. 그것도 두 발 모두 없는 유령이 되어 나타난 자기 엄마를.

그는 아내의 벗은 몸을 보다가 뭐라도 입혀야겠다고 생각했다. 그러나 아내의 옷은 없을 것이었다. J와 함께 지내면서 모두 버렸거나 불태웠던 기억을 했다. J는 아내의 물건들을 기피했다. 화장품이든, 옷가지든, 적립카드든, 하다못해 어느 호텔에서 가져온 일회용 빗이든.

ㅡ단지 물건일 뿐이야.

아내의 물건들을 J가 버리려 할 때 그렇게 말한 적이 있었다. 그는 궁금했다. 아내의 물건들을 어떻게 그리도 잘 찾아내는지를. 심지어 연애할 때 장난으로 선물했던 유아용 스티커까지 J는 찾아냈었다. 먼지 때문에 떨어지지도 않는, 10년도 더 지난 것들을. 그로서는 그것들을 어떻게 찾아냈는지 알 수 없었지만 어쨌든 J는 하루에 한 가지 이상은 늘 찾아냈었다.

ㅡ그래, 나도 알아. 하지만 물건이기 전에 이건 삶의 태도에 관한 거야.

J가 말한 삶의 태도가 정확하게 무엇인지는 알 수 없었지만 이해는 할 것 같았다. 그래서 그는 그냥 J를 내버려두었다. 아내와 함께 듣던 음악 CD를 버리는 것만큼은 절대 양보 못한다고 했지만 다음날 J는 새 CD를 구해왔다. 구하기 힘든 희귀 음반은 USB에 담아오기도 했다.

그토록 아내의 흔적과 물건들을 버리려 했지만 사실 J는 실패했다. 아내는 무엇이든 반복해서 가지려는 욕망이 강했다. 좋은 물건이 있으면 두 가지를 구입해 하나는 포장을 뜯지 않은 채 보관했다. 아내는 아마추어 사진작가였다. 아내가 사진을 찍는 이유도 어떻게 보면 보관하려는 욕망 때문인지도 모른다. 아내는 자신이 소유한 모든 것을 사진으로 찍어 자신의 블로그에 보관해두었다. 보석 사진, 자신이 만든 케이크 사진, 하다못해 S가 뱃속에 있던 초음파 사진까지도.

J가 아내의 보석을 팔았다 하더라도, 아내가 만들었던 케이크는 먹어 치운 지 오래되었다 하더라도, J가 아내의 블로그를 폐쇄했다 하더라도 아내가 찍은 사진들은 이미 전 세계 누군가의 블로그에서 살아 있었다. 아내가 찍었던 사진을 그는 제주도에 사는 누군가의 블로그에서, 심지어 뉴욕에 거주하는 어느 외국인의 개인 사이트에서까지 볼 수 있었다. J는 아내의 모든 물건들을 버렸지만 삭제할 수는 없었다. J의 엄청난 노력에도 불구하고 아내의 흔적은 불사(不死)했다. 결혼과 출산. 그리고 육아를 하면서 아내는 직장을 그만두었고 그때부터 아내의 삶은 무선의 망(網) 속에 있었다.

그는 J의 잠옷을 꺼내왔다.

―내 옷이 아닌데.

―그래, 알아. 하지만…….

아내에게 잠옷을 입히려 했지만 입힐 수 없었다. 잠옷은 아내의 몸을 관통해 바닥으로 떨어졌다. 다시 한 번 시도했지만 잠옷은 아무런 거리낌도 없다는 듯 중력에만 자신의 몸을 맡겼다.

아내가 고개를 들지 않았다.

―난 손도 움직일 수 없어. 발도 없고.

―그래, 하지만…….

그때 현관문 벨이 울렸다. 인터폰 액정화면에 J와 S가 보였다. 큰일이다. 그는 중얼거렸다. 그러고는 아내를 어딘가에 감춰야만 한다는 생각만 했다. J도 J였지만 무엇보다 S가 걱정이었다. 발도 없는 엄마를 어떻게 받아들일 수 있을까. 일단 시간을 벌기 위해 그는 현관으로 뛰어가 록(Lock)을 걸었다. 걸쇠까지 걸면서 잠시만 기다려 달라고 문밖으로 소리쳤다.

　―왜 그래? S가 오줌 마렵대.

　J가 문을 두드리며 다급히 말했다.

　―응? 오줌 마렵대? 알겠어. 하지만······.

　그가 뒤를 돌아보자 아내는 여전히 같은 자세로 거실 테이블 위에 앉아 있었다. 아내 역시 당황한 표정을 지었다. 그는 뛰어가 아내를 안아보았다. 아내는 무척이나 가벼웠다. 마치 깃털을 안는 것 같았다. 그는 아내를 안고 어디에 감출지 두리번거렸다.

　―S가 보고 싶어. S가 보고 싶단 말이야.

　아내가 울먹이며 말했다.

　―그래, 잘 알아. 하지만······.

　하지만이라는 말밖에 할 말이 없었다. 말도 안 되는 이 상황을 어떻게 정리해야 할지, 또 무슨 말로 설명해야 할지 도무지 아무런 생각도 할 수 없었다. 무엇보다 아내를 빨리 숨겨야만 한다. 그는 생각했다.

　J가 찾지 못하는 곳이 어디 있을까. 귀신처럼 아내의 흔적과 물건들을 찾아내던 J가 찾지 못하는 곳이 어디 있을까. 그는 아내를 안고 이리저리 뛰어다녔다. J가 현관문의 비밀번호를 눌렀지만 잠금장치 때문에 경보음만 유령처럼 떠돌았다. J가 다시 문을 두드렸다. 그는 아내를 안고 화장실과 부엌으로 뛰어다녔다. 부엌은 J가 자주 가는 곳이므로 절대 안 된다. 그는 발코니로 나갔다가 다시 돌아왔다. 발코니에 있는 작은 창고에는 아직도 J가 뒤질 곳이 많이 있기 때문에 마땅치 않아 보였다. 더구나 빨래를 너는 곳이기도 하기에 그는 아내를 안고 집 안을 돌아다녔다. S의 방도 위험하긴 마찬가지였다. S가 자다가 보기라도 한다면. 아가, 나야, 나. 엄마야, 엄마. 나를 알아보지 못하겠니? 그것은 엄마가 아니라 악몽일 것이다.

결국 그는 아내를 안방 옷장 안에 넣었다. 주로 그의 옷들을 걸어두는 곳이었고 J가 이미 뒤질 대로 뒤진 곳이기에 안전할 것 같았다. 옷장 안에 구겨 들어간 아내가 무어라고 말했지만 그는 서둘러 문을 닫았다. 그러고는 바닥에 떨어진 J의 잠옷을 들고 뛰어가 현관문을 열었다.

─무슨 일이야? S가 겁먹었잖아.

J의 말처럼 S는 울먹이고 있었다.

─샤워를 하고 나왔어.

J는 그의 발가벗은 몸을 아래위로 훑어보았다. 그는 J의 잠옷으로 아랫도리를 가렸다.

─징그럽게⋯⋯, 내 잠옷을 가지고 뭐하는 거야.

─퇴근해서는.

─퇴근해서는?

─샤워를 했지. 몸에 땀이 많이 나서.

J는 나를 흘겨보더니 S를 안고 화장실로 갔다.

─욕조 밖으로 물이 다 튀었잖아.

J가 소리 질렀다. 벌써부터 아내처럼 굴지 말라고, 그는 작은 소리로 중얼거렸다. 화장실 안에서 J가 제발 머리에 묻은 물이나 말리라고, 소리쳤다.

─장마도 아니고 말이야. 어떻게 온 집 안 곳곳에 물기야?

그는 J의 말을 뒤로 하고 재빨리 안방으로 들어갔다. 옷장에서 속옷을 꺼내며 아내와 눈이 마주쳤다. 걸려 있는 셔츠와 쌓여 있는 속옷더미에서 옷가지와 다름없이 아내는 앉아 있었다. 어둠 속에서 아내의 알몸이 희미한 빛을 냈다. 아내가 울먹이는 표정으로 무언가 말을 하려 했다.

─S를 생각해. 지금 당신의 모습을 본다면 애가 충격을 받을 거야. 알지? 이후의 일은 차근차근 생각해보자고. 부디 참고 S만 생각해. S만.

　　　　　　　　　　　2014 올해의 문제소설

─잘 알아, 하지만…….

그는 아내의 입을 막았다. 그러자 아내는 천천히 고개를 끄덕였다.

─불편하진 않아?

아내가 다시 고개를 끄덕였다. 그는 아내를 조금 민 다음 아내의 엉덩이 아래에 깔려 있는 속옷을 꺼냈다. 속옷에선 섬유유연제 냄새가 풍겼다. 옷장 문을 닫자 아내가 조용히 흐느끼는 소리를 냈다. 아니, 어쩌면 흐느끼고 있을 것이라는 착각일지도 모른다고 그는 생각했다.

밖에서 S의 웃음이 들려왔다. J가 S의 목덜미를 안은 채 가벼운 입맞춤을 하자 S는 매미처럼 시끄럽게 웃었다. 인간의 몸은 간사한 것이다. 몸은 생활에 맞춰 길들여진다. 사는 것이 아니라 살아지는 것처럼, 장님이 청각을 발달시키는 것처럼, 침대에 맞춰 몸을 늘리고 줄이는 것처럼, 노선에 맞춰 버스를 타는 것처럼, 세 살이 채 안 된 아이는 이제 J를 제 어미로 알 것이다.

─나……, 학원 그만두었어.

J의 얼굴이 갑자기 굳어졌다.

─무슨 말 하려는지 잘 알아. 하지만……, 이미 일어난 일이야.

일어난 일은 이미 일어난 것이다. 돌이킬 수 없는 것이다. 자기 몫을 챙겨 사라지는 것은 유일하게 시간뿐이다. 죽은 아내가 돌아온 것도, 이미 일어난 일이다. 기껏해야 초등학생을 상대로 수학을 가르치는 일이었다. 초등학교 6년, 중·고등학교 6년, 대학교 4년, 대학원 2년. 18년을 공부한 목적. 자기 몫을 챙겨 사라지는 건 온전히 시간뿐.

─사망 보험금이 많이 남았으니 당분간은 괜찮을 거야.

J가 한숨을 내쉬었다. 해가 졌지만 여름의 열기는 여전히 무겁게 거실을 맴돌았다. 아내를 화장하던 날이 떠올랐다. 화장터의 굴뚝에선 희뿌연 연기가 피어올랐다. 저 연기가 아내인가, 그는 하늘로 사라져가는 연기를 바라

보며 중얼거렸다. 몸이 작았던 만큼 연기도 금방 사라졌다. 그날 오후 그에게 쥐어진 것은 아내의 뼛가루가 담긴 작은 함과 사망 보험금이었다.

　─내 탓이 아니야.

　그는 함을 바라보며 중얼거렸다.

　유령이 되어 돌아온 아내 때문에 그는 잠을 잘 수가 없었다. 저녁식사를 하면서도 머리가 돌덩이처럼 무거웠다. 식사가 아니라 날이 잘 선 수술용 칼을 입에 대는 것 같았다. J가 안방을 오갈 때마다 온몸의 신경이 여름의 햇살처럼 뻗쳐나갔다. J가 조용히 코를 골자 마음은 진정되었지만 여전히 잠은 오지 않았다. 잠은 오지 않고 대신 아내의 몸이 두 눈 위에서 걸어 다녔다. 아내의 몸 안으로 들어가서 꽉 채우고 싶은 욕망이 가득했다. 그 어떠한 틈새도 나지 않게끔.

　그러니까 어쩌면 태양이 되지 못한 도넛과 같은 것인지도 모른다. 한가운데 구멍이 휑하니 뚫린 태양이란 있을 수 없다. 꽉 찬 밀도와 들끓는 밀도. 그러나 그의 삶은 도넛과도 같았다. 음식을 채워넣고 술과 담배연기를 우겨넣어도 텅 비어 있는 도넛의 구멍. 그리고 그 구멍에선 늘 환청이 떠다녔다. 내 탓이 아니야. 누군가 태어나고 누군가는 죽는다. 누군가는 복권에 당첨되고 누군가는 태풍에 휩쓸려 죽는다. 마트에 물건이 넘쳐나고 아프리카 어디에서는 아이들이 쓰레기장을 뒤진다. 견고한 시멘트 덩어리도 철거될 것이고, 최신기술을 자랑하는 소형 전자제품도 언젠가는 지구의 흙더미에 묻힐 것이다. 그리고 그 언젠가 지구도 먼지가 되어 우주의 티끌로 사라질 것이다. 이게 어디 내 탓인가?

　내 탓이 아니야. 그는 중얼거렸다. 그는 몸을 통해 그것을 해소하고 싶었다. 그것이 성욕이든, 생식본능이든 간에 그는 꽉 채우기 위해 아내의 몸 안으로 들어가고자 했다. 시간은 자기 몫을 챙겨 유유히 사라지지만 사람의 기억은 시간의 끄트머리를 붙잡고 오후의 그림자처럼 한없이 길게 늘어진다. 세상은 그런 것이다.

그는 조용히 일어나 J가 자고 있음을 여러 번 확인했다. 그러고는 옷장을 조심스럽게 열어 아내를 꺼냈다. 옷장 안에서는 섬유유연제 냄새가 고여 있었지만 아내의 몸에선 아무런 냄새도 나지 않았다. 여전히 아내는 깃털처럼 가벼웠고 울 것만 같은 표정이었다.

부엌과 이어진 작은 발코니로 그는 아내를 안고 나갔다.

─이건 사는 게 아니야. 차라리 날 죽여줘.

아내가 말했다. 그는 아내의 뺨을 어루만졌다. 그러나 손에 쥔 물이 순식간에 빠져나가는 것처럼 느낌만 손바닥에 잠시 머물 뿐 이내 흔적도 없이 사라졌다. 아내의 가슴을 만졌지만 마찬가지였다. 얼굴을 아내의 가슴에 파묻었지만 스킨로션을 바르고 나서처럼 느낌은 이내 휘발되었다.

─차라리 날 진짜로 죽여달라니까. 이게 뭐야. 도대체 이게 뭐야.

그는 아내의 아랫도리를 만졌지만 거웃 하나 만질 수 없었다.

─잘 알아, 하지만…….

알지만 내가 뭘 어찌 하겠는가. 자신이 할 수 있는 일이란 게 도대체 무엇인지 알 수 없었다. 더럽혀졌다는 것은 아름다움이 있을 때 가능한 일이며, 몸이 있을 때 죽음도 가능한 것이다. 그런데 죽은 아내를 어떻게 다시 죽여야 할지 그로서는 알 수 없었다.

─이게 뭐야? 내가 지옥에 온 것이야?

아내는 급기야 울기 시작했다. 그는 아내의 눈에 흐르는 눈물을 닦아주었지만 눈물 역시 어느새 사라져 희미한 촉감만이 전해왔다.

─아니야, 여긴 우리가 살던 곳이야.

그때 밖에서 거대한 함성이 들려왔다. 창문으로 내다보니 아파트 곳곳에 불이 켜져 있고 집집마다에서 환호성들이 쏟아졌다. 박수 소리와 휘파람 소리가 다시 이어졌다. 그 소리들 때문인지 J가 나왔고 거실의 불이 켜졌다. 아내를 감춰야 했지만 감출 곳이 마땅치 않았다. 발코니에 있는 세탁기 안에 집어넣을 수도 없었다. 그렇다고 빨래더미 안에 숨길 수도 없었다. 빨래는 늘 J가 담당했으니까. 그가 집에 있을 때 하는 일이라곤 재활용 쓰레기를 분류하거나 폐기물 쓰레기를 버리는 일뿐이었다. 그는 어쩔 수 없이 쓰레기 봉투를 찾아 입구를 벌렸다. 그리고는 그 안에 아내를 우겨 넣었다.

—여보.

—쉿, 조용히 해.

아내가 당황한 눈빛으로 말했지만 그는 아내를 구겨 넣은 뒤 봉투를 슬쩍 묶었다. 발코니에 있는 그를 발견한 J가 무얼 하는지 물었다. 그는 맥주를 한 잔 하려는데 안줏거리를 찾고 있다고 말했다.

—수상해. 내가 집에 왔을 때도 그랬고 말이야. 뭔가 감추는 게 있는 것 같은데.

—감출 게 뭐가 있다고.

그는 서둘러 발코니에서 나와 냉장고로 갔다. 냉장고에 달린 시계는 새벽 두 시를 조금 넘긴 시간이었다. 그는 맥주를 꺼내며 J에게도 한잔할 건지 물었다.

—너무 더워. 나도 줘. 아직 열대야야.

—그러게 말이야.

J가 텔레비전을 켜자 흥분한 아나운서가 이제 10초 남았습니다. 9초, 8초, 7초……, 하고 초를 세고 있었다. 그는 맥주를 마시며 언제까지 아내를 감출 수 있을지 생각했다. 아내는 죽은 것일까, 아니면 죽지 않은 것일까. 유령이 된 아내에 대해 J에게 말한다면 J는 어떻게 받아들일 것인가. 다른 사람이 알지 못하는 것을 혼자 알고 있다는 사실이 무서웠다. 무섭고도 외로웠다.

그는 맥주잔을 두고 J를 안았다. 그러고는 J의 부드러운 살을 만졌다. 흩어지지도 않고, 사라지지도 않는 진짜 몸을. 그는 아내의 몸을 생각하며 J를 안았다. J에게선 아내와 전혀 다른 냄새가 났다. J의 몸을 파고드는 순간 쓰레기봉투 안에 있을 아내가 떠올랐다. 이게 뭐야? 난 이제 뭐야? 넌 감출 것이라도 있지, 이제 난 더 이상 감출 것도 없어. 아내의 웅얼거림이 들리는 것도 같았지만 텔레비전 소리에 이내 묻혀버렸다.

J와 정사를 끝내고 그는 아주 긴 하품을 했다. 아내에게 그랬던 것처럼.

다음날 오전엔 비가 올 것처럼 먹구름이 잔뜩 끼었지만 비는 오지 않았다. 구름 사이로 햇빛이 위태롭게 비쳤다. 그는 일어나자마자 발코니로 가서 쓰레기봉투를 열어보았다. 아내는 쓰레기봉투 안에 우겨진 채 그대로 있었다. 아내와 눈이 마주쳤지만 아내는 아무런 말도 하지 않았다. 그저 무력한 눈빛만 하고 있었다.

ㅡ 있다가 쓰레기 더 채워서 버릴 테니까 그냥 둬.

그는 쓰레기봉투를 바라보며 J에게 말했다.

ㅡ 알겠어. 아침부터 웬 쓰레기야. 오늘 성당에나 늦지 않게 와.

J는 결혼식을 성당에서 치루고 싶어 했다. 그는 J와 미사를 본 다음 결혼식 예약을 해야 했다. 아내가 조용히 눈을 감았다. 그는 쓰레기봉투를 다시 묶었다.

그는 마지막 수업을 하기 위해, 그리고 개인 짐을 챙기기 위해 학원으로 갔다. 개인 짐은 그리 많지 않았다. 짐을 싸고 있는 그와 눈이 마주친 다른 선생들은 애써 고개를 돌렸다. 모두 내 탓이 아니야, 라는 표정을 짓는 것 같았다. 그는 짐을 싼 다음 원장실에 인사를 하기 위해 잠시 들렀다.

마지막 수업이라 할지라도……, 하고 원장은 권태롭게 말했다. 원장은 그에게 잠깐 앉기를 권했지만 그는 그냥 서 있었다. 권태에도 권위가 있다면 아마도 가장 권위가 있을 것 같은 표정이었다. 그는 원장의 권태로운 표정을 보면서 그것이야말로 어쩌면 가장 비겁한 일인지도 모른다는 생각을 했다. 자신의 돼먹지 못한 강의방식을 차라리 탓한다거나 아니면 학원 사정 운운하며 아쉬운 표정을 지었다면 받아들이는 것이 자연스러웠을 것이다. 하지만 원장은 그의 탓도, 적자 탓도 하지 않고 그저 권태로운 표정만 지었다. 창문 밖에서 더운 습기가 밀려왔고, 책상 위에 있는 작은 선풍기가 바람을 일으키며 원장과 그를 번갈아 바라보았다.

─잘 알겠습니다. 더 이상 말씀하지 않아도…….

그는 정중하게 인사를 하고 원장실을 나왔다. 원장은 그 순간에도 창밖만 바라보았다. 미안해하는 표정을 지은 사람은 그의 강의시수를 챙겨 월급을 입금하던 경리과 직원인 미스 K뿐이었다. 그가 원장실을 나오자 그녀는 최대한 그와 눈이 마주치지 않으려고 다급하게 책상 서랍을 열고 한동안 서랍 안을 바라보았다.

─혹시 유령을 믿나요?

뜬금없는 그의 질문 때문인지 그녀는 갑자기 딸꾹질을 했다.

─네?

그녀는 갑자기 터진 딸꾹질 때문인지 자신의 가슴을 가볍게 쳤다.

─예전부터 느꼈지만 그 파란색 원피스 예뻐요.

그가 말하자 그녀는 고개를 숙여 자신의 옷을 찬찬히 살폈다. 딸꾹질을 하면서. 그는 가볍게 인사를 한 다음 나왔다.

복도를 지나쳐 그는 강의실로 갔다. 수업 시작이 10여 분 남았고 학생은 네다섯 명 정도만 있었다. 시간이 되지 않았다고 생각했는지 아이들은 휴대폰만 바라보고 있었다.

－너희들 평균 배울 시간이지?

그가 물었지만 대답은 없었다. 이상하게도 미열이 사라지지 않았다. 그는 답답해서 셔츠의 단추를 더 풀었다. 혹시 쓰레기를 버리다가 J가 아내를 보진 않았는지 신경이 쓰였다. 그는 분필을 쥐고 뚝뚝 부러뜨렸다. 아내는 왜 죽지 않은 걸까. 아니면 정말 그게 죽은 것일까. 아내에 대한 생각과 속옷처럼 달라붙는 미열 때문에 구토가 치밀어 올랐다.

　－평균이 뭔지 아니? 빵을 두 개 먹은 한 명과 빵을 전혀 먹지 못한 한 명이 있어도 한 명이 한 개의 빵을 먹은 것이 되는 것이다. 그것이 평균이다.

한 아이가 휴대폰을 하다 말고 그를 올려다보았다. 원장과 같은 권태로운 표정을 짓기 싫었으나 자신의 얼굴엔 그런 표정이 감도는 것 같아 그는 기분이 좋지 않았다.

　－확률도 마찬가지야. 어떤 놈은 매번 당첨되고 어떤 놈은 매번 떨어져도 확률은 같은 것이야. 수학은 형태와 양에만 작용한다. 죽은 사람과 살아 있는 사람 한 명을 더하면 2인가? 진리는 제한된 것이다. 다른 사람이 알지 못하는 것을 아는 것은 이 세상에서 죄악이다. 내가 너희에게 가르친 것은 수학이 아니었다. 그저 판타지를 판 것뿐이다. 그러니……, 차라리 유령을 믿어라.

그는 아이들을 뒤로 하고 그냥 강의실을 나왔다. 웅성거릴 줄 알았지만 모두들 휴대폰만 바라보고 있었다.

시원한 에어컨 바람을 쏘이다 갑자기 더운 곳으로 나와서 그런지 열이 확 올랐다. 물에 빠진 곤충의 다리처럼 팔과 다리가 흐느적거렸다. J가 아내를 발견했을까봐 가슴이 두근거렸다. 겨드랑이를 건드리는 셔츠의 촉감이 거슬렸다. 어디선가 싸구려 화장품 냄새가 풍겨왔다. J에게서도 이런 냄새가 났던 것 같았다. 소음기를 뗀 오토바이가 요란한 소리를 내며 지나갔다. 순간 두 발의 힘이 사라져 그는 어떤 가게 앞에 주저앉았다. 마치 독거미에라도 쏘인 것처럼 순식간에 발목 아래가 마비된 것 같았다. 두 발이 사라진 게 아닌지 겁이 덜컥 났다. 손으로 더듬었고 단단한 발목이 만져지자 그제야 안심이 되었다. J는 왜 자기의 집으로 돌아가지 않는 거야. J가 없으면 아내의 문제를 처리하는 게 수월할 것 같았다. 어떤 식으로든.

─저기…….

가게 안에서 누군가가 나와 그를 불렀다. 산뜻한 앞치마를 두른 젊은 여자였다. 잘 소독된 것 같은 앞치마는 지나치게 눈이 부셨다.

─가게 출입구 앞에서 이렇게 앉아 계시면…….

─잘 알겠습니다. 하지만…….

그는 무거운 몸을 일으켰다. 미열과 함께 약간의 어지러움이 감돌았다.

S와 먼저 성당에 가 있을게. 늦지 마.

휴대폰으로 문자가 왔다. 그는 자리에서 일어나 거리를 걸었다. 개인 짐을 학원에 두고 온 생각이 났지만 그는 그냥 계속 걸었다.

성당 안은 조금 어두웠고 서늘했다. 그는 입구에 있는 성수를 바라보았다. 늦게 온 몇 명의 사람들이 성수를 찍어 성호를 긋는 것을 바라보았다. 그는 아직 서툴렀고 어딘가 모르게 부끄러운 느낌마저 들었다. 그는 한참을 서성이다가 들어갔다.

성당 안은 건조했고 석조건물이어서 그런지 서늘한 돌 냄새가 곳곳에 배어 있었다. 성당 안에 들어서면서 그는 관광지가 된 폐광을 떠올렸다. 약간의 어두움, 그리고 돌무더기와 건조한 바람이 맴돌고 있는, 그런 폐광을.

J와 S는 앞자리가 많이 비어 있음에도 가장 마지막 자리에 앉아 있었다. 그는 코 안으로 들어오는 돌 냄새를 느끼며 J의 옆에 가서 앉았다. 미사포를 뒤집어쓴 J가 고개를 들어 잠시 그를 보았다. J가 성당에 다니는 이유도 어

쩌면 몸 안에 도넛과도 같은 구멍이 있어 그 구멍을 채우기 위해서일지 모른다는 생각을 잠시 했다.

사제는 강론을 하고 있었는데 삼위일체에 관한 이야기였다. 예수의 몸과 성령과 하느님은 하나이면서 또 다른 실체라고 이야기를 했다. 확률과 평균이란 말인가. 어떻게 손에 잡히는 몸과 잡을 수 없는 유령이 하나일 수 있단 말인가. 어린이를 상대로 한 미사여서 사제는 쉽게 설명을 했지만 그로서는 이해하기 힘들었다. 발이 없는 유령으로 돌아온 아내도 하나이면서 또 다른 실체인 것인가. 그런 생각들이 그의 머릿속을 마구 걸어 다니자 쓰레기봉투 안에 구겨져 있던 아내의 무력한 눈빛이 쐐기처럼 그의 이마에 박혔다. 이게 뭐야. 차라리 나를 죽여줘. 그는 순간 허우적거렸다. 마치 눈앞에 죽은 아내가 와 있는 것 같아서 그는 두 손으로 허공을 갈랐다.

─뭐하는 거야?

J가 작지만 무겁게 말했다. 미사포에 가려진 두 눈이 어둠 속에서 빛났다.

─잘 알아, 하지만⋯⋯.

사제가 영성체를 들고 말을 했다.

─너희는 모두 이것을 받아 먹어라. 이는 너희를 위하여 내어줄 내 몸이다.

사제가 영성체를 잡은 두 팔을 위로 올렸다.

─잠깐 화장실에⋯⋯.

그는 자리에서 일어나 집으로 뛰었다. 거리는 철 지난 피서지처럼 한산했다. 잔뜩 끼어 있던 구름은 어느새 물러갔고 그 자리엔 더욱 선명해진 초록의 풀들이 파도처럼 바람에 흔들리고 있었다. 그는 뛰면서 최단거리를 떠올렸고 지름길을 생각했다. 대학시절에 배웠던 기하학이 떠올랐다. 점과 점 사이의 거리. 출발 지점과 도착 지점. 우리는 공간 사이의 거리만 계산할 수 있을 뿐이다. 도착 지점에서 우리가 무엇을 해야 하는지는 알 수 없다. 그것이 평면기하학이든 입체기하학이든. 수학에서 그것은 필요 없다. 2차방정식을 계산하기 위해 존재하지 않는 허수를 만들었지만 허수의 역할은 단지 실수를 구하기 위함이다. 허수를 보거나 만져본 사람은 그 누구도 없다. 그는 배운 대로 가르쳤다. 졸업이 도착 지점이었고 그는 무엇을 해야 할지 알 수 없었다. 그가 도착 지점에서 할 수 있는 것은 무엇을 해야 하는가가 아니라 도착 지점까지의 계산뿐이었다. 집으로 빨리 가서, J가 없는 동안, 죽은 아내를 어떻게 해야 할지 그로서는 전혀 떠오르는 바가 없었다. 하지만 빨리, 최단거리로 갈 수밖에 없었다.

그는 집 안으로 뛰어 들어가자마자 발코니로 향했다. 쓰레기봉투를 열었을 때 그의 죽은 아내는 여전히 쓰레기봉투에 담겨 있었다. 희미하고 무력한 눈빛을 한 채.

—생각해보니…….

아내가 말했다.

—생각해보니?

—그래도 난 S를 봐야만 하겠어. 그것이 내가 다시 돌아온 이유인 것 같아. 평생 여기 쓰레기봉투에 처박혀 있다 하더라도.

—잘 알아, 하지만…….

하지만 과연 그럴 수 있을까? 그는 생각했다. 아이가 감당할 수 있을까? 아이는 이제 출발 지점에 서 있다. 앞으로 수많은 질서와 공통되고도 익숙한 세계를 익혀야만 될 아이에게 혼돈과 망상과 판타지의 세계를 보여주자고? 다른 사람이 알지 못하는 것을 혼자만 알고 있다는 사실은 가장 무서운 것이며 외로운 것이다. 아내의 마음을 잘 알긴 하지만 그럴 수는 없다.

—그래. 잘 알아, 하지만…….

속되게 살아 도착 지점까지 가야만 한다. 유령 따윈 하품 나는 극장에서

만 만나야 한다. 삶은 차곡차곡 잘 개켜진 세탁물처럼 향을 내뿜으며 정리되어 있어야만 한다. 전염될 가능성이 있는 균은 차단되어야만 한다. 농지 안의 한 포기 잡초는 제거되어야만 한다.

─아니, 아니. 이건 사는 게 아니야. 차라리 죽어.

그는 나지막이 말했다. 아내의 눈꺼풀을 손으로 덮으려 했지만 그럴 수 없었다. 아내의 두 눈동자 위로 그의 손바닥이 지나가기만 할 뿐 그는 그 무엇도 잡을 수 없었다. 이번에는 두 손으로 아내의 목을 움켜잡았다. 그러나 그 역시 허사였다. 느낌만 잠시 전달되었다가 연기처럼 사라졌다. 자신이 할 수 있는 모든 계산을 떠올렸지만 공식을 찾거나 대입할 수도 없었다. 미열이 다시 그의 몸을 이불처럼 감쌌다.

그는 아내의 눈빛을 뒤로 하고 쓰레기봉투를 묶었다. 쓰레기봉투 안에서 바스락거리는 작은 움직임이 느껴졌지만 말 그대로 그것은 단지 느낌일 수 있었다. 쓰레기봉투는 아내보다도 훨씬 무거웠다.

빨갛게 잘 익은 일몰이 아파트 단지 안을 구석구석 점령하였다. 늦여름도 지쳤는지 가끔 선선한 바람이 불어와 그의 미열을 식혔다. 잘 정비된 묘목과 풀들이 부드럽게 일렁였다. 외출에서 돌아온 자가용 한 대가 주차선 안에 맞춰 주차하고 있었다. 여학생 세 명이 봄비처럼 재잘거리며 지나갔다. 한 아이가 새로 산 장난감을 가슴에 안고 젊은 부부와 지나갔다. 아이의 얼굴에선 행복이 땀처럼 뚝뚝 떨어졌다. 꽃가루에 취한 꿀벌처럼 그는 걸었다. 베란다에 널린 빨래들이 하얗게 빛났다. 멀리서 J와 S가 걸어오는 것이 보였다. 그는 쓰레기봉투를 살짝 뒤로 감추었다.

세상은 말이야, 그래, 그래. 잘 알아, 하지만……. 그는 아내에게 말하듯 중얼거렸다.

몸과 마음에 대한 새로운 이해

　　동양적 관점에서 인간이 죽으면 정신을 이루고 있던 혼백(魂魄)이 나뉘어 양기가 강한 혼(魂)은 하늘로 돌아가고 음기가 강한 백(魄)은 육신과 함께 땅으로 돌아간다. 육신으로부터 분리된 혼이 어떤 이유로 하늘로 돌아가지 못하면 육신이 없어 사람의 눈에 보이지는 않고 이승을 떠돌게 되는데 이것이 귀(鬼)이다. 인간이 죽으면 육신으로부터 분리된 혼이 육신을 떠나 홀로 이승을 떠돌지 못하도록 하기 위하여 방문을 열고 나가 지붕이나 나무 위에서 망자(亡者)의 혼을 불러 육신의 곁에 머물게 하는데 이것이 바로 복(復)이다. 망자의 혼이 이승을 벗어나지 못하고 구천(九天)을 떠돌아 귀가 되면 집안에 액(厄)이 내린다고 믿었기 때문이다. 자신의 죽음을 알지 못한 혼은 집으로 돌아오나 산 자들의 눈에는 보이지 않고 들리지 않으니 집안에 머물며 해코지를 한다. 이는 자신의 존재를 알지 못하는 가족에 대한 섭섭함의 표현이기도 하다. 집안에 이승을 떠도는 귀가 된 망자가 있으면 그 혼을 불러 이미 죽었음을 알게 하거나, 겁을 주거나 달래어 저승으로 안내하여 집안에 액이 사라지게 하는 바 이것이 굿이다. 집안에 알지 못하는 횡액이 닥칠 때 귀신과 의사소통이 가능한 무당을 불러 굿을 하는 것은 삶과 죽음에 대한 이러한 믿음의 결과이다.

박성원의 「몸」에서 279일 전에 죽은 아내는 두 발이 없는 유령이 되어 집으로 돌아왔다. 여름이 끝나가는 어느 날, 다니던 학원에서 퇴직 통보를 받고 집에 돌아와 샤워를 하고 나오니 거실의 작은 테이블 위에 알몸으로 오래된 장식처럼 앉아 있는 것이다. 일몰이 비치는 아내를 보고 그는 놀라기는커녕 무슨 말을 하여야 할지 몰라 '여보' 하고 부를 뿐이다. 아내가 죽은 후 세 살 난 아들과 함께 살며 새 여자를 만나 새로운 가정을 꾸미려는 상황에서 갑자기 나타난 아내는 당황스러운 존재일 뿐이다. 아내는 잠들었다가 깨어보니 여기에 이렇게 앉아 있다는데 혼자 움직일 수 없고, 눈에 보이기는 하나 다가가 만져보면 느낄 수는 있지만 만져지지는 아니한다. 이미 오래전에 죽어 화장을 한 아내는 지금 이 자리에 있어 눈에 보이지만 육신이 없는 혼백일 뿐이다.

돌아온 아내는 육신은 없지만 그의 눈에 보이고, 과거를 기억하고, 자신이 처한 상황을 어느 정도 이해하고, 사랑하는 아들을 보고 싶은 마음을 가지고 있다. 그러나 그는 새 여자와 아들이 돌아오자 아내의 모습이 발견될까 두려워 아내를 감추기 위해 애를 쓰고 아내가 발견될까 봐 가슴을 졸인다. 몸이 눈에 보이기는 하나 산 사람은 아닌 아내의 존재가 아들에게 정신적인 혼란을 줄까 두렵고 결혼을 생각하고 동거를 하면서 집안에 있는 아내의 흔적을 지우려 애쓰는 새 여자가 아내가 돌아온 것을 알게 될까 봐 두려운 것이다. 이미 산 자들의 삶이 나름의 틀 속에서 이루어지고 있는 가운데 아내가 틈입해 들어올 자리는 없다. 그는 새 여자가 쉽게 열어보지 않을 장롱 속에 아내를 감추고 집으로 돌아온 새 여자와 아들을 맞아들인다. 아들은 죽은 엄마에 대한 기억을 잊어버리고 새 여자를 엄마로 받아들이면서 깔깔대고 집 안으로 들어온다. 육신이 사라져 버린 엄마에 대한 기억은 상실되고 새로운 육신의 질서에 익숙해져 가는 것이다.

자고 있는 새 여자를 확인하고 장롱 속의 아내를 꺼내 발코니로 나가자 아내는 이건 사는 것이 아니라 지옥이라며 차라리 자신을 죽여 달라고 한다. 그러나 육신이 없는 아내를 어떻게 죽일 것인가. 죽은 아내를 어떻게 해야 다시 죽일 수 있는지 알지 못하는 그로서는 우는 아내의 흐르는 눈물을 닦아주며 막연해 할 뿐이다. 새 여자가 그를 찾아 베란다로 나오자 급히 아내를 쓰레기봉투 속에 감추고, 과연 그녀에게 아내의 존재를 이야기할 수 있을 것인가를 두려워하면서 새 여자의 흩어지지 않는 진짜 몸을 안고 정사를 나눈다. 다음날 아내의 존재를 영원히 감출 수밖에 없는 그는 아내가 들어 있는 쓰레기봉투를 묶고 만다.

몸이 없는 마음은 무엇이며 과연 존재할 수 있는가. 우리는 타인의 몸을 보고 그것을 느끼며 사랑을 나눈다. 그런데 죽음으로 몸이 사라지고 나면 내가 느끼고 사랑했던 존재, 즉 그 몸 안에 존재한다고 느껴지던 마음은 어디로 가버리는가. 기독교에서 예수의 몸과 성령과 하느님은 하나라고 할 때 구체적인 존재로서 몸과 눈에 보이지 않고 잡을 수 없는 영이 하나일 수 있는가. 유령이 되어 돌아온 아내가 시체로서의 아내와 같은 존재인가. 이러한 의문들이 이 작품이 이야기하고자 하는 바이다. 이는 육신이 사라지고 나면 영혼은 어디로 가며, 육신이 없는 영혼이 존재할 수 있는가 하는, 몸과 마음에 대한 본원적인 질문이다.

동양적인 관점에서 귀(鬼)가 되어 이승을 떠도는 혼은 망자의 혼이며 어떤 연유로 자신이 가야 할 세계인 저승으로 가지 못하고 삶도 아니고 죽음도 아닝 중간에 존재하는 떠돌이 혼이다. 이러한 혼은 제사를 지내줄 사람도 없어 음혼(陰魂)이 되어 요사스러운 귀신이 되고 만다. 이러한 가야 할 곳으로 가지 못한 혼, 즉 귀는 무당이 불러들여 저승으로 인도해주어야 할 존재이다. 무당을 통해 혼은 자신의 세계인 저승으로 가고 남은 자들은 이승에서 편안하게 살 수 있는 것이다. 육신이 죽은 후 육신과 함께 백(魄)은 땅으로 돌아가고 혼은 하늘로 돌아감으로써 세상이 화평해진다는 이러한 동양적 사고에 따르면 망자의 혼이 집으로 돌아오면 집안에 액이 닥치게 되므로 빠른 시간 안에 혼을 달래어 저승으로 보냄으로써 가정의 화목을 되찾아야 한다.

　박성원의 「몸」에서 그는 발이 없는 유령이 되어 돌아온 아내를 보고 당황하여 어쩔 줄 모르고, 아내의 죽음 후 새롭게 일구어가는 일상에 아내가 등장함으로써 나타난 혼란들을 걱정할 뿐이다. 아내의 유령은 눈에 보이나 몸이 만져지지 않고 비록 나를 알아보고 함께 대화를 나누고 아들을 보고 싶어하고 죽여 달라고 하지만 몸과 마음을 완전히 구유하지 않았다는 점에서 하나의 인간 존재로 인정할 수는 없다. 몸이 없는 마음, 즉 육신이 없는 혼백은 인간 존재로서의 미달이라는 인식은 현대인들의 보편적인 유물론적인 인간관이다. 아내는 평생 쓰레기봉투 속에 담겨 있더라도 아들을 보아야겠고 그것이 자신이 다시 돌아온 이유인 것 같다고 말한다. 그러나 아이가 엄마와의 만남을 감당할 수 있을까, 현대 사회의 수많은 질서를 익혀야 할 아이가 유령과 같은 망상에 사로잡히게 해서 될 것인가. 결국 그는 아내의 진정한 마음을 모르는 바 아니지만 아이에게 아내를 보여줄 수는 없다고 생각한다. 결국 그의 눈앞에 나타난 아내의 혼령은 몸이 존재하지 않기에 남들이 보지 못하게 감추어야 하고, 쓰레기로 취급되어야 할 존재일 뿐인 것이다.

　몸이 지배하는 사회에서 마음의 존재는 미약해지기 마련이다. 유물론과 자연과학이 지배하는 현대 사회에서 마음의 진정성이란 헛된 구호일 뿐이다. 마음과 마음이 교류하여 남녀 사이의 진정한 사랑이 이루어지는 것이라는 애정관은 낡은 것이 되고, 몸과 몸이 만남으로써 사랑이 이루어진다. 영원하고 진정한 사랑이란 덧없는 것으로 치부되는 사회에서 몸이 없는 마음은 존재하지 않는다. 종교에서 말하는 영혼의 힘, 나아가 믿음이란 한낱 구호에 지나지 않는 것이어서 마음의 우월성을 강조하는 설교는 의심의 대상이 되고 만다.

유령이 되어 돌아온 아내를 옷장 안에 숨기고, 쓰레기봉투에 담아 버리는 행위는 몸 중심의 사회에 대한 통렬한 비판이다. 몸을 중시하고 마음을 경시하는 현대의 인간관은 인간과 인간, 과거와 현재 그리고 현재와 미래 사이의 단절을 야기한다. 눈에 보이지 않는 것은 존재하지 않는 것이고, 눈에 보이더라도 몸으로써의 구체성을 담보하지 않은 것 역시 존재하는 것이 아니라는 인식은, 우리 속에 존재하는 사랑의 감정, 사라져 버린 것에 대한 그리움, 마음속에 남아 있는 기억들과 같은 수많은 가치들을 상실하게 한다. 이런 모든 것들을 현재를 살아가는 데 거추장스럽거나 방해가 된다고 감추어버리거나 내다버릴 수는 없는 일 아니겠는가. 혼과 백을 구분하고 무형의 혼을 중시하여 우리의 마음속에 고이 모시려는 선조들의 영혼관은 몸과 마음에 관한 새로운 미래를 보여준다 하겠다.

2000년 『현대문학』으로 등단했다. 소설집 『토끼를 기르기 전에 알아두어야 할 것들』 『자정의 픽션』 『핸드메이드 픽션』과 장편소설 『새벽의 나나』 등이 있다. 대산문학상, 오늘의 젊은 예술가상 등을 수상했다. 현재 고려대학교 문예창작학과 교수로 있다.

박형서

무한의 흰 벽

무한의 흰 벽

객실에 들어서자마자 열차가 움직이기 시작했다. 서울을 출발하여 한 시간 후 대전에 닿는 KTX 131호 열차였다. 범수는 휴대폰을 바지 뒷주머니에 넣은 뒤 좌석에 앉았다. 7호차 6D, 창가 쪽이라 통유리 너머의 여름이 쨍쨍했다.

미처 자리를 잡지 못한 예닐곱 명이 통로를 오갔다. 빠르게 한 번만 지나가는 사람이라면 신경 쓸 필요 없다. 제 좌석을 찾아가는 중이기 때문이다. 하지만 어슬렁거리며 두 번 혹은 세 번 지나치는 사람이라면 뭔가 꿍꿍이가 있다고 봐야 한다. 아니나 다를까, 그중 한 명이 범수의 옆자리 6C에 덥석 앉았다. 감옥깨나 드나든 듯 험악한 인상이었다. 편안한 자세를 고르는 척하며 통나무 같은 팔뚝을 멋대로 팔걸이에 올려놓고 범수의 옆구리를 압박했다. 무례한 사내였다. 팔걸이는 팔을 걸어두는 도구가 아니다. 인접한 좌석 사이의 경계를 나타내는 지표다. 그걸 모를 리 없으니, 사내는 의도적으로 범수와 범수의 영역을 얕본 것이다.

하지만 그게 전부였다. 정말로 강한 사내라면 과시할 이유도 없다. 허세를 부리는 꼴로 보아 영락없는 뜨내기였다. 이런 부류의 인간들은 더러운 인상과 건방진 태도를 단련하는 데 평생을 허비한다. 멀리 쫓아버리는 게 최선이다. 범수는 왼쪽 뒷주머니에서 휴대폰을 꺼내며 팔꿈치로 사내의 옆구리를 푹 찔렀다. 그리고 사내가 움찔하여 몸을 빼자 팔걸이를 날름 받아 챙겼다.

째려보는 눈빛이 느껴졌다. 뒤늦게 공중도덕을 어필하고 싶은 모양이었다. 범수는 잠시 뜸을 들인 후 휴대폰으로부터 사내의 일그러진 면상을 향해 천천히 눈을 돌렸다. 둘의 시선이 정면에서 마주쳤다. 어지간히 담력이 센 사람이 아니라면 그처럼 노골적인 상황을 오래 견디기 어려운 법이다. 1초, 2초, 3초. 정확히 3초 후 사내가 먼저 눈길을 거두었다. 신경질적으로 콧구멍을 후비고는 뭐라 씨부렁대는지 들리지도 않는 소리를 흘리며 다른 객실로 가버렸다.

잊어버리기로 했다. 조금이라도 존중할 만한 가치가 있었다면 그렇게 도망치도록 놔두지도 않았을 것이다. 짐작건대 사내는 위험을 감지하는 능력만 기형적으로 발달한, 붙잡고 본때를 보여줘 봤자 오히려 경력에 누가 되는 작자였다. 범수에게는 맞붙을 상대의 면면이 중요했다. 이기는 것만큼 중요했다. 머지않아 이 모든 게 기록으로만 남을 것이기 때문이었다.

한 해 전까지만 해도 상상할 수 없던 일이었다. 기댈 곳 하나 없는 외로운 승부의 세계가 곧 범수의 생활공간이었다. 일상과 취미와 투쟁과 휴식이 그 안에서 영위되었다. 떠나 다른 어딘가로 가는 건 불가능하다고 생각해왔다. 그런데 지난 겨울, 대전으로 향하는 고속버스에서 누군가를 만났다. 최고는 아니었지만 존중하여 상대할 가치가 있는 아가씨였다. 여성성을 이용한 기술이 어찌나 섬세하던지, 까딱하면 추행범으로 몰릴 뻔했다. 범수는 차분히 몇 가지 기술을 섞어 대응했고, 결국 아가씨의 공간을 변이한계선인 50% 가까이 빼앗았으며, 팔꿈치를 사용한 마지막 일격만을 남겨놓은 지점에 도달했다. 단 한 번의 타격으로 아가씨는 이름과 외모와 영혼을 잃고 서울—대전을 왕복하는 고속버스의 뻘건 좌석이 될 참이었다. 그런데 바로 그때 범수의 마음에 한 줄기 망설임이 피어올랐다. 한 번도 경험해보지 못한 달짝지근한 감정이었다. 범수는 적잖게 당황했다. 찰나였지만 그 틈을 놓치지 않고 아가씨가 압박에서 벗어났다. 그리고 호기심 가득한 눈으로 범수를 바라보았다. 둘은 사랑에 빠졌다.

사랑은 인간을 약하게 만든다. 가장 위대한 승부사들이 지킬 것 하나 없는 외톨이였다는 사실은 널리 알려진 바다. 누구든 사랑에 빠지면 빈틈을 보이기 마련이다. 욕망이 생겨나고 인내심은 줄어든다. 집착이 늘어나고 판단력은 떨어진다. 무엇보다도 겁이 많아지며 그에 대한 반작용으로 쉽게 무모해진다. 아가씨가 생긴 후 범수는 함부로 굴러다니는 시정잡배들의 별 것 아닌 손짓 발짓에도 문득문득 공포를 느꼈다. 지나치게 긴장하는 바람에 이기더라도 지독한 피로에 시달려야 했다. 결국 빳빳한 고개를 꺾고 도망치기로 마음먹었다. 남이 밀면 밀리는 대로, 남이 누르면 눌리는 대로 살아가기로 결심했다. 그 맹세를 공유하기 위해 아가씨가 사는 대전에 가는 길이었다.

사내가 도망치고 1분도 되지 않아 새로운 상대가 나타났다. 둔부에 무게중심이 단단히 잡힌 오십 대 초중반의 여성이었다. 살집을 들썩일 때마다 쾌쾌한 효모 냄새를 풍기는 걸로 보아 완전 맹탕은 아니었다. 악취를 발산하는 기술은 땀이 줄줄 흐르는 살갗을 들이대는 기술처럼 상대로 하여금 간격을 유지하게 만드는 효과를 낸다. 다만 그 기술에는 두 가지 곤란한 문제가 있다. 우선 그처럼 혐오스러운 인간이라면 일대일 승부가 아니라 집단구타를 당할 확률이 크다. 다른 하나는 만약에 상대 역시 같은 전술을 사용할 경우 승부가 산으로 가버린다는 사실이다. 의자에 밴 악취와 습기 때문에 앉을 수가 없다면 애초에 자리 주인을 건드릴 필요도 없다.

그녀는 마치 자기 자리에 찾아온 양 차창 위의 좌석번호를 확인하고는 고개를 끄덕이는 시늉까지 냈다. 물론 그럴 리는 없다. 범수가 두 좌석을 나란히 예약했기 때문이다. 선반에 올려놓은 배낭 앞주머니에 승차권 두 장이 곱게 접혀 들어 있다. 범수는 잠시 주저했다. 가장 이상적인 방식은 빈자리로 놔두는 것이다. 그러면 범수와 통로 사이에 놓인 빈자리가 일종의 해자(垓子) 역할을 한다. 즉각적이고 직접적인 공격이 불가능하기에 조금 방심하더라도 치명적인 위험에 빠질 가능성은 적다. 하지만 중년여성을 쫓아낼 경우, 천안아산역을 지날 때까진 누군가 계속해서 그 자리를 넘볼 게 틀림없다. 번잡함을 피하기 위해 한 명 앉혀놔야 한다면 차라리 그처럼 별 볼 일 없는 중년여성이 나을지 모른다. 통로를 배회하는 어중이떠중이들을 막기 위해 악취 방패를 하나 고용하는 것이다.

처음엔 나쁘지 않았다. 효모 냄새도 그럭저럭 익숙해졌다. 그런데 3, 4분쯤 지나자 중년여성이 서서히 본색을 드러냈다. 신발을 벗고 오른쪽 다리를 접어 왼쪽 다리 위에 올렸다. 그런 자세라면 뭉툭하게 접힌 무릎이 오른쪽 상대의 공간으로 침입할 수밖에 없다. 처음에는 떠볼 요량인지 슬금슬금 5% 가량 잡아먹더니만, 별 반응이 없자 15%에 이를 정도로 점유율을 높였다. 급기야는 제 발바닥을 긁는 척하면서 오른쪽 무릎에 힘을 주어 범수의 허벅지를 압박했다.

평범한 승부사라면 즉각 응징에 나섰을 것이다. 하지만 범수는 서두르지 않았다. 대결을 원하는 사람과 심성이 무례한 사람은 구분된다. 패배의 결과는 비가역적이어서 모든 걸 돌이킬 수 없이 잃는다. 범수가 보기에 중년여성은 대결을 원하는 게 아니라 그냥 천성이 무례한 사람이었다. 제압할 필요까지는 없다. 기면증에 걸린 듯 꾸벅거리며 어깨를 마구 들이받는 머리

기술 한 가지면 그만일 뿐.

주효했다. 미친 건지 시비 거는 건지 구분이 되지 않아 당혹한 표정이었다. 게다가 범수처럼 연기력이 좋을 경우 따지고 들어봤자 소용이 없다. 불쌍한 기면증 환자를 괴롭힌다고 주변 승객들에게 욕이나 먹기 십상이다. 공공장소에서의 자리다툼엔 주위 모든 사람들이 심판이기에 나쁜 인상을 주어선 안 된다. 중년여성이 벌떡 일어났다. 젊은 사람이 싹수가 노랗다는 둥 묻지도 않은 인상비평을 흘리며 휘적휘적 다른 객실로 건너갔다. 민첩한 손익계산이었다. 아직 군데군데 빈자리가 남아 있는 터라 크게 미련을 가질 필요는 없어 보였다.

광명역에 도착한다는 안내방송이 흘러나왔다. 그곳에서 역시 수많은 사람들이 저마다의 사연을 품고 남행열차에 올라탈 것이다. 개중 일부는 범수에게 너무 가까이 다가올지도 모른다. 고단한 일이다. 범수는 아무도 침범하지 않고 아무에게도 침범당하지 않으면서 목적지까지 가고 싶었다. 조금쯤 밀리고 조금쯤 눌리더라도 큰 다툼 없이 넘어가길 바랐다. 하지만 범수가 평화를 소망한다 해서 세상이 조금이라도 호의적으로 대해주는 건 아니었다. 그런 적은 한 번도 없었다. 오히려 그 소망이 약점이라도 되는 양 집요하게 물고 늘어지곤 했다. 그때마다 범수는 죽을힘을 다해 응전해왔다. 살아남기 위해선 그럴 수밖에 없었다. 우린 신이 아니어서, 세상 어디에든 머물려면 공간이 필요하다. 존재할 공간을 빼앗기면 존재 또한 사라진다. 그동안 많은 이들이 범수의 자리를 원했고 범수 역시 마찬가지로 남의 자리를 원했다. 공간은 유한하니 차지하기 위해선 격렬하게 다툴 수밖에 없다. 범수는 그간 무수한 상대를 의자로 만들어 그 위에 올라탔다. 격돌하는 순간에야 이기기 위해 혼신의 힘을 다했으나, 따지고 보면 범수에 의해 거꾸러진 그들 또한 하나하나 누군가의 소중한 자식이고 부모고 연인이었다. 생존이란 무릇 그처럼 비정한 법이다. 늦지 않게 안전한 곳으로 떠나간 중년 여성의 뒷모습에서 범수는 어쩔 수 없이 제 어머니를 떠올렸다. 기회가 있었다면 어머니 역시 부리나케 도망치는 편을 택했을 것이다. 실제로 범수가 기억하는 어머니의 모습은 대부분은 그를 등에 업은 채로 열심히 도망치는 모습이었다. 그럴 때면 범수의 귀에 들려오는 중얼거림이 꼭 있었다.

도망이다.

창피하지도 않은 모양이었다. 아닌 게 아니라 전혀 창피해하지 않았다. 다치기 싫으면 도망치는 게 당연한 일이다. 어머니는 제가 가진 털끝 하나도 판돈으로 내놓으려 하지 않았다. 그런 좀생이는 도박판에 낄 수 없다. 가까운 데서 판이 벌어지면 부리나케 도망쳐야 한다.

도망이다.

기회만 생겼다 하면 열심히 도망쳤다. 집에서 직장에서 버스에서 거리에서 식당에서 맹렬히 도망쳤다. 굳이 그럴 필요가 없는 경우에도 기필코 도망쳤다. 한동안은 열심히, 기필코, 맹렬히 도망친 덕에 별 문제 없이 살아갈 수 있었다. 아들 범수에게 문제가 생기기 전까지는 그랬다.

열차가 광명역에 정차했다. 출입문이 열리자마자 한 떼의 승객이 밀어닥쳤다. 일단 올라탄 뒤에는 제 발에 맞는 구두를 고르듯 객실 넓게 시선을 던졌다. 아직 군데군데 빈 좌석이 남아 있었다. 어떤 이는 점령하듯 앉고, 어떤 이는 훔치듯 앉았다. 어떤 이는 확신에 차서 앉고, 또 어떤 이는 자포자기 하여 앉았다. 나머지는 통로를 따라 순례하듯 걸었다. 빈자리가 빠르게 채워졌다. 여기저기서 눈싸움이 벌어졌고, 승차권을 샀다면 아무 자리에나 앉아도 된다고 믿는 천치들과 좌석의 지정번호란 신성불가침한 고유 권리라 믿는 꼰대들 사이에 언쟁이 터졌으며, 나란히 착석한 승객들 간에는 팔걸이의 점유권을 두고 사소한 소란이 일어났다. 그처럼 별 볼 일 없는 반편

이들이 떼로 아우성을 치는 속에서도 재빠르게 상대를 의자로 만들어 다툼을 끝내버리는 승부사들이 이따금 눈에 띄었다. 그들은 망설임 없이 목표를 정한 뒤 신속하게 기술을 걸어 장애물을 제거했다.

범수는 서 있는 승객들의 면면을 신중히 관찰했다. 그중 누구와도 맞붙을 가능성이 있었다. 물론 일부러 싸움을 걸 생각은 전혀 없었다. 회피하고 싶지 않을 뿐이었다. 그러한 범수의 심경 따위는 안중에도 없는지, 열차가 출발하기 직전에 머리가 희끗희끗한 노인장이 불쑥 앉아버렸다. 세포에 축적된 노화물질의 냄새로 미루어보아 육십 대 후반이었다.

전혀 뜻밖의 인물은 아니었다. 서울에서부터 광명에 이르기까지 15분에 걸쳐 이미 두 차례나 곁을 지나갔기 때문이다. 한 번은 열차 진행방향의 앞쪽에서 뒤쪽으로, 다음은 뒤쪽에서 앞쪽으로 지나갔다. 그리고 마지막으로 다시 앞쪽에서 뒤쪽으로 지나가다가 그 자리에 앉은 것이다. 15분 동안 앞뒤의 객실에서 짧은 승부를 몇 판 벌였을 수도 있고, 15분 내내 괜찮은 자리 혹은 상대를 탐색하며 돌아다녔을 수도 있다. 어느 쪽이든 가능하지만, 그다지 실력이 출중해 보이지 않고 또 별로 신중한 것 같지도 않아서 범수가 멋대로 추측한 시나리오는 이러했다. 서울역에서 무임승차한 노인장은 자리에 앉았다가 열차가 출발한 뒤 나타난 좌석 주인에게 쫓겨난다. 무안해져서 객실을 빠져나와 다른 빈자리를 찾기로 한다. 그때 앞쪽에서 뒤쪽으로 옮겨가며 범수 옆의 사내를 첫 번째로 지나친다. 새로운 객실에서 빈자리를 찾아 앉는다. 그런데 조금 뒤, 화장실에 갔던 원래 좌석 주인이 돌아온다. 노인장은 또 쫓겨나고, 또 무안해진다. 객실을 빠져나와 다른 빈자리를 찾기로 한다. 이때 뒤쪽에서 앞쪽으로 옮겨가며 범수 옆의 중년여성을 두 번째로 지나친다. 좀 전에 무안당한 객실을 건너뛰어 한 칸 더 간 노인장은 마음에 딱 드는 빈자리를 발견한다. 드디어, 하는 마음으로 앉는다. 그 순간 열차는 광명역에 도착하고, 좌석의 진짜 주인이 올라탄다. 노인장은 또 쫓겨나고 또 무안해진다. 그야말로 일진이 더럽게 꼬인 날이 아닐 수 없다. 객실을 빠져나와 다른 빈자리를 찾기로 한다. 이때 앞쪽에서 뒤쪽으로 옮겨가다가, 마치 운명처럼 범수 옆의 빈자리를 발견한다…….

끝내 앉지 못한 일군의 무리들이 통로를 서성거렸다. 보아하니 객실 당 대략 너덧 명이 선 채로 가야 하는 모양이었다. 같은 처지의 무리에 섞여 수치심을 나눌 수 없기 때문에 입석 승객들의 심성이 가장 사나워지는 분포다. 이와 같은 상황에서는 자리다툼이 뻔뻔해지는 경향을 보인다. 팔걸이에 엉덩이를 슬쩍 걸치는 건 양반이고, 심할 경우 남의 좌석에 먼저 앉고는 냅다 혼절한 척 하는 이들도 있다. 하지만 대부분의 다툼은 분노를 정식으로 표출하기 애매한 선에서 중단된다. 서로 불편해하고 미워하지만 양쪽 모두 그럭저럭 참을 수 있다. 평범한 사람이라면 일생을 그와 같은 타협 속에서 살아간다. 그러면서도 제가 얼마나 운이 좋은지 모른다.

범수는 어린 시절, 어머니와 둘이서 그보다 훨씬 바깥의 세계를 떠돌았다. 범수 모자가 머문 공간은 사흘이 멀다 하고 약탈당했다. 버스터미널에서, 다리 밑에서, 재건축 현장에서, 공립학교에서 도망쳐야 했다. 심지어는 아파트 옥상에서도 머물 수가 없었다. 그곳은 텅 비었으며 그저 하늘에서 내리는 비와 눈의 공간일 뿐이었는데도 말이다. 어머니에게는 쫓아내는 사람을 불편해하고 미워하는 마음을 품을 틈조차 없었다. 그럴 시간에 어서 다른 공간을 찾아야 했다. 아들을 등에 꼭 업으면 달릴 준비는 일단 끝났다. 그러할 때 어머니의 입에서 흘러나오던 중얼거림을 범수는 또렷이 기억하고 있다.

도망이다.

몇몇 이들이 호사롭고 안락한 공간을 독차지하는 건 이해가 됐다. 가능하다면 자신도 그러고 싶은 마음이었다. 하지만 한 뼘의 공터조차 회수하려드는 모습은 도저히 납득할 수가 없었다. 누구도 공터 따위는 원하지 않는다. 그러니 누군가 굳이 공터에 엎드려 있다면, 거기엔 그럴 만한 사정이 있다고 봐야 한다. 마구잡이로 몰아세워 쫓아내는 건 어디든 보이지 않는 곳에 가서 뒈지라는 얘기다. 고달픈 유년기를 거치며 세상에 대한, 타인에 대한, 한 자리 차지한 계층에 대한 범수의 증오는 겹겹이 쌓여 암반처럼 단단해졌다. 그러나 가장 큰 원망 한 줄기는 언제나 어머니를 겨냥했다. 세상에 그처럼 비루하고 한심한 사람은 또 없을 것 같았다.

도망이다.

도망이라고? 어제도 오늘도 도망이라고? 매일 매일 도망이라고? 한 번만이라도 머리끄덩이 후려잡고 싸워주시면 안될까요, 어머니? 구질구질해서 진저리가 날 정도였다. 그러다 여덟 살이 되던 해 별안간 모든 게 바뀌었다.

작은 도시들을 이으며 열차는 달렸다. 창밖 풍경에서 뭐라도 발견했는지 동반석의 여대생 네 명이 자지러지듯 웃기 시작했다. 어떻게든 진정하려고 애쓰는 모양이었으나 좀체 가라앉지 않았다. 잠시 쉬었다가 다시 폭소를 터뜨릴 때는 그간 참은 웃음까지 더해져 소리가 더욱 커지곤 했다. 그 소음에 박자를 맞춰 어른들이 혀를 차고 아기들은 울었다. 여기저기서 승객들이 목을 빼 동반석을 노려보았다. 범수 곁에 앉은 노인장도 그랬다. 앉은 채로 허리를 쭉 펴 두리번거렸다. 그러더니 고개를 절레절레 흔들며 좌석에 몸을 파묻었다. 바로 그 순간 범수는 공간분할구도에 미묘한 변화가 생겼음을 깨달았다. 노인장이 다리를 벌려 범수의 영역으로 3% 넘어온 것이다.

처음에는 그것이 무얼 의미하는지 알아차리지 못했다. 그 정도야 열차가 덜컹거리거나 곡선코스를 돌 때 쉽게 발생할 수 있는 변화이기 때문이다. 하지만 원래대로 돌려놓으려 노인장의 무릎을 슬쩍 미는 찰나, 툰드라의 숲에 벼락이 내리꽂힌 것처럼 정황이 선명하게 드러났다. 버티는 힘이 통상적이지 않았다. 범수의 얼굴이 급격히 빨개졌다. 입을 꽉 다물고 발가락에 힘을 주어 폐활량을 조절했다. 그러지 않고서는 웃음을 참을 수 없었다. 등에 땀이 배어나올 정도였다. 노인장, 이 비루한 노인장이 승부를 원하고 있었다. 알아차리지도 못할 만큼 소심한 방식으로 도발하는 중이었다.

도전은 자유지만 응전은 그렇지가 않다. 노인장이 다리에 힘을 주고 있었다는 걸 알아버린 이상 열차에서 내리기 전까지 경계를 늦출 순 없는 노릇이다. 아무리 하찮은 상대일지라도 정식으로 도전해온다면 성심성의껏 응전해주는 게 예의다. 범수는 시간차 공격을 벌여 빼앗겼던 영역을 가벼이 돌려받았다. 노인장의 허벅지가 부들부들 경련을 일으켰다. 밀리지 않으려고 노쇠한 사타구니에 과도하게 힘을 준 모양이었다. 안쓰러웠다. 반격할 의욕이 일지 않아 원래의 공간을 회복하는 선에서 멈추었다. 아무튼 이제 뜻은 전달이 되었다. 호락호락하게 당하지 않겠다는, 그러니 다시 도발하려면 무엇을 걸지 확실히 하라는 경고였다. 아니면 기회가 있을 때 어서 꽁무니를 빼거나.

여덟 살 생일선물로 소아마비를 받았다. 뼈마디가 풍선처럼 부어올라 통증이 어마어마했다. 바이러스성 질환이어서 항생제는 소용이 없고, 안정된 환경에서 보살핌을 받는 게 최선의 치료법이었다. 안정된 환경, 그것은 범수 모자에게 없는 수천 가지 중 하나였다. 막막해진 어머니는 범수를 업고 종합병원에 갔다. 그러나 원무과 맞은편에 있는 대기실보다 좀 더 안쪽으로는 한 발자국도 들어가지 못했다. 눈물까지 뚝뚝 흘리며 간호사에게 통사정을 해보았지만 그런 게 통할 리 없었다. 소란이 커지자 병원 직원 몇이 나서서 어머니를 끌어냈다. 빼빼 마른 거지 어머니는 병원 밖으로 맥없이 내동댕이쳐졌다. 이어 거지 아들 차례였다. 범수는 의자를 붙잡고 열심히 버텼다. 그럴 수밖에 없었다. 사지를 못 쓰는 병신이 되기 싫으면 버텨야 했다. 어머니를 애타게 부르며 버텼다. 그러다 더 이상 버틸 수 없게 되었을 때,

눈물도 비명도 의술의 신을 향한 기도도 아무 소용이 없어졌을 때, 어머니가 돌아왔다. 뭔가 이상했다. 도망염불을 외우던 평소의 어머니가 아니었다. 눈빛에서 귀기가 줄줄 흐르는 낯선 어머니였다. 범수의 허리를 껴안고 씨름하는 직원에게 다가가 두 손으로 밀었다.

비켜.

직원은 허리를 펼 틈도 없이 제 공간을 빼앗겨 의자가 되었다. 곁에서 돕던 다른 직원 한 명도, 옆에 서서 뒷짐을 진 채 허허 웃고 있던 나이 많은 직원 한 명도 마찬가지였다.

어머니는 반쯤 탈진한 범수를 업고 소아과 병동의 진단방사선실로 들어섰다. 급히 호출되어온 직원들과 간호사들, 회진 중에 구경 온 전문의들, 부모와 함께 진료대기 중이던 아이들이 구름처럼 몰려들었다. 진단방사선실에 들어와 범수 모자를 에워쌌다. 어머니는 범수를 한쪽 구석에 내려놓은 뒤 그들 사이를 뚫고 지나가 문을 등졌다. 이어 한 명씩 멱살을 잡고는 차곡차곡 의자로 만들었다. 문에 가까이 선 사람부터 처리했기 때문에 아이건 어른이건 도망칠 길이 없었다. 범수는 벽에 기대어 전부 다 지켜보았다. 그건 승부가 아니었다. 그건 학살이었다.

옆자리의 노인장이 다리를 수직으로 떨기 시작했다. 두 무릎이 나란히 붙어 있는 상태에서 다리를 떠는 속셈은 보통 한 가지, 상대의 근육피로도를 증가시켜 다음번 공격의 파괴력을 끌어올리기 위해서다. 범수는 노인장과 동일한 진동패턴으로 다리를 떨어 그 수법을 무력화시켰다. 하지만 이번에도 역시 거기서 멈추었다. 노인장보다 강하게 떨거나 혹은 수직 대신 수평으로 떨어 반격을 가할 수 있었으나, 그러지 않았다. 노인장의 수작이 정말로 도전인지, 아니면 가정교육을 제대로 받지 못해 그러는 건지 아직은 확신할 수 없기 때문이었다. 그러나 오래 망설일 필요가 없었다. 노인장이 기지개를 켠 것이다. 두 팔을 벌리면서 순식간에 범수의 공간을 24%나 약탈했다. 범수는 재빨리 기립하여 공격을 걷어냈다. 선반의 배낭을 능청스럽게 만지작거린 뒤 슬그머니 자리에 앉으며 속으로 중얼거렸다. 좋아, 이제 시작이다.

시작이다.

짧게 내뱉는 어머니의 표정은 얼음장처럼 차가웠다. 학살이 끝난 진단방사선실엔 열 개 남짓한 의자가 나뒹굴었다. 의사용 의자도 있고 간호사용 의자도 있고 직원용 의자도 있고 환자용 진료의자도 있었다. 어머니는 그 의자들을 차곡차곡 구석에 쌓고 의료장비를 한쪽으로 밀어 치운 뒤 범수가 누울 공간을 만들었다.

그날 이후 모든 게 바뀌었다. 진단방사선실을 탈환하러 온 이들은 물론이거니와 몰래 염탐하러 왔거나 혹은 밀회 장소를 찾아 숨어들어온 젊은 남녀들까지 묻지도 따지지도 않고 의자로 만들었다. 상대의 공간을 낚아채는 빠르고 신속한 모습으로만 본다면 대량생산공장의 자동화 로봇과 별반 다를 게 없었다. 그러나 광포하게 각진 표정이 잠시나마 흐트러진 자리엔 어울리지 않게도 방금 전 영겁의 폭풍우를 헤치고 온 듯 텅 빈 그림자가 겹겹이 드리워져 있었다. 범수를 간호하고 범수를 바라보았지만 시선은 매번 범수 너머 무한의 흰 벽을 멍하니 흘러 다녔다. 그래서 범수는 언젠가 그 강건함과 그 나약함이 각자의 세포막을 뚫고 나와 흰 벽 위에서 이리저리 뒤섞이는 시기가 올 거라 예감했고, 그때가 되어도 어머니는 여전히 어머니로서 곁에 머물러줄 것인지 불안한 마음으로 자문해보곤 했다. 답은 석 달 뒤에야 모습을 드러냈다.

시작했으면 이겨야 한다. 이기기 위해 제일 먼저 해야 할 것은 상대의 기술을 파악하는 일이다. 보아하니 노인장은 주로 발기술을 사용하는 모양이었다. 그렇다면 별로 걱정할 게 없다. 하체의 힘은 연령에 반비례한다. 노인장은 늙었고, 늙음은 어느 영역에서나 초라한 법이다. 무서운 건 젊거나 혹은 어린 치들이다. 존재를, 존재에 필수적으로 수반되는 공간을 막 알아가는 그들이 가장 무서운 상대다. 범수 역시 젊은 시절엔 눈에 보이는 게 없었다. 그러나 벌써 스물일곱, 하루가 다르게 근력이 줄어드는 나이에 이르렀다. 응전의 위엄을 잃고 싶지 않지만 내리막길이라는 사실은 부정할 수 없었다. 불과 두 달 전에도 콧수염이 막 나기 시작한 어느 소년과 홍대 앞 사거리에서 힘겨운 승부를 벌였다. 간신히 그 아이를 교실용 걸상으로 만들어놓은 뒤 가쁜 숨을 몰아쉬며 고민해보았다. 이만한 재능을 가진 아이가 세상에 달랑 한 명은 아닐 것이다. 새싹들은 무럭무럭 자란다. 머지않아 꼼짝없이 당할지 모른다.

기차가 조금 덜컹거렸다. 노인장이 마치 실수로 그런 것처럼 범수에게 기대왔다. 가볍게 받아 더 크게 되돌려주었다. '이리 흔들' 했으면 머지않아 '저리 흔들' 하는 게 버스나 기차 등 육상교통수단들의 이치다. 막으려고 용을 써봤자 부질없다. 온 것은 갈 수밖에 없고, 들어온 것은 나가기 마련이다. 세상의 어느 해변도 온종일 썰물을 유지할 순 없다. 그런데 말은 이처럼 간단하지만, 인정하고 받아들이는 건 또 별개의 일이다.

표정이 죽어버린 어머니는 사흘에 한 번씩 밖에 나가 부탄가스며 생수, 라면 등을 구해왔다. 진단방사선실에 홀로 남겨지는 그때가 제일 위험한 시간이었다.

자, 이렇게 하는 거다.

어머니는 상대를 제압하는 기본 동작을 하나씩 알려주었다. 소아마비로 관절이 굳어 있던 범수로서는 제대로 따라하기 어려웠다. 특히 하체를 쓰지 못했기에 수업은 주로 손동작에 국한되었다. 어머니의 기술은 투박하고 즉흥적이었다. 계산이 부족했으며 상대의 힘을 회피하거나 이용하는 법 없이 무작정 밀고 들어갔다. 필요하다면 턱의 저작근이나 항문의 괄약근까지 주저 않고 동원했다. 어찌 보면 무례의 극치 같았다. 그렇지만 강력했다. 자기 공간을 지키고 남의 공간을 빼앗는 어머니의 기술은 메두사처럼 끔찍한 얼굴에서부터 시작되었다. 그 악랄한 표정을 보고도 덤벼들 배짱을 가진 용사는 없었다. 그러니 썰물이 무한정 지속되리라 믿었다 한들 크게 터무니없던 건 아니었다.

평택시 경계를 막 벗어난 지점이었다. 어쩐 일인지 열차가 속도를 높였다 줄였다 하면서 불규칙하게 운행했다. 그 바람에 일정하게 달릴 때와는 미묘하게 다른 진동 패턴이 좌석에 전달되었다. 이처럼 불안정한 상황에서는 상대의 전략을 예측하기가 어려워지기 때문에 변칙적인 공격에 노출될 수 있다. 노인장은 기회를 놓치지 않았다. 범수가 창밖을 보려 잠시 고개를 돌린 틈을 타 저 역시 바깥이 궁금한 척 가슴으로 밀고 들어왔다. 그 상태로는 돌아볼 수도, 밀쳐낼 수도 없다. 순식간에 벌어진 일이었다. 그래서 범수는 노인장의 발기술에 집중했던 게 실수였음을 깨달았다. 누군가가 발을 많이 사용한다고 해서 발기술만 가진 건 아니다. 범수 자신도 손기술이 주특기지만 조금 전 중년여성은 머리기술로 퇴치하지 않았던가. 다행인 건 너무 늦지 않게 알아차렸다는 점이다. 범수는 왼쪽 뒷주머니에서 휴대폰을 꺼내는 척하며 노인장의 8번과 9번 갈비뼈 사이에 팔꿈치를 꽂아 간격을 확보했다. 그리고 홈쇼핑 발신전용번호로 문자메시지를 보내면서 팔을 넓게 벌려 상대를 압박했다. 곧이어 열차가 제 속도를 내기 시작할 때는 오른쪽 어깨를 차창에 붙이고 무릎으로 노인장의 하체를 멀리 밀어냄으로써 중심을 공략했다. 범수 쪽으로 쓰러지지 않으려면 물러설 수밖에 없는 자세였다. 별 도리가 없었던지 끙 소리를 내며 노인장이 제자리로 후퇴했다. 전체적으로 보면 범수가 오히려 노인장의 공간을 17% 가까이 잠식했다. 빤한 수작을 건 바람에 본전도 못 찾은 것이다.

석 달이 지나 열도 내리고 관절의 부기도 많이 빠진 어느 날이었다. 범수 혼자 지키고 있던 진단방사선실에 한 남자가 들어왔다. 안면마비가 온 듯 무표정한 얼굴이었다. 몸가짐은 일수를 걷으러 온 것처럼 자연스러웠다. 고개를 좌우로 갸우뚱거리며 범수를 빤히 보았다. 위험을 직감한 범수가 손을 들어 방어자세를 취했다. 남자는 고개를 갸우뚱했다. 싸움은 손이 아니라 마음으로 하는 거라고 훈계하는 듯했다. 범수를 무시한 채 구석에 쌓인 의자 중 하나에 앉았다.

몇 분 후 어머니가 들어왔다. 침입자를 발견하자마자 돌진했다. 남자의 무릎 위에 덥석 앉았다. 의자에 딱 겹쳐지도록 깔아뭉개버릴 심산이었다. 그 순간 믿지 못할 광경이 펼쳐졌다. 눈 깜짝할 사이에 남자와 어머니의 위치가 뒤바뀌었던 것이다. 어머니가 마구 몸을 뒤틀며 저항했지만 남자는 표정 하나 변하지 않고 그녀를 짓눌렀다. 저녁 메뉴를 고르듯 태연한 얼굴이었다. 어머니의 몸이 빠르게 의자와 겹쳐졌다. 그리하여 마침내 투박한 나무의자로 변이되는 찰나, 고개를 돌려 구석에서 바들바들 떨고 있는 범수를 망연히 바라보았다. 도망 다니던 시절에 비해 몇 배나 늙어버린 눈이었다.

남자에게 덤벼드는 건, 복수를 한답시고 부실한 하체로 버티고 서서 손기술을 거는 건 쉬운 일이었다. 반면에 깨끗이 항복하고 목숨을 구걸하는 건 어려운 일이었다. 범수는 어려운 일을 했다. 무릎을 꿇고 싹싹 빌었다. 어느새 안전하다고 소문이 났던지 흰 가운을 입은 의사들, 간호사들, 직원들 그리고 정체를 알 수 없는 구경꾼들이 진단방사선실에 꾸역꾸역 몰려들어와 호기심 어린 눈으로 구경했다. 범수는 그들 하나하나에게 모두 빌었다. 이마로 바닥을 찧으며 빌었다. 그토록 비굴하게 애원한 덕분에 의자까지 챙겨 걸어 나올 수 있었다.

정결히 태워 강에 뿌렸다. 그러며 이제 세상에 없는 어머니의 등을 생각했다. 절대로 잃지 않을 것만 같던 단 하나의 자리였다. 고단했던 모성의 온기가 봄의 아지랑이와 엉켜 흘러갔다. 딱 그만큼의 유량(流量)이 고아에게 할당된 애도의 공간이었다.

승패는 결국 무게중심에 달려 있다. 한 번 중심을 잃어버리면 이를 회복하기 위해 체중을 급히 재배치할 수밖에 없고, 이 과정에서 몸의 이동방향은 상대가 있는 순방향이나 역방향일 수밖에 없으며, 순방향이라면 지지하고 있던 상대가 몸을 확 뺄 경우 바닥에 나뒹굴게 되고, 역방향일 경우 물러난 만큼의 빈 공간을 곧장 점유당한다. 일반적인 싸움에서야 매너 좋은 놈이 진다는 말도 있듯이 무조건 공격이 능사지만, 이와 같은 이유에서 승부사들끼리의 정치한 대결에서라면 공격보다는 반격이 유리할 수밖에 없다. 이미 한 번 서둘다가 당한 이상, 노인장은 초반 기 싸움에서 어지간히 밀렸다고 보아야 할 것이다. 이럴 때 도망치는 건 수치가 아니다.

어머니가 정말로 강했던 건 도망치던 시절이었다. 당시엔 그걸 몰랐다. 소아과 병동의 진단방사선실에서 포효하기 시작하자 범수는 그제야 제 어머니가 굉장히 강해졌다고 생각했다. 세상 누구라도 능히 대적할 만큼 강해졌다고 믿었다. 그러나 도망치기를 포기한 순간부터 어머니는 추락해갔다. 필사적으로 지킨다고 해서 실력이 더 나아지는 건 아니다. 빼앗길 때의 고통만 심해질 뿐이다. 평소였다면 고개를 갸우뚱거리는 남자를 보자마자 범수를 꼭 업고는 부리나케 도망쳤을 것이다. 하지만 지키는 데 혈안이 된 어머니는 아무 정보도 전략도 없이 남자에게 달려들었다. 그러지 말았어야 했다. 사람들은 어머니가 변이한계선을 넘는 순간 즉변(卽變)했다고 믿었다. 심지어는 고개를 갸우뚱거리는 남자조차 그만 어머니에게서 눈을 떼고는 태평하게 여유를 부렸다. 그러나 범수는 보았다. 어머니는 심장이 목질화(木質

化)되어가는 와중에도 싸움을 포기하지 않았다. 최후의 한숨까지 아껴가며 필사적으로 저항했다. 그 탓에 변이가 늦어지고 고통 또한 길어졌다. 범수는 그걸 모두 보았다. 그러지 말았어야 했다. 눈을 꽉 감았어야 했다.

서울역을 출발한 지 반 시간이 넘어서고 있었다. 범수는 노인장의 인내와 의지에 진심으로 감탄했다. 그는 언제부터인지 전신 뒤척거리기 기술을 통해 꽤 많은 영역을 수복하는 중이었다. 범수가 점유한 공간은 이제 5%에도 못 미쳤다. 그 정도로 끈질기게 공격을 막아낸 자는 거의 없었다. 일찍이 스승이었던 유씨 할머니의 기술을 보는 것 같았다.

어머니를 잃은 후 이태 동안 정처 없이 방황했다. 반듯한 기차역에라도 둥지를 틀면 다행이겠지만 사실 그곳은 온갖 영락한 고수들이 모이는 위험 지대였다. 신원을 점거하려는 경찰, 호주머니를 장악하려는 불량배, 기껏해야 개미나 파리 따위에게 주어진 공간이나 훔치는 코흘리개 꼬마들에게도 쫓겨 다녔다. 복수는 무슨, 생존을 도모하기조차 벅찰 판이었다.

그러다 만난 게 충남 서산의 유씨 할머니였다. 경로당의 다른 노인들이야 양달에서 혀를 빼물건 말건 그늘이 잘 드리워진 평상 중앙에 홀로 앉아 가부좌를 튼 첫인상부터가 남달랐다. 마침 먼 길을 걸어오느라 피곤했던 범수는 별 생각 없이 평상 한쪽 구석에 엉덩이를 붙였는데, 저만치 있던 할머니가 눈 깜빡할 사이에 날아와 범수 옆에 바짝 붙어 앉았다. 그녀의 감색 월남치마 한 귀퉁이는 벌써 범수의 무릎을 덮고 있었다. 내 꺼야, 하고 가져가기라도 하면 큰일이었다. 기겁해서 재빨리 손기술로 치마를 걷어내고 일어섰다. 유씨 할머니가 깔깔 웃었다. 괜찮아. 괜찮아. 이어 호기심 가득한 눈으로 범수의 손을 훑어보며 말했다. 너, 여기 앉고 싶니?

그렇게 범수는 유씨 할머니의 제자가 되었다. 말이 좋아 제자지, 실상은 노리개였다. 하루에도 수십 번씩 범수의 공간을 변이한계선 가까이 뺐었다

돌려주었다 하며 독하게 장난쳤다. 까딱하면 의자가 될 판이라 밤에 잠을 잘 때조차 한낮에 곤두섰던 머리카락이 가라앉지 않았다. 하지만 복수를 한시도 잊어본 적이 없던 범수는 묵묵히 가르침을 받아들였다. 시중의 무협지에 의하면 뜻이 있는 곳에 길이 있다고 한다. 서너 달쯤 지나자 유씨 할머니가 사용하는 기술의 특징이 하나둘 눈에 들어오기 시작했다. 그녀가 승부하는 방식은 어머니의 그것과 전혀 달랐다. 어머니의 싸움은 생계형이었고 신경질적이었다. 그에 반해 유씨 할머니의 싸움은 취미였고 쓸데없이 계산적이었다. 근육으로 밀어붙이는 대신 관절과 인대의 잠재력을 최대한 이용하여 예리하게 파고들었기 때문에, 당하는 입장에서는 존재를 완전히 멸실하는 순간까지 무슨 일이 벌어졌는지조차 모르기 일쑤였다. 3년이 지나도록 내리 당하기만 하던 범수는 마침내 스승께 큰절을 올리고 계룡산으로 지옥 훈련을 떠났다. 열네 살 때의 일이다.

천안아산역에 도착할 즈음 옆자리에 앉은 노인장이 기술을 걸어왔다. 다리 벌리기, 역시 틀에서 못 벗어난 정공법이었다. 다만 이번에는 중간에 있는 강화플라스틱 팔걸이에 제 몸을 딱 붙이고 보란 듯이 용을 써댄 탓에 빼앗긴 공간을 대부분 회복했고, 어느새 범수의 공간까지 날름날름 간을 보는 중이었다. 범수는 신발 속의 발가락들을 직각으로 세워 발이 밀리지 않도록 고정시켰다. 일단은 그 상태로 버티면서 팔꿈치나 손등기술을 쓸 참이었다. 그때 갑자기 뒷주머니에서 딩동댕, 하고 벨 소리가 울렸다. 아가씨의 번호에 지정해둔 실로폰 벨 소리였다. 대전 어디어디에서 기다린다는 사실을 알리려 전화한 것이었다.

반가운 통화였지만, 그러느라 방심한 사이 노인장의 다리가 범수의 공간을 무지막지하게 침범해버렸다. 정확히 계산하자면 27%를 약탈당했다. 기분이 몹시 상했다. 물론 정식으로 대결하는 와중에 전화를 받은 게 실수였다. 손아귀에 들어온 기회를 이용했다고 해서 얍삽하다는 둥 치사하다는 둥 비난할 수는 없었다. 기분이 상한 이유는 그게 아니고, 노인장이 어느새 자신의 구두를 꽉 밟고 있기 때문이었다. 승부에 열중하다보면 간혹 그런 실수가 벌어지기도 한다. 하지만 오므린 발가락들을 잘근잘근 짓이기는 걸로 보아 실수가 아니었다. 버팀목의 주춧돌을 제거함으로써 제 다리를 더 벌리려는 수작이었던 것이다. 이럴 때 정색하고 화를 내면 지게 된다. 그 발이 자기 발이 아닌 척 웃어야 한다. 지옥이 따로 없다.

지옥이 따로 없었다. 계룡산의 눈에 띄는 길목마다 남의 자리를 갈취하려는 인생들, 빼앗아야 존재할 수 있는 욕망들, 플러스를 갈망하는 음전하들이 득실거렸다. 깊고 험준한 계곡으로 갈수록 별 희한하고 괴이한 기술을 가진 승부사들이 웅거하고 있었다. 그들에게 도전했다가 불리해지면 잽싸게 도망쳤고, 멧돼지나 반달곰이나 아름드리나무를 상대로 연습했으며, 기술이 어느 정도 보완됐다 싶으면 곧바로 덤벼들어 숨통을 끊어놓았다. 아홉 달 동안 범수가 휩쓸고 지나간 자리에는 각양각색의 의자만이 덩그렇게 남았다. 모두 합하면 사십을 헤아렸다. 그 의자들은 인근 양화리 반상회에서 수거해갔다는 소문이다.

범수는 오른쪽 팔꿈치를 차창에 붙인 채 버팀목인 왼쪽 다리의 위치를 비스듬히 안쪽으로 기울였다. 그리고 횡력(橫力)을 이용해 노인장의 무릎을 밀었다. 그렇게 하면 추력을 세 배 가량 끌어올릴 수 있다. 마침 천안아산역에 열차가 정차하면서 불규칙한 진동이 발생한 터라 조금은 노골적일 정도로 밀어붙였다. 그런데 뭔가 이상했다. 전과 달랐다. 부들부들 떨기는커녕 단 1mm도 밀리지 않았다. 다리 벌리기가 바로 노인장의 주특기였던 것이다. 그 힘이 어찌나 대단하던지 범수로서는 만리장성을 무릎으로 미는 기분이었다. 그러나 큰 문제는 아니다. 힘은 기술을 도울 뿐이다.

지옥훈련을 마친 범수는 지체 없이 충남 서산으로 돌아갔다. 텅 빈 경로당에서 목 빠지게 기다리던 스승 유씨 할머니가 버선발로 맞아주었다. 길고 긴 포옹을 한 뒤 둘은 서산장로교회로 향했다. 문을 걸어 닫았다. 예배당의 긴 의자에 나란히 앉았다.

　이윽고 하늘을 찢고 땅을 쪼개는 대결이 시작되었다. 계룡산을 평정하고 돌아온 범수는 몰라보게 강해져 있었다. 그러나 스승의 섬세하고 예리한 기술은 여전히 넘기 어려운 벽이었다. 왜소한 근육임에도 불구하고 유씨 할머니의 다리 벌리기 기술을 막기 어려웠던 이유는, 그녀가 손은 물론이거니와 자신의 어깨, 목덜미, 옆구리, 귓불, 쪽진 머리까지 모조리 동원해 정신 사납게 밀고 들어왔기 때문이었다. 현란해서 넋이 달아날 지경이었다. 시간이 갈수록 불리해진다는 사실을 깨달은 범수가 최후의 무기를 꺼내들었다. 단단히 지탱하던 무릎의 힘을 한꺼번에 쭉 빼버렸다. 순식간에 47%에 이르는 공간을 빼앗겼다. 3%만 더 내주면 반격할 힘조차 잃게 되는 아슬아슬한 상황이었다. 하지만 유씨 할머니의 오른쪽 다리 역시 갑작스레 너무 많이 나가버린 탓에 후방의 지원을 받지 못하여 균형이 분산되고 말았다. 범수가 그 틈을 놓치지 않고 왼쪽 다리를 들어 유씨 할머니의 허벅지 위에 올렸다. 그리고 떡방아 찍듯 짓이겼다. 계룡산 지옥훈련의 결과로 탄생한 저 강력한 다리 덮기 기술이 세상에 처음으로 모습을 드러낸 순간이었다.

　불의의 일격을 당한 유씨 할머니가 깜짝 놀라 하체를 뒤틀었다. 범수는 경계가 해제된 스승의 복부에 재빨리 팔꿈치를 밀어넣어 갈비뼈 네 대를 부러뜨렸다. 이어 의자에 깔아 눕힌 뒤 배 위에 올라탔다. 마침내 변이한계선을 넘어서기 직전, 둘의 시선이 비스듬히 마주쳤다. 범수는 스승의 눈에서 영면에 들어가며 건네는 평온한 작별의 눈빛을 읽었다. 천애고아였던 저를 거둬 이만큼 훌륭하게 키워준 분이었다. 돌연 울컥했고, 그 바람에 스승의 손이 살

금살금 등 뒤로 파고드는 걸 하마터면 놓칠 뻔했다. 대단한 할머니였다. 아무리 이기고 싶기로서니 열다섯 살짜리 제자한테 눈빛 기술까지 쓰리라고는 상상도 못했다. 종합병원에 살던 시절 어머니와 나누었던 대화가 떠올랐다. 그때 어머니는 길을 잃고 실수로 들어온 너덧 살 꼬마 여자아이의 공간을 우적우적 잡아먹고 있었다. 얼마나 먹어야 배가 부를까요? 어머니는 대답 대신에 영원이 씽씽 곁을 지나가도록 범수를 노려보았다. 그리고 물었다. 내가 누구지? 당황해 대답도 못하고 머뭇거리자 어머니가 피식 웃었다. 쇳덩이처럼 저온의 목소리가 흘러나왔다. 네 어미라 해서 뭔가 통한 걸로 착각하지 마라.

그 말은 진실이었다. 더 많은 공간을 차지하려는 욕망은 제어할 수 없는 법이고, 그토록 강력한 욕망은 내밀할 수밖에 없으며, 설령 다정한 모자간이라 해도 아무렇지 않게 소통될 수 있는 성질의 것이 아니다. 세상에는 제 자식의 공간을 빼앗아 허기를 채우는 부모도 득실거린다. 범수는 스승이 더 깊이 파고들기 위해 손등을 구부린 틈을 놓치지 않고 힘껏 체중을 실어 등받이에 기댔다. 손가락 관절이 누룽지 긁는 소리를 내며 으스러졌다. 스승이 외마디 비명과 함께 손을 빼려 할 때, 범수가 즉각 상체를 반 바퀴 돌려 골반 뼈와 팔꿈치를 일직선으로 만들어 사정없이 짓이겼다. 그리고 살점 하나 남지 않을 때까지 서산장로교회의 예배의자를 꾹꾹 눌러 다졌다.

그날의 감각은 범수의 뇌리에 선명히 남았다. 몇 번이고 재연할 수 있을 정도로 생생했다. 범수는 노인장의 사타구니 힘이 최고조에 달할 때까지 기다렸다. 서로 무심한 척 안간힘을 쓰는 가운데 두 무릎이 서로를 미는 합력은 0의 언저리에서 대치하고 있었다. 그러던 어느 무작위의 순간에 왼쪽 다리의 힘을 쫙 뺐다. 장애물이 사라지자 뉴턴 물리학 제1법칙에 의해 노인장의 무릎이 속수무책으로 밀려왔다. 범수는 그 즉시 제 무릎을 한 뼘 가량 들어 올리면서 반시계방향으로 90° 꺾어 노인장의 허벅지와 강화플라스틱 사이에 단단히 틀어넣었다.

그제야 범수는 실수를 깨달았다. 예상대로 전개되긴 했으나, 노인장의 허벅지는 푹신한 쿠션과 범수의 무릎 사이에 놓여 있었다. 반면에 범수의 무릎은 노인장의 허벅지와 딱딱한 강화플라스틱 팔걸이 사이에 끼어있었다. 목제 예배의자의 경우와는 반대로, 다리 덮기를 시도한 쪽이 오히려 불리해지는 환경이었던 것이다. 전세가 유리해졌음을 간파한 노인장이 온 체중을 실어 팔걸이를 단단히 누르는 한편으로 열차의 진동을 증폭시켜 허벅지를 위아래로 마구 흔들었다. 범수의 무릎 연골은 강화프라스틱 팔걸이에 짓눌려 짜부라지기 직전이었다. 통증이 엄청났다.

도망이다.

있는 힘껏 무릎을 잡아 빼고는 자리에서 일어났다. 잠시 시간을 벌어 흐름을 바꿔놓아야 했다. 쩔뚝거리는 와중에도 통로로 나올 땐 노인장의 오른쪽 발등을 제대로 한 번 밟아주었다. 노인장 역시 가만히 있을 상대가 아니어서 범수가 고작 한 걸음을 옮기는 그 짧은 동안 무려 세 번이나 다리걸기를 시도했다.

화장실은 객차 진행방향의 뒤쪽이었다. 들어가 화장실 문을 닫아걸었다. 깊게 한숨을 내쉬었다. 거울을 보니 얼굴이 시뻘겋게 달아올라 있었다. 가슴도 심하게 뛰었다. 바지를 내려 무릎을 살펴보았다. 시커멓게 멍이 들긴 했어도 연골이나 인대의 손상은 없었다. 그나마 다행이었다. 조금 전 오송역을 지나쳤으니 아직 시간은 충분하다. 잠시 후퇴하긴 했으나 차분히 전열을 가다듬고 돌아가 복수하면 된다. 복수하면 다 끝난다.

7년 전 가을이었다. 춘천댐 인근의 소규모 가두리낚시터엔 밤안개가 자욱했다. 범수에게는 그 꿉꿉한 안개가 모두 제 마음속에서 피어오르는 것 같았다. 오른쪽으로 다섯 걸음 떨어진 곳에 백발의 낚시꾼이 한 명 앉아 있었다. 그는 낚시에도, 안개 자욱한 날씨에도, 몇 시간 동안 미끼 한 번 갈지 않는 범수에게도 별 관심이 없어 보였다. 안개에 달빛이 난반사되어 주위를 뿌옇게 적셔놓았다. 그 몽롱한 달빛으로 인해 몇 가지는 기억에서 지워졌고, 몇 가지는 선명하게 남았다. 지워진 것은 누가 먼저 말을 꺼냈으며, 그때 상대는 무어라 호응하여 대화를 이었는지, 어쩌다 낚시 얘기에서 승부 얘기로 화제가 옮아갔는지, 남자가 무용담이라고 떠벌이는 게 얼마나 허섭스레기 같았는지 따위였다. 선명하게 남은 것은 젊은 시절부터 사술(邪術)을 배워 해결사로 벌어먹게 된 사연, 오직 돈 때문에 남의 자리를 걷어찬다고 말하면서도 전혀 부끄러운 빛이 없던 낯짝, 특히 고개를 좌우로 갸우뚱거리는 남자만의 독특한 버릇 등이었다. 둘 사이로 안개가, 침묵이, 자정이 지나갔다. 남자의 얼굴은 형편없이 늙어 있었다. 당연한 소리지만, 잠깐 차지했다 해서 그 자리를 영원히 소유하는 건 아니다. 어느 누구도 청담동 칵테일바의 회전의자와 성북구 1014번 마을버스의 경로석에 동시에 앉을 순 없다. 보다 나은 이의 도전에 의해 혹은 보다 나은 의자에 도전하기 위해 우리는 매번 자신의 성채를 떠나야 한다. 그것이 비정한 하루하루를 살아가는 승부사의 운명이어서, 남자가 지난 수 년 동안 폭삭 늙어버린 건 매우 자연스러운 결과일지 모른다. 수면에 희미한 새벽 어스름이 번져올 무렵 범수가 물었다. 내가 누군지 아시겠어요? 남자는 수면에 떠 있는 찌를 주시한 채 고개를 두어 번 끄덕였다. 그럼 이제 뭘 하려는지도 아시겠네요? 범수가 다시 물었다. 이번엔 고개를 끄덕이는 대신 범수를 향해 사지를 넓게 벌려 방어자세를 취했다. 그리고 제 영역을 지키는 사마귀처럼 전신을 건들거렸다.

그냥 허세였다. 무작정 찍어 내리는 힘만 평균보다 강할 뿐 횡력이나 관절기술에 대한 이해는 대체로 형편없었다. 남자는 범수의 첫 번째 기술조차 제대로 받아넘기지 못했다. 그토록 인상적이었던 냉정함 역시 저보다 하수와 겨룰 때에나 써먹는 모양이었다. 범수가 손이건 발이건 까딱할 때마다 백발을 휘날리며 꽥꽥 비명을 질렀다. 그 처절한 비명은 무려 1시간이 넘도록 밤의 낚시터를 뒤흔들었다. 끈질기게 버텨서가 아니었다. 범수가 질질 끌며 최후의 일격을 미루었기 때문이었다. 하체의 근섬유막이 조각조각 찢겨 나갈 땐 어찌나 있는 힘을 다해 악을 써대던지 낚시용 간이의자로 변한 뒤에도 뼈대를 이루는 알루미늄 파이프의 구멍에서 여전히 지질한 잔향이 들려오는 것이었다. 아침 새가 첫 울음을 울기 전에 범수는 승부를 끝냈다. 큼지막한 자갈을 주워 뼈대를 깡깡 우그러뜨렸다. 폴리에스테르 천도 온통 찢어발겼다. 그러고도 분이 풀리지 않아 더 모욕할 거리가 남아 있는지 이리저리 쏘아보았다. 도대체, 하고 제 머리카락을 쥐어뜯었다. 도대체 왜 이 따위한테 당한 거죠? 더 잘할 수 있었잖아요.

화장실에서 나왔다. 입석 승객들 틈을 요래조래 뚫고 좌석 가까이 이동했다. 노인장은 아직 범수가 근처에 온 걸 눈치 못 챈 상태였다. 오른쪽 허벅지로 범수의 좌석을 절반 가까이 점거하고는 태평하게도 휴대폰 조작에 열중이었다. 범수는 통로에서 껑충 도약해 자기 자리로 몸을 던졌다. 포물선을 그리며 빠르게 낙하하다가 골반 뼈의 모서리로 노인장 허벅지의 내측광근을 정확히 찍어 뭉갰다. 그것은 대단히 치명적이며, 또 그만큼 무례한 공격이다. 평소라면 그런 투박한 기술은 사용하지 않았을 것이다. 하지만 예의를 차릴 때가 아니었다. 인정사정 봐줄 때도 아니었다.

불의의 일격을 당한 노인장이 급히 다리를 거두고는 끙끙거리며 제 공간으로 물러섰다. 그러면서도 기지개를 펴는 척 허리를 왼쪽으로 크게 돌려 팔걸이에 올린 범수의 팔뚝을 툭 미는 견제는 잊지 않았다. 범수 역시 가차없이 노인장의 팔을 걷어내면서 괜히 기립해 배낭의 멜빵을 매만진 후 자리에 앉았다. 그러는 사이 노인장의 오른쪽 발끝이 대담하게 범수의 두 다리

사이로 침투해 들어왔고, 범수는 즉각 왼쪽 발목을 오른쪽 무릎에 올려 노인장의 허벅지를 밀며 균형을 빼앗았으며, 그와 동시에 시야가 가려진 틈을 타 아직 회수되지 않은 노인장 발목의 장비골근을 냅다 걷어찼다. 눈부신 공수전환이었다.

열차가 세종시를 통과하는 중이었다. 1시간도 못 되는 짧은 여정이지만 벌써 수많은 날이 지나간 기분이었다. 피곤했다. 노인장은 우습게 볼 상대가 아니었다. 사실을 말하자면 굉장한 상대였다. 하나 다행인 건, 노인장의 움직임이 지나치게 교과서적이라는 사실이다. 그에 반해 범수는 어려서부터 실전으로 단련되어왔다. 스승을 꺾은 후부터는 우연히 이웃한 상대와 겨루는 방식에서 탈피해 적극적으로 공간을 확보하고 다녔다. 떡볶이가게, 전자오락실, 회전초밥집, 단란주점, 만원버스, 지하철, 유람선, 극장, 기차, 비행기, 대학로 야외무대는 물론이거니와 청와대 비서실에, 이건희 집무실에, 비무장지대에, 여의도 순복음교회에, 고려대 문창과 사무실에 저만의 사적인 공간을 구축하며 살아왔다. 좌석표도 없이 KTX를 타고 다니는 촌부와는 비교될 수 없는 이력이다.

얼마나 먹어야 배가 부를까요? 유씨 할머니에게도 물어본 적이 있다. 새로 온 멋쟁이 할아버지의 공간을 뼈째 갈아먹고 있던 스승은 뜨악한 표정을 지었다. 혀를 쯧쯧 차며 반문했다. 배가 어떻게 부를 수 있다는 거니? 그 짧은 대화를 떠올릴 때마다 범수의 머릿속에는 경로당 앞 평상에서 오도카니 홀로 저물어가는 유씨 할머니의 모습이 배경처럼 겹쳐지곤 했다. 당시의 범수는 딱히 부정할 논리를 찾지 못했다. 아마 찾지 않았을 것이다. 복수를 향한 일념이 나머지를 모두 시시하게 만들었기 때문이다. 하지만 서산장로교회를 나와 수 년 동안 전국을 주유하면서 생각이 많이 바뀌었다. 세상에는 강한 사람이, 범수보다 훨씬 강한 사람이 많다. 그들 중 어떤 이는 사람이 아니라 집단이나 지역을 통째로 깔고 앉기도 한다. 그런데 그들 모두가 광활한 공간을 독차지한 채 외톨이로 살아가는 건 아니다. 최고로 강한 이들은 오히려 주변에 수많은 동료를 대동하고 인솔한다. 그러할 때, 그 공간은 동료의 엉덩이에게로 넘어간 게 아니다. 그렇게 보이지도 않는다.

대전에서 기다리는 아가씨를 떠올렸다. 어느 비범한 밤의 기운을 빌어 서로가 서로에게 틈입해 들어가던 순간을 회상했다. 절정의 순간이 되자 아가씨의 내밀한 공간은 범수의 소유가 되고 범수의 섬세한 공간은 아가씨의 소유가 되었다. 그렇게 상대를 자신의 성에 초대함으로써 두 존재는 공평하게 중첩된 영혼의 형태로 새벽을 맞이했다. 범수가 밤새 깊은 숨을 몰아쉬었던 까닭은 공유라는 흥미로운 개념을 그날 처음 발견했기 때문이었다. 오랫동안 암송해오던 사칙연산과는 전혀 다른 수학이었다. 이제 범수는 그 밤 이전으로 돌아갈 수가 없게 되었다.

열차가 드디어 세종시를 벗어나 대전 경계로 들어서는 중이었다. 역에 도착하기까지는 10분도 남지 않았다. 물론 시간은 별 의미가 없다. 승부가 갈리기까지 1초가 채 안 걸릴 수도 있고, 서너 시간의 노력이 필요할 수도 있다. 그것은 실력의 균형에 의해 좌우된다. 범수는 나무랄 데 없이 강했지만, 노인장도 결코 뒤지지 않았다. 사수하고 약탈하려는 두 승부사의 팽팽한 의지가 100km 넘게 유지되고 있었다. 서로가 서로에게 만만치 않은 상대였다. 하지만 의자의 주인이 둘일 수는 없는 법이다. 하나는 남고, 다른 하나는 사라져야 한다.

서로의 무릎뼈가 빈틈없이 맞물려 혈류가 정지되었음에도 불구하고 다리 벌리기 기술을 유지하는 노인장의 사타구니 힘은 어처구니없이 강력했다. 대둔근과 연결된 장경골인대가 화강암으로 이루어진 모양이었다. 이 정도의 밀어내는 힘이라면 KTX에 무임승차할 게 아니라 지진현장에서 빌딩 잔

해를 들어 올려 수많은 인명을 구조할 수도 있을 것이다. 속절없이 버티기만 하던 범수의 왼편 반건양근이 부들부들 떨리더니 급격히 힘을 잃어갔다. 이미 너무 많은 근력을 손실한 탓에 자리에서 일어날 기운도 남아 있지 않았다. 게다가 노인장이 자기 팔을 팔걸이에 올려놓고는 수직으로 세워 턱에 괴어놓았기 때문에 주특기인 손기술 또한 시도할 수 없었다. 물론 노인장역시 손기술을 쓰지 못하는 건 마찬가지였다. 다리기술의 한계는 하체에 힘을 과도하게 집중시키느라 팔의 전완굴근과 전완신근이 동시에 수축된다는 점이다. 손기술로 공격할 수도 없고 손기술로 방어할 수도 없다. 손을 움직이는 것 자체가 어려워진다. 그러니 만약의 곤경을 피할 요량으로 노인장이 자신의 척골을 이용해 단단히 결계를 쳐놓은 것이다. 무너뜨리려면 팔걸이와 연결된 팔꿈치 하부의 끄트머리를 먼저 공략해야 한다. 성공할 경우 노인장의 주관절은 좁은 팔걸이로부터 미끄러져 안쪽으로 향하며, 축적된 힘만큼의 맹렬한 속도로 저 자신의 대퇴직근을 찍어 누르게 된다. 전신의 무게중심이 일순 무너지리라는 건 말할 필요도 없다.

결정했다. 범수는 기지개를 켜듯 두 팔을 올렸다. 그리고 계산된 경로를 따라 가속해 끌어내리며 뾰족하게 접어 노인장의 팔꿈치를 가격했다. 제대로 들어갔다. 노인장의 주관절이 팔걸이를 벗어나 제 몸 방향으로 빠르게 미끄러졌다. 하지만 예상대로 진행된 건 거기까지였다. 팔꿈치가 몸 안쪽으로 들어온 만큼 손목관절을 바깥 방향으로 회전시켜 범수 쪽으로 쭉 뻗었던 것이다. 무슨 오징어도 아니고, 정상적인 신체를 가진 인간이라면 도저히 흉내 낼 수 없는 고난도의 기술이었다. 그 상태로 손목을 뒤로 젖혀 범수의 왼쪽 겨드랑이를 앞에서 뒤쪽으로 농밀하게 파고들기 시작했다. 상체의 각도 또한 범수 쪽으로 22° 기운 상태였다. 이제 그 손목이 등을 타고 올라와 목에 닿으면 범수의 경추가 으스러지는 건 시간문제일 것이다. 귀에 대고 속삭이는 목소리에서 벌써 여유가 느껴졌다.

대전이네. 대전에 다 왔네.

엄청난 구취가 풍겼다. 하품 한 번 없이 입을 꾹 닫아 구강세균의 독성을 축적해놓은 모양이었다. 그 독에 노출되면 기미가 끼고 모공이 넓어진다. 범수는 저도 모르게 고개를 반대편으로 돌렸다. 그 바람에 하체가 마비되고 왼쪽 어깨마저 장악당한 상황에서 시야조차 확보할 수 없게 되었다. 심각한 열세였다. 차창에 흘러가는 건물들의 고도가 점점 높아지고 있었다. 도심에 다가서는 중이었다. 새로운 나날이 약속된 도시였다. 거기에 모두 준비되어 있다. 범수를 위해 거기 모두 준비되어 있다. 열차에서 훌쩍 내리기만 하면 되는 것이다. 노인장의 손가락이 목 언저리에 닿았다. 으스러뜨리기에 적당한 제2경추, 축추(軸椎)를 더듬거리며 찾고 있었다. 전율이 일었다. 흡사 벼락을 맞은 기분이었다. 벼락이 칠 땐 몸을 낮추는 게 안전하다. 천산갑처럼 웅크렸다. 파고들어올 틈새를 최대한 줄인다면 무승부로 끝내는 것도 가능할 것이다. 범수는 호흡은 물론, 심방과 심실의 확장조차 제어하면서 몸을 단단히 수축했다.

그때 딩동댕, 하고 벨 소리가 울렸다. 아가씨의 번호로 지정해둔 실로폰 벨 소리였다. 먹구름 가득한 하늘에서 한 줄기 은총을 발견한 기분이었다. 통화를 하는 동안에는 대응력이 심하게 약해질 수밖에 없는데, 대소변이 급할 때와 마찬가지로 그 불공정함을 내세워 잠시 휴전을 요청할 수 있기 때문이다. 한숨만 돌린다면 어떻게든 반격의 발판을 마련할 기회가 생긴다. 어쩌면 통화를 질질 끌어 대전역까지 무사히 갈 수도 있다. 이 괴물 같은 노인장에게서 멀리 도망치는 것이다. 벌써 객실의 스피커에서는 대전역에 도착한다는 안내 음성이 흘러나오고 있었다. 벨 소리가 두 번째 울렸다. 그저 휴대폰을 꺼내 보여주면 된다. 범수는 노인장을 향해 어깨를 으쓱해보였다.

상황이 이러하니 별 수 없지 않겠느냐는 의미였다. 자진해서 공격력과 방어력의 수준 모두를 노인장이 알아차릴 만큼 대폭 낮췄다. 벨 소리가 세 번째 울렸다. 겨드랑이 안쪽을 파고들던 노인장의 완력이 살짝 느슨해졌다. 그걸 합의의 신호로 받아들인 범수는 붙잡힌 왼쪽 팔을 잽싸게 빼 의기양양하게 휴대폰을 꺼내들었다.

눈앞이 컴컴해졌다. 머리카락을 비롯한 전신의 체모와 심지어는 내장의 융털까지 빳빳하게 곤두서버렸다. 아가씨가 아니었다. 아가씨한테서 전화 온 게 아니었다. 그렇다고 다른 사람한테서 온 것도 아니었다. 아예 제 휴대폰의 벨 소리가 아니었다. 왼쪽 뒷주머니에서 꺼내든 휴대폰은 격렬한 대결 중에 일찌감치 액정이 깨지고 배터리도 분리되어 있었다. 범수는 먹통이 되어버린 휴대폰을 망연자실 바라보았다. 노인장이 턱을 바짝 들이대고 깐죽거렸다.

아니네. 전화 온 거 아니네.

누렇고 끈적끈적한 구취가 거미줄처럼 뿜어져 나와 뺨에 얽혔다. 노인장의 팔은 어느새 범수의 겨드랑이 깊숙이 파고들어 전보다 단단하게 옭아매는 중이었다. 실로폰 벨 소리가 다시 울렸다. 소란 속에서 객실의 승객들이 하나둘 일어나 출입문 앞에 늘어서기 시작했다. 열차가 속도를 줄이며 대전역으로 진입하고 있었다. 벨 소리가 다시 울렸다. 무슨 일이 벌어진 건지 명백했다. 천안아산역에 닿을 무렵 울렸던 범수의 실로폰 벨 소리, 도망쳐 화장실에서 머무른 몇 분, 그리고 다시 자리에 돌아와 공격을 재개할 시점에 노인장의 손에 들려 있던 휴대폰……. 벨 소리가 또 울렸다. 노인장의 휴대폰에서 벨 소리가 울리고 있었다. 딩동댕, 하고 실로폰 벨 소리 알람이 울리고 있었다.

창밖 시가지를 구경하듯 무표정한 주제에 밀고 들어오는 기세는 해일처럼 맹렬했다. 그러나 범수는 방어도 반격도 할 수 없었다. 벌써 절반 넘게 약탈당한 상태였다. 벨 소리가 울렸다. 변이한계선이 무너져 이제는 도망조차 불가능했다. 그럼에도 노인장은 범수가 혹시 빠져나갈까봐 조바심이 났는지 퇴로를 차단하며 온몸으로 압박해왔다. 말랑말랑한 목소리로 중얼거렸다.

이거 그쪽으로 기우네. 늙으니까 몸이 자꾸 기우네.

지독한 늙은이였다. 경로사상을 자극해 우위를 다지려는 속삭임이 아니었다. 패자에게 던지는 비열한 조롱일 따름이었다. 기운이 썰물처럼 빠져나가고 있었다. 숨을 쉴 수가 없었다. 소화기관에 이어 호흡기관까지 멈춘 탓이었다. 벨 소리가 울렸다. 내분비기관은 진즉에 당한 터라 값싼 눈물 한 방울 흐르지 않았다. 머지않아 감각기관마저 유린될 것이다. 그러할 때 의식은 바깥으로 완전히 미끄러지고 육신은 텅 빈 공간이 되어 의자에 겹쳐진다. 의자가 된다.

그 몇 초를 기다려주기도 아까웠던지 노인장이 서둘러 6D로 옮겼다. 그리고 불과 조금 전만 해도 범수의 무릎, 범수의 사타구니, 범수의 허벅지였던 공간을 깔고 앉았다. 시끄럽게 울리는 휴대폰 알람을 마침내 해제한 건 그 뒤였다. 영혼이 빠르게 달아나고 있었다. 온몸이 수직으로 도약하는 느낌이었다. 그 와중에도 범수는 가슴에 명멸하는 의식을 낱낱이 엮어, 대전 아가씨와 꼭 함께 머물길 꿈꾸었던 예쁜 카페와 인적 드문 거리와 달빛에 젖은 백사장을 그려보았다. 하지만 그것들은 어디로든 도망칠 수 있을 때에나 가능한 풍경이어서, 갖은 애를 다 써보아도 정작 떠오르는 건 구획도 분할도 없이 무한히 펼쳐진 새하얀 벽에 지나지 않았다. 그러니 쩔뚝거리는 여덟 살 아이의 어머니는 정말 이럴 수도 저럴 수도 없었겠구나, 하고 생각했다.

한 떼의 승객들이 빠져나가고 새로운 승객들이 몰려왔다. 노인장이 좌석에 몸을 깊이 파묻으며 범수의 팔꿈치를 꾹 눌렀다. 범수는 허리를 12° 뒤로 젖혀 아늑한 기울기를 제공했다. KTX 131호 열차가 대전을 떠나고 있었다.

삶의 비의를 맛본 자에 대한 애도의 기록

　박형서의 소설 「무한의 흰 벽」은 서울에서 대전으로 가는 KTX 안에서 벌어질 법한 풍경과 범수라는 한 인물의 과도한 공간의식에 대한 상상력이 현대사회의 무한 생존이라는 구도를 전면화하며 쓰여진 잘 빚어진 소설이다. 이 소설에서 세계는 KTX 안이라는 공간 안에서만 조명되지만, 그것을 통해서 인간 삶의 축도를 보여준다. 범수라는 인물의 망상과 기억, 그리고 현실을 넘나드는 듯한 현실성이 이 소설을 지탱하고 있다. 물론 기억 역시 망상으로 구축되어 있으며 현실과 망상의 경계를 오간다. 박형서 소설의 특징이기도 하지만 이 소설은 현대사회의 한 단면을 현실성 없는 듯 보이는 작가의 상상력 속에서 잘 포착하고 있다. 현실을 그대로 그리지 않고 망상을 오가는 허구가 오히려 진정성을 드러내는 형국이라고나 할까. 그런데 또 KTX라는 공간이다. KTX는 기차의 속도를 높여 공간을 시간 안에 밀도 높게 구현한다. 그 안에서 벌어지는 공간 싸움의 과정을 통해 현대인들의 존재 기반 확보에의 노력과 그 좌절, 사라짐을 그린다는 것은 작가의 상상력이 최첨단에 가 있음을 증명해준다. 그리고 그것은 소설에서 밝히고 있는 것처럼 기록의 운명을 지니고 있다. "머지않아 이 모든 게 기록으로만 남을 것이기 때문이다".

소설은 서울을 출발하여 한 시간 후에 대전에 닿는 KTX 열차 안, 7호차 6D에 앉아 있는 범수가 '의자가 되기'까지의 과정을 그리고 있다. 그런데 현재 범수는 지난겨울 고속버스에서 만났던 한 아가씨와의 공간 장악 싸움 과정에서 망설임과 함께 사랑을 느끼게 되었고, "남이 밀면 밀리는 대로, 남이 누르면 눌리는 대로 살아가기로 결심했"으며 그 맹세를 공유하기 위해 아가씨가 사는 대전에 가는 길이다. 일종의 도망을 꿈꾸는 삶이라고 할까, 이미 변화가 전제되어 있는 셈이다.

범수는 두 좌석을 나란히 예약한 채 서울에서 대전으로 가는 KTX에 앉아 있다. 범수가 창가에 앉아 있으니, 옆 좌석은 계속 다른 승객들이 차지하고 싶은 공간이 된다. 좌석 주인은 물론 범수인데도 서울-광명-천안아산-오송-대전이라는 정거장을 거치는 과정에서 범수의 옆자리를 차지하고 앉은 승객과 범수가 팔걸이라는 경계선을 두고 벌이는 사투의 과정이 그려진다. 이 사투의 빈틈을 따라 범수의 공간 장악 필살기의 성장과정도 함께 펼쳐진다.

대전에 도착하기까지 범수의 옆자리 6C에는 세 명이 번갈아 앉는다. 위험을 감지하는 능력만 기형적으로 발달한 무례한 사내, 그 사내가 도망치고 나타난 천성이 무례한 오십 대 초중반의 여성, 이 중년여성은 광명역에서 늦지 않게 안전한 곳으로 떠나간다. 그런데 문제적 인물이 등장한다. 광명역에서 범수 옆자리에 앉은 머리가 희끗희끗한 육십 대 후반의 노인장, 이 노인장이 문제다. 작가는 소설의 플롯을 이 세 명의 등장과 범수의 대응으로 큰 줄기를 형성해놓고 그 사이사이에 범수의 공간 장악 필살기의 성장과정을 배치한다. 노인장이 옆자리에 앉자 작가는 범수로 하여금 이러한 추측을 하게 한다.

범수가 멋대로 추측한 시나리오는 이러했다. 서울역에서 무임승차한 노인장은 자리에 앉았다가 열차가 출발한 뒤 나타난 좌석 주인에게 쫓겨난다. 무안해져서 객실을 빠져나와 다른 빈자리를 찾기로 한다. 그때 앞쪽에서 뒤쪽으로 옮겨가며 범수 옆의 사내를 첫 번째로 지나친다. 새로운 객실에서 빈자리를 찾아 앉는다. 그런데 조금 뒤, 화장실에 갔던 원래 좌석 주인이 돌아온다. 노인장은 또 쫓겨나고, 또 무안해진다. 객실을 빠져나와 다른 빈자리를 찾기로 한다. 이때 뒤쪽에서 앞쪽으로 옮겨가며 범수 옆의 중년여성을 두 번째로 지나친다. 좀 전에 무안당한 객실을 건너뛰어 한 칸 더 간 노인장은 마음에 딱 드는 빈자리를 발견한다. 드디어, 하는 마음으로 앉는다. 그 순간 열차는 광명역에 도착하고, 좌석의 진짜 주인이 올라탄다. 노인장은 또 쫓겨나고, 또 무안해진다. 그야말로 일진이 더럽게 꼬인 날이 아닐 수 없다. 객실을 빠져나와 다른 빈자리를 찾기로 한다. 이때 앞쪽에서 뒤쪽으로 옮겨가다가, 마치 운명처럼 범수 옆의 빈자리를 발견한다……. (130~131쪽)

KTX를 이용해본 사람이라면 누구나 이 장면을 실제처럼 받아들일 수 있도록 정밀하게 표현되어 있다. 시나리오가 원래 실현을 염두에 두고 일어날 수 있는 여러 가지 가상적인 결과나 그 구체적인 과정을 보여주는 것이 아니던가. 그런 의미에서 범수의 추측에 의한 시나리오라고 하며 소설 속에 소개된 이 부분은 사실은 박형서의 소설작법을 보여주고 있는 셈이다. 소설이 가상의 세계이거나 판타지를 오갈 때면 더구나 개연성이라는 것이 세부적인 조건으로서 필요한 법이다. 가상이 아닌 것 같은 실제에의 착각 같은 것이 허구를 진정성에로 향하게 한다. 이 소설이 짜여진 듯한 각본이면서도 이를 벗어나 삶의 비의를 드러내는 것은 이러한 힘 때문이다.

기댈 곳 하나 없는 외로운 승부의 세계가 범수의 생활공간이었고 일상과 취미와 투쟁과 휴식이 그 안에서 이루어졌으며 다른 어딘가로 가는 건 불가능하다고 생각해왔는데, 대전에서 만난 아가씨 때문에 사랑에 빠지면서 범수는 욕망이 생겨나고 인내심이 줄어들고 있는 차이다. 그런데 옆자리에 앉은 노인장이 승부를 걸어온다. 범수는 고달픈 유년기를 거치며 매일매일 도망하며 살아온 어머니를 보면서 한 번만이라도 어머니가 세상에 맞서 싸워주기를 바라고 있었는데, 변화는 여덟 살 때 범수가 소아마비가 되면서 일어났다. 어머니는 범수를 데리고 종합병원에 갔다가 거절당하자, 학살하듯이 모든 사람들을 의자로 만들어 버리고 진단방사선실이라는 공간을 장악한다. 그때 어머니는 범수를 간호하고 범수를 바라보고 있었지만 시선은 범수 너머 무한의 흰 벽을 멍하니 흘러 다닌다고 묘사된다. 어머니의 사라짐이 예고된 것이다. 그 순간 어머니가 보았던 무한의 흰 벽을 소설의 말미에서 범수가 보게 된다.

도망을 생존의 원리로 삼아왔던 어머니는 변이한계선을 넘어서며 나무의자가 되고 만다. 범수와 노인장의 공간 싸움은 지속되고 이를 따라 범수가 충남 서산의 유씨 할머니를 만나 3년간의 훈련, 계룡산 지옥훈련을 떠난 열네 살 때의 이야기가 펼쳐진다. 천안아산역에 도착할 즈음 노인장이 기술을 걸어오는데 범수가 만나기로 한 아가씨의 실로폰 벨 소리가 울린다. 대전 어디에서 기다린다는 사실을 알리는 전화였다. 반가운 통화였지만 그 사이 노인장과의 공간 장악 싸움에서는 27%나 약탈당한 상태다. 지옥훈련 후 서산장로교회에서 유씨 할머니와의 최후의 겨룸, 노인장의 강력한 침투, 화장실로 도망, 오송역을 지나치며 겹치는 7년 전 가을 춘천댐 인근 가두리낚시터에서 만난 남자를 낚시용 간이의자로 만들어버린 사건, 화장실에서 나온 범수, 열차가 세종시를 통과하는데 네 어미라 해서 뭔가 통한 걸로 착각하지 말라고 하던 어머니의 말, 서산장로교회를 나와 수년 동안 주유하면서 세상에는 강한 사람이 많고 어떤 이는 집단이나 지역을 통째로 깔고 앉기도 하는데 그들 모두가 광활한 공간을 독차지한 채 외톨이로 살아가는 건 아니며 최고로 강한 이들은 오히려 주변에 수많은 동료를 대동하고 인솔한다는 생각을 한다. 대전에서 기다리는 아가씨를 떠올리며, 아가씨와 함께 느꼈던 공유라는 개념을 발견한 순간 그 이전으로 돌아갈 수 없게 된 범수의 현재가 확인된다. 열차는 대전 경계로 들어서고 노인장과 고난도의 기술로 겨루기는 계속된다. 노인장의 "대전이네. 대전에 다 왔네." 하는 말과 함께 엄청난 구취가 끼쳐오고 작가는 이렇게 서술하고 있다.

> 도심에 다가서는 중이었다. 새로운 나날이 약속된 도시였다. 거기에 모두 준비되어 있다. 범수를 위해 거기 모두 준비되어 있다. 열차에서 훌쩍 내리기만 하면 되는 것이다. (131쪽)

대전까지만 도착하면 자신이 원했던 삶이 가능해질 수도 있다. 그런데 노인장의 벼락같은 공격이 범수에게 가해지고, 아가씨의 번호로 지정해둔 실로폰 벨 소리를 들으며 휴전을 요청하여 반격의 기회로 삼으면 그러면 대전역까지 무사히 갈 수 있다고 생각한다. 두 번, 세 번 이어지는 벨 소리. 그런데 아가씨한테서 온 전화가 아니라 노인장 휴대폰 실로폰 벨 소리 알람이 울리고 있다. 범수는 방어도 반격도 할 수 없는 상태에서 변이한계선이 무너져 도망조차 불가능했다. 그 지독한 늙은이는 범수가 앉았던 6D로 자리를 옮기고 범수의 의식은 바깥으로 완전히 미끄러지고 육신은 텅 빈 공간이 되어 의자가 된다. 영혼이 빠르게 달아나고 있는 순간, 범수는 대전 아가씨와의 낭만적인 한 순간을 그려보는데 그것은 어디로든 도망칠 수 있을 때에나 가능한 것이었다. 갖은 애를 써보아도 범수에게 떠오르는 건 "구획도 분할도 없이 무한히 펼쳐진 새하얀 벽에 지나지 않았다". 범수는 그 순간 소아마비인 자신을 데리고 사투를 벌이던 어머니를 공감한다. 범수는 의자가 되어버렸고 그 위에 앉은 노인장을 태우고 KTX는 대전을 떠나간다. 소아마비인 여덟 살 아이의 어머니는 정말 이럴 수도 저럴 수도 없었겠구나 하는 생각과 함께 자신도 역시 무한의 흰 벽과 마주하는 것이다.

작가는 "우린 신이 아니어서, 세상 어디에든 머물려면 공간이 필요하다. 존재할 공간을 빼앗기면 존재 또한 사라진다. (…중략…) 공간은 유한하니 차지하기 위해선 격렬하게 다툴 수밖에 없다. (…중략…) 생존이란 무릇 그처럼 비정한 법이다."라고 강조한다. 그런데 흥미로운 것은 작가가 오래 지속된 삶을 사는 자는 '도망'을 그 원리로 하고 있음을 곳곳에서 강조하고 있다는 점이다. 범수의 옆자리에 앉았던 첫 번째 사내와 두 번째 오십 대 중년여성이 그랬던 것처럼. 그러나 범수는 노인장과의 겨룸에서 질 게 뻔한데도 도망하지 않았다. 작가는 이 부분을 여러 곳에서 한 문장, 한 단락으로 "도망이다." 하고 차별화하여 서술해놓았다.

> 도망이다.
> 기회만 생겼다 하면 열심히 도망쳤다. 집에서 직장에서 버스에서 거리에서 식당에서 맹렬히 도망쳤다. 굳이 그럴 필요가 없는 경우에도 기필코 도망쳤다. 한동안은 열심히, 기필코, 맹렬히 도망친 덕에 별 문제 없이 살아갈 수 있었다. 아들 범수에게 문제가 생기기 전까지는 그랬다. (129쪽)

그런데 문제가 생긴 것이다. 어머니에게 아들 범수의 소아마비가 발생한 것, 범수에게 사랑하는 여자가 생긴 것. 그렇다면 도망을 했어야 삶을 지속할 수 있는 것이었다.

도망이다.

삶을 잘 유지할 수 있는 방법은 일탈을 적절히 도모하는 것이다. 도망이 최선의 대응방식이었던 것은 그 후에 오는 삶의 지속성 때문인데, 도망을 꿈꾸지 않는 순간 지속성은 깨지기 마련이다. 역설적인 의미에서 도망의 의미가 부각되는 순간이라고나 할까. 작가는 이를 적절히 활용하고 있다. 도망하지 않으면 우리는 '무한의 흰 벽'과 마주할 수밖에 없다. 그런 점에서 이 소설은 삶의 비의를 맛본 자에 대한 애도의 기록이라 할 수 있다. 최근에 개봉된 코엔 형제의 영화 〈인사이드 르윈〉에서 기타 하나 매고 무일푼으로 헤매고 다니는 뮤지션 르윈의 모습이 겹쳐지는 것은 영화의 결말 때문만은 아닐 것이다. 인생이란 결국 자신의 존재기반 확보를 위한 끊임없는 노력의 과정이며, 매 순간 무한의 흰 벽이 우리 앞에 놓여 있음을 범수라는 인물이 대표하고 있는 것이다.

1972년 『조선일보』 신춘문예에 당선되어 등단했다. 소설집 『한번 그렇게 보낸 가을』 『은장도와 트럼펫』 『하백의 딸들』 『공룡의 꿈』 『스핑크스도 모른다』, 장편소설 『거슬러 부는 바람』 『태평양을 오르다』, 창작방법론 『발견으로서의 소설기법』 『소설발견 1-6』 등이 있다.

송하춘

마적을 꿈꾸다
― 김유정 평설

마적을 꿈꾸다

— 김유정 평설

<hr />

서울이라고, 원! 청계천변을 걷는 일밖에 달리 오갈 데가 있어야지!

요새로 부쩍 그런 핑계를 대면서까지 내가 청계천 산보를 나댕기는 데는 달리 까닭이 있어서가 아니다. 서울살이가 답답하고 고단하니까 그런다는 말은 본래 입에 달고 사는 버릇이지만, 거기다가 혹시 점순이 그 기집애나 한 번 더 만났으면, 제발 좀 그래줬으면, 하는 기대 때문이지 다른 까닭은 없다.

지난번, 오랜만에 버드나무 잎새 파릇파릇 눈에 띄던 그날, 여기 청계천변을 걷다가 실제로 점순이를 맞닥뜨린 적이 있었거든. 바로 요 근처야. 저만큼 앞으로 수표교 널다리가 가로 걸쳐 있고, 흐르는 물가에서는 두서넛 아낙들이 재잘거리며 빨래를 하던 바로 저 물가. 건너편 언덕 마른 풀섶에 섞여 핀 저것들이 정녕 민들레랑, 엉겅퀴랑, 할미꽃들이겠거니 먼빛으로 바라보면서 걸어가는데, 그때 촐랑촐랑 실레말에서나 듣던 말소리가 들리는 거야.

─네 눈에는 그것도 꽃이라고 보면서 가니? 금병산 자락에다 대면 저것들

은 꽃도 아니다.

소리 나는 쪽을 내려다보니 정말이지 실레말에서나 보던 점순이 모습 그대로가 냇가에 서 있는 거야. 왜 있잖아. 실레말 초입으로 들어서다보면 정자나무 가지 사이로 들여다 뵈는 울타리도 없는 외딴집, 그 집에 살던 점순이를 서울하고도 종로, 청계천 하는 그 청계천변에서 해후를 한 거야.

기집애! 남 산보 나올 줄은 어떻게 알고!

나는 깜짝 반가웠지만, 반가워도 반갑단 말은 못한다.

—빨래하러 나왔니?

그날은 그래도 이만큼이나마 반가운 기색을 보이는데, 점순이는 어느새 빨랫감이고 방망이고 할 것 없이 다 팽개친 채 종알거리며 달려오는 거야.

—너, 그렇게 한눈팔고 다니다가 앞으로 고꾸라지기라도 하면 큰 코 다친다. 사내자식이 코뼈 부러지고 이마빼기 까지면 볼 장 다 봤지 뭐. 마적은커녕 비적도 못 될 걸.

나는 너무도 반가운 나머지, 서울은 언제 왔니, 방금 사는 데는 어디니? 그런 걸 물으려고 했었다. 그런데 점순이는 남 급한 건 생각지도 않고 마적이니, 비적이니, 눈치도 없이 제 말만 앞세우니 원, 결핵에다가, 늑막염에다가 당장 폐마가 다 되어가는 사람을 눈앞에 두고 그게 어디 할 소리인가.

하긴, 점순이 제 말마따나 것도 다 내가 내 입으로 떠벌려서 생긴 일인걸, 점순이만 탓할 수는 없지. 점순이 워낙 마적을 좋아했거든. 내가 소설을 쓴다고 말할 때는 에게게! 그까짓 편지나 쓰고 그러는 거! 그렇게 코웃음을 치다가도 마적은, 그럼? 하고 물으면, 좋지! 만주벌판! 아, 나도 달리고 싶다! 환호하던 점순이가 아니냐.

처음 실레말을 찾아갔을 때 일이다. 작년 재재작년 근 이태 가 있었지 아

마. 그리고 떠날 채비를 하던 그 무렵 어느 날이었다. 점순이 무슨 심술이 났던지 그 며칠 새로 바짝 내 그림자를 밟고 다니면서 쌩이질이 났는데, 그날은 마침 야학을 마치고 홀로 새로 난 신작로 길을 가던 참이었다. 산모퉁이를 막 돌아서려는데 점순이 내 앞으로 툭 불거지는 거야.

—너, 서울 가서는 장차 뭐가 될 건구?

—글쎄, 마적이나 할까!

그때 그 말이 불쑥 내 입에서 튀어나온 거야. 왜 그랬는지는 나도 모른다. 그냥 마적이고 싶었던가 봐.

—좋겠다! 네가 어떻게 그런 생각을 다 했어?

—마적 좋잖아! 요동반도. 해란강. 일송정. 어디든지 달릴 거야. 왜? 넌 마적이 싫으니? 도적이랄까 봐?

—싫기는! 그래, 너 마적 해라. 넌 오늘부터 마적이다.

그날 그렇게 백마 탄 초인이 되었던가 본데, 그래도 그렇지 그런 산도적 같은 이야길랑 산 좋고 물 맑은 실레말에서나 하는 거지, 여기는 서울 아니냐. 골병든 육신을 끌고 사직골 한구석에 처박혀 사는 내게, 마적이란 가당키나 한 일인가. 그래 내 한 마디 쏘아붙인 거야.

—마적이니 비적이니 너, 그딴 소리 한 번만 더 했다가는 내 가만 안 둔다고 그랬지!

—가만 안 두면 어쩔 건데? 마적이 뭐, 누가 시켜서 되고, 말려서 안 되고 그러는 건가? 넌 어차피 마적이야. 네가 네 입으로 말했잖아? 장차 마적이 될 거라고. 왜, 싫어졌니? 마적, 안 할 거야?

—아니. 할 거야. 그렇지만 네가 너무 큰 소리로 동네방네 외치니깐 그치. 마적이 무슨 뒷산 성황당에 굴러다니는 돌멩이라도 되니?

그 순간 내가 그 자리를 피하고 싶어 했던가 봐. 점순이 찰거머리처럼 내

발목을 붙들고 늘어지는 거 있지.

—왜? 가려고? 들으니까, 요새도 편지 쓴다대? 요새는 누구한테 쓰니?

길 가는 사람 붙들고 서서 하다못해 반갑단 말은 못할망정 편지는 또 무슨 편지냐. 망할 것, 작년 재재작년 실레말서부터 점순이는 할 말 없으면 죄 없는 편지를 들먹거리더라.

—편지 같은 거, 요새는 안 쓴다.

나는 한 대 쏘아붙였다. 나라고 왜 마음 켕기는 데가 없었을까. 참고 말을 안 해서 그렇지, 요새로 몰래 주고받는 편지가 생겼거든. 지난밤만 해도 당장 그놈의 편지 때문에 날밤을 새다 왔는걸.

—이번에는 인텔리 여학생이라며? 소리꾼하고도 못 통한 연애가 인텔리하고는 통할까?

거 봐라. 점순이 저도 다 짚이는 데가 있으니까 그런 말을 하지, 모르고 어떻게 아는 척을 해. 점순이 제가 점쟁이인가.

작년 재재작년, 돈의동 골목 안에 산다는 그 '소리꾼 기생', 처음에 나는 그 여자를 두고 하는 말인 줄 알았지. 나는 발뺌하고 싶었다.

—그게 아니라……

지난겨울 내내 나는 적어도 일곱 통 이상 편지를 썼고, 한 편 이상 소설을 궁리하다 말았고, 딱 한 편만 수필을 써서 잡지사에 보냈고, 그리고 요즈음 동경서 유행한다는 그 뭐냐, 돈벌이가 될 만한 유럽의 탐정소설이나 추리소설이 없을까 물색하면서 시간을 보냈거든. 그리고 아! 몇 차례 술을 마신 기억이 나는구나. 그뿐 아무것도 한 일이 없다. 술은 마시고 나면 뒤탈을 심하게 앓아야 하니까 문제지만, 그 대신 내 육신을 갉아먹는 불면의 밤과, 헛된 망상을 덜어주니까 그건 괜찮아. 그래도 어떡하냐. 몸은 삭정이처럼 밭아만 가지, 불면의 밤은 지칠 줄을 모르고 늘어만 가지, 그 판에 뜻밖의 여학생을 발견한 거야. 친구 동생이고, 신학문을 많이 한 모던 걸이었다. 대화하고 싶더라. 일단은 편지를 써 보내기로 했다. 답장? 그런 거 없다. 그냥, 내 생각의 일단을 상대에게 걸어보는 거다. 인생이면 인생, 예술이면 예술, 연애면 연애, 소설이면 소설, 그 어떤 것도 생각은 자유지만 그렇다고 아무데나 허공에다 대고 거미줄을 칠 수는 없지 않은가. 누구에겐가 생각의 고리를 걸고, 그렇게 상상의 나래를 펼치기만 하면 나는 그만이거든. 그 상대가 새로 발견한 통인동 여학생인 거야. 나는 밤마다 편지를 썼다. 누구한텐가 뭔가를 털어놓는다는 건 말하자면, 나를 열어 남과 통하고자 하는 열망이거든. 말더듬이인 내가 말로써 나를 털어내지 못하고 글로써 소통을 하고자 한 건 잘한 일이라고 생각한다. 하느님은 내게 짧은 혀를 주셨지만 그 대신 글은 짧지 않게 주셨다. 내 짧은 혀와 함께 결코 짧지 않은 글을 주신 하느님께 그저 감사할 뿐이다.

―그게 소리하는 기생이던가?

점순이 물었다.

―아니지, 소리하던 여인은, 내가 서울을 떠나 실레말로 가기 전이었다. 벌써 한 이태 됐지? 그리고 다시 서울로 돌아와서 여학생은 만났다.

실레말은 본디 내 고향이었다. 옛날 우리 할아버지 아버지가 거기 살았거든. 나는 서울에서 나고 자랐다. 그래서 그런지 실레말은 나도 잘 모르는 채 마음속에서만 살아 있는 고향이었다. 어렸을 때 몇 번 가본 것 같기도 하고, 안 가본 것 같기도 하고, 실레말은 그렇게 낯이 설지만 정다운 곳이었다. 왜 서울로 갔느냐고? 공부 시켜야 하니까. 말은 낳으면 제주도로 보내고, 자식은 낳으면 서울로 보낸다잖아. 그런데, 왜 고향엔 자주 가지 않았냐고? 가고 싶어도 갈 수가 없었다. 그때는 차가 있기를 하나, 말이 있기를 하나, 그 머나먼 데를 걸어서 가랴? 아직은 어리디어린 것을 어떡하겠어. 그러다 만 거야. 더 크면 가려니. 어른 되면 가려니. 성공하면 가려니. 그랬던 것이 그만 성공은커녕 아직 장가도 못 든 판에 덜커덕 병이 들고 말았다. 병들고 외로우니까 고향은 찾아가게 되더라. 그게 실레말이다. 그때 점순이를 처음 만난 거야. 달리 친분이 있어 만난 것이 아니라, 갔더니 거기 점순이란 아이가 있더라. 괜히 심심하니까, 우리는 눈만 뜨면 마주쳤다. 채전밭에 말뚝을 좀 박으려고 토닥거리기만 해도 뭐하니? 울타리 하려고? 감자 줄까? 뒷골 가서 소나무 땔감이나 좀 집어올까 내비치기만 해도 어디 가니? 이제 서울엔 안 갈 거니? 밤에 야학이나 좀 거들까, 어둠 속을 나서기만 해도 공부하러 가니? 밤인데 안 무섭니? 같이 가줄까? 실레말엔 맨 점순이뿐이더라. 그럼, 점순이는 그때부터 벌써 돈의동 소리꾼 편지를 들먹거리며 나를 들볶기 시작했다. 어떻게 알았는지, 귀신같았다니까.

실레말 산자락이 자욱하도록 아지랑이 일렁이는 봄날이었다. 그날 내 하도 심심해서 그냥 아지랑이 핀 들판이나 좀 거닐까 하고 서성거리던 판인데, 점순이 그때 밭두렁에 엎드려 봄나물을 캐고 있었던 모양이야.

— 서울서는 맨 연애편지만 썼다며?

한 마디 툭 던지는 말이 기가 막혔다. 그냥 날 잡아잡수! 하고 견디는데 이번에는 또 뭐랬는지 알아.

— 백 통도 넘게 보냈다며? 답장도 받았겠지?

점순이 저는 저대로 딴 마음이 있어서 그랬던가 본데, 바보같이 그걸 알았어야지. 내 보기엔 그때 점순이 더 바보 같았거든. 편지는 보내면 곧 답장이 되어 돌아오는 줄만 아는 거 있지. 답장이 그렇게 쉽게 오갔으면 나 같은 병신도 벌써 연애를 했게. 나는 뿌리치듯 잡아뗐다.

— 답장, 그런 거 없다.

— 그러면 그렇지, 기생첩도 답장을 보낸다니? 썩어도 준치라더니, 꼴에

기생첩은 탐을 냈던가 보지? 왜 안 그렇겠어. 즈이 아버지한테 배운 것이 뭐며, 형한테 보고 자란 것이 뭐겠어? 밤낮으로 기생첩 끌어안고 술주정하는 버릇밖에 더 배웠을까.

그래도 나는 점순이의 그 험담이 우리 집안 바람둥이 난봉꾼들, 우리 아버지나 유근이 형을 겨냥하고 하는 말인 줄만 알았지 그것이 내 소리꾼 기생을 두고 하는 말일 줄은 꿈에도 몰랐다니까. 점순이, 그 새로 만난 통인동 '여학생 편지'를 알 거라고는 생각도 못했거든.

돈의동에 살던 그 소리꾼 기생 말인데, 솔직히 나로 인하여 세간 사람들 입줄에 오르내리기에는 아까운 여자였다. 그 여자가 하필 기생이어서만 내가 딴마음을 품었겠어. 그건 욕심이 아니라, 관심이었지. 소리라면 나도 배운 솜씨가 아니어서 그렇지, 한 가락 못 뽑을 것도 없거든. 어쩌다가 흥에 겨워 정선 아리랑이며 전라도 육자배기라도 한 자락씩 너울거리다 보면 덩달아 입맛들을 쩝쩝거렸다니까. 그런 건달이 백주에 비록 목욕탕에서 나오는 길이기는 했지만 어쨌든 당대 소리꾼 명창이 아닌가, 그런 기생 아가씨를 마주쳤으니, 어찌 무관심할 수가 있었겠냐. 마주치는 순간 그 여인은 운명적으로 다가왔다. 우리 어머니나 누님이 아주 평범하지만 나에게는 특별했던 것처럼, 소리꾼 그 여인도 내게는 고모이고, 이모이고, 선생님이고, 애인이고, 그런 사이가 되었다.

어쨌거나, 돈의동 소리꾼 기생은 내가 실레말로 가기 전 서울에서 만난 여인이고, 통인동 여학생은 내가 다시 서울로 돌아와서 아주 최근에 발견한 여인이다. 그런 여인들한테 무슨 답장을 바래. 그냥 상대를 정하고 편지를 쓰는 것만으로도 족하지. 나는 늘 누구하곤가 대화를 꿈꾼다. 누구하곤가 나는 늘 소통하고 싶지만 나의 기대는 늘 차단되었다. 나는 늘 그렇게 닫혀 지냈단 말이다.

점순이 편에서만 보면 나는 그런 식으로 아주 막돼먹은 마적이거나, 아니면 밤새워 연애편지를 쓰는 바람둥이 난봉꾼임에 틀림없었다. 그리고 다시 또 한 차례 말하자면, 그날 점순이는 하필이면 서울하고도 청계천에서 옛 바람둥이 난봉꾼 마적을 해후한 거라니까.

점순이는 서울 색시들처럼 '인물이 톡톡하게 생겼다거나' 노랫가락을 뽑아도 버들가지처럼 낭창하게 간드러지는 그런 여자는 못 된다. '그놈의 키는 언제 다 자랄 건지' 언제 보아도 앙개발심하게 옆으로만 퍼졌지, 햇볕에 그을은 거무잡잡한 피부는 도통 가꾸지를 않아서 까슬하기만 하지, 그래도 틈만 나면 곁에 와서 '감자 줄까?' '네 아버지가 고자라지?' 말을 걸고 싶어하는 화통함이 얼마나 정겹고도 튼실하냐. 나처럼 꽁하니, 좋아도 좋다는 말 한 마디 못하면서 까탈만 부리는 녀석들에 비하면 이건 영락없이 길들여지지 않은 산노루거든.

그날 점순이를 놓친 건 전적으로 내 실수였다. 마적이니, 연애편지니, 좀 귀에 거슬리는 말을 듣더라도 내가 참았어야 옳았다. 그걸 그만 나 편할 대로만 생각해서 까탈을 부리고 훌쩍 떠나보내다니, 퍼뜩 정신을 차렸을 때는 그만 온 데 간 데가 없이 사라지고 없더라. 방금 청계천변을 산보하던 내가 홀로 창신동 고개를 터벅거리고 가는 거 있지. 숨이 턱까지 차올랐다. 가던 길을 멎고 뒤돌아보니 흥인문 겹기와 지붕 추녀 끝이 산처럼 솟아 있었다.

아차! 점순아!

나는 다시 오던 길을 되밟아 뛰어 내려갔다. 창신동서 수표교까지가 좀 먼가. 그래도 힘든 줄을 몰랐다. 점순이니까. 점순이한테만 나는 그런 식으로 날쌘돌이였다. 점순이도, 나도, 우리는 만나기만 하면 열다섯 살 철부지가 되거든.

그리고 그날 혜화동 골목길을 가다가 나는 두 번째 점순이를 만난 거다.

겨울이 갔다고는 하지만 아직 뼛속을 파고드는 바람 끝이 마른 풀숲을 후비고 다니는 어느 이름뿐인 봄날이었다.

지금은 동대문 밖 창신동에 살지만 실레말서 돌아온 직후 한때는 혜화동에 살았거든. 혜화동과 명륜동을 경계 짓는 그 보성학교 뒷산에서 흘러내린 실개천변, 거기 독버섯처럼 쪼그리고 앉은 초가집이 우리 집이다. 내 집이기는커녕 우리 누님네 집이랄 것도 없지만, 어쨌든 평생을 누님한테만 얹혀다니다보니 거기까지 흘러간 것이다.

그날 청계천 산보를 나간다고 대문 밖을 나서던 참이었다. 청계천변만 가면 거기 점순이 빨래를 할 텐데, 하고 나는 겨우내 점순이 생각에만 빠져 지냈다. 골치가 아프면 아프다고 산보를 나가고, 아프지 않으면 아프지 않다고 또 산보를 나갔다. 그러나 그때마다 점순이는 거기 없었다. 시간이 어긋났거니, 나는 만나지 못하니까 더 만나고 싶었고, 그래서 더욱더 열심히 청계천 산보를 나갔다.

가난이 말이 아니었다.

실레말서 돌아온 뒤로 몸이 좀 살아나서 그랬던지, 줄장 원고를 써댔다. 주로 실레말서 보고 듣고 느낀 이야기들이었지만, 가끔씩은 일본에서 잘 팔린다는 서양 탐정소설을 갖다가 번역도 하고, 그렇게 돈이 되는 일이라면 나는 뭐든지 했다. 그때 쉬었어야 하는 건데, 생계를 꾸린답시고 건강을 챙기지 않았던 것이 후회된다. 그날도, 전날 밤 과음을 했고, 이튿날 복통이 심하고, 골이 패고, 그래서 한나절을 일어나지 못한 채 누워 지내다가, 오후에는 나가서 청계천변이나 좀 걸어볼까, 문밖을 나서는 판이었다.

―어디 가니?

점순이 어제 만난 사람처럼 아는 체를 하는 것이다.

—산보.

나는 짧게 대답했다.

—산보, 어디? 빨래터?

—응.

원래는 점순이 네가 웬일이냐? 반갑구나! 널 만나려고 얼마나 찾아 헤맸는지 아니? 오늘은 빨래 안 가니? 그런 것들을 묻고 싶었다. 그렇지만 내 짧은 혀가 미리 알아서 그것들을 차단해주었으므로, 나는 길게 말할 수 없었다. 도대체 무슨 말을 어떻게 할까, 생각을 더듬거리고 있는데, 바로 그때였다.

—네 편지 봤다. 잘 썼더라.

점순이 뚱딴지같은 말로 내 앞으로 다가오는 것이다.

—편지라니! 또야?

이번에야말로 진짜 그 인텔리 여학생을 캐물으려나 보다, 하고 나는 겁이 덜컥 났다.

—있잖아, 실레말 사람들에게 보낸 그거.

—내가? 실레말 사람들에게 편지를 보냈다고?

—잘 썼더라. 재미있게 읽었어.

실레말을 떠나 다시 서울로 돌아온 직후였다.

소리꾼 기생을 만나면 그녀와 대화하고 싶고, 단발머리 여학생을 만나면 또 그녀에게 편지를 쓰고 싶더니, 이번에 실레말을 다녀와서는 또 한바탕 실레말 이야기가 하고 싶었다. 그동안 서울서 나고 자란 나에게 처음 가본 실레말은 딴 세상이었다. 노루랑, 멧돼지랑, 다람쥐랑, 산토끼처럼, 실레말 사람들이 거기 방생되어 살고 있는 것이다. 남의 눈치 살피지 않고, 각자 욕망을 발산하며 거기 산짐승처럼 흩어져 사는 모습들이 물고기처럼, 혹은 들짐승처럼 자유로웠다. 시골 아낙들이 뿜어내는 거침없는 시기와, 질투와,

사랑과 욕망과, 그것들은 서울서는 못 보던 마적들이었다. 그 강력한 끌림들을 나는 누구한텐가 들려주고 싶었다. 점순이의 철없는 인정도, 춘호 아저씨의 게으른 방탕도, 춘호 아내의 때꼽 낀 배꼽도, 이주사의 거칠 것 없는 욕망도, 어느 것 하나 자연 그대로가 아닌 것이 없었다. 나는 그것들을 본대로 느낀 대로 적었다. '치맛귀를 여며가며 속살이 삐질까 조심조심' 걷는 춘호 아내는 속마음까지 훤히 내비쳤다. '빗방울은, ……그의 뺨을 흘러 젖가슴으로' '비에 쪼로록 젖은 치마가 찰싹 감기어 허리로, 궁둥이로, 다리로' 그렇게 '살의 윤곽'을 그리기만 하면 그것들은 그대로 '육감적'이 되었다. 실레말에 가서 내가 발견한 시골이란, 아무것도 거칠 것이 없는 무법자의 자연, 그것은 마적들의 벌판 그 자체였다.

─점순이 너, 내 소설을 읽었구나. 그래도 그건 연애편지는 아니잖니?

─아니면 어때? 연애편지만 편지인가? 어차피 실레말 이야기를 썼으면 그게 다 실레말 사람들에게 보내는 편지 아닌가?

─뭐야? 내 소설이 편지라고?

─하긴, 답장을 받아야지, 답장도 못 받으면 그게 무슨 편지야.

애가 왜 남의 편지 이야기를 하다가 뜬금없이 내 소설은 들먹거리나 하고 놀랐더니, 까닭이 있었던가 봐. 점순이 그게, 내 소설이라고 쓴 것들을 모두 연애편지로 알고 읽었더라니까. 어느 정도냐 하면, 내 작품 속에 나오는 점순이들 있지, 그 전부가 점순이 저한테 쓴 편지라고 생각하는 거야. 그리고 보니, 전에 소리꾼 기생이고 통인동 여학생이고 간에 답장도 못 받은 게 무슨 편지냐고 빈정거리던 그 말, 그게 다 점순이 제가 내 편지 답장 떼어먹고 염치없으니까 한 말이었더라니까.

─답장 같은 거, 난 필요 없다.

나는 잡아떼듯 차갑게 대답했다.

─너, 그동안 편지 많이 보냈잖아. 그리고도 아직 답장을 못 받은 거야?

─답장 필요 없다니까.

─편지를 보내고도 답장을 못 받았다는 건, 네가 네 편지를 잘못 썼다는 뜻이야. 답장을 주고받는다는 건 그만큼 서로 뜻이 통했다는 뜻이거든. 소통이 원활하다는 뜻이야. 넌 지금 어느 정도인지나 아니? 꽉 막힌 거야. 불통이라니까.

점순이 하는 말을 잠자코 듣다보면, 나도 뭔가가 잘못 되기는 한 것 같다. 그게 뭘까, 뾰루퉁해져서 앉아 있는데, 이번에는 거꾸로 점순이 내 눈치를 보면서 다가온다.

─네가 쓴 실레말 이야기들, 그건 답장 많이 받았을 걸. 나도 기분 좋더라.

─기분이 좋았다니, 어떻게?

─실레말을 실레말처럼 그렸으니까.

점순이 기분 좋아서 하는 말은 나도 듣기가 좋았다. 점순이는 방금 편지 이야기를 하는가 하면 어느새 소설 이야기를 하고, 소설 이야기를 하는가 하면 또 어느새 편지 이야기를 하고는 하니까 도무지 종을 잡을 수가 없지만, 그래도 그 속마음을 들여다보면 결국 점순이 저한테 쓴 편지는 좋고, 서울 소리꾼 기생이나 통인동 여학생한테 쓴 편지는 좋지 않더라는 그 말을 그렇게 하는 것 같았다. 그래, 내친김에 나도 한 마디 쏘아붙인 것이다.

─그런 넌 왜 나한테 답장을 안 보내니?

─지금 보내고 있지 않니? 이게 답장이야. 편지 답장이란 너, 원래 그런 거다. 좋아서, 좋다고 말했으면 됐지, 안 좋은 걸 안 좋다고까지 말해야 되니?

점순이 말마따나 내 글쓰기가 일종의 편지쓰기와도 같은 것이라면, 그것은 내가 내 생애를 도모하기 위해 선택한 유일한 소일거리였는지도 모른다. 학교를 다니기는 했어도 본디 학업에 부지런하지도 않았고, 그렇다고 졸업

하면 총독부 같은 관청에 가서 관리가 된다거나, 내 기숙하고 있는 숙부처럼 의사가 된다거나 하는 일은 말짱 관심 밖이었으니, 나는 그저 아코디언이나 뜯고, 하모니카나 불다가 이도저도 안 되면 만주벌판을 달리는 마적이나 되지 했던 것인데, 이제 와서 마적은커녕 비적이나마 되기도 다 글러먹었고, 그나마 내 가슴을 짓누르는 억압이며, 조울이며, 그런 것들을 훌훌 털어버리고 세상과 소통하는 길이 있다면 그게 바로 편지쓰기가 아닐까, 그 길만이 나의 살 길이구나, 나는 작정을 한 것이다.

오랜만에 점순이를 만난 김에 그날은 참 여러 동네를 쏘다녔다.

새로 생긴 혜화소학교 운동장을 가로질러, 뒤쪽으로 마른 갈대숲을 지나자, 무너진 옛 성곽이 듬성듬성 자취를 드러낸 채 길게 뻗어 있었다. 점순이는 전에 금병산에서나 하던 것처럼 마른 갈대숲 우거진 길 없는 길을 잘도 헤쳐나간다. 언덕길을 내려서자 우리는 삼선교 쪽으로 뻗어 내린 길을 버리고, 성벽을 따라 낙산 쪽으로 올라갔다.

누구한텐가 칭찬을 받는다는 건 참 기분 좋은 일이었다. 그까짓 말로 하는 것도 답장이라고, 방금 실레말 이야기들이 좋아서 답장을 보낸다는 점순이 그 말끝에 '너, 안 좋은 걸 안 좋다고까지 말해야 되니?' 하던 그 말은 또 무슨 뜻일까. 점순이 뭔가 할 말이 있어도 참고 있는 것 같았으므로 나는 물었다.

—점순이 너, 아까 하고 싶어도 못 했다는 그 말, 안 좋아도 괜찮으니까, 말해봐라.

—괜찮아? 말할까?

점순이 되물었다.

—그래. 말해봐.

점순이 가던 길을 멎고 나를 쏘아보더라.

―이번에 춘호 마누라는 너, 아예 서울 안잠자기로 끌어올렸더라.

―춘호 마누라를? 서울 안잠자기로?

내가 언제 춘호 처한테까지 편지를 썼던가, 놀라서 물었더니, 그 또한 내 소설 이야기인 거야.

―전에 실레말 이야기 있었잖아. 그 '소낙비' 내리던 날 춘호랑 그 마누라 말이다.

점순이 내 「소낙비」 쓰던 무렵을 들려주었다.

―그런데?

―그 춘호 마누라를 이번에는 서울 안잠자기로 데려왔더라고.

나는 금방 알아들었다. 실레말 이야기를 쓰고 나서 내친 김에 아주 최근에는 서울 이야기를 몇 편 썼거든. 점순이 그걸 말하고 싶어 하는 거야.

―그랬던가?

내가 우물쭈물 꼬리를 빼자니까, 이번에는 다그치듯 캐묻는 거 있지.

―답장은 받았니?

―그까짓 답장, 필요 없다니까.

―그렇지? 못 받았지? 이번엔 못 받았을 거야.

나는 기분이 팍 상했다. 편지는 보냈는데 답장을 못 받았을 거라는 그 말은 내가 내 편지를 잘못 썼다는 말이거든. 점순이는 그리고 보니 내 소설들을 어느덧 내 실레말 이야기와 서울 이야기로 딱 갈라놓고 점수를 매기고 있었던 거야.

―그래서? 내 서울 이야기들이 뭔가 잘못되기라도 했단 말이냐?

나는 어느새 발끈해서 따져 물었고,

―그래. 답답해. 마적은커녕 비적도 못 되겠더라.

점순이는 어느새 짜증을 내고 있었다.

─비적이라니, 누가?

─서울이. 아니다. 서울 사람들이.

─내 서울이? 어떻게?

─전에 실레말 사람들은 좀 가난하기는 했어도 가뿐하잖아. 상큼했었다. 속에 감춰둔 꿍꿍이가 없이 막 살아서 그랬을 거야. 춘호 마누라 봤지. 그것뿐이잖아. 때리면 맞고, 아프니까 항복하고, 돈 없으면 가서 몸 팔고, 돈 생기면 금방 꿈에 부풀고, 그게 그녀의 생애인 걸. 그뿐인가. 이주사 양반 거침없는 것 좀 보라지. 남의 마누라지만 아무 데서나 훔치는 거. 돈 가졌잖아. 어른이고, 양반이고, 그런 거 없다. 사람 본심에 맡기는 거야. 그럴 때 춘호랑 춘호 처랑 이주사가 같아지는 거 아닌가. 실레말은 그래. 그렇게들 산다니까. 네가 어떻게 그런 걸 봤니? 나도 몰랐어. 네 편지 보고 알았다니까.

─그러니? 실레말은 그때 워낙 처음이었거든. 낯설도록 신기한 산골이었다. 거기 사는 사람들도 사람들이거니와, 멀리 외딴집처럼 띄엄띄엄 떨어져 사는 모습들이 마치 소나무처럼 홀로 뿌리박고 서 있지만 외롭지 않았다. 서울에서는 늘 보던 '생활'이 실레말에 가니까 실종되고 없는 거 있지. 생활이 없는 삶, 그런 삶들이 신기하더라. 서울서는 다닥다닥 이웃들이 붙어살고 있지 않니. 붙어살면서도 사실은 옆집에 누가 사는지, 죽어나가는지, 아무것도 모르거든. 나는 그토록 치열한 생활 속에서 홀로 낙오된 삶을 살고 있었다. 그런데 실레말에 가서 보니 딴 세상이 있더라는 말이다. 외따로 떨어져 사는 남의 집도 자기 집처럼 들락거리고, 빈집처럼 활짝활짝 문 열어두고, 그렇게 터놓고들 살고 있었다.

─잘했어! 그게 잘한 거야. 그것들이 네 실레말 이야기들이다. 그렇지만 요즘 새로 쓴 네 서울 이야기들, 그건 다르더라. 서울이라고, 주인집이 있고 행랑어멈이 있고, 제법 서울 맛을 내기는 냈는데, 그 삶이 역겨운 거야. 상

큼하지를 않아. 서울 이야기나 시골 이야기나 결국은 그 인물이 그 인물일 텐데, 주인아씨 내외를 보면 아내도 엉큼하고 남편도 음험하고, 그들을 보는 마음이 괜히 짜증나는 거 있지. 답답했다. 주인아씨랑 행랑어멈 사이는 어떻고? 서방님을 사이에 두고 늘 팽팽하게 맞서 있는 거 있지. 피차간에 계산을 하고, 흥정을 하니까 그래. 그게 단절 아니고 뭐냐. 그게 서울이라니까. 실레말 같았어 봐라, 마누라를 팔아먹고 말망정 흥정을 어떻게 해. 춘호 처 좀 보라지. 그 여자, 서울 가서 안잠자기가 되더니 엄청 달라졌더군. 간교하고, 표독스럽고, 욕심쟁이고, 아이 놀래라. 서울서는 행랑아범도 협잡꾼이고 행랑어멈도 사기꾼이야. 그러니 그 편지가 경쾌할 리가 있겠어. 마음을 비우지 않아서 그래. 윤리도, 도덕도, 가난 앞에서는 다 소용없다. 탈탈 털어버리고, 자연 그대로의 욕망이 살아서 꿈틀거릴 때, 그게 아름다운 거 아닌가.

그리고 한다는 소리가, 실레말 사람들에게 쓴 편지는 좋고, 서울 사람들에게 쓴 편지는 좋지 않더라는 거야. 나는 점순이 무서워지기 시작했다.

기집애! 똥인지 오줌인지, 뭐가 소설이고 뭐가 연애편지인지도 구별 못하는 투박한 산골 촌뜨기인 줄만 알았더니, 나를 꿰뚫어보는 눈은 아주 영악하더라니까.

그래, 내 당장 멱살을 움켜쥐고라도, 그러는 너는 지금 내가 좋다는 말이냐, 싫다는 말이냐, 말을 해라, 어서 말을 해! 하고 한바탕 으름장을 놓았어야 하는 건데, 그렇게 하려고 두 주먹을 움켜쥐는 그 순간, 내 몸 안에서 당장 무슨 해괴한 일이 일어나고 있었는지 아니? 느닷없이 내 아랫배 오른쪽께서 꼬르르륵 하고 창자 풀어지는 소리가 나더니 그만 뱃속이 싸하니 아파오는 거 있지. 아침에 꽁보리밥 김치가닥에다가 물 말아서 몇 숟가락 먹은 것밖에 점심이라고는 시늉도 못 내던 판인데, 배탈이란 가당치도 않았다.

그래도 그렇지, 배탈이란 워낙 먹어서만 생기는 병이 아니라 못 먹어서도 생기는 병이니까, 항차 이 고비를 어떻게 넘겨야 하나, 나는 서둘러 혜화동 골목길을 달아난 거야.

—봄 빨래는 늘 청계천에 가서 하니까, 개나리꽃 노랗게 물들거든 나와서 함께 바람이나 쐬자구…….

등 뒤에서 바람처럼 좋알대는 점순이를 느끼면서도 나는 워낙 급했으므로 돌아볼 수가 없었다. 멀리 인왕산 뾰쪽바위가 내 가는 길을 수탉처럼 굽어보는 거 있지. 서울 한복판하고도 대명천지 밝은 날에, 이걸 어떡한다. 가려야 할 것이 앞이라면 그까짓 종로면 어떻고 청계천이면 어떤가, 아무데나 담벼락에 기대어 잠깐 쉬를 하면 그만이지만, 이번에 가려야 할 것은 앞이 아니고 뒤가 아닌가. 작년 재재작년 실레말서라면 이까짓 거 뒤를 가리는 일쯤이야 아무 문제도 없었을 텐데, 여긴 서울 한복판이고, 대낮이고, 점순이 눈이 있지 않으냐. 그럼. 전에 실레말서도 배는 아팠고, 뒤도 급했었지. 점순이 나물을 캐러 간다기에 그만 뭣도 모르고 따라나섰던 것이, 그때가 대낮이었고, 거기가 마을이었고, 뒷산이었는데, 갑자기 몹시 뒤가 마려웠었지.

—어떡하지?

나는 점순이 앞에 애원하는 수밖에.

—싸.

점순이는 아무것도 아닌 듯 태연했고.

—급해.

—나, 안 볼게.

점순이 가리키는 산등성이 저만큼, 나는 다박솔을 의지하고 앉아 내 엉덩이를 깠었지.

─자, 가져가.

점순이 저만큼 서서 내 쪼그려 앉은 쪽으로 한쪽 팔을 내밀고,

─그게 뭔데?

─닭이야지. 호박잎.

나는 내 두 팔로 엉덩이를 받쳐 든 채 아장걸음을 걸어가고, 점순이는 또 저만큼 앞에서 날 잡아봐라, 날 잡아봐라, 같은 간격으로 달아나는데…….

─이제는 배 안 아프니?

점순이 자랑처럼 물으면,

─그럼. 안 아프지.

나도 자랑처럼 대답하고.

─서울서는 길 가다가 갑자기 급해지면 어떻게들 하니?

점순이 철든 노인처럼 걱정하면,

─몰라.

나는 수줍은 어린아이가 되어 대답을 감춘다.

─모르면 어떡해? 남의 일인가?

점순은 어느새 자상한 누님이 되어 나를 꾸짖고.

─그러니까, 서울서는 늘 배가 아프지.

나는 철부지가 되어 어리광을 부리고…….

그날, 그렇게 우리는 헤어진 거야. 점순이 더 이상 내 앞에 나타나지 않았거든.

그래도 그것이 우리들 만남의 마지막은 아니었다. 언제라도 청계천 산보를 나가기만 하면 점순이는 거기 수표교 널다리가 저만큼 바라다 보이는 물가에서 빨래를 하고 있을 것이거든. 이제는 다만 내가 더 이상 청계천 산보

마적을 꿈꾸다

를 나가지 못하는 것뿐이니, 그것이 애석할 뿐이다.

나는 이미 걷기를 거절당하고, 자리에 누운 지 오래다.

그래서 나는 그날 점순이와 단둘이만 가졌던 혜화동에서의 만남을 추억처럼 간직하고 있다. 하필이면 그날 점순이 앞에서 배탈이 나냐? 집에 와서 곰곰이 생각해보았지만, 아무리 생각해도 나는 부끄럽다. 배탈쯤이야 감기처럼 몸에 달고 사는 병이지만, 그때 거기가 하필이면 점순이 앞인 것이 나는 창피해 죽겠다.

점순이가 알면, 그거야 서울이라 그렇다고, 거기가 만약에 실레말이었다면 배탈 그까짓 것쯤 무슨 문제가 되겠냐고, 나를 위로해주었을 것이다. 나는 점순이의 그 말을 듣고 따뜻하게 위로를 받고 싶다. 그래서 꼭 한 번만이라도 점순이를 만나고 싶은데, 그럼에도 불구하고 다시 만날 수 없는 것이 나는 억울하다.

그날, 깊고도 어두운 밤이었다.

초저녁인지, 새벽녘인지, 봄밤인지, 겨울밤인지, 나는 이미 때를 잊은 지 오래였다. 한 차례 소쩍새가 혓바닥을 깨물어 삼키듯 참담한 울음을 울어대는 걸 보면 아마도 새싹 돋는 봄밤이 아니었던가 생각도 해본다.

그날 밤 혼몽한 어둠 속에서, 나는 앞산 기슭을 질주하는 한 무리의 마적떼를 보았다. 지축을 울리듯 어디선가 또그락, 따그락, 또그락, 따그락, 말 달리는 소리가 들리더니, 눈 깜짝할 사이에 흙먼지가 부옇게 일었고, 그때 언뜻 말 탄 점순이를 보았다. 점순이는 허리를 곧추세우고 바람에 갈기를 휘날리며 봄내 소양강 쪽으로 내달렸다.

―얼라! 점순이가 언제부터 마적이 되었다지?

나는 번쩍 눈을 떴다가 감았다.

그 순간 말 탄 점순이 온 데 간 데 없고, 눈앞에 댕기머리 점순이가 나풀거린다. 흰 저고리에 검정 치마, 검정 고무신에 검정 버선발목이 깡충깡충 실레말 산자락을 너울거렸다.

─어디 가니? 점순아!

큰 소리로 불러보지만 점순이는 도무지 말이 없다.

그럼. 작년 재재작년 실레말에서 점순이 그랬거든. '노란 동백꽃이 소보록하니 깔려 있는' 그 산기슭. 아마 그 길이었을 거야. 그 '바윗돌 틈'에 점순이 먼저 내 '어깨를 짚은 채 퍽 쓰러졌고' '그 바람에 나의 몸뚱이도 겹쳐서 쓰러졌고' 그리고. '한창 피어 퍼드러진 노란 동백꽃 속으로' 우리는 그렇게 파묻혀버렸었지.

점순이 오늘도 그렇게 하자고 손짓하는 것을 나는 보았다. 나는 그렇게 될 것을 기대하며 점순이를 뒤쫓았다.

─점순아! 같이 가!

그리고, 그 밤의 맨 끝자락이자, 방금 새날이 열리려는 이튿날 신새벽, 나는 마지막 숨을 거두었다고 들었다.

1937년 3월 29일 오전 6시 반, 향년 29세.

마적을 꿈꾸던 사람 치고, 그 마지막 장면이 생각처럼 장엄하지는 않았지만, 그나마 살아온 날들보다는 평온했다는 말도 들렸다. 다행스런 일이라고 나는 생각한다. 이제는 나도 마음 놓고 나를 사랑하고 싶다.

러브레터를 쓰는 학자

　　송하춘의 단편 「마적을 꿈꾸다」는 부제 '김유정 평설'에서 짐작할 수 있듯, 소설로 쓴 김유정 약전이자 소설평이다. 작가 송하춘은 작고한 김유정과 그의 작품 속 인물들을 자신의 소설에 등장시켜 그들을 살아 움직이게 하고 그들과 대화를 나누고 그들을 새롭게 조명한다. 하여 단편 「마적을 꿈꾸다」는 작가 김유정의 생애의 전기적 사실과 '가상'이 섞여 있는데, 그 전체적 줄거리는 다음과 같다.

　　시간적 배경은 김유정이 죽기 한두 해 전, 서울에서 글을 쓰고 있는 김유정은 청계천변을 산보 삼아 걷다가 고향 실레마을의 '점순이'를 우연히 만나게 된다. 빨래를 하던 점순은 소설을 쓰는 유정에게 여적지 '그깟 연애편지'나 쓰느냐고, 한눈팔다가 꿈꾸던 '마적'이나 되겠냐고 놀린다. 점순의 말에 화가 난 유정은 집으로 돌아오면서 그간의 일들을 되짚는다. 돈의동 소리꾼 기생에게 보냈던 숱한 연애편지, 병이 깊어져 고향 실레마을로 내려갔던 일, 거기서 만난 점순과 실레마을 사람들, 그리고 다시 서울에 와서 통인동 여학생에게 연애편지를 보냈던 일 등등. 유정은 이 성찰의 과정에서 '점순'으로 대변되는 실레마을 사람들이 그가 꿈꾸던 '마적'이었다는 사실을 깨닫게 된다. 그 후 유정은 혜화동 골목에서 다시 우연히 점순을 만나게 되는데 그녀로부터 소설에 대한 냉정한 비평을 듣게 된다. '소설'과 '편지'를 동일시하고 있는 점순이 말인즉슨, 실레말 사람들에게 보낸 '편지'는 잘 썼고 서울 사람들에게 보낸 '편지'는 안 좋다는 것이다. 점순의 소설 감식안에 놀란 유정은 그날 점순과 헤어지지만 다시는 그녀를 만나지 못한다. 병이 깊어진 유정은 '백마 탄 점순, 동백꽃 틈에 파묻힌 점순'을 꿈꾸면서 숨을 거두고 만 것이다.

위 줄거리를 통해 우리는 이 단편을 '김유정이 작품 「동백꽃」의 '점순'을 만나 가상의 이야기를 나누다' 정도로 이해할 수 있으나, 이들의 대화에 깃든 작가의 시선을 좀 더 잘 이해하기 위해서는 김유정에 대한 약간의 전기적 사실들을 알 필요가 있다. 주지하다시피 1930년대 한국 문단에 「봄봄」, 「동백꽃」으로 대변되는 이채로운 소설세계를 남긴 작가 김유정은 2년 남짓한 짧은 기간에 31편의 단편소설과 20여 편의 수필, 그리고 2편의 번역소설을 남겼다. 1908년 천석꾼의 집안에서 팔남매 중 일곱째로 태어난 김유정은 예닐곱에 부모님을 여의고, 누이들의 애정으로 커나간다. 이 과정에서 유정은 심하게 말을 더듬어 눌언교정서에 다니기도 했는데, 이러한 열등감이 '글쓰기'에 대한 열망으로 전화되었다고 볼 수 있다. 부모님이 돌아가신 뒤, 형 유근이 가산을 탕진하여 유정의 집은 몰락하게 되고, 유정은 휘문고보 시절부터 치질, 늑막염 등을 앓아 병고에 시달리게 된다.

한편, 휘문고보 졸업 무렵 유정은 목욕탕에서 나오는 명창 박록주를 보고 한눈에 사랑에 빠지게 된다. 4살이나 연상이던 박록주에게 유정은 연애편지를 쓰고 혈서를 써서 보내기도 하는 등의 병적인 구애를 하지만 끝내 외면당하고 만다. 박록주에게 실연당한 후 유정은 1930년 고향인 강원도 춘천 실레마을로 가는데, 거기서 그는 '작가 김유정'을 있게 한 '가난하고 순박하고 본능적인' 농촌사람들과 들병이를 만나게 된다. 고향 금병산의 자연 속에서 그는「동백꽃」의 '점순이'들과 아내의 몸을 팔아 노름을 하는「소낙비」의 '춘호'들, 남편과 아이를 위해 몸을 파는 '조선의 집시' 들병이들,「금 따는 콩밭」의 '영식이'들과 어울리면서 서울의 논리와 윤리, 셈속을 떨쳐내고 근대적 병명을 단 육체적 고통조차 잊는다. 그러나 1933년 다시 서울로 상경한 유정은 폐결핵 진단을 받게 되고, 구원처럼 글쓰기에 매달린다. 그리고 자신의 글이 게재된 잡지에서 시인 박용철의 여동생 박봉자의 글을 잃고 그녀를 사모하게 된 유정은 또다시 열렬한 연애편지를 쓴다. 그러나 박봉자는 평론가 김환태와 결혼하게 되고 더욱 더 절망에 빠진 김유정은 비참한 생활을 하다가 결국 1937년 3월 29일 29세의 나이로 생을 마감하게 된다.

「마적을 꿈꾸다」의 '가상의 유정'은 위의 김유정의 연대기 중에서 마지막 시간에서 불려온 유정이다. 그러나 작가 송하춘은 죽음에 임박한 유정의 고통스러운 운명에 초점을 맞추고 있지는 않다. 작가 송하춘이 이 단편에서 '김유정'을 소환하고 있는 동력은 크게 두 가지이다. 하나는 제목 '마적을 꿈꾸다'가 함축하고 있듯, 김유정의 소설세계가 지니고 있는 '무법적' '탈근대적' 원시성에 대한 그리움이다. 유정은 '장차 뭘 하려느냐'는 점순의 질문에 '마적이나 할까'고 답하는데, 훗날 그가 꿈꾸던 '마적'의 세상이란 '만주벌판'이 아니라 바로 자신의 고향 실레마을이었음을 깨닫게 된다.

그동안 서울서 나고 자란 나에게 처음 가본 실레말은 딴 세상이었다. 노루랑, 멧돼지랑, 다람쥐랑, 산토끼처럼, 실레말 사람들이 거기 방생되어 살고 있는 것이다. 남의 눈치 살피지 않고, 각자 욕망을 발산하며 거기 산짐승처럼 흩어져 사는 모습들이 물고기처럼, 혹은 들짐승처럼 자유로웠다. 시골 아낙들이 뿜어내는 거침없는 시기와, 질투와, 사랑과 욕망과, 그것들은 서울서는 못 보던 마적들이었다. (171~172쪽)

　　위 인용문의 '마적'이란 일제식민지 치하의 독립투사와는 무관한, 그리스 로마 신화의 신들과 유사한 형상이라 할 수 있다. 노름을 위해 아내에게 몸을 팔기를 종용하고, 아무런 죄의식 없이 유부녀를 취하고, 병든 남편을 위해 기꺼이 헐값에 몸을 내주는 들병이들의 세계란 근대인의 상식으로서는 도저히 납득할 수 없는 '마적'의 세계이기 때문이다. 그 "딴 세상"에서 그들은 '먹고 마시고 시기하고 질투하고 욕망하고 탐진'하지만, 근대인의 법질서에 새겨진 죄의식과 불행의식에 결코 짓눌리는 법이 없다. 「마적을 꿈꾸다」에서 보여주는 유정에 대한 각별한 애정은 곧 이 낭만적인 세계에 대한 작가 송하춘의 열망, 즉 '서울의 빌딩 속에 갇힌' 초라한 지식인의 로맨티시즘에서 비롯된 것이라 볼 수 있다.

　　이 작품에서 '점순이'의 김유정 소설에 대한 평가, 즉 「정조」를 비롯한 서울 이야기보다 「동백꽃」으로 대변되는 실레마을 이야기가 훨씬 더 낫다는 비평도 (대체적인 김유정 소설에 대한 평가이기도 하지만) 위의 로맨티시즘과 잇닿아 있다. 또 한 가지 눈여겨보아야 할 것은 연구자 송하춘에 의해 강조되고 있는 '연애편지적 글쓰기', 즉 김유정의 '문학관'이라고 할 수 있다. 이 작품에서 점순이 '편지'와 '소설'을 혼동하거나 동일시하는 것은 작가 송하춘의 치밀한 의도에 의해서이다. 김유정은 수필 「병상(病床)의 생각」에서 "내가 당신에게 편지를 쓰던 그 동기를 따져보면 내가 작품을 쓸

때의 그 동기와 조금도 다름이 없습니다. 만일 그때 그 편지를 안 썼더라면 혹은 작품 하나를 더 갖게 되었을지도 모릅니다."라고 밝힌 바 있다. 유정은 소설이 곧 연애편지와 다르지 않다고 보고 있는데, 그 공통된 본질이 '사랑'이라고 보고 있기 때문이다.

이러한 유정의 문학관을 작품에 저렇듯 긴밀히 새겨 넣은 것은 그것이 곧 작가 송하춘의 소설론이기도 하기 때문이다. 소설가 송하춘은 자신의 소설이 '어떤 대상'에 대한 에로스에서 출발한 연애편지이고 동시에 소통에 대한 열망이어야 한다고 믿고 있을 뿐 아니라, 그 에로스를 바탕으로「마적을 꿈꾸다」를 통해 화석화된 '김유정'의 형상에 호흡을 불어넣고 있다. 자신의 조각상을 사랑한 피그말리온,「마적을 꿈꾸다」는 서재에서 김유정에 골몰하고 있는 학자의 연애편지이자, 그가 살려낸 '김유정'과 아름답게 조우하고 있는 창작자의 한 초상화라 할 수 있다.

2003년 대산대학문학상을 받으며 등단했다. 한겨레문학상, 이효석문학상을 받았다. 소설집
『1인용 식탁』, 장편소설 『무중력증후군』 『밤의 여행자들』이 있다.

윤고은

월리를 찾아라

월리를 찾아라

나는 1987년 영국에서 태어났다. 개성 있는 삽화가인 마틴 핸드포드는 내게 '월리'라는 이름을 붙여주었다. 내 첫 이름은 월리가 아니라 왈도였지만, 스물 몇 번 국경을 넘으면서 월리, 윌리, 찰리, 발리 등의 이름도 필요해졌다. 이름은 바뀌어도 사람들은 쉽게 나를 알아보았다. 나는 출간되자마자 그해의 유명인이 되었다. 한국도 예외는 아니었다. 내가 한국에 진출한 건 1990년 겨울이었는데, 책을 사지 않은 사람들도 모두 내 이름을 알았고, 설령 이름을 모르더라도 내 인상착의는 익숙했다. 그 인지도에는 25년이 넘도록 한결 같은 옷차림도 한몫했다. 나는 늘 빨간색과 흰색으로 된 가로 줄무늬 티셔츠에 청바지를 입고 그리고 방울 달린 니트 모자를 쓰고 다닌다. 동그란 뿔테 안경과, 올리브색 지팡이, 그리고 같은 색깔의 크로스백도 익숙하다.

마틴 핸드포드의 책에서 내가 없는 페이지는 의미가 없다. 나는 항상 수많은 사람들 속에 섞여 있다. 한 페이지 안에 나와 함께 있는 사람들의 숫자는 대략 400명 정도다. 그건 최소한으로 잡은 숫자인데도 어떤 사람들은 촌스럽게 놀란다. 400명이 아니고서야, 이런 숨바꼭질이 25년 넘도록 지속될 리 있나. 독자들은 군중 속에서 나를 찾아내려 하고, 그게 이 책의 유일한 줄거리다. 그래서 월리를 찾으면 어떻게 되느냐고? 그야 다음 페이지로 넘어가 또다시 월리를 찾는 거지.

월리 역을 맡게 된 남자는 스물일곱 살의 제이였다. 소장은 바퀴 달린 의자를 살짝 뒤로 밀면서 제이를 좀 더 객관적으로 볼 거리를 확보했다. 제이는 키가 멀대 같이 크다는 것만 빼면 월리와 비슷한 점이 좀체 없었다. 소장이 자신을 빤히 쳐다보자, 그는 최대한 월리와 닮은 표정을 지으려고 했다. 가장 명확한 부분은 입매였다. 월리의 입은 알파벳 U자를 옆으로 길게 잡아당긴 것 같은 모양새를 하고 있었다. 제이의 입가에 작은 경련이 일었다. 제이가 예전에 월리 분장을 해본 적이 있다고 하자 소장은 조금 안심했다.

"아마도 그 예전 행사란 건, 어디 개업 행사였겠지?"

"장난감 출시 기념 행사였어요."

"이번 건 차원이 다르다는 걸 말하고 싶네, 나는. 이번 행사는 그래. 그땐 그럼 가발을 썼나?"

"네. 노랑머리요."

"그렇다면 이번엔 진짜로 머리를 이렇게 만들어봐. 누가 봐도 감쪽같이 월리여야 해."

제이는 주로 주말에 일했다. 월리도 그 일 중 하나일 뿐이었다. 톰과 제리도 있고, 슈렉도 있고, 헐크나 일곱 난장이도 있었다. 캐릭터는 많았고 그 캐릭터대로 몇 시간을 보내는 것이 그의 일이었다. 요즘에는 어린이집이나 상점 개업 행사, 신제품 출시 홍보 같은 것이 많았다. 이번 행사는 토요일에 리버시티에서 열린다고 했다. 리버시티는 천안과 대전 사이에 있었다. 12시부터 9시까지 일하는 거니까, 아침 9시에 출발하자고 소장이 말했다.

"아홉 시간이나 일해요? 그럼 수당이 세겠네요?"

제이의 말에 소장의 눈이 동그래졌다.

"수당이 문제야, 지금? 잘만 하면 우리 회사가 리버시티 같은 큰 시장에 진출할 수도 있다고."

제이는 민망한 듯 슬쩍 웃었다. 소장이 저렇게 신경을 쓰는 걸 보면 무척 큰 행사인 게 분명했다. 제이는 미용실에 갔다. 월리의 앞머리는 사람 인(人)자 모양으로 생겼고, 그 위로 니트 모자가 덮여 있었다. 제이는 미용사에게 휴대폰에 저장해둔 월리의 이미지를 보여주었다.

"모자 쓸 거거든요. 이런 형태로 되게요, 이 색깔에 이 모양으로요."

미용사는 단박에 월리를 알아보았다.

"어머, 이거 예전에 진짜 좋아했는데, 애 찾기 너무 힘들지 않았어요? 전 거기 나온 사람들 표정 보는 것도 재미있었는데. 표정이 똑같은 사람이 한 명도 없었어요. 근데 진짜 이렇게요?"

미용사는 자신의 결과물에 만족했고, 잘 어울린다고까지 말해주었다. 제이가 보기에도 원래 머리스타일보다 월리의 머리스타일이 자신에게 더 맞는 듯했다.

제이의 시력은 좋았지만, 도수 없는 뿔테안경도 필요했다. 지난번에는 알 없는 안경을 썼지만, 그런 건 어쩐지 소품 같지 않은가. 소장이 강조한 것처럼, 이번에는 최대한 진짜처럼 준비해야 했다. 안경점에서는 난시교정안경을 권했다. 제이의 눈에 난시가 있다는 거였다. 안경을 쓰자, 그간 인식 못하고 있었던 뿌연 세상이 조금 또렷해졌다. 거울 속에는 정말 월리가 있었다.

차는 토요일 아침 9시에 출발했다. 제이는 오늘 일당이 30만 원이라는 것에 몹시 고무되어 있었다. 게다가 소장도 리버시티에 볼 일이 있다고 해서

왕복 차편도 해결된 셈이니, 이 정도면 꽤 괜찮은 주말이었다. 그들은 휴게소에서 라면과 우동도 먹어가면서 리버시티를 향해 갔다. 가는 동안 소장은 리버시티에 대해 이야기해주었다. 거대한 홍보공간인 리버시티는 백화점 일곱 개를 합친 규모지만, 그 안에서는 아무것도 판매하지 않았다. 사람들의 지갑은 리버시티를 나간 후에 열렸다. 그 가능성을 위해 어마어마한 샘플과 체험서비스가 리버시티를 가득 채웠다. 모두 무료였다. 방송프로그램이나 설문조사, 또 플래시몹이나 서프라이즈 행사가 자주 일어나는 곳이기도 했다. 이곳을 그냥 걷는 것만으로도 오늘과 내일의 트렌드를 읽을 수 있다고들 했다. 돈 한 푼 들이지 않고도 먹고 보고 즐길 거리가 많아 좋은 데이트코스이기도 했다.

"그리고 거기서는 말이야. 한 명이 재채기를 하고, 또 한 명이 재채기를 하면, 다른 한 명도 재채기를 한다더군. 그러니까, 재채기 충동이 없는 사람도 말이야. 알아서 에이취 한다는 거지."

"왜요?"

"낸들 아나. 근데 그렇게 된다더군. 뭐랄까, 무의식적으로도 전염이 되는 거 아니겠어. 아니면."

"아니면?"

"의식적으로 전염이 되거나."

리버시티의 유동인구는 하루에 30만 명이었고, 그 30만 명의 80%가 오후 12시부터 9시 사이에 몰려 있었다. 마틴 핸드포드의 그림 속에서는 한 페이지에 월리가 존재하기 위해서는 400명 정도의 군중이 필요했다. 그 공식대로라면 24만 명의 사람들을 위해서는 적어도 600명의 월리가 필요했다. 그러나 이날 출근한 월리는 모두 60명에 불과했다. 그건 책보다 더 어려운 난이도를 위해서가 아니라, 리버시티의 예산 때문이었다. 그날 월리들의 일당은 꽤 높았다. 아홉 시간 일하고, 오후 다섯 시쯤 저녁식사가 제공되는 조건이었다. 그 60명 중의 한 명이 이제 막 출근하고 있었다.

"너한테 우리 업체의 운명이 걸려 있어. 같이 살거나 같이 죽는 거야. 신뢰감 있게 해."

소장의 응원을 받으며 월리는 리버시티로 들어갔다. 거대한 회전문과 보안검색대를 차례로 통과하니 리버시티가 펼쳐졌다. 입구에 커다랗게 '월리를 찾아라' 이벤트를 한다는 현수막이 걸려 있었다. 제이는 그림 속 월리의 자세를 흉내 내어 보았다. 그런대로 괜찮았다. 어찌 보면 인간 제이보다 월리가 더 괜찮은 것도 같았다. 빨간색과 흰색의 줄무늬 티셔츠, 푸른색의 청바지를 입고, 빨간색 방울이 달린 털모자를 쓰고, 그의 한쪽 어깨로부터 다른 쪽 골반뼈를 향해 상체를 가로지른 크로스백은 올리브빛이었고, 같은 빛깔의 지팡이도 있었다. 그렇게 제이는 월리가 됐다.

나는 점점 영악해졌다. 이제 나는 그냥 월리가 아니라 '지도를 보는 월리'나 '신발을 신는 월리'처럼 구체적인 요구사항을 들먹이기도 했고, 나아가 '내셔널지오그래픽에서 나온 런던 가이드북을 보는 월리'나 '나이키 런닝화를 신는 월리'를 언급하기도 했다. 내가 요구하는 품목들에 사람들이 집중하는 바람에, 내 몸값은 점점 비싸졌다. 사람들은 내 이미지에 돈이 오간다고 생각했다. 대중의 시선이 곧 돈인 시대, 내가 입고 쓰고 말하는 모든 것이 홍보효과를 낼 수 있었다. 하물며 내가 나눠주는 선물이라니. 오늘 내가 홍보해야 할 것은 사과다. 이제 빌헬름 텔, 파리스, 뉴턴이나 이브에 이어 또 하나의 사과가 중요해질 것이다. 사과를 받고 싶다면, 월리를 찾아라.

이벤트 내용은 단순했다. 사람들은 월리 옷차림을 한 이를 발견하면 다가

와서 '좋아요' 스티커를 그에게 붙여준다. 스티커는 리버시티 입구에서 행인들에게 나눠주는데, 스티커를 월리에게 붙인 사람들, 그러니까 월리를 찾은 사람들에게는 저만치 출구 쪽 부스에서 사과를 한 알씩 준다고 했다. 월리는 사람들이 스티커를 붙여주면 그들에게 사과 한 알 교환권을 나눠줘야 했다. 월리의 올리브색 가방 속에 그 교환권이 백 장 들어 있었다. '좋아요' 스티커를 백 개 받게 되면, 오늘 월리의 일과는 끝나는 거였다. 어느 사과 유통사에서 하는 홍보이벤트였다. 이 일만 보면 굉장히 쉬울 것 같은데, 홍보맨의 일이란 게 사람과 직접 몸으로 부딪는 거여서 같이 사진을 찍어주기도 하고, 드문 경우지만 사인을 해주기도 하고 웃어주며 농담도 주고받기 시작하면 시간은 훌쩍 지나갈지 몰랐다.

오후 1시. 행사가 시작된 지 한 시간이 지났다. 다른 월리들은 어떤지 몰라도 제이는 아직까지 그 '좋아요' 스티커를 구경하지 못했다. 사람들이 그를 뚫어져라 쳐다보며 지나가는 것이 느껴졌지만 쳐다보기만 할 뿐 그 이상의 어떤 행동도 하지 않았다.

월리는 소장의 조언을 떠올렸다. 사람들이 떼거지로 몰려들지 모르니, 휴대폰이나 지갑 같은 건 지퍼 달린 주머니에 잘 넣어두고, 젖꼭지나 불알도 조심하라는 거였다. 그 와중에 더듬는 사람들도 있단다. 소장은 십 년 전 날씬했을 때 가수 '신화'의 한 멤버 역할을 맡았다가, 여중생들에게 부대껴서 허리를 삐긋한 적이 있었다. 소장은 자신이 가짜 신화였는데도 여중생들은 크게 개의치 않았다고 말했다. 신화는 되고 월리는 안 되나. 제이는 너무도 한적한 자신의 반경 1m를 보며, 꼭 '얼음'이 된 것 같다고 생각했다. 다가와서 '땡!'을 외쳐주는 사람이 아무도 없었다.

한 여자가 제이를 향해 웃으며 다가온 건 의아함이 초조함으로, 그리고 약간 피로감으로 바뀔 무렵이었다. 그 여자는 한눈에 봐도 월리에게 스티커를 붙여줄 사람은 아니었다. '은하철도 999'의 메텔 복장을 하고 있었던 것이다. 월리에게 월리의 일이 있듯이 메텔에게는 메텔의 일이 있을 터였다. 메텔의 부탁대로, 제이는 '1분이면 되는' 설문지를 작성했다. 그는 메텔의 일 다음에도 해리포터의 일과 뽀로로의 일에 휘말렸다. 이곳에는 캐릭터가 넘쳐나고 있었다. 월리도 그 캐릭터들의 일부였다. 그러니까 군중의 일부였다. 발견되려면, 평범한 사람들이 있는 곳으로 가야 했다. 월리는 평범해 보이는 사람들, 그러니까 자신을 돋보이게 해줄 군중이 많은 곳으로 비집고 들어갔다. 그때 누군가가 그를 툭툭 쳤다. 뒤를 보라는 거였다. 제이는 긴 줄의 허리쯤을 툭 끊고 들어가려는 모양새로 서 있었다.

　제이는 뒤로 밀려나서 자연스레 그 줄의 끝이 되었다. 인근에 경마공원이 생긴 기념으로 100% 당첨 다트게임을 하는 줄이었다. 그가 이 줄의 일부가 되는 것은 그의 일이 아니었다. 그러나 어쩌면 누군가 제이를 발견할 수도 있었다. 엇, 저기 월리가 다트게임 앞에서 줄을 서 있다, 월리를 찾았다! 이렇게.

　그러나 아무 일 없이 시간이 갔고, 줄은 줄어들었고, 제이의 차례가 되었다. 제이는 말 인형을 받았다. 그는 월리의 올리브색 크로스백을 열어 인형을 집어넣었다. 말 머리를 마구 눌러야 가방 뚜껑을 닫을 수 있었다. 처음에는 홀쭉하던 그 가방은 초콜릿과 화장품 샘플, 손난로와 포춘쿠키를 넣자 두툼해졌다. 이건 월리의 일이 아니었다. 그들 사이에서 휴대전화가 몸을 흔들었다. 소장이었다. 월리는 반가워서 냉큼 전화를 받았지만 소장의 목소리에는 짜증이 섞여 있었다.

　"너 지금 뭐하는 거야? 대체 어디 처박혀 있는 거냐고?"

　"리버시티죠."

　"리버시티 어디?"

"우물길 지나왔는데요. 지금은 화장실에 좀 가려고요."

"장난해? 지금 한 시간 반이 넘도록 월리를 찾았다는 사람이 단 한 명도 없는데, 그렇게 꼭꼭 숨어서 행사를 망칠 작정이냐고."

소장의 말에 의하면 월리마다 스티커의 개수가 집계되고 있는 모양이었다. 벌써 스무 개 넘는 스티커를 확보한 월리도 있다고 했다. 월리들은 대부분 영세한 홍보업체 소속인 것 같았는데, 일을 말끔히 해야 리버시티에서 다음 행사도 계약할 수 있지 않겠냐고 소장이 말했다. 소장은 너를 믿는다는 말을 해주었다.

"월리는 군중 속에 섞여 있어야 하지만, 절대 숨어 있어서는 안 돼. 적당히 노출될 만한 곳에 서서 사람들에게 발각되어야 한다고. 스티커 다 못 받으면, 버리고 갈 거다."

이런 종류의 일자리는 종종 있었지만, 소장은 제이의 편의를 많이 봐주는 편이었다. 가끔은 인생선배 노릇도 하려고 했다. 제이는 소장 밑에서 4년을 일했고, 그들 사이에는 나름의 규칙이 생겨서 편했다. 제이는 소장이 자신을 배려하는 이유가 뭔지 알고 있었다. 소장은 자주 사람들 앞에서 제이의 근성을 칭찬했고, 일 하나는 똑부러지게 한다고 치켜세우곤 했다. 실망시키고 싶지 않았다. 잘하고 싶었다.

제이는 걸음을 멈춰 행인들을 보았다. 사람들은 두 부류였다. 어떤 사람들의 눈에는 아예 그가 보이지 않았다. 제이를 향해 있어도 그들의 눈에는 어떤 상(像)도 맺히지 않는 것 같았다. 그러나 어떤 사람들은 그를 봤고, 그의 움직임을 따라 그들의 동공이, 고개가, 발끝이 돌아갔다. 간혹 그들은 멈춰서 제이를 쳐다보기도 했다. 그러나 손을 뻗어서 제이의 가슴팍에 스티커를 붙이는 일이 그들에게는 너무 어려운 듯 했다. 손발을 움직여야 할 그 몇

미터, 그 몇 초간의 이동이 귀찮았던 것이다. 처음에 제이는 멀뚱히 서 있기만 해서 자신을 쳐다보는 시선들을 놓쳤다. 이제는 누가 자신에게 고개를 돌리면 그 가까이로 냉큼 달려가거나, 장난스럽게 앞을 막아서기도 했다. 그러면 그들은 뒷걸음질을 치거나 손을 내저었다. 어떤 남자는 제이에게 스티커를 붙이면 뭘 받게 되느냐고 물었다.

"사과 교환권을 드려요. 비타민C가 일반 사과보다 세 배 더 높은 사과예요. 이건 저녁에 먹어도 좋아요. 이 사과를 남문과 서문 쪽 출구에서 받으실 수 있습니다."

"한 박스?"

"아뇨, 하나요."

남자는 사과 한 알 정도는 쉽게 포기하고 돌아섰다. 그나마 그가 가장 적극적인 사람이었으니, 제이로서는 대체 다른 월리들이 어떻게 해서 스티커를 그렇게 덕지덕지 붙였다는 건지 신기할 따름이었다. 리버시티에 오는 사람들은 어디에 뭐가 있나, 볼 게 뭐가 있나, 받을 게 뭐가 있나, 할 게 뭐가 있나, 모든 자극에 반응할 준비가 된 것처럼 걷는다던데. 그러나 지금 제이에게까지 그 관심이 오지 않는 것은, 너무 많은 이벤트가 이 안에서 벌어지기 때문인지도 몰랐다. 월리 역시 몇 명이나 있으니 사람들이 꼭 제이만을 고집할 이유는 없지 않은가.

전화가 울렸다. 소장인 줄 알았는데, 건너편 목소리는 장이었다. 장은 주말이라 서울이 한가해져 좋다면서, 사람들이 못 돌아오게 톨게이트를 다 잠가버렸으면 좋겠다고 말했다. 딱 이 정도의 인구가 좋은 것 같지만, 자기가 올라오고 나면 그 다음에 잠글 거야. 장은 그렇게 말했다. 어쩐지 조금 무료하게 들리기도 했다.

제이는 장이 지금 어떤 기분인지 알 것 같았다. 그가 장을 처음 봤을 때도 장은 저런 목소리에 지금은 보이지 않지만 분명 저런 표정을 짓고 있었다. 그들은 그날 같은 봉고차를 타고 결혼식에 갔다. 서울에서 대구까지 이동하는 차 안에서는 누구도 말이 없었다. 그들 외에도 다섯 명 정도가 더 있었다. 그들은 서로를 몰랐지만, 공통점이 있었다. 신랑신부의 친구라는 것. 신랑신부의 이름을 오늘 알았다는 것. 신부대기실 혹은 로비에서 신랑신부에게 인사를 하고 사진을 찍고 박수를 치고 밥을 먹고 돈을 받고 올 거라는 것. 그중에서도 장의 역할은 중요했다. 장은 이미 스무 번도 넘게 하객 역할을 한 프로였고, 부케를 받기로 되어 있었다. 제이는 두 번째로 하객 역할을 하는 날이었다. 온통 고용된 하객으로 넘치던 그 결혼식에서 신부는 누가 부케를 받을 것인지 분간하지 못했다. 실은 분간할 필요가 없었다. 장은 노련했고, 모든 건 예정대로 돌아가게 되어 있었다. 정해진 순서에 장이 나서기만 하면 되는 일이었다. 그러나 부케 받을 사람은 나오라는 말에 아무도 나서지 않았다. 신랑 신부 뒤로 병풍처럼 서 있던 하객들은 서로 눈치만 보았다. 다들 '나는 아닌데' 하는 표정이었다. 장 역시 '나는 아닌데' 하는 표정을 짓고 있었다. 제이는 장이 부케 받을 친구라는 걸 알았지만 당혹스러워서 가만히 있었다. "부케 받는 친구분 나오세요"라고 사진사가 몇 번 더 외쳤지만 부케 담당은 끝내 나타나지 않았다. 결국 눈치만 보던 하객들 중 누군가가 나서서 부케를 받았다. 진짜 하객인지 가짜 하객인지 알 수 없었다. 제이는 장의 표정을 보고 싶었지만 하객들은 일렬로 카메라 앞에 서 있었기 때문에, 제이에게는 장의 표정이 잘 보이지 않았다. 자기 역할을 다 하지 못하고도 장은 용케 밥을 먹었다. 그러나 수당을 받거나 봉고차를 타지는 못했다. 장은 그대로 잘렸다기보다는 본인 스스로 그만둔 거라고 봐야 옳았다. 제이는 그때 장과 함께 봉고차 밖에 남았다. 장의 그 묘한 표정을 좀 더 보고 싶어서였다. 그게 장을 만난 첫날의 일이었다. 기차를 타고 서울로 돌아오면서, 제이가 대체 왜 그랬느냐고 묻자, 장은 모르겠다고 대답했다. 시간이 한참 지나서 두 사람이 사귀게 되었을 때, 장은 불쑥 그 얘기를 꺼냈다.

"그때 말이야, 심심해서 그랬어. 내가 안 나가면 어떻게 되나 갑자기 미친 듯이 궁금하더라고. 그런데 뭘 느꼈는지 알아?"

"뭘 느꼈는데?"

"내가 없어도 잘 돌아가네."

"너 없으면 나는 안돼."

제이는 그렇게 대답했고, 장은 웃었다. 지금도 장은 그런 기분일까. 제이가 장에게 말했다.

"사과 먹고 싶지 않아? 받고 싶으면 리버시티로 와. 그래, 천안 지나서 대전 가기 전에. 기차 타고 오면 금방이야. 고기 사줄게. 월리 알지? 월리를 찾아. 교환권 백 장 줄게!"

물론 교환권은 일인당 한 개까지만 유효하지만, 기분 같아서는 남은 교환권을 아무렇게나 나눠주고 얼른 이곳을 떠나고 싶었다. 제이가 가진 교환권은 여전히 100개였고, 아무도 월리를 알아보지 않았다.

오후 4시가 넘었고 제이는 여전했다. 그는 빈 의자에 앉아, 가방 속에서 초콜릿과 포춘쿠키를 꺼냈다. 초콜릿은 초콜릿 회사에서, 포춘쿠키는 포춘쿠키 회사에서 무료로 나눠준 것이었다. 어찌된 일인지 지금 자신이 홍보하고 있는 사과는 한 입 맛보지도 못했다. 행사가 다 끝나면 사과 한 알이라도 주려나. 제이는 초콜릿을 씹어먹으면서 포춘쿠키를 반으로 갈랐다. 황당하게도 포춘쿠키 안에는 메시지가 두 개나 들어 있었다. 이건 아무래도 불량 같은데. 두 문장은 상반되는 내용이었다. 하긴, 곰곰이 생각해보면 딱히 두 문장이 공존하는 게 불가능하지는 않았다. '당신은 사람을 잃게 될 겁니다' 와 '당신은 귀인을 만나게 됩니다'는 그의 인생 안에서 충분히 동거할 수 있었다. 어느 문장이 먼저 일어날 것인지 순서가 궁금할 뿐이었다. 포춘쿠키는 하나가 더 있었다. 제이는 그것도 마저 반으로 갈라보았다. 이번엔 '무관심이 당신의 적입니다. 주변을 돌아보세요.'라는 문장이 들어 있었다.

제이는 억울했다. 무관심이라니. 그는 오히려 반대의 경우에 더 가까웠다. 몇 년 전에 제이는 빵 포장지의 제조자 이름을 보고, 그 사람을 찾아보려고 시도한 적도 있었다. 그 무렵 그는 늘 고동빵으로 아침 한 끼를 때웠는데, 고동빵은 고동 모양으로 생겼다고 해서 붙여진 이름이었다. 고동빵을 사면 운을 시험해볼 수 있었다. 봉지 안에는 빵과 함께 그날의 운세도 들어 있었기 때문이다. 제이는 늘 그 운세 한 문장을 읽으면서 하루를 시작했다. 그 포장지에 찍혀 있던 제조자의 이름 '김정민'이 그의 눈에 들어오기 시작한 것은 고동빵을 사먹은 지 거의 한 계절이 지나갈 즈음이었다. 그 후로 몇 계절을 더, 제이는 '김정민' 씨가 만든 빵을 먹었다.

그리고 어느 날 제이는 그 김정민이 궁금해졌다. 평소처럼 포장을 뜯고 빵을 먹기 직전에 떠오른 생각이었다. 1년간 한 사람이 똑같은 제조자의 빵을 먹는다는 게 흔한 일일까. 제이가 늘 같은 편의점이나 같은 동네에서 그 빵을 사먹었던 것은 아니기 때문에 더 신기한 일이었다. 제이는 토요일과 일요일, 행사를 따라 봉고차를 타고 여러 도시들을 오갔다. 낯선 지역에서도 제이의 아침식사나 간식은 늘 고동빵이었는데, 거기서도 '김정민'이라고 인쇄된 세 글자를 계속 본다면 그건 우연이 아닐 수도 있었다.

물론 그날 하필 고동빵 안에는 '오늘의 운세' 메시지가 들어 있지 않았다. 그건 불량이었지만, 제이에게는 대수롭지 않은 일이었다. 제이는 운세 대신 포장지의 깨알 같은 글자를 읽었다. 그리고 제조자의 이름을 읽었다. 공장의 컨베이어벨트가 흘러흘러 여기까지 온 거라면, 그걸 거슬러보고 싶기도 했다. 그는 수신자부담 번호로 전화를 걸었다.

"제가 거의 일 년 동안 고동빵을 먹었는데요. 제가 먹는 빵은 계속 그분이 만드셨거든요."

제이의 전화는 여러 부서를 경유했다. 그 긴 추적은 제이를 피로하게 하기는커녕 설레게 했다. 처음에는 그냥 호기심이던 것이 필연처럼 바뀌고 있었다. 반드시 김정민과 통화하고 싶었다. 만나고 싶었다. 제이의 전화가 김정민 씨와 가장 근접했다고 생각되었을 때, 수화기 건너편에서는 이런 말이 돌아왔다.

"지속적으로 이물질이 발견되었다는 겁니까?"

제이는 오늘의 운세가 들어 있지 않았다고 말했지만, 그걸로는 김정민을 만날 수 없었다. 식품회사에서는 빵을 교환해주겠다는 말을 할 뿐이었다. 제이는 김정민 씨가 궁금했고, 혹시나 그와 통화하게 된다면 고맙다는 식의 말을 하고 싶었다. 당신이 만든 빵을 일 년째 먹었다고 하면 그 사람도 신기해할까. 그러나 그런 걸 설명하려고 보니 마음만 바쁘고 설명하기 힘들었다. 결국 제이는 이렇게 말했다.

"사실 이런 말은 안 하려고 했지만."

김정민 씨가 궁금했다. 김정민 씨를 만나고 싶었다.

"빵에서 살아 있는 지렁이가 나왔습니다. 제가 반을 먹었다고요, 벌써."

제이가 지렁이를 구해다가 반쯤 먹을 필요는 없었다. 그 즈음에는 그런 이물질 사고가 몇 차례 있었고, 식품회사 쪽에서는 논란의 여지를 만들고 싶지 않았다. 한 시간 안에 김정민이 제이를 만나러 왔다. 과연 그가 진짜 김정민인지 아닌지, 제이는 분간할 수 없었다. 그는 지난 일 년에 대한 이야기를 하고 싶었지만 김정민은 제이에게 고동빵 한 상자와 서류를 내밀었다.

고동빵 스물네 개가 줄 맞춰 들어 있었고 서류의 내용은 기분이 나빴다.

"김정민이 만든 빵이 문제인데, 또 그걸 한 박스나 먹으라고요?"

그날 제이에게는 그 식품회사의 고급 쿠키세트와 백화점 상품권 몇 장이 더 전달되었다. 그후 제이는 고동빵을 먹지 않았다.

누군가 제이에게 전단지를 나눠주었다. 이미 크로스백은 각종 홍보물로 터질 지경이 되었다. 제이는 종이를 비스듬히 말아서 고동빵 모양으로, 아니 망원경 모양으로 만들었다. 그 둘둘 말린 한 끝에 눈을 대고 다른 한 끝으로 사람들이 몰려 있는 쪽을 바라보았다. 너만 빼고 다들 벌써 몇 십 개씩 스티커를 얻었다더라, 하던 소장의 말은 거짓이었다. 아니면 저 앞에 자신과 별반 다를 바 없는 눈빛으로 어슬렁대는 월리들을 뭐라고 설명할 것인가. 적어도 네 명쯤은 되어 보였다.

어떻게 해야 사람들의 눈에 띄는 거냐고 제이가 물었을 때 소장은 너무 준비 없이 왔다고 제이를 나무랐다. 그건 아니었다. 제이는 억울했다. 그는 사흘 전에 미용실에도, 안경점에도 가지 않았는가. 오랜만에 사우나에도 갔고, 아침에는 남성용 비비크림까지 세심하게 펴발랐다. 저기 보이는 월리들보다 자신이 훨씬 더 정교하지 않은가. 진짜 책 속에서 튀어나온 월리 같지 않은가. 그러나 그런 건 의미가 없었다. 스티커를 받아야 진짜 월리였다. 어쩌면 그 책, 『월리를 찾아라』에는 한 페이지 당 월리가 한 명만 있는 건 아닐지 모른다고, 제이는 생각했다. 어릴 때는 한 명이라도 월리를 찾으면 그만이었고, 월리를 찾으면 곧 다음 페이지로 책장을 넘겼지만, 어쩌면 선착순 같은 거였는지도 모른다. 월리는 사실 400명 중에 네다섯 명쯤 되었을지도 모른다. 그중 가장 눈에 잘 띄는 월리만 정답이 되고, 발견되지 못하는 월리는 결국 군중의 몸체만 불려줄 뿐이었다.

그때 종이망원경 한쪽 끝에서 다른 동공이 보여 그는 깜짝 놀랐다. 동공은 제이가 그토록 찾고 또 찾던 스티커를 가진 사람이었다. 그가 제이에게 월리 어쩌고 중얼거리면서 스티커를 붙였다. 스티커가 제이의 가슴팍에 붙는 순간, 약간의 찌릿함을 느꼈다. 조금 더 과장하자면 온몸에 쥐가 나는 듯한 느낌이었다. 나 여기 있다, 나 여기 살아 있어, 제이는 그렇게 소리치고 싶었다. 제이는 그 행인에게 거의 90도로 허리를 굽혀 인사했다. 스티커를 훈장처럼 달자, 걸음이 좀 더 빨라졌다. 경쾌해졌다. 그동안 너무 천천히 움직인 것도 같았다. 좀 더 사람들이 많은 쪽으로 뛰다시피 걷고 있을 때, 누군가가 제이 옆으로 다가왔다. 월리였다. 그의 가슴팍에도 스티커가 하나 붙어 있었다. 저만치 스티커가 하나 정도 붙은 월리들이 더러 보였다. 두 개 붙은 월리들도 보였다. 제이는 다시 초조해졌다. 제이 옆으로 다가온 월리가 제이에게 말했다.

"저녁을 다섯 시에 준다던데요."

"네. 그렇다더군요."

"드실 건가요?"

당연한 것 아닌가, 하는 눈빛으로 제이는 그 월리를 쳐다보았다. 그러나 월리는 고개를 저으면서 대답했다.

"안 먹는다는 월리들도 많더라고요. 스티커가 부족해서. 행사시간이 반이나 갔으니까요."

"그래요?"

뭐 그렇게 할 것까지야, 제이는 조금 짜증이 났다. 월리가 다시 물었다.

"계속 하게요?"

"아홉 시까지 아닌가요? 안 하면 어쩌겠어요."

제이의 대답에 월리는 고개를 저었다.

"여기에 월리가 얼마나 많은 줄 아십니까? 전 고민입니다. 게다가 그 월리들 사이에서 피 튀기는 싸움이 벌어지고 있고요."

그렇게 말하는 월리의 눈 주위가 부어 있었다. 입술도 약간 부르튼 것처럼 보였다.

"다들 챔피언이 되고 싶어하니까요. 그 스티커 조심하세요."

"챔피언이요?"

"모르시나본데, 그걸 모르고 온 사람들도 꽤 있더라고요. 주로 업체 사장이나 선배들이 중간에서 가로채려고 하는 것 같기도 하고요. 모르셨어요, 챔피언?"

월리는 제이를 답답하게 여기는 듯했다. 그의 설명에 의하면 이번 행사에서 가장 근성 있는 월리 한 명을 챔피언으로 뽑는다고 했다. 챔피언의 혜택은 이 리버시티에 취직하는 거였는데, 그것도 이벤트 부문을 총괄하는 관리 직급이라고 했다. 연봉도 기타 조건도 꽤 좋은 편이어서, 사람들이 기를 쓰고 스티커를 갈취한다는 거였다.

"갈취요?"

월리는 자신의 눈과 입 주위를 가리켰다. 이미 두 개나 빼앗겼다는 거였다. 다른 월리들에게. 제이가 물었다.

"챔피언의 조건이 뭔데요?"

"그건 몰라요. CCTV가 곳곳에 있으니까, 그걸 보고 판단하는지. 근성 말고는 따로 설명된 게 없어서 사람들이 더 보이는 것에 집착하는 경향이 있나봅니다. 일단 스티커를 단시간에 백 개 채우는 게 유리하지 않겠냐는 거에요. 전 그래서 최대한 지나가는 사람들한테도 친절하게 대했어요. 혹시 서비스마인드를 보는 건지도 모르니까요."

"챔피언에 나이 제한은 있나요?"

"그런 건 없어요. 일흔 먹은 할아버지도 도전했다는 말을 들었는데요, 뭘."

그 순간 제이의 눈앞에 소장의 얼굴이 떠올랐다. 소장이 왜 자신을 여기까지 데려다주었는지를, 그리고 왜 챔피언 얘기는 하지 않았는지를, 스티커 개수에 왜 그렇게 집착하는지도 알 것 같았다. 아침에 소장이 리버시티에 대해 입이 마르도록 칭찬했던 기억이 떠올랐다. 이곳의 관리직이라면 소장으로서도 탐날 수 있는 것 아닐까.

"이런 작태가 싫어서 관두고 나간 월리도 많답니다. 저녁까지 굶고 일하려는 월리들도 있고요. 혹시 지금이라도 그만두실 거라면, 그 스티커는 절 주시면 안 되겠습니까?"

월리가 말했다. 제이는 미안하다며 일어섰다. 챔피언이라니. 그런데 왜 소장은 직접 뛰려고 하지 않았을까. 왜 자신을 대타로 보냈을까. 그게 이상했다. 다음 순간 제이는 자연스레 그 이유를 알았다. 제이의 뒤통수를 누군가가 세게 후려쳤던 것이다. 제이가 머리를 감싸는 사이에 그 큼지막한 손이 제이의 가슴팍에 붙은 스티커를 잡아당겼다. 전자칩이 붙어 있긴 했지만, 거대한 힘 앞에서 쉽게 떨어져 나갔다. 손의 주인은 친절한 월리였다. 그는 제이의 스티커를 빼앗아 자신의 가슴팍에 붙였다. 그리고 짤막하게 사과하고는 유유히 걸어갔다. 그 장면을 목격한 행인 하나가 월리에게 스티커를 붙였다. 그러자 사람들이 덩달아 몇 개를 더 붙였다. 제이 쪽은 아니었다. 그러니까, 싸움에서 승리한 월리였다.

5시가 넘었다. 제이는 의자에 가만히 앉아 있었다. 저녁을 먹으러 가야 할지, 지금 그만둬야 할지 고민스러웠다. 제이는 소장에게 전화를 했다. 소장은 단번에 전화를 받았다. 제이가 소장님, 하고 부르자 소장도 약간 목소리를 누그러뜨리고 대답했다.

"소장님은 절 찾으실 수 있겠습니까?"

"난 네 뒤태만 보고도 알 수 있지. 멀리서 봐도 딱 티가 나. 그 엉덩이 말이야."

"다행이네요."

"싱겁군."

"전 절 못 찾겠거든요."

"엉덩이만 봐도 티 난다니까. 내가 늘 너를 그런 식으로 해서 찾았지."

"전 제 엉덩이를 보기 힘드니까요. 그건 뒤에 있고, 눈은 앞에 있어서."

"그만하라고. 그래서 스티커는 많이 확보했나? 내가 지금 전산실로 가고 있는 중이긴 한데, 얼른 걸으란 말이야. 몸이 열인 것처럼. 알겠어? 그리고 중간중간 연락을 하라고. 그리고 말이야. 막춤이라도 춰서 시선을 끌어봐."

제이는 전화를 끊었다. 엉덩이만으로도 제이를 알아볼 수 있다던 소장은 통화 중에 제이의 옆을 스쳐 저만치 앞으로 걸어가고 있었다. 제이는 목소리로 소장을 알아볼 수 있었다. 그 또한 월리 복장을 하고 있었다. 그는 제이보다 덩치가 작고 좀 더 늙었지만, 좀 더 계산적인, 그런 월리였다.

제이는 사람들 사이로 걸어가서 미친 듯이 춤을 췄다. 행인들을 가로막고 춤을 췄다. 마치 홍보용 풍선 같은 허우적춤이었다. 그 말도 안 되는 춤 때문인지, 지나가던 행인들이 제이에게 스티커를 붙여주었다. 모두 세 개였다. 그것으로 제이는 표적이 되었다. 저 앞에서 400명의 군중이, 아니 그 이상일지도 모르는 어마어마한 사람들이 몰려오고 있었다. 그들 모두가 월리였다. 제이는 뒤도 안 보고 뛰었지만 곧 그 거대한 파도에 휩쓸렸다. 파도가 휩쓸고 간 자리, 그에게 남은 것은 몇 군데의 상처와 통증뿐이었다. 티셔츠를 벗으려면 두 팔을 위로 올려야 가능하지 않은가, 라고 제이는 생각했다. 팔을 위로 든 기억이 없는데, 두 팔은 갈비뼈를 꼭 끌어안고 있었던 것 같은데, 제이의 티셔츠가 벗겨져 있었기 때문이다. 벗은 기억도 없는데 사라진 것은 티셔츠만이 아니었다. 안경 알도 두 쪽 다 빠지고 테만 남아 있었다. 두 팔로 꼭 끌어안았던 갈비뼈조차 몇 개 빠진 것 같아서 제이는 가슴께를 꼭 감싸 안았다.

그리고 화장실로 갔다. 제이는 입술에 묻은 피를 닦아내고, 허리를 이리저리 돌려보았다. 거울 속에는 러닝셔츠만 입고 있는, 반쪽 짜리 월리가 있었다. 줄무늬 티셔츠도 없어졌으니 더 이상 월리라고 하기도 애매했다. 소장은 자신을 방패막이 삼아 스티커를 확보해서는 마지막 순간에 교묘하게 제이로 둔갑하려던 게 분명했다. 선배라고 부르라더니, 야비한 자식. 챔피언에 눈이 먼 자식. 배가 아팠다. 제이는 화장실 한 칸을 찾아 들어갔다. 이렇게 작은 공간이 더 마음 편했다.

제이가 지팡이를 화장실에 놓고 왔다는 것을 깨달은 것은, 그곳에서 나와 얼마간 걸었을 때였다. 지나가던 아이 하나가 제이를 보고 "월리다" 소리치며 스티커를 붙였던 것이다. 줄무늬 티셔츠를 입지 않았는데도 월리를 알아보다니, 제이는 그 순간 자신의 소품을 다시 점검했는데 지팡이가 없었다. 화장실로 다시 뛰어갔지만, 그곳은 그새 조금 낯설어져 있었다. 입구에서 왼쪽으로 대략 열 개의 칸이 있었고, 오른쪽으로 또 열 개의 칸이 있었는데, 그 둘은 데깔꼬마니처럼 완벽하게 대칭되는 구조여서 제이는 자신이 어떤 칸으로 들어갔는지 헷갈리기 시작했다. 게다가 이 입구 맞은편으로도 똑같은 모양과 크기의 입구가 있어서, 제이가 원래 들어갔던 입구가 이쪽인지 저쪽인지조차 명확하지 않았다. 입구에서 왼쪽으로 갔을 게 분명하다고 제이는 생각했지만 정작 어느 입구인지조차 확실하지 않았으므로, 결국 문 열린 모든 칸을 하나씩 들여다보았다. 다행히 그 안에는 사람이 거의 없었고, 딱 하나의 칸만 문이 닫혀 있었다. 아무래도 그 칸이 제이가 십 분 전에 머물렀던 곳 같았다. 제이는 문을 두드렸다. 안에서는 딱히 기척이 느껴지지 않았는데 잠시 후에 똑똑 소리가 들려왔다.

제이는 손을 씻으며 기다렸다. 어떤 소리도 냄새도 기척도 없었다. 알 없는 안경 때문에 시야가 뿌옇기만 했다. 마음이 급해진 제이는 닫힌 문을 향해 말했다.

"저기. 죄송한데요, 제가 지팡이를 놓고 가서요. 혹시 그 안에 지팡이 없나요?"

한참 있다가 소리가 들려왔다.

"지금 내가 힘든 볼일을 보고 있으니까, 쫌만 기달리소."

노인의 목소리였다. 제이는 얌전히 기다렸지만, 짜증이 솟구치기 시작했다. 이 칸만 확인하면 되는데, 이 노인네는 왜 안 나오는 거야, 누가 이미 집어간 거 아니야, 제이는 다시 말을 걸었다.

"올리브색 지팡이인데요."

"올리……뭐?"

"황토색 지팡이요, 거기 바닥에 있을 텐데."

"바닥엔 없어!"

제이의 말이 끝나기도 전에 외치는 소리였다. 그는 차마 선반도 한 번 봐달라는 말을 하지는 못했다. 저 좌변기에 앉았을 때 선반 위까지 시야가 확보되는지 아닌지를 막연히 생각하고 있는 동안 시간은 조용히 흘러갔다. 제이는 다시 한번 문을 두드렸다.

"할아버지 죄송한데요. 제가 시간이 좀 급합니다. 선반 위에 지팡이 같은 게 있는지만 좀 봐주세요. 예?"

신경질이 가득한 목소리로 "있어!"란 대답이 돌아왔다.

"쫌만 기다리라니까, 지금 팔이 안 닿아. 그새를 못 참고 그래? 내가 지금 어쩌지 못한단 말을 그렇게 하는데도."

"급합니다. 부탁드립니다! 그것 좀 이리 주세요."

한참을 투덜거리는 말이 들리던 그 칸 안에서 별안간 우당탕 하는 소리가 나더니, 화장실 문 아래로 뱀처럼 지팡이가 기어 나왔다. 검고 주름이 많은 손이 문밖까지 나왔다가 급히 안으로 되돌아갔다.

"감사합니다!"

그러나 지팡이 끝이 단단하게 무언가에 걸려 있었다. 문 밑으로 지팡이 끝을 잡고 있는 검은 손과 그 손 위로 희고 붉은 줄무늬 티셔츠의 한 자락이 보였다. 제이는 힘을 다해서 지팡이를 홱 잡아당겼다.

화장실을 나오자 그새 월리들이 번식한 듯 더 많아져 있었다. 이상하게 제이의 눈에는 월리들만 들어왔다. 월리들 틈에서 월리 아닌 사람을 찾기가 더 쉬울 것 같았다. 누군가가 줄무늬 티셔츠도 입지 않은 제이에게 스티커를 또 붙여주었다. 마음을 비우고 나니 스티커가 몇 개나 더 생긴 셈이었다. 그 몇 가지 사소한 일들이 제이의 마음을 바꿔놓았다. 그는 저녁이나 먹고, 시간을 때우다가 돌아갈 생각이었다. 그러나 스티커를 몇 개 받는 순간, 그는 자신이 화장실에 놓고 온 것에 대해서 생각했다. 화장실 칸 밑으로 언뜻 보이던 그 줄무늬 티셔츠 자락을 생각했다. 그건 월리의 것이었다. 그러나 어쩌면 제이의 것이 될 수도 있었고, 제이가 더 가능성이 있는지도 몰랐다. 모든 것을 포기한 순간 그의 가슴팍에는 '좋아요' 스티커가 스무 개 가까이 붙지 않았는가. 진짜 챔피언이 되는 길이 멀지 않을 수도 있었다. 소장도 누구도 아닌, 제이 자신이 월리가 될 수 있었다. 그는 월리가 되고 싶었다. 그러기 위해서는 줄무늬 티셔츠가 있어야 했다. 제이는 화장실로 되돌아갔다.

그가 노리는 칸은 이미 문이 조금 열려 있었다. 그리고 그 밑에서 검은 피가 흘러나오고 있었다. 그는 차마 문을 더 밀어서 그 안을 확인해볼 생각을 하지 못했다. '얼음'이 된 것처럼 멈춰 있다가, 뒤도 안 보고 도망쳤다. 누군가가 뒤에서 그를 가리켰다. 그는 뛰고 또 뛰었다.

지팡이에 왜 둥근 부분이 있는지 나는 처음 알았다. 그것은 손을 위한 것이거나, 그게 아니라면 목을 위한 거였다. 내 경우에는 목의 용도에 해당되었다. 내 뒤에서 나타난 지팡이의 둥근 부분이 내 목을 감았다. 그는 말했다. 조용히 티셔츠를 벗어. 나는 25년간 한 번도 이 옷을 벗어본 적이 없었으므로 그럴 수 없노라고 대답했다. 그런 대화는 무의미했다. 나는 결국 줄무늬 티셔츠를 빼앗기고도 흠씬 두들겨 맞았다. 내가 올리브색 크로스백에 무엇을 넣고 다녔는지도 그때 처음 알았다. 그는 가방 안에서 말 인형을 꺼내서 내 입에 쳐넣었다. 말의 엉덩이는 내 입에 꼭 들어맞았다. 내가 으악 소리를 내도 말의 엉덩이가 모든 말을 다 먹어버렸다. 그는 내 뒤에 있었으므로 나는 그의 표정을 볼 수 없었다. 그를 다시 본 건 구타의 시간이 끝난 후 리버시티 측에서 CCTV를 공개해줬을 때였다. 그러나 그것을 보고도 나는 그를 분간할 수 없었다. 그의 표정은 나와 너무도 똑같아서, 누가 맞고 누가 때리는 것인지 구분할 수 없었다. 우리는 그냥 월리였다. 마틴 핸드포드의 책에서 내가 없는 페이지는 의미가 없지만 나만 있는 페이지도 의미가 없긴 마찬가지다. 그러므로 지금 이 시간은 결국 휘발될 것이다.

육중한 유리회전문이 돌아가는 속도는 느렸다. 제이는 마음이 급해서 회전문을 재촉했지만, 회전문은 제이를 그 안에 가둔 채로 작동을 멈췄다. 그는 회전문이 만드는 네 개의 구획 중 하나에 갇혀 이도 저도 움직이지 못했다. 회전문을 더 세게 밀어보았지만, 문은 꼼짝도 하지 않았다. 잘 닦인 유리문에 자신의 모습이 비쳤다. 줄무늬 티셔츠는 그에게 조금 컸다. 그의 것이 아니었다. 제이는 눈을 감고 유리문에 온 체중을 실었다.

그때 누군가 저 밖에서 유리문에 노크를 했다. 장이었다. 장은 제이를 보며 양손을 머리 위로 올리는 시늉을 했다. 제이가 장을 따라 양손을 머리 위로 올렸고, 제이의 손이 떨어지자 곧 유리문이 다시 움직이기 시작했다. 제이는 그제야 회전문에 붙어 있는, 손을 대지 말라는 문장을 읽을 수 있었다. 장은 제이를 안아주었다. 제이의 몰골은 말이 아니었다.

"전화 꺼져 있어서 걱정했잖아. 집으로 가자. 일단 밥부터 먹고."

장의 말에 제이는 배고픔을 느꼈다. 벌써 리버시티 밖은 어두컴컴해져 있었다. 장은 노련한 가이드처럼 움직였다. 장이 물었다.

"그 안에서 대체 뭘 한 거야?"

"월리를 찾아다녔지."

"네가 월리라며?"

그들은 리버시티에서 멀어졌다. 그렇지만 제이에게는 반쯤 열려 있던 그 화장실 문이 자꾸 따라붙었다. 그 안에 무엇이 있었는지 그는 알지 못했다. 한참 걷다가 문득 생각이 난 듯 줄무늬 티셔츠와 지팡이 따위를 벗어던졌을 뿐이다.

주목 받고 싶은, 그러나 주목 받지 못하는

　이 소설의 주인공 제이는 주로 주말에 일한다. 바꿔 말하면 그는 주중에 대개 실업상태로 지낸다는 뜻이다. 홍보업체의 비정기 일용직인 그의 생활 형편이 여유로울 턱이 없다. 어느 한 해 동안 그가 아침식사를 늘 고동빵으로 때웠다는 본문의 서술은 그의 넉넉지 못한 사정을 짐작케 한다. 그래서 그는 일당의 액수가 평균치를 웃돌 때 쉽사리 고무되고 일당과 더불어 제공되는 식사와 교통편에 민감하다. 그는 자신이 하는 일 자체에서는 보람과 의의를 찾지 못한다. 그에게 일은 오로지 돈을 벌기 위한 수단일 뿐이다.

　제이가 하는 일 외에 그의 개인적 정체성을 표시하는 정보는 이 소설에서 거의 언급되지 않는다. 본문에 서술된 내용만으로는 그의 학력이나 가족 관계, 주거형태 등을 확인할 길이 없다. 서사의 진행상 그러한 정보들이 굳이 명시될 필요가 없기도 하지만 그보다 인물로서 그가 지닌 유형적 특성이 강조되어야 하기에 그의 개성은 상대적으로 축소된 것이다. 그의 유형적 특성은 이 소설이 기대고 있는 현실에서 마련된다. '청년 실업 백만 시대'는 그 현실을 집약하는 표현이다. 그는 실업 또는 비정규직의 상태로 당대를 살아가는 세대를 대표하는 익명적 존재의 하나로서 의의를 지닌다. 따라서 사적 개인으로서 그의 내밀한 국면보다 보편적 차원에서 그의 관심과 고충이 주목된다. 그의 모습이 당대 청년의 보편적 초상에 근접할수록 이 소설의 공감력은 높아진다.

만화나 영화에 등장하는 캐릭터로 분장하고서 어린이집이나 개점 행사, 신제품 홍보 행사 같은 데에서 시간을 보내는 것이 제이가 하는 일이다. 그는 4년 동안 한 업체에 소속되어 그 일을 했다. 그 업체의 소장으로부터 그는 근성 있고 일을 잘하는 사람이라는 신임을 얻기도 했다. 그러나 4년간의 경력이나 소장의 신임이 그의 미래를 보장할 수 없다. 그는 앞으로도 여전히 4년 전이나 다름없이 일용직으로 호출될 것이다. 캐릭터로 분장한 채 어린이들과 놀거나 홍보활동을 벌이는 일에는 어떤 특별한 기술이 요구되지 않는다. 그가 하는 일에서는 연속성이나 전문성을 찾기 어렵다. 그 일의 가치와 의의에 대한 질문이 소설에서 두 가지 삽화를 통해 제기된다.

그 하나는 그가 결혼식 하객 대역을 하러 대구에 갔다가 장을 만난 삽화이다. 장은 하객 대역들 중에서 신부의 부케를 받는 역을 하기로 되어 있었다. 그런데 부케 받을 순서가 되었을 때 장은 나서지 않고 모른 척한다. 장이 끝내 제 역할을 하지 않자 하객 중 누군가 나서서 부케를 받는다. 하객 대역들이 대구에 오던 때처럼 봉고차에 합승하여 서울로 돌아가는데 제이는 장과 함께 뒤에 남는다. 제이는 장이 어째서 그런 행동을 했는지 궁금했다. 두 사람이 사귀게 되었을 때 장은 그 이유를 설명한다. 그녀는 그때 "내가 안 나가면 어떻게 되나 갑자기 미친듯이 궁금"했다고 한다. 그러나 그녀가 확인한 것은 "내가 없어도 잘 돌아가네."였다. 장이 확인한 바와 같이 캐릭터나 하객 대역 같은 일은 어떤 개성이나 능력을 지닌 특정한 개인을 필요로 하는 일이 아니다. 그 일은 아무나 할 수 있어서 그 일을 할 사람은 얼마든지 있다. 장은 부케 받는 일을 거부한 뒤 벌어진 사태를 통해 자신이 하는 일의 가치와 의미를 분명하게 목격한 것이다. 이 소설은 결혼식 하객 대역과 관련한 장의 삽화에 이어서 제이가 빵 포장봉지에 찍힌 제조자를 찾아보려고 한 삽화를 전한다. 그 삽화를 통해 제이의 일이 지닌 가치와 의의가 다시 질문된다. 제이는 어느 한 해 동안 매일 아침마다 식사 대용으로 고동빵을 먹었다. 그러던 어느 날 그는 봉지에 인쇄된 제조자의 이름이 '김정민'으로 항상 동일하다는 사실을 발견한다. 고동빵을 구입하는 가게나 지역이 바뀌어도 봉지에 인쇄된 이름이 언제나 김정민이라는 사실이 신기할 뿐 아니라 그 김정민이라는 인물에 대한 호기심도 생겨서 그는 고동빵 제조회사에 전화를 걸어 김정민과의 통화를 시도한다. 그러나 회사는 그의 전화를 제품에 대한 소비자의 이의 제기로 받아들인다. 회사는 김정민과 통화하려는 그의 소망은 아랑곳하지 않은 채 소비자 불만에 대한 보상 절차를 밟는다. 그는 자신이 일 년 동안 먹은 고동빵이 정말 김정민 한 사람이 만든 것인지 확인하고 싶었지만 그의 시도는 회사 측의 조처에 가로막힌다. 제품에 명기된 제조자의 이름은 그 제품의 신뢰도를 높이는 데 기여한다. 제조자가 제품의 질을 책임지고 보장한다는 의미이다. 그러나 고동빵 봉지마다 찍힌 '김정민'이라는 이름은 제품의 질에 대해 책임지겠다는 회사 측의 진실된 약속이라기보다 소비자를 현혹하기 위해 만들어진 캐릭터이다. 회사는 실존인물이 아닌 캐릭터 김정민으로 제품의 질과 관련한 가짜 이미지를 소비자에게 심어주려 했던 것이다. 제이가 하는 캐릭터의 대역도 빵 봉지의 김정민처럼 가짜로서 진짜 노릇을 하는 것이다. 김정민처럼 캐릭터는 얼마든지 복제될 수 있고 그렇게 복제된 캐릭터들은 모조리 가짜일 수밖에 없다.

이 소설의 주된 서사는 제이가 리버시티라는 곳에서 『윌리를 찾아라』의 윌리 역할을 하면서 겪는 사건들로 짜인다. 제이에게 자기네 업체의 운명이 걸렸다는 소장의 말과 30만 원이라는 일당이 그로 하여금 의욕적으로 그 일에 임하게 한다. 그는 윌리처럼 보이기 위해 미장원에서 머리를 다듬고 새로 뿔테안경까지 맞춰 쓴다. 리버시티에서 그가 할 일은 『윌리를 찾아라』에서처럼 군중 속에 섞여 있다가 사람들에게 윌리로 발견되는 것이다. 그를 발견한 사람은 그의 가슴에 스티커를 붙이도록 되어 있다. 그러나 리버시티에서 그는 전혀 관심의 대상이 되지 못한다. 그 이유는 본문 중에 나오는 "이곳에는 캐릭터가 넘쳐나고 있었다. 윌리도 그 캐릭터들의 일부였다. 그러니까 군중의 일부였다"는 서술로 설명된다. 리버시티에는 그를 포함하여 60명의 윌리가 돌아다니고 다른 종류의 캐릭터들도 흔하다. 군중의 일부가 되어버린 캐릭터는 더 이상 관심거리가 되지 못한다. 그러한 상황에서 앞서 살핀 두 삽화가 소개된다. 그 삽화들은 제이가 하는 일의 가치와 의미가 드러나도록 한다. 장의 삽화에 비친 제이는 그의 일에 관한 한 없어도 그만인 존재이다. 그는 윌리 자신이 아니라 윌리의 대역이고 그 대역은 누구나 할 수 있어서 반드시 그를 필요로 하지 않는다. 고동빵 삽화는 제이의 윌리 캐릭터가 김정민과 다를 바 없음을 알려준다. 고동빵 제조자 김정민이 한 사람이 아닌 것처럼 리버시티에는 60명의 윌리가 있다. 빵 봉지마다 '김정민'이라는 이름이 찍혀 있어도 진짜 김정민이 존재하지 않는 것처럼 리버시티를 돌아다니는 60명의 윌리들 중 그 누구도 진짜 윌리는 아니다. 사람들의 무관심에 의기소침해진 제이는 자신의 일에 대해 회의를 품게 되는데 장의 삽화와 고동빵 삽화는 그러한 그의 심리적 추이와 관련된다.

저녁식사 시간이 가까울 무렵이 되어서 한 행인이 제이의 가슴에 스티커를 붙인다. 그러나 제이는 그 스티커를 다른 윌리에게 빼앗기게 되고 그 일을 계기로 리버시티 측이 월리들 중에서 챔피언을 선정하여 관리직으로 채용할 계획이라는 사실을 알게 된다. 그 때문에 월리들 사이에서 스티커 쟁탈전이 벌어지고 심지어 폭력마저 저질러졌다. 챔피언이 되려면 우선 스티커 백 개를 채우는 것이 급선무라고 월리들 사이에 인식되고 있었다. 제이는 소장이 그동안 그에게 스티커 수집을 독려했던 이유를 비로소 깨닫는다. 소장은 제이의 스티커를 가로채 리버시티에 취직되려는 속셈이었다. 제이도 정규직에 취직될 수 있다는 희망을 품고 스티커 수집 경쟁에 본격적으로 나선다. 그때부터 리버시티는 제이의 눈에 거대한 싸움터로 비친다. 이 소설의 서술방식이 그 부분에서 급변한다. 그동안 객관적인 사실 재현에 치중하던 서술이 사실에 대한 제이의 주관적인 인상을 재현하는 쪽으로 전환한다. 한 개인의 의식에 떠오른 인상이 서술됨에 따라 본문에 그려진 내용은 다소 비현실적이고 몽환적으로 보이게 된다. 60명이던 월리가 어마어마한 군중으로 돌변하고 그 군중이 파도처럼 몰려다니며 스티커 쟁탈전을 벌인다. 그 와중에 제이는 티셔츠가 찢기고 안경알이 깨지고 부상을 당하지만 챔피언이 되려는 욕망을 버리지 않는다. 그런 그의 눈에는 사람들이 모두 월리로 보인다. 월리는 그의 욕망을 따라 번식하는 것 같다. 월리들은 챔피언이 되기 위해 살인이라도 불사할 것 같은 기세이다. 제이 자신도 그러한 살의를 느낀다. 살해의 공포와 살해의 의지 사이에서 제이는 자신이 남에게 죽거나 자신이 남을 죽이는 상상을 한다. 그러한 제이의 상상은 화장실 바닥에 흐르는 검은 피에 대한 두 가지 상반된 서술로 본문에 표현된다. 살인에 대한 상상은 챔피언을 향한 제이의 발걸음을 멈추게 한다. 살의를 느낀 그 지점에서 그는 극한 경쟁에 대해 환멸을 느낀 것이다. 그는 리버시티를 도망쳐 나와 밖에서 기다리는 장을 만난다. 장은 험한 몰골의 제이를 보며 리버시티 안에서 무엇을 했느냐 묻는다.

"그 안에서 대체 뭘 한 거야?"

"월리를 찾아다녔지."

"네가 월리라며?" (210쪽)

　　리버시티에서 제이는 찾아져야 할 월리였다. 그러나 장의 물음에 그는 월리를 찾아다녔노라고 말한다. 여기서 월리의 본문 내적 의미가 캐릭터에서 제이의 자아로 바뀐다. 제이가 바로 월리였음을 환기하는 장의 말은 리버시티에서 제이가 한 일이 자아 찾기의 일환이 되기를 바라는 그녀의, 그리고 더 나아가 작가의 소망처럼 읽힌다. 월리들이 무수히 번식하면서 아비규환의 생존 경쟁을 펼치는 리버시티는 고달프고 각박한 현실을 집약한 공간이다. 그 속에서 청춘들은 캐릭터 대역 같은 일을 하면서 자아를 잃어간다. 이 소설은 허구의 캐릭터들 속에서 자아의 의미를 탐구하는 제이를 통해 실업 및 반실업 상태에서 극심한 취업 전쟁에 내몰린 세대의 현주소를 적시한다.

1999년 『현대문학』에 소설을 발표하며 등단했다. 소설집 『최순덕 성령충만기』 『갈팡질팡하다가 내 이럴 줄 알았지』 『김 박사는 누구인가』, 장편소설 『사과는 잘해요』 등이 있다.

이기호

나정만 씨의 살짝 아래로 굽은 붐

나정만 씨의 살짝 아래로 굽은 붐

2009년 1월 19일 오전 5시 무렵, 일군의 사람들이 서울 용산구 한강로2가에 위치한 4층짜리 남일당 상가 건물 옥상을 점거하였다. 그들은 재개발로 인해 그곳에서 쫓겨나게 된 중국집 주인, 호프집 주인, 백반집 주인 같은 세입자들과 그 가족들이었으며, 남의 동네 딱한 형편을 듣고 아무 조건 없이 도우러 간 또 다른 지역의 철거민들이었다. 후에 검찰의 공소 사실에 따르면 그들은 그날 그곳 옥상에 4층짜리 망루를 지었으며, 화염병과 돌을 던지며 재개발조합 측에서 고용한 철거 용역들에 맞서 저항했다. 그들이 원했던 것은 최소한의 이주 보상이었다.

망루 농성이 시작된 지 하루가 지난 2009년 1월 20일 새벽 6시, 테러진압을 목적으로 창설된 경찰특공대가 남일당 건물에 전격 투입되었다. 작전을 위해 100톤짜리 크레인 한 대와 특수 제작된 컨테이너 한 대가 동원되었다. 컨테이너에 특공대원들을 태워 옥상으로 올려 보내는 작전이었다. 본래 계획은 100톤짜리 크레인 두 대와 컨테이너 두 대를 이용, 양쪽 방향으로, 한쪽은 망루 지붕을 걷어내고, 다른 한쪽은 출입문 쪽으로 진입할 예정이었다. 하지만 당일 새벽, 약속한 크레인 기사가 잠적하는 바람에 작전은 수정될 수밖에 없었다. 훗날, 1심 재판에 검사 측 증인으로 나온 경찰특공대 1제대장은 원래 계획한 작전대로라면 참사를 면하거나 희생자들을 크게 줄일 수 있었을 거라는 취지로 진술했다. 철거민 측 변호사는 그것이 바로 성급하고 무리한 작전의 증거 아니냐고 물었다. 1제대장은 자신은 상부 지시를 따랐을 뿐이라고 대답했다.

크레인은 오전 7시와 7시 20분, 두 차례에 걸쳐 경찰특공대원들을 남일당 옥상으로 올려 보냈다. 특공대원들은 물포를 쏘며 각각 방패조와 플래시조, 소화기조 등으로 역할 분담을 한 채 망루 안으로 진입했다. 하지만 그들은 망루 안에 세녹스 20리터 60통이 들어 있었다는 사실을 알지 못했으며, 도대체 몇 명이 그 안에 있었는지도 알지 못한 상태였다. 그들은 그저 지시에 따라 움직였을 뿐이었다. 지붕 처마 밑에서부터 시작된 불길이 벽 모서리를 따라 망루 전체로 옮겨 붙은 것은 오전 7시 21분. 불이 붙은 망루가 무너진 것은 오전 7시 45분, 소방관들이 옥상에 올라가 망루를 해체한 것은 오전 8시 30분이었다. 그리고 그로부터 다시 세 시간이 흐른 후, 경찰은 불에 탄 망루를 수색해 세입자 두 명과 전철연 소속 회원 세 명, 경찰특공대원 한 명의 시신을 수습했다.

이것은 그날 오지 않은 크레인 기사 이야기다.

1. 만남 — 부천시 소사구 심곡본동 **숯불돼지갈비

제가 좀 늦었죠? 이게 서두른다고 서두른 건데…… 저희 일이란 게 원래 좀 그래요. 현장 상황에 따라서 늘 퇴근 시간이 바뀌고…… 아, 예…… 기출이 선배 되신다구요? 뭐 대충 얘긴 들었습니다. 나정만이라고 합니다. 70년 생이죠, 개띠. 그쪽은……? 아, 그럼 뭐 거의 동년배네요. 저도 생일은 십이월이라서…… 이거요? 이거 염색한 거예요. 코발트블루.

기출이하곤 그럼 같은 고등학교 출신인가 봐요? 걔가 그때도 그렇게 정신이 없었나요? 아니, 뭐 꼭 그렇다는 건 아니고…… 허풍이 좀 세잖아요. 이건 뭐 당최 믿음이 안 가서…… 걔가 오늘도 같이 나오기로 했었는데…… 아니에요, 아마 피시방 갔을 거예요. 요즈음 롤인가 뭔가에 잔뜩 빠져 있더라구요. 전화도 안 받죠? 밤새 그러다가 다시 현장에 나오고…… 그러니 보는 사람들도 다 조마조마하고…… 하여간, 요즘 그래요. 지난번엔 걔가 샤클이라고, 이렇게, 이렇게 허리띠처럼 생긴 벨트가 있거든요. 그걸 단단하게 채워야지 철골 같은 걸 들어 올릴 수 있는데, 걔가 그 핀을 빼먹고 안 채운 거에요. 완전히 넋이 나갔다는 증거죠…… 밑에 사람들이 없었으니까 망정이지 여러 명 작살낼 뻔 했다니깐요. 언제 만나면 말씀 한번 해주세요. 제 얘긴 도통 들어 처먹질 않네요…… 근데…… 이거 돼지갈비인가요? 아, 아니요…… 갈비면 됐죠, 뭐…… 그래도…… 이 집은 떡갈비가 좋은데…… 에이, 이미 시켰는데요, 뭘……

아니에요…… 처음엔 카고를 몰았어요. 왜 그 짐칸에 기중기 같은 거 달고 다니는 트럭 있잖아요? 간판도 달고 패널 작업도 하고 바스켓 작업도 하는 거. 그건 대형운전면허만 있으면 몰 수 있거든요. 95년도인가, 아니구나, 제대하고 바로 탔으니까 94년도가 맞네요. 전문대 다니다가 그만두고 시작했으니까 그해 가을부터였어요…… 그걸 한 오 년 탔죠……

사실…… 이게 말하자면 좀 긴데…… 전 좀 특별한 케이스였거든요…… 우리 아버지가 차주였어요. 아버지가 실리콘 공장 다니다가 퇴직하고 11톤 카고를 중고로 장만했거든요. 시쳇말로 몰빵한 거죠, 뭐. 퇴직금 조금하고 살고 있던 연립 담보 잡아서 육천이던가? 아마 그쯤 했을 거예요. 그걸 다 몰아넣고 시작한 거에요. 아, 전문대요? 하하, 이게 좀 쑥스럽긴 한데…… 충청도에 있는 전문대였는데, 거기서 의상 디자인과를 다니다가…… 아니 아니, 뭐 딱히 옷에 관심이 있었다기보단 그냥 거기 가면 여자들이 많다길래…… 근데 갔더니 순 나 같은 남자놈들밖에 없어서…… 하하, 일 년 내내 걔네들하고 학교 앞 당구장에서 죽 때리다가 군대 끌려가고, 뭐 그러다가 그만둔 거죠. 옷이라곤 맨날 추리닝만 입고 다니고…… 철이 좀 없었죠. 노는 게 좋았고.

이 카고라는 게 말이에요, 지금도 그렇지만 그때도 경쟁이 살벌했거든요. 개인 차주들도 있고, 회사 차들도 있는데, 서로 공정 가격 정하고, 네 구역 내 구역 딱딱 정하고, 그러면 이 얼마나 아름다운 상부상조겠어요. 한데 거기에 꼭 나사못처럼 튀어나오는 놈들이 생긴단 말이에요. 말하자면 덤핑 때리는 놈들…… 하루에 사십만 원 정도 받아야 기름값이니 밥값이니 기사 인건비니 제하고 다만 얼마라도 남길 텐데, 이걸 삼십만 원, 이십오만 원 팍팍 부른단 말이에요. 그럼 어쩌겠어요? 현장 다 떨어져 나가고 단골들 다 빠져 나가는데 혼자만 사십만 원 부를 수 있겠어요? 같이 따라 내려갈 수밖에 없는 거죠. 아, 회사 차들이야 카고 끼고 츄레라니 크레인이니 같이 뛰니까 얼추 타산이 맞을 수도 있지만, 개인 차주들은…… 이게 안 그렇거든요. 가진 건 그게 전부고…… 그렇다고 트럭을 안 굴릴 수도 없고…… 그러니 뭘 어쩌겠어요? 기름값은 정해져 있으니까 어쩔 수 없고, 기사 대신 차주가 뛰고, 백반 먹을 걸 김밥 먹으면서 그렇게 백날 뛰어다니는 거에요. 편의점 점주가 알바 뛰고 삼각김밥 먹고, 뭐, 그런 거랑 비슷해요. 그러고도 일거리가 없다 보니 '우린 인부도 한 명 보너스로 더 부릴 수 있다' 우리 아버지가 뭐 그런 영업 전략을 쓰신 거죠. 물론…… 그 인부가 바로 저였고요.

아, 고생 많이 했죠…… 그냥 노가다였어요…… 공장에 박스 하역 작업 같은 거 하러 나가면 제가 일일이 테핑질도 다 한 다음에 트럭에 실었고요, 맨홀 같은 거 인양하러 나가면 삽으로 좆나게 평탄 작업도 하고, 뭐 그랬어요. 폐자재 집하 같은 걸 나가면 현장 이 새끼들이 으레 당연하다는 듯이 "저쪽 뒤에 있는 오비끼하고 다루끼도 좀 정리해줘요." 이러고 지들은 모닥불 옆에서 실실 담배나 피우면서 농담따먹기를 해요. 그걸 꾹꾹 참으면서 비질까지 해줬으니 말 다했죠. 에휴, 뭘 어쩌겠어요, 남들도 다 그렇게 한다는데…… 월급이요? 아이, 월급이 다 뭐예요. 우리 아버지가요, 한 가지 생각을 못한 게요, 이게 트럭만 장만한다고 끝나는 게 아니거든요. 카고 트럭이란 게 열 달에 한 번씩 타이어를 교체해줘야 해요. 안 그러면 차가 버텨주질 못하니까요. 한데 이게 한 짝에 오십만 원이 조금 넘는다, 이 말이에요. 그걸 돌아가면서 한 짝씩 한 짝씩 바꿔준다고 생각해보세요. 거기에 보험료 내고, 정비하고 엔진오일 같은 거 갈아주고 나면…… 그러니까 웃긴다는 거 아니에요. 차를 사서, 차로 돈을 벌어서, 차를 위해서 쓰는 구조라니깐요. 가끔 새벽에 일 나가러 아버지하고 주차된 카고 앞에 서면요,

이게 탁, 무섭다는 생각이 들기도 하는 거에요. 막 우릴 덮치고 있단 느낌도 들고…… 근데, 떡갈비도 미리 시켜두는 게 좋지 않을까요? 한 2인분만 더 시킬까요?

기출이 그 새끼가 그런 얘기까지 했어요? 아 나, 이 새끼가 쪽팔리게 별 얘길 다 했네…… 맞아요, 한 사 년 저쪽 중동 지점에서 일한 적이 있어요, 현대자동차 중동 대리점…… 99년도인가, 2000년도인가 그때 우리 아버지가 카고를 정리했거든요…… 그래서……

이게 설명하자면 좀 어이가 없는데…… 하하, 내 참…… 한번은 가평에 있는 농협 창고에서 여주 근처에 있는 정미소로 쌀가마니를 옮겨준 적이 있었어요. 그때 그 일이 결정적이었죠. 이게 그냥 일반 쌀가마니가 아니고 하나에 1톤씩 나가는 타원형처럼 생긴 커다란 쌀가마니인데, 그걸 여덟 개 옮겨주는 일이었어요. 그땐 아버지가 디스크로 좀 고생하던 시절이라 저 혼자 일을 뛰곤 했는데…… 아, 이 개새끼들이 기껏 쌀가마니 다 부리고 났더니 하나가 빈다는 거에요. 여덟 개가 아니고 아홉 개라고…… 내가 진짜 어이가 없어서…… 아니 이게 무슨 80킬로그램짜리 쌀가마니도 아니고, 그 커다란 게 가긴 어딜 가요? 뭔가 당했다고 생각했는데 빠져나갈 방법이 없는 거에요…… 그렇죠, 그게 제 실수인 거죠. 화물운송표 같은 게 있긴 있었는데, 그걸 제대로 확인도 안 하고…… 워낙 덩치가 큰 물건이니까 숫자를 세고 말 것도 없다고 생각한 거죠…… 혼자 아웃트리거 설치한다 어쩐다 정신이 없었던 것도 있었고요…… 처음엔 그냥 버티고 싸우려고 했는데, 발주한 애들이 무슨 입을 맞춘 것처럼 서류부터 내밀고 나오니까 할 말이 없더라구요. 아버지도 말없이 가만히 지켜보다가…… 그게 한 가마니에 백이십만 원인가 그랬거든요, 운송비용 제하면 기껏해야 칠십만 원 정도인데…… 돈으로 따지면 얼마 안 됐지만…… 제가 막 그러지 마시라구 말렸는데도 기어이 물어주시곤…… 그러곤 그다음에 바로 카고를 정리하시더라구요…… 거, 다른 쪽에서 만회하면 되는데…… 암튼, 좀 그런 사정이 있었어요……

자동차 영업소 일은 뭐 별다르게 할 말이 없는데…… 그런 얘기까지 다 해야 해요? 아니요…… 뭐, 딱히 특별한 게 없으니까…… 백수로 한 일 년 지내다가 아는 선배 소개로 들어갔죠. 한데…… 저하곤 잘 안 맞았어요. 처음엔 양복 입고 다니고 손에 기름칠 안 묻히고, 노가다 뛸 일도 없으니까 좋고 편했는데, 그것도 얼마 동안 일이고…… '012부대'라고, 한 달에 차 한두 대 파는 영업맨들 가리키는 말이 있거든요. 뭐, 제가 늘 그랬죠…… 거기 소개시켜준 선배가, 이 선배가 진짜 대단한 양반인데, 설날이 되면요, 저쪽 상동 쪽으로 가면 아파트 단지가 쭉 있거든요, 거기에, 트럭 한 대에 곶감을 박스째 싣고 가서 집집마다 일일이 찾아다니면서 세배를 하는 선배였어요. 고객 관리한다고…… 아니요, 40평대 이상만…… 그래서 나도 따라 한다고 비누세트 대량 구매해서 아파트 입구까지 가긴 갔는데…… 아이, 난 못하겠더라구요. 선배는 벨 누르고 사람만 나오면 현관이든 신발장 앞이든 넙죽 절부터 했다는데…… 나는 이게 차마 벨이 눌러지지 않아서…… 덕분에 한 삼 년 그때 산 비누로 샤워도 하고 머리도 감고 수건도 빨고 설거지도 하고…… 내가 그때부터 오이를 잘 안 먹잖아요. 에이, 지랄 같은 오이비누……

그래도 그때 결혼도 하고 아이들도 낳고 정신도 차렸으니까…… 뭐, 아주 허송으로 보낸 건 아니네요. 아, 아이들이요? 딸만 둘이에요, 쌍둥이 자매…… 초등학교 3학년이에요…… 아이, 그럼요, 좋죠. 걔들 애교 때문에 내가 하루하루 사는데…… 걔들 태어나고 바로 자동차 영업소 그만두고 산업인력공단에서 운영하는 학원에 들어간 거예요. 거기서 기중기 자격증 따고 바로 맹꽁이 크레인 부기사부터 시작해서 한 이 년 동안 25톤 크레인 몰다가, 다시 100톤짜리 크레인 부기사로 들어가고…… 우리 업계에선 이게 톤수가 올라갈수록 기사 월급도 따라 뛰거든요. 계속 25톤 기사로 있을 수도 있었지만…… 애들 생각해서…… 다시 한 이 년 동안 월급 100만 원만 받으면서 100톤짜리 부기사로 일한 거예요. 완전히 밑바닥부터 긴 거죠. 정기사가 된 건 그해 초, 그러니까 2009년부터예요. 뭐, 얼마 안 된 거죠.

이게…… 이게 제가 모는 크레인이에요.

네, 괜찮아요, 사진 찍어도…… 저도 책자에 있는 거 오려서 넣고 다니는 건데요, 뭐. 이게 독일 립헬이란 곳에서 나온 건데, 장비 가격만 한 10억 할 거예요. 차 무게만 60톤이 넘게 나가는…… 아니죠, 이건 개인이 차주인 경운 거의 없고, 대부분 회사 소속이죠. 자격증 따고 부기사 생활 일이 년 거

쳐야 기사로 일할 수 있는 거에요…… 여기, 여기 이 운전석 위에 긴 막대 같은 거 보이죠? 이건 '붐'이라고 하는 건데, 6단으로 모두 펴고, 거기에 보조 붐까지 연결하면 60미터 이상으로 늘어나요. 이걸로 물건을 들어 올리고 내리고 하는 거에요. 그렇죠, 뭐 낚싯대 비슷한 거라고 보시면 돼요. 오무리 매달고 윈치 작동시키고, 뭐 그런 복잡한 절차가 있긴 한데…… 그거야 뭐…… 아무튼 이 지구상에 있는 웬만한 것들은 다 들어 올릴 수 있는 놈이라고 보면 돼요. 어지간한 중력 따위는 너끈히 이길 수 있는……

그날요? 하, 그럼 이제 본론으로 들어가는 건가요? 이게 참…… 사실 설명하고 말고도 없는데…… 뭐 별게 없거든요. 그래서 기출이한테도 뭘 만나냐고, 그렇게 말한 건데…… 뭐, 어쨌든 그것 때문에 이렇게 나오셨으니까…… 들어보세요, 이게 간단하다면 아주 간단한 거에요. 우리 같은 회사 소속 기사들은요, 배차 나고, 사장이 나가라고 하면요, 그냥 무조건 나가야 하는 거에요. 그게 맞아요. 뭐, 일하기 힘든 곳이네, 거리가 머네, 위험한 곳이네, 꿈자리가 뒤숭숭하네, 이런 게 없다, 이 말이에요. 그런 게 싫으면 한국에서 크레인 못 몰죠. 어디 사우디 같은 곳이라면 모를까…… 이 바닥이 그렇게 넓은 것도 아니고, 한 번 소문나면 큰 톤수 크레인은 다신 못 몰거든요. 사장들도 인터넷에 카페 같은 거 만들어서 크레인 기사 정보 공유하고 그러는데……

그러니까 그날도 그렇게 배차 받고, 사장 지시 따라 움직인 거에요. 그게 전부죠, 뭐…… 오전에 개봉동에 있는 초등학교 신축 체육관 건물에 구조물 하나 올려주고 왔더니, 우리 사장이 좀 보자고 그러는 거에요. 야간작업 하나 들어왔는데 신경 좀 써줘야 할 거 같다고…… 사실 좀 이상하긴 이상했죠. 우리 일이라는 게 그렇게 하루 저녁에 새로 배차 나고 움직이고, 뭐 그러는 게 아니거든요. 최소한 사흘 전이라도 배차가 떨어져야 현장 답사하고 장비 손 보고 그런단 말이에요. 사장도 그런 게 못내 걸렸던지 봉투 하나를 건네면서 넌지시 그러더라구요…… 경찰 애들 올려주는 일이라고…… 운임은 더블에 더블로 주는 일이라고…… 조용히 갔다오라고……

에이, 어디요? 그런 일은 그때까지 한 번도 없었죠. 우리가 아무리 못 드는 게 없다고 해도…… 사람을 들어 올리는 일은…… 그런 건 하지 않거든요. 사고도 날 수 있고…… 이게 어쨌든 굉장히 높이 올라가는 일이라서…… 그런 건 '스카이'라고 따로 제작된 차량이 있어요. 한데…… 그쪽에서 꼭 우리여야 한다는 거에요. 컨테이너에 경찰 애들 태워서…… 가급적 먼 곳에서부터 수평 맞추면서 접근해야 한다고……

그럼요, 그날 오후에 바로 우리 부기사랑 답사 갔다왔죠. 택시 타고 금방 다녀왔어요. 아니요…… 뭐, 조용하던데요…… 경찰 버스 죽 늘어서 있고, 전경 애들이 줄 맞춰 돌아다니는 거 말고는 여느 거리와 별다를 게 없었어요. 버스도 그냥 다니고, 사람들도 아래로 지나다니고…… 아, 한 가지 좀 이상했던 건요…… 분명 경찰 일이라고 했는데…… 우리한테 인사하고 작업 설명 해주는 사람들은 죄다 무슨 건설회사 명함을 내밀더라구요. 내가 그때 알아봤다니깐요. 건설회사는 무슨…… 왜 거, 철거하는 용역회사들 있잖아요, 걔네들이었어요. 걔네들은 딱 보기만 해도 티가 나거든요…… 경찰 하는 일에 용역 애들이 돈 대고 편의 제공하고…… 뭐, 다 그렇고 그런 거 아니겠어요? 그냥 그런가 보다 하고 말았죠. 우리야 작업지시에 따라서 컨테이너만 올려주면 됐으니까…… 작업도 뭐 어렵지 않겠더라구요. 도로 통제

만 제대로 해주면 보조 붐 매달 것도 없이 후크에 바로 매달아서 옥상까진 수월하게 올리겠더라구요. 사람을 태운다는 게 좀 걸려서 그렇지…… 사실 그 정도 높이는 일도 아니거든요.

보긴 봤죠…… 옥상 위 망루 근처에 몇 명 돌아다니더라구요…… 글쎄요, 저는 뭐 딱히 다른 생각은 들지 않던데요. 그동안 그런 사람들, 많이 봤잖아요? TV나 신문에도 종종 나오고…… 그냥 철거민들이구나, 여기서 다 쫓겨나겠구나, 뭐 그런 생각만 들었죠. 철거민들이 버틴다고 언제 안 쫓겨난 적이 있던가요? 그냥 다 부질없어 보이고…… 끝도 빤히 보이는데 떼쓰는 것 같고…… 그게 전부죠, 뭐. 사정이야 빤한 것일 테고…… 에이, 어디 눈을 마주쳐요? 그냥 지나가던 사람처럼 다시 택시 타고 사무실로 돌아왔죠. 멀어서 얼굴도 잘 안 보이고, 죄다 마스크에 안전모들 쓰고 있어서 꼭 우리 일 나가는 현장 사람들 같더라구요. 하긴…… 거기가 진짜 현장이 되긴 했지만…… 저기…… 후식으론 냉면 어떠세요? 아니, 왜요? 아니, 그래도 고기를 먹었으면 냉면을 먹어줘야…… 아이 참, 그렇다고 어떻게 저 혼자…… 그럼, 전 비냉으로……

어디까지 얘기했었죠? 아, 예…… 그러곤…… 새벽 세 시까지 사무실에서 계속 대기한 거에요. 회사 기사들도 다 퇴근하고, 사장도 일 끝나면 전화하라면서 그냥 들어가고, 저랑 우리 부기사랑 단둘이서만 기사 대기실에서 짜장면 시켜 먹고 멀뚱멀뚱 앉아 있었던 거죠. 뭐, 딱히 할 일 있나요? 자정쯤에 통닭 한 마리 배달시켜 먹고…… 또 뭐했더라, 인터넷으로 맞고를 쳤던가? 소파에서 쪽잠 자다가 다시 깨서 TV도 보다가 괜스레 벼룩시장도 들춰보다가…… 뭐, 그러다가 새벽 세 시 십 분쯤이던? 그때 핸드폰으로 연락받고 나간 거에요……

잠적이요? 에이, 잠적은 무슨 잠적이에요? 잠적 아니에요…… 우린 갔다니깐요. 가다가…… 끝까지 못 가서 그렇지……

아이, 이게 참…… 말하려니까 또 한 번 열 받네…… 그러니까, 그게…… 그날 용산으로 가다가요…… 내 참…… 더러워서……

과적단속에 걸린 거에요……

그렇다니깐요…… 여기, 여기 한번 봐봐요. 우리 사무실이, 여기 이 구로동에 있잖아요? 그럼 여기서 용산까지 가려면 한강 다리를 하나 건너야 하는데…… 이게 좀 더럽다, 이 말이에요. 우리나라에는 도로법 54조라는 좆 같은 법률이 하나 있는데, 이게 쉽게 말하자면 43톤 이상은 다리를 건널 수 없다, 뭐 이런 거에요. 한데, 우리 같은 크레인은 차량 무게만 50톤, 60톤이 넘거든요. 나라에서 분명 허가를 내준 차량 무게가 50톤, 60톤, 이렇게 나간다, 이 말이에요. 그러니까 그건 뭐냐, 한쪽에선 허가를 내주고, 한쪽에선 하지만 미안한데 다리는 건널 수 없어, 이러는 거죠…… 지나다니려면 크레인 모두 해체해서 다녀라…… 그게 말이 됩니까?

아. 물론 건널 수 있는 다리가 하나 있긴 있어요. 강동대교라고…… 우리 업계에서 하도 난리를 치고 관청 가서 청원도 넣고 하니까 예외적으로 딱 하나 허가해준 곳이 바로 거기예요. 그러니까 한강을 건너려면 구로동에서 용산을 가든, 노량진에서 여의도를 가든, 이게 뺑 돌아서 강동대교로 가야 한다, 이 말이에요. 문제는…… 이걸 누가 그렇게 하냐, 그거죠. 아, 먹고살

나정만 씨의 살짝 아래로 굽은 붐

기 바빠 죽겠는데, 현장에선 빨리 오라고 난리 치는데, 이런 한강 다리에 무리가 생기면 안 되지, 조금 막히더라도 올림픽대로 타고 다시 강변북로 타고 올라가야지, 이러는 사람이 어디 있겠냐, 이 말이에요? 그럼요…… 그래서 다 새벽에 몰래몰래 눈치 보면서 한강 다리 넘는 거죠. 그러니까 따지고 보면 우리도 이게 다 범법자들이에요. 이게 걸리면 교통범칙금처럼 그냥 딱지 날아오고 그러고 끝나는 게 아니거든요. 정식으로 재판에 회부되고, 그리고 벌금형 받고…… 뭐, 그래도 어쩌겠어요? 먹고살자면 그냥 건너가야지…… 아마, 대한민국 크레인 기사 중 한두 번씩 걸리지 않은 사람들은 없을걸요? 제 사수는 여섯 번인가, 일곱 번 걸렸는데요, 뭘.

하지만…… 그날은 그런 걸 좀 우습게 본 게 사실이에요. 평상시 같았으면 다리 건너기 전에 부기사가 먼저 가서 단속초소 살펴보기도 하고, 속도도 이빠이 올리고 그랬는데, 그날은…… 뭐, 그냥 편하게 생각하고 한강대교 쪽으로 간 거죠. 거기만 건너면 바로 용산이잖아요? 이게 어차피 일종의 공무집행 같은 거니까 문제 될 게 없겠다, 생각한 건데……

아 나, 그 공익 새끼들…… 내가 지금도 그 새끼들 얼굴을 안 까먹고 있다는 거 아닙니까. 한 놈은 거 왜 방귀대장 뿡뿡이라고 있지 않습니까? 거기 나오는 뿡뿡이처럼 볼이 빨갛고 배가 툭 튀어나온 놈이었고요, 또 한 놈은 이게 이런 표현이 맞을지 모르겠지만, 거 뿡뿡이 친구 뿡순이라고 있어요, 꼭 개처럼 입술이 약간 튀어나온…… 암튼 둘 다 똑같이 뚱뚱한 놈들이었는데…… 아, 그놈들이 무조건 통저울로 올라가야 한다고, 총량으로 재야 한다고 난리를 치는 바람에……

물론 말했죠. 경찰 쪽 일이다, 확인해봐라, 시간이 없다, 계속 설명했다니깐요. 아, 그런데 이 새끼들이…… 도통 말귀를 못 알아듣는 거에요. 자기네들은 연락받은 거 없다고, 그리고 자기네들은 경찰 쪽하곤 관계없다는 거에요. 서부도로관리사업소인가, 뭐 그쪽이라고…… 그리고 크레인 기사들마다 걸리면 열에 아홉은 다 공무집행이라고 한다고…… 아, 그럼요, 물론 전화도 했죠. 그쪽 건설회사 상무인가 부장인가 하는 친구를 직접 바꿔주기도 했다니깐요. 그래도 뭐…… 이게 소용이 없더라구요…… 거 뿡뿡이처럼 생긴 놈이 휴대폰에 대고 대뜸 그러더라구요. 경찰 일이라면서 왜 건설회사분이 그러시냐고…… 공익이라고 함부로 말씀하지 마시라고…… 우리도 다 안다고…… 그러니까 환장하는 거죠. 다시 용산경찰서 누구라는 사람한테도 전화가 왔는데…… 이 뿡뿡이 뿡순이 들이 요지부동인 거에요. 공문 받은 거 없고, 따로 위에서 전화 받은 것도 없다고……

그러니 어쩌겠어요? 나도, 우리 부기사도 그냥 담배만 물고 상황만 살피고 있었죠…… 한데, 이 건설회사 상무인가 부장인가 하는 인간이 다시 전화를 걸어와서 벌금 물어줄 테니까 무조건 건너라는 거에요. 하, 나 참, 어이가 없어서…… 그 인간이 그러면서 욕까지 했다니깐요. 씨발 뭘 그렇게 병신처럼 꾸물거리느냐고…… 그래서 내가 그 전화 끊자마자 바로 우리 사장한테 전화한 거에요. 이건 좀 아닌 거 같다, 배보다 배꼽이 더 클 수도 있다, 언제 현장에서 우리 벌금 책임져 준 적 있냐, 계약서도 없고 믿을 만한 사람들이 영 아닌 거 같다…… 그러니까 우리 사장도 잠깐 가만히 있더니 바로 오케이하더라구요. 차 돌리라고…… 그래서 그렇게 한 거죠, 뭐…… 다리 앞에서 다시 유턴. 그게 전부예요.

왜요? 아니 그냥 좀…… 표정이 안 좋아 보여서요…… 다른 거요? 다른 거라, 다른 거라…… 글쎄요…… 그게 끝인데…… 그리고 그냥 차 회사에 넣어두고 퇴근했거든요. 그쪽에서 전화가 몇 번 더 오긴 했는데, 안 받았죠, 뭐. 받으면 바로 욕부터 나올 거 같고, 그러면 나도 성질대로 붙어버릴 거 같고…… 이 새끼들이 그래서 잠적이라고 그랬나? 잠적은 무슨…… 자기들도 사정 빤히 알았으면서…… 뭐, 그냥 핑계 삼아 하는 말 아니겠어요?

그럼요, 알죠, 여섯 명 죽은 거…… 그 다음날 늦게 일어나서 TV 보는데 바로 나오더라구요. 아, 그래서 내가 TV 보면서 그랬다니깐요. 와, 안 가길 정말 잘했네, 갔으면 저거 붐대 아작 나고 고생깨나 했겠구나…… 우린 이게 붐대 한 번 망가지면 난리나거든요. 독일에서 기술자가 와야 하고 수리비도 어마어마하고…… 그래서 제가 작업할 때마다 붐대가 조금이라도 아래로 휘면 오줌이 찔끔찔끔 나온다는 거 아닙니까? 이게 무게를 오버해서 들면 그렇거든요. 어휴, 그런데 불이라도 붙었으면…… 우리 사장도 나중에 그러더라구요. 차 잘 돌렸다고, 갔으면 돈도 제대로 못 받았을 거라고……

에이…… 그건 말씀이 좀 그러네요…… 아니, 꼭 우리가 안 가서 그 사람들이 죽은 것처럼 말씀하시니까…… 허허, 이거 참…… 그렇죠, 그럼 애초에 경찰들이 미리 길을 터주든가, 아님 오후부터 미리 대기를 시키든가, 뭐, 그렇게 일을 진행했어야죠. 그게 맞지 않나요? 아까 그 말씀대로라면 우릴 막아선 공익놈들도 죄가 있는 거고, 건설회사 상무인가 부장인가 하는 놈도 죄가 있는 거고, 도로법 54조도 죄가 있는 거고, 거기 있거나 거기 없거나 다 죄가 있는 거 아닙니까? 근데 왜 제가 죄책감을 느껴요? 나, 그 사람들한테 아무 원망 없어요. 아, 물론 돌아가신 분들은 안타깝게 생각하죠…… 하지만 제가 뭘요? 저는 그분들하고 아무 상관 없는 사람이에요. 제가 뭐 그쪽에 땅이 있습니까, 건물이 있습니까? 전 그냥 사장 말 잘 듣고, 처자식 굶기지 않으려고 해 뜨면 현장에 나가고, 해 지면 퇴근하는, 뭐 그런 평범한 사람인데…… 내가 그 사람들한테 뭘 잘못을 해요……

근데 이 집은 밥을 다 먹었는데 왜 수정과를 안 내와. 예전엔 불 빼기도 전에 갖다주더니…… 아, 아줌마!

아니요…… 아니에요, 화난 거…… 허허, 참, 진짜라니까요…… 이제 그만…… 일어날까요? 아, 진짜 그런 거 아니라니깐요…… 내일 또 일찍 동인천 쪽으로 가봐야 해서 그래요…… 아, 그럼요. 다 이해하죠…… 이거 제가 도움이 됐는지 모르겠네요. 저는 뭐 워낙 책이라는 걸 읽지 않아서…… 거, 마지막에 제가 목소리 높은 거…… 그건 그냥 이해해주세요. 우리 같은 사람들은요, 하루 종일 찜통 속에서 일하다가 저녁에 먹을 게 입으로 들어가면요, 막 졸음도 몰려오고, 짜증도 나고 그러니까…… 아, 그럼요. 나중에 기출이하고 다 같이 보죠…… 그나저나 기출이 그 새끼가 빨리 정신을 차려야 할 텐데……

2. 오해 — 그로부터 10분 후

잠깐, 잠깐, 잠깐만요…… 아니죠, 그건 또 경우가 다른 거죠. 아니, 녹음을 하면 녹음을 한다, 먼저 말씀을 하셨어야죠? 그게 맞는 거잖아요? 아 나 참, 또 꼬여버리네…… 그럼요, 기분 나쁘죠. 입장을 바꿔놓고 한번 생각해보세요. 그냥 밥 먹으면서 편하게 한 말을 누가 몰래 도청을 했다고…… 아, 그거나 그거나요!

아아, 다른 말 필요 없고요, 어서 빨리 핸드폰 줘봐요. 아, 씨발 난 또 핸드폰을 왜 그렇게 조몰락조몰락거리나, 했네…… 아, 글쎄 이리 줘요, 내가 직접 보고 지우게…… 뭐요? 아, 그걸 내가 어떻게 믿어요? 당신이 소설을 쓸지, 방송국에 갖다줄지, 거 뭐 무슨 시민단체 그런 데다 갖다줄지! 아, 그러니까 지우고 쓰라고요. 그거 다 지우고 소설을 쓰든지 영화를 만들든지, 마음대로 하라구요! 왜 기분 나쁘게 사람 목소리를 증거로 남겨요, 증거로 남기길…… 아, 다 필요 없고…… 난, 그 말을 한 사람이 내가 아니기만 하면 된다구요. 아, 글쎄 난 그렇게 남는 게 싫다니깐요!

정말 이럴 거에요? 정말 계속 이런다 이거죠? 잠깐만 기다려봐요, 내 이 기출이 새끼를…… 글쎄 가만히 있어봐요…… 이건 뭐 후배 생각해서 기껏 시간 내줬더니 사람 뒤통수나 치고…… 아 나, 이 개새끼 또 전화 안 받네…… 내가 이 새끼하고 인연을 끊든지 해야지, 일생에 도움이 안 되는 새끼 이거…… 좋아요, 좋아요. 다 그만두고, 나 지금 기분이 많이 나쁘니까 얼른 지우고 갑시다. 나, 이거 조금 있으면 버스도 끊겨요. 내일 아침 6시까지 사무실로 나가야 한다고요…… 그러니까 좋게 좋게 마무리합시다, 네? 비싼 밥 먹고 이게 뭐하는 겁니까, 길바닥에서? 배울 만큼 배운 분이……

아, 진짜 환장하겠네…… 이거 봐요, 내가 아까 얘기했잖아요? 우리 바닥이, 이게 그렇게 넓은 데가 아니라니깐요. 서울 시내, 아니 경기도까지 통틀어서 100톤짜리 크레인 굴리는 사무실이 몇 개나 될 거 같아요? 그게 그렇게 많지가 않다니깐요? 거, 사무실도 뻔하고, 기사도 뻔한데, 행여 당신이 다른 맘 먹고 내 목소리 다른 곳에 내보내기라도 해봐요? 나, 이거 그만둬야 해요. 앞으로 크레인 레버 못 만진다고요, 알아요? 나, 엊그제 대출 받아서 생애 최초로 아파트란 걸 사본 사람이에요. 거기 이자 못 내서 우리 애새끼들 길바닥에 다 나앉으면, 그러면 당신이 책임질 수 있어요? 뭐요? 아, 가능성이라는 게 있잖아요? 만에 하나라는 거! 경찰들은 뭐 가만있겠어요? 내가 막 용역하고 경찰들하고 그렇고 그렇다고 했는데…… 나, 그런 거 싫어요. 경찰들이라면 아주 딱 질색이라구요……

당신…… 당신 정말 소설 쓰는 사람 맞긴 맞아요? 근데 소설 쓰는 사람들은 원래 다 이렇게 비열해요? 뭐요? 내가 뭔 말을 심하게 했다고 그래요? 당신 하는 짓이 지금 그렇잖아요? 당신 같은 사람이 무슨 그런 얘길 쓴다고…… 뭐요? 내가 틀린 말 했어요? 아까는 나한테 뭐 죄책감을 느끼네 마네 떠들어대더니…… 당신은 그 얘길 왜 쓰려고 하는데? 당신은 죄책감을 느껴? 당신이 뭘 안다고? 당신이 뭘 쓸 수 있다고…… 똥폼은 젠장…… 어어? 이거 봐요? 가긴 어딜 가요? 가더라도 그거 지우고 가야지! 이거 봐요? 이거 봐!

아이, 진짜…… 내가…… 힘을 안 쓰려…… 했는데…… 에헤, 진짜…… 바지주머니에…… 넣으면…… 뭐…… 아, 아, 악…… 아…… 놔요…… 사람들이…… 다 보잖아요…… 힘…… 쓰지…… 말라고요…… 쪽팔리게 이게…… 이게…… 뭐하는…… 짓이냐구요…… 어허…… 만지긴 뭘 만져요…… 어허, 참…… 그러니까…… 먼저 놔요…… 먼저…… 놓으라니깐요…… 어허…… 이러다가…… 아, 아악…… 손가락 다 나가요…… 아, 아, 아…… 그럼 셋 세고 같이 놉시다, 셋 세고 같이…… 알았어요, 알았어…… 하나…… 둘…… 아…… 아…… 이거 봐, 이거 봐…… 내가 이래서 못 믿는다니까…… 누가 먼저 그랬다고 그래요…… 그쪽이 먼저 힘 줬잖아요? 에헤, 참…… 아, 아, 으…… 이 사람이 진짜…… 아, 아, 어어…… 아! 아! 에잇 진짜……!

3. 휘어진 붐대 - 그로부터 다시 30분 후

저기…… 한잔 해요. 이건 내가 살 테니까…… 거, 그래서 내가 처음부터 그냥 달라고 했잖아요…… 그거, 아이폰 맞죠? 아이, 이거 참…… 이거 액정도 다 나갔네…… 아작이 났네, 이거…… 이봐요…… 울어요, 지금? 할부 때문이에요? 얼마 안 됐어요? 아, 진짜 사람 난처하게 만드네…… 그러기에 왜 휴대폰으로 녹음을 하고 그래요…… 휴대폰으론 전화를 해야지……

아, 그나저나 나도 내일 일 조졌네. 교량 상판 올리는 일인데 이거…… 에이…… 까짓것, 그냥 마십시다. 뭐 어떻게든 되겠죠…… 통닭 한 마리 시킬까요? 힘 뺐더니 배가 금방 꺼졌네…… 아, 울지 마요. 다 큰 사람이 휴대폰 하나 때문에 울고 그래요…… 아, 알았어요, 알았어…… 할부 20개월…… 그래서 내가 술 산다니깐요……

섞어 마시려고요? 아, 난 이거 조금만 마셔도 확 가는데…… 내일 운전도 하려면 이거…… 에헤, 참. 천천히 마셔요, 천천히…… 너무 그러지 마요…… 입장 바꿔놓고 한번 생각해보라구요. 내가 괜히 그러는 게 아니고…… 아, 요즘 세상이 어떤 세상인데…… 찜찜하고 켕기고 살벌하고…… 다른 게 무서운 게 아니고요, 밥벌이 떨어져 나가는 거, 그게 제일 무섭잖아요? 이건 나만 죽는 게 아니니까…… 아, 내가 그래서 그러는 거지, 뭐…… 에헤, 참. 천천히 마시라니까…… 어어…… 어, 그건 사이다인데? 에헤, 그렇다고 또 뭘……

저기요…… 거, 아까 내가 한 말이요…… 어쩌면 그거 다 쓸데없는 얘기인지 몰라요. 그게 무슨 소설거리나 되겠어요? 아까, 아까 그래서 좀 당황했잖아요? 이게 뭐 사건도 있고, 스릴도 있고, 비밀도 있고, 그래야지 사람들이 읽을 텐데…… 이건 뭐 아무것도 없잖아요? 그렇다고 뿡뿡이 뿡순이 그놈들 얘기를 쓸 수도 없을 거고…… 다른 거 찾아봐요, 다른 거…… 이게 뭐 원래 현실은 좀 재미없잖아요? 쓸 만한 것도 없고…… 뭐요? 아 나, 이 기출이 새끼…… 뭔 뺑을 얼마나 쳤길래……

　이거 봐요…… 아, 나 참…… 내가 이런 말까진 안 하려고 했는데요…… 그러니까 내가 아까 한 말 중에요…… 사실…… 좀 다르게 말한 것도 있긴 있어요…… 아니요, 아니요, 그날 일 말고…… 그냥 내 얘기 중에서…… 아이, 이거 진짜…… 내가 남한테 이런 말까지 다하게 되네…… 하, 참 나…… 아까요…… 왜 거 내가 아버지하고 카고 몰던 시절 얘기한 적 있잖아요. 거, 가평에서 여주까지 1톤짜리 쌀가마니 옮겨준 일…… 그래요, 그거…… 그거 사실은…… 허허, 참…… 맞아요. 내가 빼돌린 거에요…… 아, 나 참, 이거 쪽팔려서…… 아니요…… 뭐, 그냥…… 놀고 싶고 그런데 돈은 없고…… 뭐, 그래서 그런 거죠…… 친구랑 같이 나이트란 곳도 가고 싶고, 룸살롱이라는 곳도 가보고 싶고…… 뭐, 그런 거 있잖아요. 그 나이에 해보고 싶었던 거…… 그래서 친구 한 놈이랑 따로 트럭 한 대를 빌려서…… 그러니까 말이에요…… 그냥 농협 창고 사람들이 어수룩해 보여서 안 들킬 줄 알았지, 뭐예요…… 서류 같은 것도 남기는지 몰랐고…… 허허, 놀긴 뭘 놀아요. 그걸 친구 한 놈이랑 국도변에서 일일이 바가지로 40킬로그램짜리 가마니로 옮겨 담는데…… 아이, 참 그냥 노가다를 하고 말지, 뭐 그런 생각이 다 들더라구요…… 웃긴 건요…… 그걸 어디다가 내다팔지도 못했다는 거에요. 뭐, 쌀이면 금방 돈으로 바꿀 수 있을 거라고 생각했는데…… 에휴, 뭐 아는 데가 있어야죠? 친구랑 계속 생쌀 씹으면서 트럭 몰고 돌아다니다가…… 무슨 군부대 앞이던가, 거기 정문 옆에 몰래 두고 왔어요…… 어디 딱히 놔둘 곳도 없고, 트럭도 갖다줘야 하고…… 그러게 말이에요. 어디 고아원이나 갖다줄걸……

문제는요…… 우리 아버지가요…… 나한테 말은 안 하셨지만…… 그걸 다 눈감아줬다는 거에요…… 아버지도 당연히 이상하게 생각하셨겠죠. 뭔가 앞뒤로 안 맞고 시간도 안 맞고…… 한데도 끝까지 나한테 묻지 않으시더라구요…… 아, 씨발, 내가 이래서 말을 안 하려고 했는데…… 아니에요, 우는 거…… 아무 말도 묻지 않고 그냥 그쪽 사람들한테 돈 물어주고…… 그러곤 카고를 정리하시더라구요…… 내가 그때 알아봤죠. 아버지가 다 아시는구나, 알면서도 모른 척하시는구나, 그러니까 카고를 정리하시지…… 그렇지 않으면 카고를…… 우리 아버지가요…… 그리고 나서 4년 후에 돌아가셨거든요…… 아니요, 원래 좀 지병이 있으셔서…… 그때까지도 그 얘긴 한 번도 꺼내시지 않더라구요…… 근데도 그 생각이 계속 나는 거에요…… 그냥 계속 카고를 몰았으면 어떻게 됐을까…… 그렇게 매일 집 안에만 틀어박혀 계시지 않았다면…… 어떻게 되셨을까…… 나 때문에 그렇게 되신 것만 같고…… 아, 씨발, 내가 진짜…… 쌀가마니 때문에……

아, 뭐 어때요? 이미 마시기 시작한 걸…… 통닭 잘 먹네요? 한 마리 더 시킬까요? 아니, 난 자꾸 뭘 더 시켜놓는 버릇이 있어서…… 에이, 괜찮아요. 이미 좀 취했는걸요, 뭐…… 내가 이게 진짜 오랜만에 마시는 술이거든요…… 아파트 이자 때문에, 씨발 술도 못 마시고……

더 웃긴 것도 하나 더 얘기해줄까요? 사실은요…… 하나 더 있어요……

2014 올해의 문제소설

아니, 아니, 아까 좀 다르게 말한 거…… 쌀가마니 말고 또 다른 거…… 에이, 그건 아니라니까…… 그날 말고…… 내 얘기 말이에요, 내 얘기…… 아, 내가 용산에 대해서 뭘 알아요? 그런 건 난 모르고…… 내 얘기…… 아, 진짜 내가 오늘 왜 이러냐…… 이러면 안 되는데……

그러니까 그…… 자동차 영업맨 시절 말이에요…… 네, 맞아요…… 그때도 내가 좀 다르게 말한 게 있어요…… 아니, 아니, 이건 뭐 그냥 들으라고 하는 소리가 아니라…… 내가 마음에 계속 남아서…… 하하, 그래요, 그 오이비누…… 그 오이비누가 문제지요…… 사실은요…… 그 오이비누를 쑥스러워서 못 돌린 게 아니고요…… 내가 그때 막 영업소에서 잘려서…… 그래서 못 돌린 거예요…… 아니에요, 그런 거…… 실적은 안 좋았지만 뭐 그렇다고 잘리는 그런 분위기는 아니었는데…… 또 나도 잘해보려고…… 그래서 오이비누도 잔뜩 산 건데…… 그때 좀 문제가 생겼거든요…… 그때 우리 애들이 막 태어났는데…… 애네들이 그만 채 32주를 못 채우고 태어난 거예요. 2킬로그램도 안 되는 몸으로 세상에 나온 건데…… 그러니 어떡해요. 바로 인큐베이터로 들어가야지…… 한데, 요즘도 그러는지 몰라? 그땐 인큐베이터에 들어가려면 따로 입원비라는 것을 받았거든요. 퇴원할 때까지 미리 예상해서 얼마, 이런 식으로…… 아, 물론 내가 바로 전셋집을 빼려고 그랬죠…… 한데, 그게 시간이 좀 걸리잖아요. 집 내놓고 계약하고 그런 시간…… 그걸 좀 기다렸어야 하는데…… 기다릴 시간은 없고 마음은 바쁘고…… 그러다가…… 그러다가…… 내가 그만 고객 돈을 건드리고 만 거에요…… 그렇죠. 회사로 들어갈 돈을 내가 내 계좌로 돌린 다음에…… 그렇게 쓴 거죠…… 우린 중고차도 처리해야 하고, 우리 인센티브로 할인도 더 해주고, 그런 게 있었거든요…… 그래서 종종 고객들 대금을 우리 계좌로

넣기도 하는데…… 그걸 건드린 거죠…… 며칠만 먼저 쓰고 채우자, 한 건데…… 곧장 채우질 못하고…… 사실, 이건 애들 엄마도 모르는 건데…… 나중에 그거 때문에 내가 경찰서 유치장에서 며칠 보내기도 했어요…… 대리점에서 형사고발이 들어가서…… 아, 아니에요. 금방 나왔어요…… 거, 왜 곶감 돌린다는 선배 있잖아요? 그 선배가 돈을 좀 융통해줘서…… 그렇죠, 진짜 고마운 선배죠…… 그 선배 아니었으면 운명이 바뀌었을 테니까…… 그러고 나서 집에 돌아와 보니까 진짜 남은 건 오이비누밖에 없더라구요…… 내가 씨발, 그걸 집집마다 돌아다니면서 팔 생각까지 했다니깐요…… 그걸 들고 아파트 단지 앞까지 갔다가…… 그냥 몇 번을 돌아오고…… 몇 번을 돌아오고…… 에휴, 씨발 오이비누……

아, 진짜 구질구질하다. 그렇죠?

4. 우리는 왜 만났을까─그로부터 다시 2시간 후

이봐요? 눈 좀 떠봐요. 취했어요? 아니, 아니, 계속 눈을 감고 있길래…… 나, 누군지 알겠어요? 아이 참…… 이거 어떡하냐…… 나도 좀 취했는데…… 아이 씨, 내가 오늘도 꼬박 열두 시간을 운전석에만 앉아 있다가 와가지고…… 내가 지금 이게 뭐하는 건지도 모르겠고…… 당신한테 왜 이러는지도 모르겠고……

저기요…… 나, 근데 아까부터 진짜 궁금한 게 하나 있었어요…… 아니, 아니, 다른 게 아니고…… 거 용산에서 일어난 그거 말이에요…… 지금 형씨가 그걸 쓰겠다고 이러는 거 아니에요…… 그거 때문에 우리가 그 난리를 쳤고…… 한데요…… 그걸 쓰려고 하는 사람이…… 왜 하필 나를 찾아왔어요? 나는 어쨌든 거기에 가지 못한 사람인데…… 형씨도 그걸 빤히 알았잖아요? 기출이 그 새끼한테 다 듣고서도, 그러고서도 나를 찾아온 거잖아요? 그러니까, 나는 그게 진짜 이상하다는 거에요…… 거기 있었던 사람들을 만났어야지, 거기에 갔던 크레인 기사를 만났어야지, 왜 나를 찾아왔냐…… 난, 그게 진짜 궁금한 거에요…… 그게 정상 아니에요? 거기에 갔던 크레인 기사를 만나는 게? 아니에요? 내가 소설을 잘 몰라서 그러는 거에요? 아이, 씨발, 그게 맞는 거 아닌가? 난 이게 뭐…… 할 말도 없고…… 그러니까 자꾸 구질구질한 이야기나 하게 되고……

말해봐요…… 아, 왜 자꾸 사람 말을 듣고도 눈만 감고 있어요? 내 말이 틀렸어요? 형씨도…… 그러니까 형씨도 나랑 비슷한 거 아니냐구요? 안타까운 건 안타까운 거고, 무서운 건 무서운 거 아니냐고요? 네? 내 말이 틀렸어요……? 아, 나 참, 이 사람…… 아, 씨발…… 울지 좀 말고! 내가 그 아이폰 물어준다니까! 그게 맞죠? 그래서 나를 찾아온 거죠?

소거된 목소리, 안타까움과 두려움의 거리

　'용산 참사'는 용산 재개발 보상대책에 반발하던 철거민을 강제 진압하는 과정에서 다수의 사상자가 발생한 사건을 가리킨다. 이 사건은 그 원인이 철거민들의 불법적인 점거 농성과 폭력 행위에 있든, 미흡한 안전대책에 무리한 진압을 강행한 공권력에 있든 간에 여섯 명이 목숨을 잃는 안타까운 결과를 초래했다. 안타까움이 큰 만큼 사회적인 파장 또한 컸으며, 그에 따라 사고의 원인과 책임 소재를 두고 논란과 의구심 또한 적지 않았다.

　기소된 철거민들이 모두 유죄 판결을 받음으로써 이 사건은 일단락되었지만 참사의 책임을 둘러싼 논란마저 해소된 것은 아니었다. 결과적으로 현실적인 이주비용 보상을 요구했던 철거민들의 행동에 대해서는 철저하게 책임을 물은 반면 경찰의 진압 작전에 대해서는 어떤 책임도 묻지 않았기 때문이다. 따라서 경찰특공대까지 동원한 경찰의 진압 작전이 과하지 않았나 하는 심정적 의구심은 여전히 앙금으로 남아있다. 이런 점에서 이 작품에서 제시하고 있듯이, 원래 진압 작전에 계획되어 있던 크레인이 두 대였는데 한 대만이 준비된 상태에서 강행한 것이라면, '이것이 사고를 키우는 데 영향을 주었을 가능성은 없을까? 그리고 이러한 상황 자체가 경찰의 작전 수행이 무리하고 성급한 것이었음을 보여주는 방증이 아닐까?' 라는 의문이 생길 만하다. 「나정만 씨의 살짝 아래로 굽은 붐」은 이러한 의구심을 화두로 던진 후 '그날 오지 않은 크레인 기사의 이야기'를 시작한다.

그날 오지 않은 크레인 기사는 잠적한 것으로 알려졌지만 사실은 과적 단속에 걸려 되돌아갔을 뿐이었다. 무게가 50톤이 넘는 차량이 건널 수 있도록 허가된 강동대교까지 돌아서 가기보다는 벌금형을 무릅쓰고 한강 다리를 넘어 다니는 크레인 기사들의 통상적인 습관대로 그는 가까운 한강 대교로 향했다. 그리고 경찰의 요청을 받아 진행하는 일종의 공무라는 안일한 생각도 했다. 이렇게 그는 다리를 건너 현장에 가려 했지만 과적 단속을 하던 공익근무요원에게 뜻밖에 제지를 당했던 것이다.

결국 그가 '그날' 현장에 오지 못한 이유는 43톤 이상은 한강 다리를 건널 수 없다는 도로법 54조를 무시한 것이 직접적이다. 하지만 그렇다고 그 책임을 모두 그에게 지우기는 어려워 보인다. 경찰 측은 시간적인 여유를 충분히 주어 미리 대기를 시키지도 않았고, 급박한 상황이었다 해도 100톤 가까이 되는 크레인이 한강 다리를 함부로 건널 수 없다는 사실을 경찰들이 미처 인지하지 못했다는 것도 쉽게 이해하기 어렵다. 자신이 잠적했다고 말하는 것은 이런 상황을 뻔히 알면서 핑계 삼아 하는 말에 불과하다고 그가 말하는 이유이기도 하다. 뿐만 아니라 그는, 적어도 사흘 전에는 배차가 떨어져야 하는데 당일 급히 야간작업이 지시되었고, 사람 들어 올리는 일은 하지 않는데 통상적인 운임보다 훨씬 많이 주겠다면서 작업을 요청했으며, 경찰 쪽 일이라지만 사실은 철거 용역회사가 주도해 진행했음을 이야기하기도 한다.

그의 이런 발언들은 경찰이 진행한 진압 작전의 계획과 수행이 철저하지 못했다는 의구심을 뒷받침하는 사실로 받아들여질 여지가 있는 것들이다.

그의 이러한 발언들이 어느 정도 사실일까?, 그리고 그것이 경찰의 작전 수행에 실제로 어떤 영향을 미쳤을까? 이런 의문들이 들지만 이야기는 그러한 궁금증을 더 이상 심화시키지 않는다. 자신의 이야기가 휴대폰으로 녹음된다는 사실을 알게 되면서 대화상대인 소설가와 갈등을 벌이는 국면으로 이야기의 방향이 바뀌기 때문이다.

그는 녹음된 휴대폰을 빼앗기 위해 몸싸움까지 벌이는데, 이러한 물리적 갈등은 자신의 발언이 공권력의 무리하고 성급한 행사를 뒷받침하는 증거로 활용될 수 있다는 것에 대한 심각한 거부감에서 비롯한다. 그는 자신이 알고 있는 사실이나 발언 내용이 진실을 규명하는 데 활용되든 아니면 잘못된 과정이나 평가를 항변하는 데 근거로 사용되든 상관없지만 자신의 목소리가 그대로 증언으로 남는 것만은 용납할 수가 없다. 그 말을 한 사람이 "내가 아니기만 하면 될" 뿐이다. 자신의 목소리로 인해 다시는 크레인 레버를 만지지 못할지도, 대출이자를 내지 못해 온 가족이 길바닥에 몰릴지도, 경찰이나 용역에게 어떤 해코지를 당할지도 모른다. 그는 "밥벌이 떨어져 나가는" 상황이 생길까봐 두렵다.

녹음된 휴대폰이 파손된 후 그는 젊은 시절 남들처럼 놀고 싶어 운반하던 쌀가마니를 빼돌렸던 일, 개월 수를 채우지 못한 채 태어난 아기 입원비를 위해 고객의 돈을 횡령한 사실 등 미처 말하지 못한 '구질구질한 이야기'를 털어놓는다. 어쩔 수 없어 법의 테두리를 벗어나기도 했던 일들을 고백함으로써 자신의 생계나 일상에 문제가 생길지도 모른다는 두려움의 무게감을 구체적으로 보여준다. 제목에서 암시하는 바, 어쩌면 이미 그의 크레인은 그가 감당할 수 있는 최대치의 무게를 들고 있는지도 모른다.

이쯤 되면 이야기는 용산 참사라는 모티프보다는 자신이 대적해야 할 생계나 일상의 무게감을 부각하는 데 집중된다고 볼 수 있다. 그의 발언으로 전개되는 이야기의 대부분이 참사 당일에 대한 이야기보다는 그가 크레인 기사가 되기까지의 삶과 그 삶이 처한 현재 상황을 보여주는 데 많은 부분이 할애되어 있는 양상도 이런 차원에서 이해가 가능하다. 게다가 경찰의 무리하고 허술한 작전 수행을 뒷받침하는 근거로 활용될 만한 그의 발언들도 '그날 오지 않은' 크레인 기사 '나정만'의 사적이고 일방적인 발화로만 제시될 뿐이다.

실제로 이 작품은 용산 참사라는 사건보다 그 사건과 연관된 인물의 이야기를 전달하는 방식의 독특함, 즉 서술양상이 눈에 띄는 작품이다. 분명이 작품의 주된 이야기가 전개되는 상황은 그날 오지 않은 크레인 기사와 소설을 쓰기 위해 그의 이야기를 취재하러 온 소설가, 이렇게 두 명의 인물이 대화를 나누는 상황이다. 그러나 두 명의 인물 중 소설가의 발언은 전혀 제시되지 않은 채 '나정만'의 발언들로만 이야기가 구성되고 전개된다. 대화적 상황이지만 한 명의 발화만이 따옴표가 삭제된 채 전달되어 대화의 상호작용이 가시적으로 전혀 드러나지 않는 것이다. 그렇기 때문에 나정만의 발언은 일방적인 발화로만 읽힌다. 또한 크레인 기사와 대화를 나누고 있는 사람이 그의 이야기를 바탕으로 소설을 쓰고자 하는 소설가라는 점에서 그는 서두에서 "이것은 그날 오지 않은 크레인 기사 이야기다"라고 밝히고 있는, 이 작품의 화자와 동일인물이라고 할 수 있다. 동종화자임에도 자신의 발언들은 의도적으로 삭제하고 있어 등장인물인 소설가의 말이나 태도는 나정만의 발언으로만 짐작할 수 있다.

대화적 상황이지만 화자가 자신의 목소리를 의도적으로 숨기고 한 명의 발화만을 그대로 옮기는 서술양상은 '나정만'이 자신의 목소리가 녹음되는 것을 두려워하는 태도와 자연스럽게 조응한다. 크레인 기사가 자신의 목소리가 증거로 남는 상황에 거부감을 보이는 것과 유사하게 또 다른 등장인물이며 화자인 소설가가 자신의 목소리를 소거시킨 채 이야기를 전하는 상황은 그 또한 어떤 두려움을 지니고 있으며, 그 두려움에 자신을 드러내거나 남기는 것을 거부하는 것이기도 하다. 진압 과정에 참여하지 않은 외부인에 불과한데 그 사건에 대해 쓰겠다고 자신을 찾아온 것이 결국 자기와 비슷하기 때문 아닌가 하는 '나정만'의 반문에 그가 말없이 울고만 있는 이유일 것이다.

물론 이 작품의 등장인물이면서 화자인 소설가가 지니고 있는 두려움의 실체가 무엇인지는 스스로의 목소리를 소거하고 크레인 기사의 발언만을 그대로 옮긴 형식을 취하고 있기 때문에 구체적으로 확인하긴 어렵다. 중요한 것은 그러한 서술태도가 '안타까운 건 안타까운 거고 무서운 건 무서운 거 아닌가' 하는 크레인 기사의 태도를 그 스스로도 인정하는 결과가 된다는 것이다. 그렇기 때문에 크레인 기사 '나정만'이 자신의 이야기를 통해 그가 감당하고 있는 두려움과 그 무게감을 이야기하지만 그 두려움과 무게감은 '나정만'의 것으로만 국한되지 않고 그에게로 확대될 수 있다. 용산 참사로 이야기를 시작하고 있지만 정작 작가가 이야기하고자 하는 것은 참사의 책임 소재를 따지거나 그 의구심을 증폭하는 것이 아니라 침묵하는 행위나 그런 태도를 견지하는 사람이 지니고 있는 두려움과 그 무게감에 대해서 말하고자 하는 것인지 모른다. 그리고 이 과정에서 이야기를 전달하는 방식, 즉 서술이 작품의 의미를 구현하는 데 중요한 역할을 하고 있음도 함께 보여주고 있는 것이다. 이렇게 보면 '이것은 그날 오지 않은 크레인 기사의 이야기'가 아니다.

1981년 『서울신문』 신춘문예에 당선되어 등단했다. 소설집 『아버지의 땅』 『그리운 남쪽』 『달빛 밝기』, 장편소설 『붉은 산 흰 새』 『그 섬에 가고 싶다』 『등대』 『봄날』 『백년여관』 『이별하는 골짜기』 등이 있다. 한국창작문학상, 이상문학상, 단재상, 요산문학상, 이산문학상 수상. 현재 한신대학교 문예창작학과 교수로 있다.

임 철 우

세상의 모든 저녁

세상의 모든 저녁

지금 당신의 눈앞에 풍경이 하나 보인다. 방 안이다. 고작해야 네 평 남짓한 쪽방. 그 비좁은 직사각형 공간은 어둡고 눅눅한 공기로 가득 차 있어, 얼핏 감옥의 독방 같은 느낌마저 준다. 방 안 풍경은 수도권 도시 뒷골목의 다세대주택 쪽방들이 다 그러하듯 몹시 궁상맞고 초라하다. 한쪽 벽면엔 복도로 이어진 출입문, 그 맞은편으로 철제 새시로 된 창문이 하나 나 있다. 나머지 두 벽면은 반 평짜리 화장실 그리고 비닐 옷장과 간이형 싱크대, 소형 냉장고, 세탁기, 전기밥솥이 빈틈없이 다닥다닥 붙어 있다. 그런 볼품없는 가구들은 첫눈에도 하나같이 폐품이나 다름없는 고물들임을 알 수 있다.

9월 하순 어느 날 오전 7시. 벽시계의 초침이 저 혼자 안간힘을 쓰며 재깍대고 있다. 날이 밝은 지 한참 지났지만 방 안은 여전히 물밑처럼 어슴푸레하다. 3층 건물 2층 맨 구석 자리에 처박힌 방. 딱 신문지 절반 크기의 유일한 창문은 북서향인 데다가 사면을 포위한 건물들에 가려 종일토록 환한 햇볕 한 오라기 불러들이지 못한다. 창밖 골목에선 자동차의 소음이 이어진다. 여느 아침과 똑같이 밤새 빼곡하니 들어찼던 화물차량들이 서둘러 빠져 나가는 참이다. 인근에 들어선 화물운송회사와 재래시장 때문에 주변 골목 은 늘 불법주차 차량들로 붐빈다. 이윽고 창틈으로 흘러든 흐린 빛이 방 안 풍경을 점차 드러내기 시작한다.

잿빛 담요를 둘둘 말고 허리는 기역자로 접은 채 누워 있는 한 남자. 두 손 을 무릎 새에 묻고 곤히 잠들어 있다. 헐렁한 파자마 바지에 어깨 없는 러닝 셔츠 차림. 축 늘어진 셔츠 겨드랑이 주위엔 동전만 한 구멍들이 숭숭 뚫려 있다. 작은 키에 깡마른 체구를 가진 이 남자의 이름은 허만석, 올해 일흔세 살이다. 나이에 비해 그런대로 숱이 남아 있는 머리털은 완전한 백발이어 서, 어둑한 방 안에서도 머리께만 유독 희게 빛나고 있다. 추레한 잠옷 사이 로 드러난 팔다리는 가늘고 앙상하다. 그럼에도 평생을 노동으로 버텨온 사 람답게 전체적인 골격은 희미하게나마 예전의 탄탄했던 흔적이 엿보인다.

으으. 문득 그의 마른 입술 사이로 바람 빠지듯 희미한 신음이 흘러나온 다. 틀니를 제거한 입안이 동굴처럼 거뭇하게 열려 있다. 그는 지금 막 꿈에서 깨어났음에도 짐짓 눈을 뜨지 않고 있다. 꿈에서 현실로 넘어오는 그 몽롱 한 다리 중간쯤에서 그의 의식은 자꾸만 멈칫대고 있다. 풀꽃 향기 때문이 다. 그의 눈꺼풀엔 꿈의 잔상이 아직 묻어 있다. 눈을 감은 채 그는 지금 들 녘을 보고 있다. 이른 봄 들녘에 지천으로 돋아나는 여린 풀잎의 냄새가 그 를 붙잡고 놓아주지 않는다. 아니, 실은 그것에 한사코 매달리는 쪽은 그 자 신이다. 꿈인 줄 이미 알면서도 그 영상이 지워지지 않기를, 그 환상 안에 조금만 더 머물러 있기를 그는 갈망한다. 그 갈망이 뜨거운 덩어리가 되어 목젖까지 차오름을 그는 고통스럽게 느끼고 있다.

입안에 고이는 비릿한 풀잎 냄새와 함께 그의 눈앞에 또 다른 낯익은 풍 경이 스크린처럼 떠오른다. 고향 집 툇마루에 앉으면 돌담 너머 저만치 올려다 보이던 낮은 언덕. 그 바로 아래 묵정밭이 있고, 밭 한쪽엔 조부모의 무덤이 나란히 자리하고 있었다. 물려받은 그 척박한 땅에 어머니는 철마다 씨를 뿌리고 잡초를 뽑고 돌멩이를 골라냈다. 밭고랑에 엎디어 홀로 하염없는 호미질을 계속하는 어머니의 모습은 한 마리 누에 같았다.

'맞아. 삘기 맛이었구나.'

아이처럼 입맛을 다시며 그는 눈을 감고 중얼거린다. 그러자 이번엔 이른 봄 언덕에서 삘기를 뽑느라 옹송그리고 있는 두 아이의 모습이 홀연 겹쳐진다. 네 살 위인 누나, 그리고 까까머리에 콧물을 훌쩍이는 자신의 모습이다. 그때가 언제였을까. 어머니가 밭일을 하는 동안 남매는 한나절 내내 삘기를 뽑았다. 보드랍고 여린 풀잎을 아껴가며 한 오라기씩 씹노라면 입안 가득 배릿하고 달큼한 풋내가 돌았다. 긴긴 봄날, 입술이 까매지도록 아무리 씹어도 채워지지 않던 그 끝없는 허기…… 어느새 입안에 배릿한 풋내가 고이고 눈곱 짓무른 눈자위엔 물기가 힘없이 차오른다. 눈물은 구적하니 흘러내리다 그의 마른 뺨 위에서 이내 말라붙는다.

이윽고 더는 어쩔 수 없어 눈을 뜬 그는 머리맡을 더듬어 안경을 찾아 쓴다. 아침마다 그를 기다리는 똑같은 풍경들. 녹슨 형광등, 곰팡이로 얼룩진 천장, 언제 도배했는지조차 알 수 없는 벽지가 오늘따라 더욱 칙칙해 보인다. 방에 들어찬 잡동사니들은 한결 더하다. 비닐로 된 간이 옷장, 두 칸짜리 싱크대, 14인치 브라운관 티브이. 그중 간이 옷장은 재작년 이사를 간 아래층 늙은이에게서 얻었고, 텔레비전은 동네 고물상에서 그가 3만 원을 주고 구해온 것이다. 가뜩이나 좁은 공간을 물건들과 나누고 보니, 드러누워 팔을 벌리면 양쪽 벽에 손끝이 닿을 만치 자리가 옹색해졌다. 하지만 그에겐 마지막 남은 필수 생활용품들이다.

그는 고개를 돌려 창문을 유심히 살펴본다. 반쯤 열어둔 창문엔 방충망이 달려 있다. 작년 여름 그가 시장에서 틀과 망을 사다가 새로 갈아 끼워놓은 것이다. 그러면 그렇지. 무슨 수로 새가 방 안으로 들어올 수 있겠는가. 그것도 한밤중에. 그는 흐린 눈을 껌벅이며 간밤의 일을 되살려본다. 새벽 2시쯤이었던가. 삐잇. 삐잇. 난데없는 새 울음소리에 소스라쳐 그는 잠을 깼다. 창유리에 골목 어귀의 가로등 빛이 흐릿하니 드리웠을 뿐 방 안은 먹통처럼 깜깜했다. 얼결에 벌떡 일어난 그는 품으로 날아드는 새를 안으려는 시늉으로 팔을 벌려 허공을 휘젓기까지 했다. 맑은 정신이 돌아온 후에도 그는 눈을 껌벅이며 한참을 멍하니 앉아 있었다. 분명 새 울음소리였다. 고막에 전해진 진동이 생생할 정도로 그 소리는 바로 귓가에서 울렸다. 종내는 일어나서 창밖 어둠을 내다보며 귀를 종그려보기까지 했다. 그러다 어느 결엔가 잠이 들었는데, 이번엔 또 꿈에 유년의 고향집과 마주친 거였다.

'별일이 다 있구먼. 한밤중에 헛소리까지 들리다니.'

늙어가면서 밤잠은 절반으로 줄어들었다. 대신에 졸음은 시도 때도 없이 찾아왔다. 바깥출입을 않고 방 안에서 보내는 시간이 많아져서만은 아닐 터이다. 숟가락 놓기가 무섭게 찾아오는 식곤증이야 그렇다 치고, 텔레비전 앞에 잠깐 앉았다가 혹은 벽에 등을 대고 멍하니 앉은 자세 그대로 까무룩 선잠에 떨어지곤 했다. 그런 토막잠에도 부질없는 개꿈은 줄곧 이어졌다. 하지만 간밤 꿈은 아무래도 별스러웠다. 전에 없이 어머니와 누이의 모습이 비친 것도 이상하고, 무엇보다 뜬금없는 새 울음소리가 마음에 걸린다. 무슨 좋지 않은 일이 생길 징조는 아닌가. 여러 해 전 브라질 어딘가로 떠난 며느리와 손자 놈의 얼굴이 어른거리자 그는 쓴웃음을 지으며 고개를 젓는다. 그까짓 징조 따위가 무슨 소용이란 말인가. 오늘 당장 죽어도 나를 알아볼 사람 하나 없는 처지에.

그는 담요를 반듯이 접어 한쪽으로 밀어놓고 불편한 몸을 힘겹게 일으켜 세운다. 마흔두 살 때던가. 옹기 가마 한쪽이 무너지는 바람에 왼쪽 무릎이 벽돌 더미에 깔렸다. 그럭저럭 아문 줄 여기고 지냈는데, 환갑 넘어서 그게 결국 탈이 났다. 그때라도 제대로 손을 썼으면 좋았으련만, 때마침 아파트 경비 일을 막 시작한 처지여서 병원 나다닐 틈이 없었다. 싱크대 위의 유리 컵을 내려, 물에 담가두었던 틀니를 건져낸다. 손끝이 가늘게 흔들린다. 한 동안 잠잠하던 수전증이 다시 도질 모양이다. 입을 우물거려 틀니에 자리를 찾아주고는 수돗물로 입안을 헹구어낸다. 헐거워진 틀니는 잇몸에 제대로 붙질 못하고 덜그럭거린 지 한참 되었지만, 돈이 무서워 엄두도 못 내고 그 냥 견디는 참이다.

그는 담배와 라이터를 찾아 쥐고 화장실로 들어선다. 몸을 돌려세우기조 차 힘든 공간. 변기에 걸터앉으면 양쪽 허벅지가 벽에 닿는다. 담배를 쥐고 한동안 망설이던 그는 결국 방 안에다 담배와 라이터를 도로 훌쩍 던져넣는 다. 최소한 용변을 볼 때만은 참기로 했다. 알코올중독자인 양아들이 죽었 을 때도, 며느리가 손자를 데리고 이국으로 떠났을 때도 용케 이겨낸 담배 를 다시 시작한 건 지난봄이다. 아래층 황씨의 시신을 맨 처음 발견한 사람 이 하필 그였던 것이다.

변기에 걸터앉은 자세 그대로, 천장을 향해 고개를 쳐든 채 빳빳하게 굳 어 있던 황씨. 그보다 두 살 아래인 황씨는 반벙어리가 아닌가 싶게 입이 무 거운 위인이었다. 한때는 대전에서 전구공장을 한 적도 있는 전문대학 출신 이며, 말투로 보아 충청도가 고향일 거라는 정도만 짐작할 뿐이었다. 서울 에 아내와 두 아들까지 있는 눈치였는데, 왜 늘그막에 부랑자처럼 쪽방촌을 전전하며 사느냐는 질문은 아예 꺼내보지 못했다. 쪽방촌 인심이란 게 원래 그렇다. 여기까지 굴러들어오기까지 저마다 사연 없고 내력 없는 사람이 없을 터이다. 이름도 고향도 나이도 저쪽에서 먼저 입을 열지 않으면 그만이다. 피차 눈앞에 있는 듯 없는 듯, 질문도 해명할 필요도 없이 그림자 보듯 지내는 게 속이 편하다. 손바닥처럼 얇은 벽을 사이에 두고 몇 해를 서로 지구 반대쪽 사람들인 양 지낸다 해도 특별히 이상할 것 없는 동네다.

황씨야말로 그림자 같은 존재였다. 7년 전 그가 처음 이리로 흘러들어왔을 때, 황씨는 바로 옆방에 살고 있었다. 그러다 3년 전 황씨가 반지하방으로 옮겨갔는데, 그때까진 이쪽에서 당최 인사말조차 건네볼 수 없도록 냉랭했다. 그런 황씨가 왜 자신에게 먼저 다가왔는지, 그는 아직도 까닭을 모른다. 재작년 어느 겨울날 건물 앞 좁은 골목 어귀에서 서로 우연히 마주쳤다. 알은 척을 할까 말까 주저하다 고갤 꺾고 멀거니 하늘에서 쏟아지는 눈만 올려다보는데, 황씨가 먼저 혼잣말처럼 중얼거렸다. 거, 첫눈치고는 한바탕 푸지게 쏟아지네요. 그날 이후 둘은 가끔씩 장기를 두는 사이가 되었다. 그럼에도 황씨가 2층으로 올라온 적은 한 번도 없었다. 매번 이쪽에서 황씨의 반지하방을 찾아 내려갔다. 퀴퀴한 곰팡내 가득한 방에 마주앉아 뚜덕뚜덕 장기를 두면서도 정작 오가는 대화는 별로 없었다.

그날 오후 황씨의 방문은 안에서 잠겨 있었다. 그가 독감으로 오래 누웠다가 보름 만에 반지하방을 찾아갔을 때였다. 관리인이 자물쇠를 따주면서 찡그린 얼굴로 그에게 혼자 들어가보라고 말했다. 그는 황씨가 변기에 걸터앉은 채 잠이 든 줄만 알았다. 하지만 이미 부패가 진행 중이었다. 방 안이 온통 코피가 터질 것 같은 악취로 가득 차 있음을 그는 한참 뒤에도 깨닫지 못했다. 열흘 전쯤 뇌출혈로 사망한 걸로 경찰은 추정했다. 그 시각 그는 감기약에 취해 이불을 둘러쓰고 잠들어 있었을 것이다. 뒤늦게 황씨의 아들이 병원에서 시신을 인수해갔다는 얘기를 들었다.

그는 한 달 가까이 밤잠을 이루지 못했다. 황씨의 무릎에 걸려 있던 후줄

근한 팬티와 앙상한 종아리가 눈앞에 어른거렸다. 그렇듯 오랫동안 홀로 내버려진 채 변기 위에 걸터앉아 썩어가다니. 황씨가 더없이 측은하고 불쌍했다. 그는 누구를 향한 것인지도 모를 분노에 사로잡혔다. 그날 이후 그는 부쩍 죽음에 대한 생각이 많아졌다. 새삼 죽음 자체가 두려운 건 아니다. 어떤 모습으로 죽을 것인가. 죽고 난 이후 추한 육신을 어떤 식으로 처리해야 좋을까. 최소한 그건 자신이 지상에서 져야 할 마지막 의무라고 그는 믿고 있다. 하지만 어디서부터 어떻게 준비해야 할지 아직 막연하고 혼란스러울 뿐이다. 최소한 황씨처럼 비참한 최후를 맞을 순 없다는 생각은 절실하다. 사는 일이야 잘못 살았지만, 죽는 일만은 남들처럼 평범하게 죽고 싶다. 조금 전 담배와 라이터를 방 안에 도로 던져넣은 것도 그 때문이다.

삐이, 삐잇. 그는 퍼뜩 놀라서 두리번거린다. 또 새 울음소리다. 별일이네. 오늘은 자꾸 왜 이럴까. 고막에 구멍이 뚫어진 모양이구먼. 관 속 같이 좁고 네모난 벽 틈에 쪼그려 앉아 그는 혼자 구시렁거린다. 혹시 그때 그 새가 아닐까. 머리와 날갯죽지에 노란색 깃이 박혀 있던 그 노랑할미새. 설마…… 이내 그의 흐린 눈빛은 시간의 저편 어딘가로 아득히 풀어지기 시작한다. 그는 두 눈을 감는다. 그리고 검불처럼 엉겨드는 어두운 생각들을 떨쳐내려 애쓴다.

물을 내리고 막 일어서려는 순간, 피잉 현기증이 인다. 동시에 눈앞이 까매지면서 심장을 쥐어 짜는듯한 통증이 엄습한다. 그는 변기 위에 도로 주저앉아 두 손으로 가슴을 움켜쥔 채 숨을 헐떡인다. 온몸이 돌처럼 굳어 손가락 하나 움직일 수가 없다. 얼마나 지났을까. 풍선처럼 부풀어 올라 터질 듯 요동치던 심장이 용케 차츰 가라앉는다. 개처럼 무릎으로 북북 기어나오자마자 그는 방바닥에 나동그라진다. 우물 속에서 방금 기어나온 사람처럼 온몸이 땀으로 질척하다. 그는 혼곤한 잠 속으로 까무룩 굴러 떨어진다.

눈을 떠보니, 10시가 넘었다. 가슴 통증은 사라졌지만 몸은 모래더미처럼 무겁다. 여름 들어서 벌써 몇 번째던가. 유난스런 한여름 무더위 탓이겠지 하고 애써 무심히 넘겨왔는데, 이즈음은 더위도 가신 초가을이다. 고혈압 약을 복용해온 지는 10년이 넘는다. 언제부턴가 미세한 가슴 통증을 더러 느끼곤 했지만, 근래 와서 부쩍 잦아지고 통증도 심해진 것 같다. 약을 타러 석 달에 한 번씩 보건소를 다녀오면서도, 그는 아직 의사에게 그 얘길 해보지 못했다. 설사 문제가 있다고 한들 자신 같은 처지에 무슨 뾰족한 수가 있겠는가. 차라리 모르는 게 약이라고 그는 생각한다. 시장기를 느낀 그는 냉장고를 열어본다. 마침 팩 우유와 단팥빵이 한 개씩 남아 있다. 대접에 우유를 붓고, 빵을 찢어 우유에 적셔 우물우물 씹어본다.

"할아버지. 요 앞 시장에서 방금 구워낸 거라 보들보들해요. 지난번처럼 곰팡이 필 때까지 아껴놓지 말고 얼른 드시라고요."

빵과 우유는 어제 오후 복순 씨가 놓고 간 것이다. 노인복지관에서 보내주는 가정봉사원인 그녀는 매주 한 차례 방문해서 두 시간 동안 청소와 밀린 빨래 같은 일을 해준다. 이 건물 내에만 그를 포함해 모두 세 명의 노인을 복순 씨가 맡고 있다. 쾌활한 성격의 그녀는 두 시간 내내 목청 크게 웃음을 터뜨리고, 수다를 떨고, 또 밉지 않게 그를 야단치기도 하다가 돌아간다. 대학생 아들을 둔 그녀는 몸집은 뚱뚱해도 힘이 넘치고 손놀림도 잽싸다. 덕분에 그녀가 방문하는 날은 관 속처럼 가라앉았던 방이 모처럼 사람 사는 집답게 떠들썩하니 되살아난다.

어제 복순 씨는 정해진 방문 시각보다 두 시간이나 늦게 나타났다. 표정이 몹시 심난해 보였다. 평소와 달리 웃지도 않고, 일도 건성으로 해치우는 눈치였다. 돌아가기 전 그녀는 신발 끈을 묶다 말고 묻지도 않은 얘기까지 풀어놓았다. 간밤에 전화가 왔는데, 이혼한 전 남편이 시골 집에서 농약병을 쥐고 뛰쳐나간 뒤 행방불명이라는 거였다. 노름꾼인 그 사내는 부모가 살고 있는 집마저 저당을 잡혀놓고 강원도 태백의 카지노로 달려가서는 달 포 만에 알거지가 되어 돌아왔다고 했다.

"경찰이랑 동네사람들이 뒷산을 뒤지고 있나 봐요. 그 인간 죽었대도 나 야 눈 하나 꿈쩍 안 해요. 그렇지만 명색이 애 아빤데, 늙은 부모까지 아직 살아 있는데 어쩌겠어요. 맘이랑은 달리 영 몰라라 할 수가 없네요. 죄송하 지만 오늘은 대충 이래놓고 돌아갈래요. 진짜로 아무 정신이 없네요."

복순 씨는 아침도 못 먹은 눈치였다. 필시 함께 먹으려고 사왔을 빵과 우 유를 그의 손에 쥐어주고 허둥지둥 사라지던 모습이 새삼 눈에 밟힌다. 그 는 틀니를 수돗물에 꼼꼼히 헹군 뒤 입안에 넣고 우물거린다. 생긴 건 여장 부 틀을 해가지고, 남편 하나 잘못 만나 저 고생이구먼. 혼자 웅얼거리다가 그는 제풀에 뜨끔해진다. 고생에 찌든 주름투성이 아내의 검은 얼굴이 석상 처럼 눈앞을 턱 막아선다. 비록 나이 들어서 오다가다 만나긴 했어도, 20년 가까이 남편과 자식 뒤치다꺼리만 해주다 병으로 흙에 묻힌 여편네. 낡은 고리짝처럼 표정도 감정도 없는 양 노상 무심하고 무덤덤하기만 하던 사람. 돌이켜보면 가엾은 여자였다. 남편으로서든 한 인간으로서든 그는 그 여자 한테 특별한 애정을 느껴본 적이 없었다. 궂은 일 마다않고 묵묵히 자리를 지켜주는 게 그저 고맙고 미안했을 뿐. 친척의 중매로 나이 마흔 초반에 만 나서부터 죽는 날까지 죽 그랬다.

싱크대 배수구 틈에서 좁쌀만 한 벌레가 꿈틀거린다. 엊그제 화장실에서 도 구더기를 쓸어냈는데, 소독약을 사온다는 걸 잊고 있었다. 그는 외출 준 비를 한다. 일주일 있으면 추석이라 붐비기 전에 미리 목욕탕에 다녀올 참 이다. 오랜만에 뜨끈한 탕 안에서 몸을 녹이고 나면 기분도 한결 나아질 것 이다. 추리닝 바지에 점퍼를 주워 입고 그는 방을 나선다. 때마침 옆방 문이 열리며 청년 둘이 나온다. 파키스탄에서 온 노동자들이라는데, 반년 전에 왔지만 아직 인사를 나눈 적은 없다. 둘 다 작달막한 키에 짙은 눈썹이며 얼굴빛까지 검어서 늘 봐도 분간이 쉽지 않다. 평일인데 오늘은 일터에 나가지 않아도 되는 모양이다. 둘은 눈이 마주치자 고개만 한 번 까딱하고는 서둘러 사라진다. 그들의 검고 깊은 눈빛에서 그는 음울한 슬픔과 억눌린 분노를 읽어낸다. 말도 풍습도 다른 땅에서 이방인으로 살아가는 일이 지치고 힘든 탓일 거라고 그는 짐작한다. 엊그제도 인근 가구공단에서 방화와 살인 사건이 일어났다는 뉴스를 들었다. 이주민 노동자들에게 평소 폭행을 일삼던 주인은 급료마저 제대로 주지 않았다고 했다.

대낮인데도 복도는 항상 어둡고 침침하다. 좁은 복도 양쪽으로 방들이 일자로 늘어선 구조에 천정까지 낮은 탓이다. 이 '무궁화주택'은 지어진 지 30년도 더 된 건물이다. 원래는 시내버스 회사가 종점 차고지에 세운 사무실 겸 직원 기숙사였다고 한다. 현재는 3층짜리 건물을 다가구주택으로 개조해, 반지하층까지 합쳐 스물다섯 개의 원룸이 들어차 있다. 애초엔 층마다 공동변소를 둔 구조였다는데, 말이 좋아 리모델링이지 순전히 대충 눈가림으로 해치운 티가 역력한 까닭에 인근에서는 세가 그나마 싼 편이다. 이곳 입주자의 대부분은 고령자와 거동이 불편한 이들이다.

그는 요즘 들어 마음이 가시방석이다. 머잖아 건물이 팔리게 될 거라는 소문 때문이다. 오랫동안 변두리로 남아 있던 인근 일대에 최근 중소기업 공장단지가 들어선다고 해서 너나없이 불안해하는 참이다. 요즘에야 어딜 가도 이 정도 액수로 월세방을 구하기란 쉽지 않을 터이다. 여기서 밀려나면 또 어디로 가야 하나. 그에게서 저절로 한숨이 흘러나온다.

1층 현관이 어째 사람들로 어수선하다. 입구에 용달차가 한 대 세워져 있고, 낯선 사내 둘이 짐을 옮겨 내놓느라 부산하다. 이부자리며 보따리, 솥단지, 양은그릇 따위가 줄줄이 들려나오는 것을 주민 네댓이 나와서 구경하고 있다.

"거, 누가 이살 나가는 모양이오?"

"고물상에서 나와서 짐을 처분하는 거래요. 107호 엘에이 아주머니 방이 여태 그대로 잠겨 있었잖아요."

1층 오씨의 대답에 그는 고개를 끄덕인다. 진한 화장, 갈색으로 물들인 파마머리, 일흔 나이에 과하다 싶게 치장하기를 좋아하던 여자. 미국에 산다는 두 딸년 얘기를 입에 달고 사는 까닭에 그런 별명이 붙었다. 언제부턴가 비 오는 날만 되면 술에 취해 속옷 바람으로 빨간 양산을 쓰고 복도와 마당을 오락가락하더니, 지난봄 한밤중에 구급차로 실려 나갔다. 약을 먹기 전 조카에게 전화를 했던지, 요행으로 병원에서 깨어났다고 했다. 하지만 정신은 영 돌아올 기미가 없어서 결국 요양원인가 어디에 맡겨졌다는 소문이다.

"강원도 어디 있는 요양원이래?"

"요양원 좋아허네. 거기는 감옥소여. 창문은 철장을 쳐놓고, 침대에 종일 묶여 갖고서는 옴짝달싹 못하고 죽어가는 곳이랑께."

"보증금을 조카가 찾아갔다더라고. 물론 밀린 월세는 깠겠지."

"이번에도 조카가 왔어? 아니, 미국에 있다는 딸들은 뭣을 허고?"

"딸은 무슨. 그 할망구, 애초에 자식도 낳아보질 못했대. 고아원에서 데려온 애들인데, 둘 다 미군을 따라 건너간 거라잖어."

"으마, 전에 양공주였다는 말이 진짜였구먼."

늙은 여자들의 수군거림을 귓전으로 흘리며 그는 마당으로 내려선다. 문득 고양이 생각이 나서 화단 주변을 돌아다본다. 엘에이 할멈이 키우던 늙은 암고양이. 주인이 사라진 후에도 줄곧 주변을 배회하던 녀석은 한동안 안 보이더니, 엊그제 화단 쥐똥나무 틈에서 새끼 두 마리와 함께 있는 걸 보앉다. 골목으로 접어들기 전 그는 무심코 돌아서서 현관 쪽으로 시선을 모은다. 불현듯 뒷덜미를 홱 잡아채는 것 같은 기이한 예감 때문이다. 인부 하나가 뭔가를 안고 나오더니, 계단 옆에 내려놓고 안으로 사라진다. 그의 눈이 번쩍 뜨인다. 옹기로구나. 술병 같은데…… 바로 그 순간 뒤에서 빠빠앙, 귀청을 터뜨릴 듯 엄청난 경적이 터져 나온다. 깜짝 놀라서 그는 재빨리 비켜선다. 택배회사의 소형 화물차 한 대가 거침없이 마당으로 진입하고 있다. 그는 가슴을 쓸어내리며 서둘러 골목으로 접어든다.

목욕을 마친 그는 구멍가게에 들러 주방용 소독제 한 병과 삼양라면 세 봉지를 산다. 여느 때 같으면 사거리의 좀 더 큰 가게까지 나갔을 터이다. 동네 상점에 비해 몇 푼이라도 더 아낄 수 있기 때문이다. 하지만 오늘은 서둘러 집으로 돌아가기로 한다. 꼭 누가 집으로 찾아오기라도 할 것처럼 줄곧 마음이 이상스레 싱숭생숭하다. 한 손에 봉지를 들고 '무궁화주택' 앞마당으로 들어서니, 아까와 달리 현관 부근이 휑하다. 빗자루로 바닥을 쓸고 있는 오씨 옆을 지나치려는데, 문득 무엇인가 그의 시선을 잡아챈다. 재활용수거함 옆에 작은 옹기그릇 하나가 놓여 있다. 눈에 익은 잘록한 목이며 오종종한 주둥이. 남녘에서 구워진 술병임을 그는 대번에 알아본다. 급히 다가가 그것에 손을 대려는 순간 그는 흠칫 놀란다. 옹기로부터 파르르 전해오는 기이한 파동 때문이다. 그는 쪼그려 앉아서 옹기를 무릎에 올려놓고 이리저리 살펴본다. 주둥이와 목을 어루만지고, 풍성하게 부푼 허리를 손바닥으로 쓸어본다. 거꾸로 뒤집어보니, 밑바닥 표면에 먼지가 허옇게 눌어붙어 있다. 그는 화단의 쥐똥나무 가지를 끊어내어 먼지를 긁어낸다. 한순간 손놀림이 뚝 정지하더니 그의 입에서 들뜬 탄식이 흘러나온다.

"아이구, 이럴 수가……"

부르르 떨리는 그의 손가락 밑에 희미한 형체 하나가 가만히 웅크리고 있다. 새다. 한 마리 작은 새의 문양. 실낱같은 선이지만 분명 그것은 한 마리 새의 모습이다.

"왜 그러세요, 영감님. 어디가 불편하세요?"

1층 오씨가 다가와서 어깨를 부축해준다. 그는 양쪽 무릎으로 옹기를 감싸 안은 채 땅바닥에 주저앉는다.

"이 술병 말이오. 이것이 어째 여기에 나와 있소?"

"오라, 그게 술병입니까? 그거 엘에이 아주머니 방에서 나온 건데, 못 쓴다고 인부들이 거기다 내려놓고 갔네요."

"못 쓰다니?"

"여기 깨진 자릴 보세요. 금이 좍 나가 있잖습니까."

과연 오씨가 손으로 짚은 자리에 손톱만 한 구멍과 함께 가는 금이 길게 나 있다. 그는 옹이를 가슴에 그러안고 일어선다.

"이것은 내가 안으로 가져가야겠소. 쓸 데가 있어서."

"영감님도 참. 그렇게 다 깨진 걸 어디다 쓰시게요? 공연히 쓰레기만 늘어날 텐데, 욕심도 참."

오씨가 한심하다는 듯 등 뒤에서 혀를 찬다.

방 안에 들어오자마자 그는 전등을 켠다. 옹기를 이리저리 쓰다듬고 들여다보기를 되풀이한다. 이따금 간절한 한숨과 함께 탄식인지 혼잣말인지 모를 웅얼거림도 흘러나온다.

그 옹기는 술병이다. 대승 한 되짜리, 흔히 막걸리나 청주를 담는 데 사용했다. 옆구리에 술 따르는 주둥이가 달린 것을 귀움박지라고 부르는데, 이 것은 귀가 없는 보통 술병으로 예전에 전라도 쪽에서 주로 만들어지던 것이다. 양은 주전자가 나오기 전까지는 술집에서건 민가에서건 모두 이걸 썼었다. 독이나 투가리에 비해 술병이나 식초병은 만들기가 훨씬 까다롭다. 오종종한 몸통에 모가지를 붙이고 주둥이를 좁게 뽑아내려면 손 맵시가 좋아야 했다. 서투른 사람은 시간만 잡아먹을 뿐 제대로 때깔을 내지 못한다. 그는 남달리 날렵하고 섬세한 손을 갖고 있었다. 큰 독은 물론이고 술병, 식초병, 약단지, 양념단지 같은 작고 오밀조밀한 그릇들을 누구보다 빠르고 솜씨 있게 빚어냈다. 당연히 여염집 부인네들이 먼저 그의 솜씨를 알아보았다. 장터에 두어 지게씩 져 날라 물건을 풀어놓기가 무섭게 부인네들은 기다렸다는 듯 다투어 골라가곤 했다. 여인들의 찬탄 섞인 눈빛과 떠들썩한 수다 앞에서 그는 절로 우쭐해지고 기분이 들떴다. 그런 재미에 날마다 흙과 유약 냄새에 묻혀 지낼 수 있었는지도 모른다. 아직은 피와 살이 뜨겁던 시절, 그렇듯 곡성, 구례, 순천, 낙안, 화순, 보성 일대를 그는 거품처럼 떠돌기도 했었다.

그는 옹기를 가슴에 품어 안고 가만히 눈을 감는다. 저만의 부피와 무게를 지닌, 작고 부서지기 쉬운 생명체 하나가 이 순간 그의 품에 안겨 있다. 그것의 희미한 체온과 숨결이 파장처럼 그의 몸속으로 천천히 흘러들기 시작한다. 아아. 그는 뜨거운 탄식을 터뜨린다. 서로의 체온이 섞이는 순간, 그는 그것이 자신의 혈육임을 확신한다. 그랬다. 그는 그 작은 질그릇의 아비였다.

*

승주군 송광면 낙수리. 그의 고향이었다. 보성강 지류를 옆에 끼고 조계산 자락에 아늑히 묻힌 마을. 하지만 오래전 댐이 들어서면서 수몰되어 이제는 흔적조차 없어져 버린 마을. 그의 집안은 조부 때부터 옹기장이었다. 아버지가 나이 마흔넷에야 얻은 막내아들인 그에겐 열두 살 많은 형과 네 살 위 누이가 있었다. 코흘리개 때부터 그는 아버지의 옹기점을 보며 자랐다. 옹기 일이란 온 식구가 함께 들러붙어야만 하는 가업이었다. 그릇 빚는 일이야 아버지와 일꾼들 몫이지만 많은 식구의 끼니를 준비하고, 물을 퍼 나르고, 장작을 준비하고, 가마의 불을 지키는 일은 가족 모두 나서서 거들어야 했다. 봄가을 두 철로 가마를 구워내고 나면, 나머지 기간엔 완성된 옹기들을 내다 파는 게 일이었다. 아버지가 장터 한쪽에 자리를 편 사이, 어머니는 자잘한 옹기들을 함지에 층층이 쟁여 이고 집집을 돌아다녔다. 서너 살 때부터 그는 자주 어머니의 치맛자락을 잡고 낯선 마을들을 따라 다녔다.

어린 그는 옹기점을 좋아했다. 그곳에서 벌어지는 모든 일들이 신기하고 근사해 보였다. 정작 가업을 물려받게 될 형은 옹기 일을 싫어해 아버지에게 자주 혼이 났다. 막내마저 옹기장이가 되는 걸 원치 않았던 아버지는 그를 재 너머 면소재지의 소학교에 넣었다. 바로 이듬해 여름, 어머니가 병으로 세상을 떠났다. 관을 묻고 나서 봉분에 잔디를 입히고 있을 때, 마을에서 아이들이 난데없이 만세를 부르며 달려왔다. 그날로 해방이 되었다고 했다. 어머니와의 사별은 그에겐 평생 지워지지 않는 상실과 결핍으로 남았다. 어머니는 제대로 된 사진 한 장 남기지 못했다. 그렇다고 해도, 그가 어머니 얼굴을 정확히 기억해내지 못한다는 건 이상한 일이다. 어른이 되어서도 기억 속 어머니는 늘 옹기를 머리에 이고 집집을 돌아다니던 모습, 혹은 밭고랑에 엎디어 호미질을 하던 모습으로만 남아 있었다. 그럼에도 정작 그런 기억 속 어머니 얼굴은 어째선지 이목구비도 없이 종내 흐릿할 뿐이었다.

그는 열여섯 살 때부터 옹기 일을 배우기 시작했다. 전쟁이 끝나갈 무렵이었다. 산사람들을 따라 올라간 형이 지리산 골짝에서 시신으로 발견된 이

후, 아버지는 아예 일손을 놓아버렸다. 두 명의 일꾼 옆에서 그는 순전히 타고난 눈썰미로 일을 익혔다. 남들은 빨라야 4, 5년은 걸려야 한다는데, 불과 1년 만에 제법 매끈하게 독을 빚어내는 걸 본 아버지는 '타고난 팔자인 걸 어쩌겠느냐' 하고 탄식을 했다. 군에 불려갈 무렵, 그는 이미 아버지 못지않은 옹기장이가 되어 있었다.

제대를 하고 돌아와 보니, 늙은 아버지는 병석에 누워 있었다. 집에 온 다음날, 그는 오래 방치되었던 옹기점의 문짝부터 당장 고쳐 달았다. 가마를 보수하고, 지붕을 고치고, 흩어진 일꾼들을 다시 불러 모았다. 3, 4년 만에 옹기점 규모는 예전의 갑절로 커졌다. 전쟁 후 사람들 생활이 차츰 자리를 잡아가면서 옹기 수요도 부쩍 늘던 시기였다. 가마를 넓혀 새로 짓고 일꾼 수도 예닐곱 명까지 불어났다. 옹기는 구워내는 족족 팔려나갔다. 한창 바쁠 때는 밥 먹고 담배 한 대 태우는 시간조차 아까울 정도였다.

그 즈음 누이의 부음이 날아들었다. 결혼해서 여수에서 살고 있던 누이는 밑창에 구멍이 뚫린 거문도행 여객선과 함께 바다 밑으로 사라졌다. 시신은 영영 찾지 못했다. 두 달 후, 병석의 아버지는 누이의 죽음도 알지 못한 채 눈을 감았다. 졸지에 그는 혈육 하나 없는 처지가 되고 말았다. 눈앞이 아득해져 아무 일도 할 수가 없었다. 힘도 의욕도 사라진 그는 속절없이 술에 빠져들었다. 작부집이 있는 순천을 들락거리고, 그중 한 여자와 잠시 살림을 차리기도 했다. 그의 옹기점은 눈에 띄게 활기를 잃어갔다. 때마침 외국에서 들어온 양은그릇이 국내에 퍼지면서 옹기 수요도 점차 줄고 있었다. 마지막까지 혼자 남았던 일꾼마저 떠나고 나자 그는 미련 없이 옹기점을 닫았다.

이튿날 그는 빈 집을 남겨둔 채 고향을 떠났다. 그는 집이 싫었다. 어디에나 혈육의 음성과 체온과 손때가 밴 그곳에 혼자 남겨진 채 유령처럼 과거의 흔적과 기억을 더듬고 있는 자신이 무섭고 끔찍했다. 오랜 떠돌이생활이 시작되었다. 이삿짐도 연장도 필요 없었다. 그래도 아직은 옹기를 찾는 사람들이 많았던 시절이라 두 손만 있으면 어디서든 밥벌이는 충분했다. 그의 남다른 솜씨를 한 번 본 주인들은 다들 그를 붙잡아 눌러 앉히려고 했다. 곡성, 구례, 벌교, 보성, 승주, 고흥, 순천, 화순, 이서, 능주, 옥과…… 20여 년 동안 그는 남녘 곳곳의 옹기점을 찾아 일품을 팔며 거품처럼 떠돌아 다녔다. 마음에 맞으면 한두 해씩 머물기도 하고, 내키지 않다 싶으면 한 철만 마무리해주고 훌쩍 떠나왔다.

초심이. 유난히 길고 가는 목이 고라니를 닮은 계집아이. 바로 그 거품 같은 유랑의 시기에 그는 우연히 그 아이를 만났다. 광주 외곽의 금당산 아래 옹기점. 일제 때부터 그 자리에 있었다는 옹기점엔 그가 전엔 한 번도 본 적 없는 커다란 가마가 셋이나 되었다. 옹기장이만도 열두어 명, 잡부까지 합쳐 스무 명 남짓한 인원이 함께 일을 했다. 그 애를 처음 본 건 초겨울이었다. 그는 그해 봄부터 들어와 일을 시작해, 가을에 세 번째 가마에 불을 넣고 있는 중이었다. 며칠 후 그 가마의 불이 꺼지고 완성품이 나오면 제법 두둑한 품삯이 손에 들어올 것이고, 이듬해 춘삼월 전까지는 느긋한 휴식이 주어질 터였다.

어느 날, 아침 일찍부터 작업장 부근이 소란했다. 가마 뒤쪽에 누군가 웅크린 채 죽어 있었던 것이다. 가마를 지피는 기간엔 으레 반갑지 않은 손님이 종종 찾아들었다. 기온이 차가워지는 봄가을이면 거지들이 일꾼들 눈을 피해 작업장으로 숨어들어와 밤을 지내고 가곤 했다. 가마 뒤쪽, 열기가 새어나오는 연통 주변이 난로처럼 따뜻한 까닭이었다. 거지들은 어디나 흔했다. 세 끼 밥을 걱정 없이 챙겨먹을 수만 있어도 부러움의 대상이 될 수 있던 시절이었다. 잠잘 처소가 있어도 먹을 양식이 떨어지면 길거리로 나올 수밖에 없었다. 숫제 일가족이 함께 동냥을 나서는 경우도 드물지 않았다. 추위를 피해 옹기 굴로 숨어드는 이들 역시 남녀노소가 따로 없었다. 그들도 어차피 그곳에 옹기점이 있는 줄 알고 찾아든 이웃사람들일 터였다. 때문에 일꾼들은 뻔히 알면서도 못 본 척했고, 주인 역시 차마 독하게 내쫓지는 못했다.

죽은 이는 철길 옆 오두막집에서 딸과 단둘이 사는 주정뱅이 사내였다. 자신이 잡역부로 일하는 제재소에서 늦게까지 술을 마신 뒤, 지름길을 택한답시고 산을 오르다가 무슨 생각에선지 옹기굴을 보고 찾아들었던 모양이었다. 필시 연통 옆에서 한뎃잠을 자다 술병으로 급사한 듯했다. 낯빛이 하얘져서 쫓아 올라온 계집아이는 홀로 아비를 그러안고 슬피 울었다. 마을 사람들이 가마니에 덮인 시신을 수레에 싣고 내려갔다. 수레 꽁무니를 두 손으로 부여잡고 내내 울며 따라가던 계집아이의 모습이 한동안 그의 기억에서 지워지지 않았다.

어느 날 저녁이었다. 그는 모처럼 광주 시내로 나가 이발도 하고 동시상영 영화까지 본 다음 혼자 돌아오는 길이었다. 숙소로 터덜터덜 들어오는데, 누군가 일꾼들 방 아궁이에 쭈그려 앉아 군불을 넣어주고 있었다. 일전에 죽은 그 주정뱅이 사내의 딸이었다. 그 아이가 얼마 전부터 들어와 주인집 부엌일을 돕고 있는 줄은 알고 있었지만, 방에 군불을 때러 온 것은 처음이었다. 그 아이는 수줍게 고개만 까딱해 보이고는 다시 엎드려 아궁이만 들여다보았다.

그는 방에 들어오자마자 벌렁 드러누웠다. 가을철 일이 끝나자 다른 일꾼들은 모두 집으로 돌아가고, 숙소엔 그와 청년 하나만 남아 있었다. 그날은 마침 그 청년도 사나흘 어딜 다녀온다고 자리를 비운 참이었다. 장지문 밖에선 타닥타닥 군불 타는 소리와 함께 간간이 계집아이의 잔기침 소리가 들려왔다. 불현듯 그의 가슴이 빠르게 뛰기 시작했다. 방금 본 가냘픈 목덜미며 수줍은 웃음이 눈앞에 어른거렸다. 헐렁한 몸빼 바지에 검정고무신, 갈라지고 불어터진 손, 정강이 밑으로 삐져나온 낡아빠진 내복, 그리고 그날 아침 슬피 울며 수레 뒤를 따르던 아이의 허깨비 같은 모습도 떠올랐다. 아까 밖에서 두어 잔 걸친 막걸리에 마음도 새삼 울적하던 참이었다. 그는 슬그머니 방문을 열었다. 어느새 어둠이 짙게 내려앉아 있었다.

"날도 추운디, 군불은 그만 넣고 돌아가지 그러냐."

"눈이 많이 오는디, 방바닥이 따뜻해야지라우."

"눈이 와?"

고개를 젖혀보니, 정말 눈이 내리고 있었다. 희고 탐스러운 함박눈이었다. 그는 어느 사이 계집아이 옆에 나란히 앉아 아궁이 안을 들여다보고 있었다. 노란 불빛이 아랫도리를 따스하게 어루만져 주었다. 계집아이는 내내 눈을 내리깔고 불길을 살피면서도 도란도란 잘도 이야기를 풀어놓았다. 크고 동그란 눈은 어린 나이에 벌써 슬픔과 외로움에 지쳐 있었다. 초심이. 열여섯 살짜리 그 아이도 그와 똑같이 지상에 피붙이가 하나 없는 고단한 처지였다. 그 아이가 태어난 곳은 일본 오사카라고 했다. 징용으로 끌려갔던 아비는 해방 후에도 한동안 거기 주저앉아 잡역부로 일했다. 그러다가 뜨내기 일본 여자를 만나 살림을 차리고 딸 하나를 얻었다. 하지만 몇 해 만에 어미가 병으로 죽자 딸아이만 데리고 한국으로 돌아온 거였다.

"이상하지라우. 엄니 얼굴은 암만해도 기억이 안 나요. 그런디 엄니 죽을 때 입가에 묻어 있던 그 핏덩어리는 이, 잊히지가 않어요."

그의 어깨에 얼굴을 묻고 계집아이는 흐느꼈다. 이따가 식구들 모르게 내 방으로 오거라이. 잠 안 자고 기다리고 있을란께. 주인집으로 내려가는 그 아이의 등에 대고 그는 떨리는 음성으로 말했다. 아이는 말없이 눈밭 속으로 휑하니 달려가 버렸다. 그날 한밤중 아이는 기척도 없이 그의 방 안으로 스며들었다. 그의 품안에서 초심은 비 맞은 참새 새끼처럼 내내 온몸을 떨었다.

그야말로 얼떨결에 그는 초심과 살림을 차리게 되었다. 낌새를 알아챈 주인내외와 일꾼들이 담합해서 함께 바람을 잡고 얼러대는 통에 그로서는 거의 등 떠밀리듯 하여 벌어진 일이었다. 주인내외의 배려로 옹기점 마당에서 사모관대에 족두리까지 쓰고 조촐한 혼인식도 올렸다. 그것은 그의 생애 처음이자 마지막인 혼례식으로 남았다. 옹기점 가는 길 초입의 외딴 초가에 방을 얻어서 어설프기 그지없는 신혼살림을 시작했다. 평생 식솔 따윈 절대로 만들지 않을 작정이던 그로서는 그 모든 것이 그저 어리둥절할 뿐이었다. 그것이 서른 살 때였다.

젊고 솜씨 좋은 옹기장이를 이참에 자기 옆에 확실히 눌러 앉히게 되었노라 여긴 주인은 내심 흡족한 기색이었다. 그는 옹기점에서 계속 일을 했고 초심도 전과 다름없이 주인집 부엌일을 거들었다. 변변한 세간조차 없이 시작한 궁색하고 어설픈 살림이었지만, 어린 색시는 소꿉장난이라도 하듯 하루하루 즐겁고 행복해서 어쩔 줄 몰라 했다. 그 모습을 훔쳐보며 흐뭇한 웃음을 지으면서도 그는 왠지 마음 한쪽이 불안하고 어두웠다. 뭔가를 얻으면 또 다른 무엇인가를 잃게 된다는 걸 그는 이미 체득하고 있었다. 애초에 인연을 만들지 말아야 한다는 강박관념은 실은 소중한 그 무엇을 상실하는 게 두려워서였다. 가난하지만 따스한 아랫목과 자신을 기다려주는 이가 있어 그는 좋았다. 그런 한편으로는 무엇에건 묶이지 않고 바람처럼 훌훌 떠돌고 싶어 하는 천성 때문에 마음이 무겁고 답답했다.

시간이 지나다보면 이 뜬구름 같은 마음도 잦아지겠지. 그는 밤이면 초심의 아담한 젖가슴에 볼을 부비며 그런 생각들을 지우려 애썼다. 열여섯 살 초심의 몸에선 싱그러운 풀냄새가 났다. 이른 봄 낙수리 강변에 돋아나는 삘기 풀, 그 연하고 보드라운 연두색 향기가 그는 좋았다. 그 옛날 어머니의 품에서 맡았던 향기 같기도 했다. 그 향기와 함께라면 그냥 남들처럼 한 세상 그리저리 살다 죽어도 좋으리라는 생각도 들었다. 얼마 안 있어 초심은 아기를 가졌다. 그 얘길 듣는 순간 그는 어째선지 반가움보다 먼저 가슴이 철렁했다. 배가 점차 불러오는데도 그 알 수 없는 초조함과 불안감은 사라지지 않았다. 골목 모퉁이 저편에 뭔가 무서운 것이 숨어 기다리고 있을 것만 같은 불길한 예감. 그럴 때면 초심을 데려온 게 후회스럽고, 어디론가 혼자 멀리 도망쳐버리고 싶었다.

아이는 한겨울에 태어났다. 그즈음 연일 엄청난 폭설이 쏟아졌다. 하필이면 눈보라 치는 날 한밤중, 산통은 예정보다 달포나 앞서 찾아왔다. 하도 급작스레 닥친 터라 아무 준비도 없이 잠을 깬 그는 어쩔 줄 몰라 허둥거렸다. 외딴집이어서 마을은 멀고, 칠흑 같은 한밤중에 눈은 허리까지 차올라 마당에서 고샅까지 나서기조차 어려웠다. 안집 노파 말고는 달리 도움을 청할 데가 없었다. 심한 수전증에 치매 기미마저 있는 노파를 억지로 깨워내 방안으로 밀어넣고는 부랴부랴 물을 끓이고 군불을 뜨겁게 지폈다. 그는 노파가 옆에서 손을 떨며 중얼중얼 읊어주는 말에 따라 땀을 뻘뻘 흘리며 엉겁결에 아이를 받아냈다. 딸이었다. 손수 가위로 탯줄을 자르고 그 끝을 실로 묶고 났을 때 그는 까닭모를 눈물이 울컥 쏟아졌다.

그는 또 얼결에 아비가 되어 있었다. 구슬처럼 예쁘고 총명하라고 이름을 옥주로 지었다. 아이를 품에 안는 순간 그는 가슴이 뭉클하고 콧등이 시큰해왔다. 젖을 물린 채 행복해하는 초심의 표정을 볼 때, 아이가 얼굴을 알아보고 방긋방긋 웃을 때, 사람들이 아범이라 부르며 덕담을 해올 때 그는 진짜 아비가 되었음을 실감했다. 그 1년여 동안 그의 마음은 내내 따뜻하게 젖어 있었다. 그것은 그의 생애 처음이자 마지막이 될 행복한 시간이었다.

5월 어느 날이었다. 일을 마치고 돌아오니, 초심이 아이를 안고 장독대 옆에 서서 감나무를 올려다보며 혼자 뭐라 소곤거리고 있었다. 잠시 등 뒤에 숨어 지켜보니, 나무에 앉은 새를 향해 말을 걸고 있었다. 혼잣말이 아니라 마치 대화를 주고받는 시늉이었다. 묘하게도 새는 날아가질 않고 초심에게 응답하듯 연신 삐잇삐잇 소리를 냈다.

"이제 보니, 넌 새하고 얘기도 할 줄 아는구나."

"으마, 놀래라. 새들이 오늘 저기다가 둥지를 틀었어라우, 아저씨."

둘만 있을 때 초심은 아직도 그를 아저씨라 불렀다. 초심이 이끄는 대로 가보니, 부엌 문 바로 옆 선반 위에 바늘 쌈지 같은 조그만 짚 무더기가 눈에 띄었다. 그날 저녁부터 노랑할미새 한 쌍이 둥지에 알을 품고 들어앉았다. 안집 노파는 길조라며 담뱃대를 문 채 흐물흐물 웃었다. 초심은 틈만 나면 아이를 안고 둥지 앞에 앉아, 새와 함께 두런두런 얘길 주고받았다.

"엄니는 새를 파는 상점에서 일을 했었다대요. 물이랑 모이를 주고, 알도 받고, 키워서 파는 상점 말이라우. 한번은 빨간 앵무새가 도망쳐 나왔는디, 아부지가 그걸 잡아서 엄니한테 갖다주었다대요. 새가 두 분 인연을 맺어준 셈이지라우."

언젠가 초심이 새 둥지 앞에서 들려준 얘기였다. 알을 깐 지 보름 만에 어미는 솜털 같은 새끼 다섯 마리를 이끌고 둥지를 나섰다. 땅바닥으로 훌쩍훌쩍 내려앉은 새끼들은 잠시 뒤뚱뒤뚱 달리는가 싶더니, 용케 차례로 위태롭게 날아올랐다. 잘들 가거라이. 우리 집에 종종 놀러와야 돼. 초심은 아이의 손을 잡아 함께 빠이빠이 흔들며 허공을 향해 외쳤다. 말을 알아듣기라도 한 양, 새들은 그날 이후 종종 찾아와 마당이며 초가지붕에 앉아 재잘대

세상의 모든 저녁

곤 했다. 오라, 너희들이로구나. 오늘은 어째 넷이서만 왔네? 새소리가 들리면, 초심은 아이를 일으켜 안고 밖으로 종종걸음을 쳤다.

어느 날 그는 손수 따로 만든 옹기 반찬통을 가져와 초심의 손에 건네주었다. 옹기 표면엔 할미새 한 쌍이 새겨져 있었다. 오메, 이쁜 거! 아저씨가 그린 그림이지요? 초심의 입이 딱 벌어졌다. 그 뒤로 그는 매번 초심과 아이를 위해 올망졸망한 옹기며 노리갯감 따월 만들어 가져왔다. 거기엔 어김없이 엄마와 아이 그리고 새의 그림이 들어 있었다.

딸아이는 돌을 불과 며칠 앞두고 숨이 멎었다. 홍역이었다. 뜬눈으로 밤을 새운 그는 새벽녘 혼자서 아이를 뒷산에 묻고 돌아왔다. 넋이 나가 송장처럼 누워 있는 초심을 남겨두고 그는 묵묵히 일터로 나갔다. 여러 달 동안 그는 옹기 빚는 일에만 몰두했다. 갑자기 벙어리가 된 듯 집에서도 일터에서도 아예 말문을 닫았다. 입을 꾹 닫고 물레만 돌리고 있는 그의 두 눈은 광채를 잃은 채 먹물처럼 탁하게 풀려 있었다. 얼굴에선 그 어떤 표정도 느낌도 읽을 수가 없었다. 그런 모습에 기가 질려 누구도 섣불리 말을 걸지 못했다.

봄철 작업이 얼추 마무리된 어느 날, 그는 점심밥을 먹자마자 별안간 언덕길을 혼자 성큼성큼 걸어 내려갔다. 가방에 옷가지만 대충 꾸려 들고 사립을 나서려고 할 때, 헐레벌떡 뒤따라 달려온 초심과 맞닥뜨렸다. 그의 손에 들린 가방을 보고 초심은 금세 낯빛이 허옇게 변했다. 말없이 돌아서는 그의 어깨를 초심이 와락 움켜잡았다. 이거 놔라. 혼자 며칠 바람 좀 쐬고 돌아올 거여. 컥 하고 울음을 터뜨리는 초심을 남겨둔 채 그는 뒤도 돌아보지 않고 신작로를 질러갔다.

애초엔 정말로 한동안 바람이나 쐴 생각이었다. 그러나 한 달, 두 달, 반년이 흐른 뒤에도 그는 돌아가지 않았다. 차라리 저한테도 잘 된 일인지 몰

라. 어차피 혼인신고도 없이 소꿉장난처럼 벌인 일이잖은가. 젊디젊은 나이니 어디서든 새로 시작할 수 있겠지. 그렇게 생각하자 마음이 다소 가벼워졌다. 그리고 아예 초심의 생각을 끊어버렸다.

그랬는데, 바로 이듬해 그는 금당산 기슭 그 외딴 초가집을 불쑥 다시 찾아갔다. 애당초 생각조차 없던 일이었다. 호남선 기차를 타고 무안에서 장성으로 새 일터를 찾아가던 길이었다. 기차가 남평역을 지나 광주로 향할 즈음, 차창으로 문득 낯익은 풍경이 툭 튀어나왔다. 철둑길 옆 잡초 우거진 터에 반쯤 허물어진 오막살이집 한 채. 초심이 아버지와 단둘이 살던 옛집이었다. 그는 차창 너머 들녘으로 하염없이 쏟아지는 5월의 햇살을 말없이 바라보았다. 불현듯 가슴속에서 뭔가 뜨거운 덩어리가 불끈 치밀어 올랐다. 그는 남광주역에 닿자마자 기차에서 내렸다.

금당산 아래 외딴 초가집 굴뚝에선 실낱같은 연기가 피어오르고 있었다. 장죽을 물고 마루에 나와 앉아 있던 노파는 그를 얼른 알아보지 못했다. 초심은 손에 바가지를 쥔 채 부엌문에 기대어 한동안 오들오들 떨기만 했다. 초심은 변한 게 없었다. 양쪽 눈자위는 퀭하니 패이고, 작고 야윈 체구는 되레 허하게 졸아든 것 같았다. 그는 말없이 가방을 내려놓고 마루 끝에 걸터앉았다. 새 지저귀는 소리에 돌아보니, 부엌문 옆 선반에 새가 둥지를 틀고 있었다. 노랑할미새였다. 녀석들은 매년 똑같은 자리에서 새끼를 칠 모양이었다. 한동안 부엌에서 혼자 소리죽여 울고 난 초심이 마당으로 나왔다.

"방에 들어가서 잠시만 쉬고 계셔요. 점방에 가서 돼지고기 한 근 끊어갖고 얼릉 오께라우."

초심은 바구니도 없이 허둥지둥 사립을 달려 나갔다. 고라니같이 가는 목이 그의 눈을 시리게 했다. 그는 마루에 앉아 담배만 연거푸 피워 물었다. 또다시 가슴속에서 뜨거운 덩어리가 울컥 솟구쳤다. 그때 그는 그 불덩이를 한사코 눌러 껐어야만 했다. 하지만 그는 그렇게 하지 못했다. 목구멍의 불덩이는 훅 치솟아 머릿속에서 펑하고 폭발했다. 순간 그는 눈앞에 아무것도 보이지 않았다. 그는 부엌문 앞으로 성큼성큼 다가가자마자 주먹으로 선반을 우지끈 내리쳤다. 어미 새가 미친 듯 소리를 지르며 허공에서 날뛰었다. 그는 바닥에 흩어진 새알을 구둣발로 짓이겨놓고는 가방을 들고 사립을 빠져나와 버렸다.

그걸로 모든 게 끝이었다. 그는 두 번 다시 초심을 보지 못했다. 훗날 그는 그날의 일을 천 번 만 번 곱씹어보았다. 하지만 그 순간 왜 그런 짓을 해놓고 뛰쳐나왔는지 도무지 알 수가 없었다. 필시 미쳐 있었을 것이다. 뭔가 헛것에 씌어 완전히 정신 줄을 놓아버리고 말았던 게지.

그 이후로 그의 삶은 줄곧 내리막이었다. 세상은 빠르게 변해갔다. 옹기 수요는 하루가 다르게 줄어들었다. 양은그릇에 이어 마침내 플라스틱 용기마저 등장하자 옹기는 더 이상 설 자리가 없게 되었다. 주전자가 나오면서 술집의 귀옴박지가 사라졌고, 옹기 솥단지며 떡시루조차 양은제품에 밀려났다. 뚝배기는 냄비로, 김치 버무릴 때나 물을 담아 쓰던 소래는 고무대야로, 소줏독은 유리병으로 바뀌었다. 마침내 냉장고가 대중화되면서 김장독마저 자취를 감추었다. 주부들은 더 이상 집에서 간장과 고추장을 담그지 않았다. 그 사이 수많은 옹기장이들이 가마를 버리고 흩어졌다. 옹기 일로는 더 이상 생계를 꾸려갈 수가 없었다. 그 많던 옹기점들이 불과 10여 년 사이에 거의 모두 자취를 감추어버렸다. 그는 맨 마지막까지 가마 앞을 떠나지 못하고 남아 있던 옹기장이들 중 한 사람이었다. 이젠 목돈을 바라기는커녕 끼니를 때울 수 있는 것만으로도 다행으로 여겨야 했다. 결국은 그마저도 불가능하게 되었을 때, 그는 고향으로 돌아갔다.

20여 년 만에 빈손으로 찾아든 고향 마을은 피난민촌처럼 황량했다. 조만

간 엄청난 규모의 댐이 들어선다고 했다. 마을은 수몰지역으로 지정되어 졸지에 너나없이 한꺼번에 이주해야 할 운명이었다. 대대로 터를 박고 살아온 땅을 포기하는 대가로 받은 보상금액은 턱없이 적었다. 그걸 손에 쥐고 도시로 올라가봐야 변두리에 전셋집을 얻고 나면 그만일 터였다. 평생 할 줄 아는 거라곤 농사뿐인데, 땅을 빼앗긴 사람들은 아무 대책도 없이 각자 먹고 살길을 찾아 뿔뿔이 흩어져 갔다. 그는 혼자서 목포로 내려갔다. 부둣가에 방 한 칸을 얻어놓고 손수레 한 대를 사서 건어물을 받아다가 팔았다. 그리 시작한 일이 환갑 무렵에까지 이어졌다. 그 사이 그의 나이 마흔 초반에, 어찌어찌하다 아이 하나 달린 여자를 만나 함께 살게 되었다. 어째선지 그에겐 끝내 자식이 생기지 않았다. 차라리 잘된 일이라고 자위하며, 그는 여자가 데리고 들어온 아이를 자신의 호적에 올려주었다.

초심을 잊을 수 있을 것 같았다. 지금껏 그를 거쳐간 여자는 많았다. 술집 작부에서부터 잠시나마 속정을 나눈 여자들까지 얼추 예닐곱은 되었다. 어쨌거나 혼인식도 하고 소꿉장난 같은 살림 끝에 아이까지 낳은 적 있는 초심이니, 분명 남다를 수밖에 없긴 했다. 하지만 애당초 모든 게 얼떨결에 벌어진 일이었고, 어차피 이젠 끝장난 일이잖은가. 새삼스레 손톱으로 피딱지 후벼 파듯 자꾸 떠올려본들 무엇하랴. 그렇게 영 잊어버리자고 마음을 먹으니, 과연 옛일인 듯 차츰 무심해졌다.

장성 갈재 아래 옹기점에서 머물 때였다. 어느 날 옹기 운반 트럭이 들어왔는데, 운전수가 이전에 금당산에서 함께 일하던 박씨였다. 그한테서 초심의 소식을 들었다.

"솔직히 자네가 사람으로서 못할 짓거리를 한 것이제. 속사정이사 모르겠지마는, 모두들 자네 욕을 얼마나 했는지 알어?"

박씨의 뒤늦은 힐난을 그는 묵묵히 듣고만 있었다. 초심은 곰소 항에서 제법 큰 젓갈 집을 한다는 사십 대 남자를 따라갔다고 했다. 주인댁의 먼 친척인 그 홀아비는 딸만 다섯이라 아들을 낳아줄 젊은 여자를 구하던 참이었다. 박씨는 트럭에 옹기를 가득 싣고 그날로 떠났다.

며칠 후 한밤중, 그는 난데없는 새소리에 잠을 깼다. 바로 귓가인 양 또렷한 울음이었다. 동료들은 곤히 자고 있었다. 그는 홀로 조용히 방을 빠져나와 뒤뜰로 내려섰다. 가을 밤 하늘이 유난히도 맑았다. 흰 눈썹달이 머리 위에 걸려 있었다. 늙은 벽오동나무가 이따금 생각난 듯 큼지막한 잎을 발치로 뚝뚝 떨어뜨리곤 했다. 그는 마당 가운데 우두커니 서서 오래도록 달을 바라보았다. 문득 그의 가슴 한복판에 뚫린 커다란 구멍을 통해 서늘한 바람이 휘잉 지나갔다. 그는 오동나무 아름드리 둥치를 두 팔로 힘껏 그러안았다. 별안간 눈물이 핏물처럼 쏟아져 나왔다. 그는 나무 둥치에 이빨을 박아넣은 채 울음을 참기 위해 끅끅거렸다.

그는 자신이 얼마나 초심을 사랑했는지 뒤늦게 깨달았다. 그리고 그 여자에게 얼마나 무서운 짓을 저질렀는지도. 그 가엾은 여자에게 그는 지상에 남은 마지막 사람이었으리라. 그녀 또한 그에게 남은 지상의 마지막 사람이었듯이. 그는 바로 그걸 몰랐다. 그 캄캄한 새벽, 아이를 골짜기에 손수 묻고 혼자 내려올 때 그는 제 몫의 생의 끝을 마침내 보고 말았노라 믿었다. 하지만 어미인 초심이야말로 더 깊고 큰 어둠 속에 갇혀버렸다는 사실은 미처 헤아리지 못했다. 그는 오로지 자신만의 어둠에 눈이 멀어버렸다. 그리하여 초심을 어둠의 진구렁 속으로 대신 밀어넣고, 저만의 이기심과 욕망을 좇아 허둥지둥 도망쳐버린 거였다. 그는 모든 걸 옛날로 돌려놓고 싶었다. 당장 초심에게 돌아가고 싶었다. 그러나 이미 강을 건너온 후였다. 영원히 돌아갈 길은 없었다. 돼지고기 한 점을 손에 쥐고 종종걸음으로 사립을 들어서는 얼굴, 짓이겨진 새 둥지를 발견하고는 마당에 풀썩 허물어지는 초심의 모습이 그의 눈앞을 천길 절벽처럼 까맣게 가로막았다.

그 후 언제부턴가 그는 남몰래 옹기 어딘가에 새를 그려넣는 버릇이 생겼다. 고통과 후회로 뼈가 녹아내리는 것 같은 시간들. 때론 숨도 제대로 쉬지 못하고 가슴을 부둥켜안은 채 방바닥을 데굴데굴 굴러다녔다. 한밤중에 오두막에 앉아 미친놈처럼 밤새도록 물레를 돌리기도 했다. 그런 순간마다 새가 한 마리씩 태어났다. 아직 유약을 칠하지 않은 맨옹기의 밑동이나 주둥이 안쪽 오목한 홈 같은, 쉽사리 눈에 띄지 않는 자리에 그 작은 새들은 은밀한 부적처럼 숨어들었다. 뜨거운 인두를 제 살에 박듯이 그는 그것들을 새겨넣었다. 뒤늦은 후회와 어리석음의 죄 갚음이길 바랐는지도 모른다. 어쩌면 그런 새들 중 한 마리가 초심의 눈에 우연히 띌 수도 있으리라는 헛된 기대도 있었으리라. 그러고 나서 한참 훗날, 그는 초심의 마지막 소식을 우연히 전해 들었다. 딸만 둘을 낳은 초심은 마흔 살을 다 채우지 못하고 병으로 세상을 떴다고 했다. 초심을 데려간 남자는 아직도 곰소 항에서 젓갈 집을 하는 모양이었다.

*

그는 옹기 바닥의 작은 새를 가만히 어루만져본다. 이 녀석은 어느 마을 어떤 오두막에서 태어났을까. 가랑비 흩뿌리는 늦봄의 섬진강변이었을까. 송정리 그 느티나무 아래 초막이었을까. 아니면 단풍이 곱게 물든 태안사 골짝 산막의 막막한 밤이었을까. 불현 눈시울이 뜨듯해져 온다. 그의 가슴 밑바닥에 박혀 있던 얼음 한 조각이 소리 없이 녹아내리기 시작한다. 그래, 이 녀석도 그리 태어났겠지. 그 막막한 어둠의 시간, 어느 이름 모를 눅눅한 흙 오두막에서 내 손끝을 빌려 세상에 나왔을 테지. 그는 두 눈을 질끈 감는다. 켜켜이 뭉친 시간의 결들이 한꺼번에 되살아나 새삼스레 가슴을 후벼 파기 시작한다.

이윽고 그는 벽에 기대 앉아 담배를 피워 문다. 그나저나 엘에이 할멈은 어째서 여태까지 저걸 가지고 있었을까. 벌써 금이 나가서 아무 쓸모가 없는 것을. 그는 한참 좋았던 시절을 떠올려본다. 장터 어귀에 전을 벌여놓으면 삼삼오오 찾아주던 부인네들. 장독 말고도 자잘한 양념그릇, 술병, 기름병 따위를 집어 들고 요모조모 살피며 욕심을 내던 표정들. 혹 그 시절 그 부인네들 가운데 노랑머리 할멈도 끼어 있었을까. 그의 입가에 잠시 엷은 웃음기가 번진다.

문득 심한 시장기가 몰려온다. 벌써 4시 반. 아침을 빵 한 개와 우유로 때운 뒤 내내 아무것도 먹지 못했다. 몸을 일으켜 세우려는데 다시 현기증이 찾아온다. 속이 빈 탓이겠지. 그는 냉장고에서 랩으로 싸둔 찬밥 한 덩이를 꺼낸다. 밥알 씹는 것조차 힘들어져서, 그는 요즘은 밥을 조금씩 나누어 냉동 칸에 보관해둔다. 필요할 때마다 꺼내어 다시 물을 붓고 끓이면 쌀죽처럼 걸쭉한 게 한결 먹기가 수월하다. 가만있자. 그 작은 냄비를 내가 어디다 두었더라. 고개를 갸웃거리던 그는 이틀 전 그것을 내다버렸음을 기억해낸다. 불 위에 올려놓고 담배를 사러 나간 사이에 손잡이까지 타버렸던 것이다. 새 걸 하나 사온다 해놓고 아까 또 깜박했다.

대신에 그는 커다란 양은 냄비를 꺼내 든다. 찬밥 한 덩이 데우기엔 터무니없이 크지만 할 수 없다. 그 냄비는 지난번 복순 씨가 묵은 김치를 담아 가져왔던 것이다. 여름철 밥맛 없을 땐 이것만 한 게 없어요, 할아버지. 그는 잠시 복순 씨의 일이 궁금해진다. 남편이란 자는 어찌 되었을까. 물이 끓어오를 동안 그는 겉옷을 벗고 파자마로 갈아입은 다음 티브이를 켠다. 그리고 밥상을 펴놓고 냉장고에서 단무지와 오징어젓갈이 담긴 접시를 꺼낸다. 티브이에선 그가 즐겨 보는 〈동물의 왕국〉이 막 시작되는 참이다. 화면에 타이틀 '바다의 신비' 가 떠오른다.

"참, 오늘부터 저걸 틀어준다고 그랬지. 볼만하겠는디."

그의 표정이 금세 아이처럼 환해지는 사이, 냄비가 끓는 소리를 낸다. 그는 서둘러 일어나 가스 불을 끈 다음 냄비를 통째 들고 와 밥상 위에 내려놓는다. 시선은 화면에 둔 채 첫 술을 막 입에 가져가려는 순간, 그의 손에서 숟가락이 툭, 밥상 위로 떨어진다. 으,으,어,어…… 그의 눈이 휘둥그레지고 입이 벌어진다. 돌연 어디선가 북소리가 들려온다. 쿵쿵쿵쿵. 가슴속에서 풍선 하나가 빠르게 부풀어 오르더니, 마침내 뇌 속에서 뭔가 펑 하고 터진다. 순간 상체가 앞으로 꺾이면서 그의 얼굴이 냄비 속에 퍽 하고 처박힌다.

*

그는 한참을 어리둥절해 있다. 한없이 깊은 잠에서 막 깨어난 것 같은 느낌. 도대체 여기가 어디일까. 조심스레 주위를 살펴본다. 기이하리만치 투명해진 시야 안으로 사물의 윤곽이 차츰 선명해진다. 소형 냉장고, 싱크대, 밥솥, 간이옷장…… 그리고 음악소리와 함께 아나운서의 음성이 들린다. 텔레비전이 켜져 있다. 화면에선 수백 마리의 돌고래 떼가 힘차게 헤엄치고 있다. 눈에 익숙한 그것들을 보니 비로소 마음이 놓인다. 여긴 내 방이로구나. 그런데, 아무래도 뭔가 좀 이상하다. 자신의 손때가 묻은 그 사물들과 풍경이 터무니없이 낯설고 생경하게만 느껴진다. 방 한쪽에 놓여 있는 작은 옹기술병 하나가 문득 눈에 띈다. 가만, 언제부터 저런 것이 여기 있었지? 무심코 두리번거리던 그는 깜짝 놀란다.

'아니, 저건 누구야. 웬 늙은이가 남의 방에 멋대로 들어와 앉아 있어?'

그는 혼란에 빠져 허둥거린다. 지금 그의 눈앞에 한 사내가 앉아 있다. 팔을 뻗으면 닿을, 바로 코앞이다. 사내의 기이한 모습 때문에 그는 재차 놀란다. 그 자는 밥상 위에 놓인 큼지막한 냄비 속에다 머리통을 거꾸로 집어넣은 채 양반다리를 하고 앉아 있다. 무슨 짓이라냐. 거참, 누군지 별난 꼬락서닐 다 하고서 밥을 먹고 있구먼. 어이가 없어 그는 피식 웃는다. 그런데 이상하게도 사내는 움직임이 없다. 혹시 죽은 건가. 사내의 모습이 어딘지 눈에 익숙하다. 헐렁한 파자마 바지와 누런 러닝셔츠, 앙상한 어깨가 영락없이 누군가를 닮았다. 마침내 그는 냄비 가장자리로 비죽이 나와 있는 뒷머리의 백발을 알아본다.

'설마! 저, 저 늙은이가 나라는 말이여?'

그는 경악해서 부르짖는다. 비로소 그는 자신이 처한 상황을 어렴풋이 깨닫기 시작한다. 하지만 지금 맞은편 괴상한 모습의 노인은 더 이상 그 자신이 아니다. 그건 빈껍데기 육신이다. 조금 전까지 그가 담겨 있었던 가죽 포대기, 텅 빈 자루일 뿐이다. 뭐라고? 그렇다면 지금 여기에 있는 나는 무엇이란 말인가. 그는 손으로 몸을 더듬어보다가 기겁을 한다. 이게 어찌된 영문인가. 손이 없다. 양쪽 팔도 없다. 다리도, 몸통도, 머리통마저 사라진 것이다. 그는 형체 없이 허공에 아지랑이처럼 푸르스름하니 떠 있는 자신을 뒤늦게 발견한다. 오호, 콜롬비아 커피의 신비롭고 감미로운 향. 이제는 연인과 단둘이 즐기세요. 텔레비전에서 음악과 함께 광고가 흘러나온다.

그는 힘없이 바닥에 주저앉는다. 이젠 모든 것이 자명해졌다. 그는 이미 죽었다. 그리고 혼이 되어 몸에서 빠져나온 것이다. 눈앞의 저것은 이젠 껍데기에 지나지 않는다. 아까 밥상에 앉아 첫 숟갈을 막 뜨려는 찰나, 돌연 풍선처럼 팽창한 심장이 그의 뇌혈관 피막을 찢어버렸다. 그 순간 눈앞으로 검은 차단막이 덜컥 내려졌고, 동시에 모든 것은 정지해버렸다. 그랬구나. 결국 난 그렇게 죽음을 맞은 거로구나.

'아니, 그럴 리가 없어. 저건 내가 아니여.'

그는 벌떡 일어나 노인에게 다가간다. 얼굴을 확인해볼 작정이다. 냄비를 움켜잡고 힘껏 벗겨내려던 그는 일순 당혹한다. 아차, 이젠 나한테는 손이 없지. 팔다리도, 몸통도, 머리조차도 이젠 없어. 아아, 이걸 벗겨내야겠는데, 무슨 방법이 없을까. 초조해진 그는 방 안을 어지럽게 떠다닌다. 노인의 주위를 맴돌고, 허공을 풍선처럼 떠서 오락가락하고, 창문에 붙어 바깥을 내다보고 또 본다. 마침내 기진맥진해진 그는 처음 자리로 돌아와 주저앉는다. 무거운 한숨을 내쉬며 그는 맞은편 늙은이를 망연히 바라본다.

하필이면 저런 꼴로 죽었을까. 그는 혀를 찬다. 머리통은 냄비 속에 처박고 양반다리를 미처 풀지도 못한 채 숨이 끊어지다니. 머리 무게 탓인지 냄비 밑바닥 한쪽은 허공을 향해 비스듬히 떠 있고, 다른 한쪽은 플라스틱 밥상 바닥에 날을 세우고 멈춰 있다. 흡사 활주로를 박차고 막 이륙하는 찰나의 비행기처럼 아슬아슬하다. 얼굴이 완전히 가려진 탓에 냄비가 진짜 머리통 같아 보인다.

'그러고 보니, 그것이 냄비 바닥이었구나.'

그는 아까 의식이 끊어지기 직전, 퍽 소리와 함께 펼쳐지던 그 검은 차단막의 정체를 뒤늦게 알아차린다. 기막힌 일이지 뭔가. 이 두 눈에 비친 세상의 마지막 풍경이 하필이면 냄비 밑바닥이었다니. 쯔쯔쯧. 그는 연신 혀를 찬다. 한평생 내내 참 지지리도 박복하더니, 갈 때도 요 모양이로구나. 그는 73년을 함께 해온 그 몸뚱이를 새삼스레 안쓰러운 눈길로 바라본다. 밥상 위에 놓인 볼품없는 두 손. 평생 수많은 옹기를 빚어 그의 목숨을 지탱해준 그 손한테 그는 미안하고 고맙다. 가랑잎처럼 천지사방을 함께 떠돌아다녀준 두 발에게도 고맙고 미안하다. 냄비 속에 갇혀 있는 눈, 코, 입, 얼굴한테는 더더욱 그렇다. 어떻게 해서든 그것들을 냄비 속에서 꺼내줘야 한다. 어찌 육신을 이런 꼴로 세상에 버려둔 채 훌쩍 떠날 수 있겠는가. 그는 변기에 걸터앉아 죽은 황씨가 오히려 부러워진다. 와그르르. 깔깔깔깔. 구경꾼들의 웃음소리가 또렷하게 들려오는 것만 같다.

삐이, 삐잇. 문득 새 울음소리가 들린다. 그는 흠칫 놀라 창문 쪽을 두리번거린다. 그를 부르는 소리다. 이젠 떠나야 할 때라고, 서두르라고 재촉하는 소리. 그는 고개를 절레절레 흔든다. 방 안이 성큼 어두워지고 있다. 그는 벽에 등을 기대고 힘없이 중얼거린다.

'기다려봐. 곧 누군가 나타날 거여.'

이틀이 지나고, 사흘이 지났다. 오늘은 올 거여. 틀림없이 누구라도 들여다보겠지. 밥상 너머 늙은이를 바라보며 그는 초조하게 뇌까린다. 벌써 저녁이 가까워온다. 하지만 누가 온단 말인가. 그는 이제는 자신이 없다. 사흘 동안 사람은커녕 쥐새끼 한 마리 얼씬하지 않았다. 그의 방엔 전화기조차 없다. 정작 기다리는 사람도 없고 걸 만한 상대도 없는데 매양 쓸데없는 전화만 걸려온다고, 오래전 그가 없애버렸다. 쉬파리 떼 윙윙대는 소리가 굉장하다. 전날 한 마리가 처음 눈에 띄더니, 이젠 마침내 열 마리를 넘어섰다. 창문에 방충망을 쳤음에도 어떻게 들어왔을까.

그는 연신 방바닥을 살핀다. 노인의 하체를 중심으로 방바닥에 불그죽죽한 액체가 흥건히 고여 있다. 노인의 배설물과 몸에서 흘러나온 정체불명의 체액이 뒤섞여 있다. 아까보다 그 면적이 눈에 띄게 넓어졌다. 시간이 갈수록 부패가 빠르게 진행 중이라는 증거이다. 노인의 파자마 바지는 완전히 점액질로 덮였다. 팽팽히 부어오른 러닝셔츠 복부 부분에도 쉬파리들이 건

포도처럼 점점이 들러붙었다. 또 다른 쉬파리 한 무리는 아까부터 냄비 속을 분주히 들락날락하는 중이다. 필시 노인의 입과 콧구멍 속에 엄청난 양의 알을 까놓았을 것이다. 조금 있으면 그것들이 한꺼번에 부화해서 기어 나오기 시작할 텐데…… 아, 이걸 어쩌면 좋은가. 참다못해 그는 현관문 틈새로 방을 빠져나온다.

어두침침한 복도엔 아무도 없다. 그는 허둥대며 복도 이쪽과 저쪽 끝 사이를 왔다 갔다 한다. 이보시오들. 사람이 죽었소. 저쪽 방에 가보란 말이오. 그의 다급한 외침은 소리가 되지 못한다. 그는 문틈을 통해 이 방 저 방 함부로 드나들기 시작한다. 바로 옆방엔 아무도 없다. 검은 피부의 청년들은 밤이 되어야 돌아올 것이다. 205호에선 칠십 노모가 마흔이 넘은 아들의 발을 씻겨주고 있다. 교통사고로 척추를 상한 아들은 하반신을 쓰지 못해 노모가 대소변까지 받아낸다. 맞은편 206호에선 혼자 사는 주정뱅이 영감이 '울려고 내가 왔나'를 혼자 흥얼대고 있다. 3층의 두 노파와 마찬가지로 틈만 나면 폐지며 종이박스를 주우러 나가는데, 오늘은 어디서 한 잔 걸친 모양이다. 그 영감의 목숨이 올 겨울을 넘기지 못할 것임을 그는 이미 알고 있다. 만취해서 자다가 토사물이 기도를 틀어막는 바람에 숨져 있는 것을 사흘 뒤 우연히 찾아온 조카가 발견하게 될 터이다. 204호 양씨 방 현관문이 빠끔 열려 있다. 삼겹살 태운 연기가 솔솔 흘러나온다. 퇴직금을 경마에 홀라당 털어먹고 집에서 쫓겨난 그는 지금 방바닥에 신문지를 펴놓고 혼자 삼겹살에 소주를 마시고 있다. 정확히 3년 후, 이 남자는 입안에 약을 한 줌 털어넣고 어느 여관방에서 생을 마치게 될 운명이다. 202호 여자는 마침 혼자서 팔뚝에 인슐린 주사를 놓고 있는 참이다. 비구니였던 이 늙은 독신녀는 오랫동안 심한 우울증과 당뇨병에 시달리고 있다. 그녀 역시 5년 후, 수원시 어느 쪽방촌의 옥탑방에서 약물과용에 영양실조가 겹쳐 혼자 쓸쓸히 죽음을 맞게 될 터이다. 무연고인 그녀의 몸은 당사자의 유언에 따라 한 대학병원의 해부실습용으로 제공될 것이고…… 201호 노파는 혼자 누룽지를 뜯어 먹으며 텔레비전에 열중해 있다. 지난 봄 영감이 죽고 난 후부터 슬슬 치매기를 보이는데, 의지할 자식도 없는 처지이다. 그들 대부분은 국민기초생활 대상자로 매월 국가에서 지급하는 생계지원금을 받아 근근이 살아간다. 아직은 젊은 203호의 노가다 김씨는 예외이다. 그도 오늘은 일자리를 얻지 못해 빈손으로 돌아온 모양이다. 티브이 볼륨을 한껏 올려놓고서, 식당 일을 나가야 하는 아내를 붙잡아놓고 부부싸움을 한바탕 벌이는 중이다. 그는 3층으로 올라간다. 거기도 2층과 별 다를 게 없다. 1층도, 지하층도 역시 마찬가지이다. 여느 때처럼 건물 현관 복도엔 늙은 여자들 서넛이 의자를 내놓고 잡담 중이고, 마당에선 조무래기들이 공을 쫓아 이리저리 몰려다닌다. 모두가 매일 똑같이 되풀이되는 진부한 풍경들이다. 그중 누구도 2층 맨 구석진 방에 홀로 사는 그 음울하고 조용한 노인네의 안부 따윌 궁금해 할 사람은 없다. 그는 잔뜩 풀이 죽은 채 방으로 되돌아온다.

닷새째 되는 날, 드디어 누군가 문을 쿵쿵쿵 두드린다. 새벽녘 술에 떡이 된 대리운전기사가 방을 잘못 찾아온 것이다. 하지만 그는 용케 자신의 실수를 깨닫고 곧 3층 자기 방으로 비칠비칠 올라간다. 그뿐, 아무 일도 일어나지 않았다. 방 안에선 여전히 텔레비전 저 혼자 온종일 떠들고 웃고 울고 노래하고 춤을 추고 있다.

엿새째 되는 날, 또 누군가 나타난다. 똑똑똑. 무척 조심스레 문을 두드린다. 202호의 비구니 여자다. 저, 할아버지. 망치 있으면 잠시 빌릴까 해서요. 안에 계신가요? 그녀는 문에 입을 바짝 대고 말한다. 잠시 기다려보다가 이번엔 한쪽 귀를 문에 가져다댄다. 티브이 소리만 들려올 뿐 끝내 응답이 없자 그녀는 이마를 찡그리며 돌아선다. 잠시 후 204호에서 망치를 빌린 그녀는 제 방으로 돌아간다. 그러곤 더는 아무 일도 없었다.

정확히 일주일째 되는 날이다. 아무려면 이렇게도 모를 수가 있을까. 분명 복도에까지 냄새가 퍼지기 시작했을 텐데…… 그래도 오늘 그는 다소나마 느긋해진 기분이다. 오늘은 화요일, 복순 씨가 정기적으로 방문하는 날이다. 복순 씨에겐 더없이 미안한 일이지만, 차라리 복순 씨의 눈에 띄는 편이 나을 지도 모른다. 최소한 복순 씨만은 슬퍼해줄 테니까. 으하하하하. 텔레비전에서 청년들이 일제히 폭소를 터뜨린다. '이박삼일'인가 뭔가 하는 예능 프로그램. 그들의 입에 큼직한 찐빵이 한 개씩 물려 있다. 젊은 연예인 예닐곱 명이 자동차를 타고 시골집에 몰려가서 시종 시끌벅적 노닥거리는 내용이다. 만날 실없는 소리만 지껄이는데도 뭐가 그리 재미있는지, 화면에선 호들갑스런 웃음소리가 끊임없이 터져 나온다.

방 안은 완전히 거대한 벌집으로 변해 있다. 붕붕부웅붕. 엄청난 수의 쉬파리 떼가 편대를 지어 미친 듯이 날고 있다. 엄지손톱 만하게 큰 놈들이 배가 잔뜩 불러 올라서 잠시도 쉬지 않고 붕붕거린다. 맞은편 노인은 이미 거의 형체를 잃었다. 햇볕 아래 눈사람처럼 소리도 없이 흐물흐물 뭉개져 흘러내리고 있다. 피부는 시루떡처럼 검붉게 부풀어 오르고, 극도로 팽창한 복부의 압력에 러닝셔츠는 터지기 직전이다. 방바닥 어디에나 희멀겋게 살진 벌레들이 구물구물 기어 다닌다. 모두 곧 쉬파리로 변신할 놈들이다.

오후 5시가 넘었다. 어찌된 셈일까. 매번 어김없이 오전 10시에 나타나던 사람인데. 그는 안절부절, 또 복도로 빠져나간다. 아침부터 벌써 수십 번째 들락날락하는 참이다. 3층부터 반지하층까지 빙 돌아본 다음, 오늘은 마당을 지나 큰길 버스 정류장까지 나가 복순 씨를 기다린다. 한참을 기다리던 그는 혹시 다른 길로 올지도 모른다는 생각에 서둘러 방으로 되돌아온다. 삐잇 삐잇 삐잇. 또 새 울음소리가 들린다. 한층 더 다급하고 날카로운 소리.

그는 초조하게 연신 창문 쪽을 돌아다본다. 방 안이 점점 어두워지고 있다. 밤이 성큼 다가오고 있는 것이다. 티브이는 저 혼자 쉬지 않고, 일주일 내내 변함없이 떠들어대고 있다. 워우워우, 키스 미 나우. 키스키스키스미 미미미미……오예에. 인형처럼 생긴 소녀들이 현란한 무대 위를 깡충깡충 뛰어다니며 춤추고 노래한다. 그는 방바닥에 맥없이 쭈그려 앉는다. 맞은편 노인의 키가 눈에 띄게 낮아졌다. 밥상 위엔 커다란 냄비 하나가 여전히 보름달처럼 떠 있다.

'저 늙은이, 냄비 안에 뭐가 있다고 저리 뚫어져라 들여다보고 있을꼬.'

그는 쓴웃음을 흘린다. 고향집 뒷마당에 작은 우물이 있었다. 유년의 그는 유난히도 우물 속을 들여다보길 좋아했다. 깊고 캄캄한 구멍 속에 언제나 고여 있던 그 축축하고 음습한 공기와 신비로운 정적. 눈앞의 노인이 영락없이 우물을 들여다보는 아이와 닮았음을 그는 문득 깨닫는다. 그래, 어쩌면 나는 그 좁고 어두운 구멍만을 평생 들여다보며 살아온 것인지도 몰라.

방 안이 완전히 어두워졌다. 티브이가 갑자기 현란한 빛 무더기를 한꺼번에 벌컥벌컥 토해낸다. 쇼 프로그램이 시작되는 참이다. 이제 그는 안다. 오늘, 복순 씨는 오지 않을 것이다. 내일, 모레, 아니 한참 더 늦어질지도 모른다. 하지만 복순 씨는 꼭 나를 찾아올 것이다. 그래서 찬장 서랍 안에 넣어둔 봉투를 발견하고 열어볼 것이다. 그 안엔 예금통장 두 개와 복순 씨 앞으로 써놓은 편지 한 장이 들어 있다. 통장 하나엔 기초생활수급대상자에게 매달 지급되는 급여 명세표가 빠짐없이 기록되어 있다. 다른 하나는 288만 원의 잔고가 찍힌 그의 비밀통장이다. 목포를 떠나올 때, 집을 팔고 받은 돈에서 약간만을 제하고 며느리에게 모두 넘겨주었다. 친정 오빠가 있는 브라질로 아이와 함께 살러 간다면서, 그녀는 아이 몫의 유산을 미리 정리해달라고 말했다. 그때 떼어둔 돈에서 쪽방 보증금만 빼놓고, 나머지는 지금껏 통장에 꼭꼭 묻어두었다.

〈복순 아줌마 만약에 내가 급작스레 죽던지 하게 되면 이 돈을 장례비용에 써주시기 바라오 혹여 잔돈푼이나마 남게 되거든 복순 씨 속옷 한 벌 사입도록 하시오 화장하고 나온 뼛가루는 어디 한적한 바다에 뿌려주시오 진정 미안하오만 나한테는 복순 씨 말고는 달리 부탁할 사람이 없구려. 그동안 고마웠소 행복하게 오래오래 사시오 허만석 씀〉

그는 방을 빠져나온다. 복도를 지나 건물 옥상으로 올라가, 급수탱크 꼭대기에 걸터앉아 거리를 내려다본다. 거대한 도시 위로 어둠이 먹물처럼 스멀스멀 내려앉고 있다. 가로등이 하나둘 켜지고 상가엔 벌써 불빛이 환하다. 미등을 밝힌 채 차도에 길게 늘어선 자동차의 행렬이 붉은 강을 이루며 천천히 흘러가고 있다. 맞은편 산동네 가난한 집 창문들도 이제 곧 차례로 불을 밝힐 것이다.

그는 발 아래 펼쳐진 세상의 거리를 물끄러미 바라본다. 수많은 인간의 집들이 어둠 속에 저마다 쓸쓸한 얼굴로 모여 앉아 있다. 저물녘의 집들은 다들 어딘지 순한 가축들의 얼굴을 닮았다. 목에 고삐를 걸고 엎드려 앉아, 저마다 먼 어딘가를 물끄러미 응시하며 조용히 되새김질을 하고 있는 초식동물들. 그는 지금 그것들의 나지막한 숨소리를 듣고 있다. 머잖아 저들도 모두 이 세상을 떠나 흔적 없이 사라지리라. 오늘 지상에서 숨쉬고 있는 것들이 차례로 떠나고 나면, 내일은 또 모르는 얼굴들이 찾아와 저 창문마다 새로운 불빛을 켜놓겠지.

그는 방으로 돌아온다. 삐이 삐잇. 창밖에서 다급하게 새가 울어댄다. 이제는 마침내 떠나야 한다는 걸 그는 안다. 까르르르. 화면에선 금방 숨넘어갈 듯 요란한 웃음소리가 연신 터져 나온다. 불 꺼진 방 안에 티브이만 혼자, 영원히 죽지 않는 괴물의 눈알처럼 싱싱하게 살아 있다. 냄비는 아직도 밥상 위에 비스듬히 서 있고, 노인은 이젠 뭉툭하고 검은 실루엣으로만 남아 있다.

자, 그만 일어서야 한다. 작별인사를 하듯 그는 맞은편 실루엣을 잠시 응시한다. 거기 시간의 덩어리 하나, 세월의 불룩한 자루 하나가 홀로 방치된 채 소리 없이 녹아내리고 있다. 그 누추한 자루 속에 담긴 한 생애의 모든 시간, 추억, 풍경 그리고 이야기들도 함께 지워지고 있다. 그렇다. 아주 작고 이름 없는 세계 하나가, 아무도 모르는 사이, 마침내 이 지상에서 영원히 사라진 것이다. 흡, 그의 입에서 가느다란 흐느낌이 흘러나온다. 삐잇 삐잇. 창밖에서 다시 새가 울기 시작한다. 이제야말로 일어서야 한다. 더는 머뭇거릴 수 없음을 그는 안다. 그럼에도 그는 쭈그려 앉아 자꾸 울고 있다. 벗겨줘야 할 텐데. 그냥 두고 갈 수는 없는데. 그는 자꾸만 운다.

슬픔과 고통의 견딤

— 임철우의 「세상의 모든 저녁」

1. 유하의 시 「세상의 모든 저녁 1」과 소설 「세상의 모든 저녁」

곽재구의 시 「사평역에서」를 재구성하여 걸작 「사평역」을 만들었던 작가 임철우가 유하의 시 「세상의 모든 저녁」(연작 3수)을 바탕으로 원고지 180 매 분량의 중편 「세상의 모든 저녁」을 지었다. 세 편으로 구성된 연작시 「세상의 모든 저녁」 가운데 이 소설과 보다 깊이 관련된 것은 「세상의 모든 저녁 1」로 보인다.

> (…전략…)
> 추억은 먼지 낀 유행가의 몸을 빌려서라도
> 기어코 그 먼 길을 달려오고야 만다
> (…중략…)
> 세상은 사는 것이 아니라 견디는 것이기에
> 오래 견디어 낸 상처의 불빛은

그다지도 환하게 삶의 노을을 읽어 버린다
소멸과의 기나긴 싸움을 끝낸 노을처럼 붉게 물들어
쓸쓸하게 허물어진다는 것,
(…후략…)

— 유하, 「세상의 모든 저녁 1」 부분

소설 「세상의 모든 저녁」과 관련하여 위 시의 주요 내용을 간추리면 '추억이 멀리서 달려온다는 것', '세상은 사는 것이 아니라 견디는 것이라는 것', '노을처럼 쓸쓸하게 허물어진다는 것' 등이다. 임철우의 「세상의 모든 저녁」은 이 시의 이 같은 내용을 바탕으로 축조한, 한 사람의 생애 전부를 담고 있는 작품이다.

2. 슬픔과 고통의 견딤

임철우의 소설 「세상의 모든 저녁」은 한 사내가 생애 마지막 날 자신의 평생을 돌아보는 내용을 중심으로 이루어진 작품이다. 이승을 떠나는 그날 평생의 추억이 멀리서 줄이어 달려와 그를 추억 여행으로 이끈다. 그의 추억 여행은 숨을 거둔 뒤에도 이어진다. 육체에서 분리된 그의 영혼은 좁은 쪽방에서 혼자 썩어가는 육신을 바라보며 시간을 되짚어 오르기도 하는 것이다.

추억 여행을 따라 일흔세 살 된 사내의 평생이 드러나는데 그 평생은 유하의 시가 말하는 '세상은 사는 것이 아니라 견디는 것', '노을처럼 쓸쓸하게 허물어진다는 것'을 잘 보여준다. 그는 자신의 삶을 꿈꾸고 기획하고 실천하는 자기 삶의 주체로서 산 것이 아니라 자신이 통어할 수 없는 어떤 것들에 이끌려, 어둠을, 외로움을, 가난을, 전락과 허물어짐을 견디며 그 오랜 시간을 걸어왔다.

그를 지배한 것은 여러 가지이다. 하나는 옹기산업의 쇠퇴. 그는 옹기장이의 아들로 태어나 옹기장이가 되었다. 남다른 재주를 타고났으니 그는 뛰어난 옹기장이였다. 많은 돈을 벌던 좋은 시절도 있었다. 그러나 산업화와 함께 옹기산업은 갈수록 쇠퇴한다. 그는 기술자의 자리로 내려앉아 전라도 여기저기 옹기 가마를 떠돌다가 마침내는 가마를 떠나야 하는 데까지 내밀렸다. 옹기산업의 쇠퇴에 따라 갈수록 주변으로 밀려나는 것만을 문제 삼았다면 이 작품은 사회역사적 요인에 규정되는 소외 문제를 다룬, 흔하디흔한 소설에 머무르고 말았을 것이다.

물론 그렇지 않다. 그를 지배한 것은 이것 말고도 여러 가지가 또 있다. 먼저, 육친의 연이은 죽음에서 생겨난, "평생 식솔 따윈 절대로 만들지 않을 작정", "소중한 그 무엇을 상실하는" 것에 대한 두려움 그리고 그 두려움과 등을 맞대고 있는 "애초에 인연을 만들지 말아야 한다는 강박관념" 등이 그것들이다. 그가 타자들과의 관계 맺기를 두려워하고, 이미 맺은 관계의 그물 밖으로 도망치곤 했던 것은 이것들 때문이다. 그는 그 관계의 그물 밖으로 벗어났을 때는 물론, 그 관계의 그물 속에 있을 때도 그곳으로부터 벗어나고자 한, 그래서 언제나 혼자인 외로운 존재였다.

이런 그를 더욱 외롭게 만든 것은 "훌훌 떠돌고 싶어 하는 천성"이다. 그는 태어나면서부터 역마의 천성을 지니고 있었다.

가난하지만 따스한 아랫목과 자신을 기다려주는 이가 있어 그는 좋았다. 그런 한편으로는 무엇에건 묶이지 않고 바람처럼 훌훌 떠돌고 싶어 하는 천성 때문에 마음이 무겁고 답답했다. (267쪽, 밑줄─인용자)

옹기산업의 쇠퇴, 육친의 잇단 죽음에서 비롯된 두려움과 강박관념, 그리고 타고난 역마의 천성이 함께 작용하여 그를 혼자서 길 위를 떠도는 천애유랑의 나그네가 되게 하였다. 그를 천애유랑의 나그네가 되게 한 그 세 요인은 각각 사회역사적 변화, 심리적 외상, 운명이라 할 수 있을 것이다. 우리 소설에는 이들 요인에 이끌리고 떠밀려 천애유랑의 나그네로 살게 된 사람의 생애를 그린 작품이 대단히 많은데 그 대부분은 이 가운데 어느 하나만을 문제 삼는다. 「세상의 모든 저녁」은 이 모두를 함께 문제 삼았으니 이왕의 다른 소설들과는 구별되는 새로움을 확보하게 되었다.

3. 피해/가해의 진실

안팎으로 자신을 가두는 이들 요인에 지배당한 그의 평생은 슬프고 고통스러운 것이었다. 밥을 먹다가 죽음의 길에 들어 얼굴에 냄비를 뒤집어쓰고 죽은 그의 참혹한 최후는 이처럼 슬프고 고통스러운 그의 평생을 압축해 드러낸다.

> '저 늙은이, 냄비 안에 뭐가 있다고 저리 뚫어져라 들여다보고 있을꼬.'
> 그는 쓴웃음을 흘린다. 고향집 뒷마당에 작은 우물이 있었다. 유년의 그는 유난히도 우물 속을 들여다보길 좋아했다. 깊고 캄캄한 구멍 속에 언제나 고여 있던 그 축축하고 음습한 공기와 신비로운 정적. 눈앞의 노인이 영락없이 우물을 들여다보는 아이와 닮았음을 그는 문득 깨닫는다. 그래, 어쩌면 나는 그 좁고 어두운 구멍만을 평생 들여다보며 살아온 것인지도 몰라. (284쪽)

"그 좁고 어두운 구멍만을 평생 들여다보며 살아온 것"이 뜻하는 게 무엇인지 분명하지 않지만, 그가 무엇인가에 갇혀 평생을 살아왔다는 점만은 뚜렷하다. 소설의 전체 내용과 관련지어 읽으면, 앞에서 살핀 세 요인의 폭력에 지배당해 두려움, 강박관념, 외로움의 캄캄 어둠 속 삶을 살아왔다는 것을 뜻한다고 이해할 수 있을 것이다.

"좁고 어두운 구멍만을 평생 들여다보며 살아온" 생애라니, 섬뜩하다. 그 생애의 섬뜩할 정도로 크고 깊은 슬픔과 고통은 처참한 모습으로 죽어 아무도 모르는 가운데 혼자 썩어가는 주인공의 마지막 사라짐의 과정을 그리는 세밀화의 그것 같은 묘사, 죽음을 그린 우리 소설이 묘사 가운데 가장 세밀하여 더욱 섬뜩한 묘사를 통해 효과적으로 부각된다.

지금까지 살펴온 대로 「세상의 모든 저녁」은 한 사내의 슬프고 고통스러운 생애를 다룬 소설이다. 안팎의 여러 요인이 그의 생애를 지배하였음은 지금까지 살핀 대로이다. 그는 이 소설의 바탕이 된 유하의 시가 말하는 대로 '세상은 사는 것이 아니라 견디는 것'임을 보여주며, '노을처럼 쓸쓸하게 허물어'져 갔다.

그렇다면 그는 생애 내내 피해자이기만 했는가? 그렇지 않다고 이 작품은 말한다. 그는 때로 가해자이기도 하였다.

> 그는 자신이 얼마나 초심을 사랑했는지 뒤늦게 깨달았다. 그리고 그 여자에게 얼마나 무서운 짓을 저질렀는지도. 그 가엾은 여자에게 그는 지상에 남은 마지막 사람이었으리라. 그녀 또한 그에게 남은 지상의 마지막 사람이었듯이. 그는 바로 그걸 몰랐다. 그 캄캄한 새벽, 아이를 골짜기에 손수 묻고 혼자 내려올 때 그는 제 몫의 생의 끝을 마침내 보고 말았노라 믿었다. 하지만 어미인 초심이야말로 더 깊고 큰 어둠 속에 갇혀 버렸다는 사실은 미처 헤아리지 못했다. 그는 오로지 자신만의 어둠에 눈이 멀어버렸다. 그리하여 초심을 어둠의 진구렁 속으로 대신 밀어넣고, 저만의 이기심과 욕망을 좇아 허둥지둥 도망쳐 버린 거였다. (274쪽)

감당할 수 없을 정도로 크고 깊은 슬픔과 고통은 때로 타자를 해치는 요인이 되기도 한다. 주인공은 그 슬픔과 고통의 '어둠'에 눈멀어, 그 어둠에서 벗어나고자 하는 "저만의 이기심과 욕망"에 갇혀, 타자의 처지를 헤아려 살피는 배려의 마음을 상실하고 말았다. 위 인용은 타자를 배려하는 마음을 상실한 그가 자기도 모르는 사이, 타자를 해치는 가해자가 되고 만 것을 보여준다.

그는 피해자이자 동시에 가해자이기도 하다. 위 인용이 보여주는 깨우침의 순간, 주인공의 슬픔과 고통에 가려져 있던 '피해/가해'의 진실이 드러났다. 인간이란 때로 자신의 슬픔과 고통에 눈멀어 타인에게 "무서운 짓"을 자신도 모르는 사이에 저지르곤 하는 슬픈 존재인 것이다. 이에 이르러 「세상의 모든 저녁」은 피해 또는 가해 어느 하나만을 문제 삼는 납작한 소설들과는 구별되는 깊이를 확보하였다.

1987년 『중앙일보』 신춘문예에 당선되어 등단했다. 소설집 『장밋빛 인생』 『나의 피투성이 연인』 『발칸의 장미를 내게 주었네』 『이상한 슬픔의 원더랜드』 『내 아들의 연인』 『아프리카의 별』 『프랑스식 세탁소』 등이 있다. 오늘의 작가상, 이상문학상 등을 수상했다.

정미경

목 놓아 우네

목 놓아 우네

비어 있음을 알리며 조금씩 열려 있는 아홉 개의 문을 지나쳐 맨 안쪽 칸엘 들어가 문을 닫고는 변기커버를 내리고 그 위에 엉덩이를 내려놓았다. 약간 선득하지만 곧 체온으로 데워져 이물감이 없어질 것이다. 심은 숨을 죽이고 잠시 귀를 기울여본다.

낮과 달라진 게 없을 텐데도 이 시간의 화장실 불빛은 탐조등의 그것처럼 집요하다. 청소부들이 퇴근하기 전 말끔히 닦아놓은 바닥의 타일들이 만년빙처럼 차가워 보인다. 맞은편까지 모두 스무 칸인 화장실에는 지금 아무도 없다. 딱 한 번 누가 문을 두드린 적이 있었지만 지금보다 이른, 여덟 시 무렵이었던 걸로 기억된다. 목을 뒤로 깊숙이 젖혔다가 세우며 등을 기댄다. 누군가 단란한 손으로 받쳐주는 듯한 이 느낌이 좋다.

심은 무릎 위에 올려놓은 검은 봉지를 열어 투명한 비닐봉지를 끄집어낸다. 엄지손가락 크기의 김밥 몇 개가 들어 있다. 하나를 손으로 집어 입에 넣는다. 눅눅해진 김에서 비릿한 향이 나지만 두어 번 씹으면 특유의 맛이 입안에 번지기 시작한다. 매사에 계산이 빠른 황은 지하철 출구에 미니트럭을 세워놓고 이 김밥을 파는 남자의 수입이 엄청나다고 했다. 출근시간에 나와 준비해온 김밥이 다 팔리면 트럭은 사라지는데, 황의 추정은 이랬다. 계산을 해봤는데 하루 매출이 백이십만 원 안팎, 원가는 넉넉잡아 이십오 프로. 오후엔 포르쉐 타고 청담동에서 놀아요. 언젠가 본 적이 있어요. 둘러서서 김밥을 집어먹던 사람들이 다 웃었다. 삼천오백 원짜리 이 김밥엔 구운 스팸만 들어 있다. 맛은 나쁘지 않다. 사실 나쁘지 않은 정도가 아니라 중독성이 있어 일요일 오후엔 특유의 잔향이 그리워지기도 한다.

김밥을 씹으면서 습관처럼 왼손에 든 휴대폰의 문자함을 열어 읽다 시선이 멈춘다. 그리 오래되진 않았지만 까마득한 시간 저편의 상형문자처럼 그건 매번 독해가 쉽지 않다.

우리 사이의 일이 프로젝트 때문이라고 생각하는 건 아니겠지요. 나로선 사랑하지만 같이 할 수 없는 사람도 있다는 걸 알았어요. 무언가 극복할 수 없는 다름이 있었어요. 정작 둘만 있을 땐 없는 사람과 함께 있는 것 같았고.

사랑. 사랑하는 사이라면 다름이란 극복이 아니라 인정해야 하는 게 아닌가. 심은 그때 그렇게 쓴 답을 보내지 못했다. 이 자리에 앉아 목을 뒤로 한껏 젖혔다 세우고는 김밥을 입에 넣고 꼭꼭 씹을 때의 느낌에 꼭 들어맞는 단어가 없는 것처럼, 세상에는 사랑이라는 단어에 꼭 들어맞는 관계는 없을지도 모른다고 생각했다. 언제나처럼 김밥을 완전히 삼킨 후에야 새 걸 입에 넣는다. 바깥으로 밤참을 먹으러 나간 동료들은 심이 이를 닦고 커피를 가글하듯 마시고 스피어향의 치클껌 세 개를 한꺼번에 씹어 김밥의 흔적을 완전히 지운 후에야 들어올 것이다. 밥에는 가다랭이, 설탕, 식초로 짐작되는 맛이 희미하게 섞여 있다. 아마도 약간의 인공조미료도 들어 있겠지. 팀원들에겐 요즘 역류성 식도염이 재발하여 야식을 못한다고 말해두었다. 역류성 식도염의 증상이 실제로 어떤지는 알지 못한다. 그 병엔 짜고 매운 음식, 특히 야식이 가장 나쁘다는 신문기사를 읽었을 때 심은 만성 역류성 식도염 환자가 되기로 했다.

김밥은 느리고도 빠르게 줄어든다. 바싹 구운 스팸의 풍미도 매혹의 근원이겠지만 다 먹어도 포만감이 느껴지지 않는 이 애매한 분량이 중독의 비밀일 수도 있겠다. 마지막 하나를 입에 넣고 비닐봉지를 구겨 쥐고는 더 천천히 씹었다. 김밥 파는 남자의 얼굴을 떠올려보려 했는데 김밥을 살 때마다 그가 한 번도 이쪽 얼굴을 쳐다보지 않았다는 생각이 들자 포르쉐를 탄다는 황의 말이 사실일 수도 있겠다 싶다. 문자메시지가 들어온다. 모르는 번호였고 두 번 읽고는 잘못 보낸 거란 걸 알았다.

이제 추풍령. 속이 쓰려 국수 한 그릇. 식도를 잘라버릴까봐. 역류성 식도염엔 밤참이 쥐약이라는데. 찍찍! 불 켜놓고 나가. 퇴근할 때 항생제 몇 알만.

심은 식사의 마지막 여운이 흐트러진 것에 약간 짜증이 났으나 평소의 심이라면 결코 하지 않았을 짓을 하고 있었다. 변기커버 위에서 김밥을 오물거리며 짧지 않은 문자를 입력한 건, 역류성 식도염 때문이었을 것이다. 어쨌거나 동병상련이란 옛말도 있지 않은가.

*

아, 좋다!

코끝이 촉촉해진다. 마약중독자처럼 컵을 코 아래 대고 숨을 깊이 들이마시던 심은 그만 참지 못하고 한 모금을 홀짝 마셔버린다. 헐은 식도 위로 뜨거운 커피가 흘러가는 느낌이 부르르 떨리도록 좋다. 날렵한 하현달의 흰빛이 환하게 흩뿌려진 하늘을 올려다보았다. 실외에 있는 매대들은 이 시간엔 영업을 하지 않는다. 대형 유리창 안쪽, 환한 조명 아래 와글거리는 사람들이 현미경 아래 샬레의 세균처럼 보인다. 끊임없이 무언가를 먹고 꿈틀거리는, 개별성이 없는 무리. 잠 같은 건 자지 않는 사이보그처럼 느껴지는 건 금속성의 조명 탓이겠지.

한 손에 컵을 든 채 오른팔을 뒤로 조심조심 돌려보았다. 견갑골 사이에 시멘트 반죽을 부어놓은 것처럼 팔은 어느 지점에서 멈춘다. 운전대를 잡고 있으면 통증은 팔을 따라 내려와 손가락까지 뻣뻣해진다. 등이 굳으면 꼭 체증이 같이 오고 식도염 증상도 덩달아 심해진다. 못 견딜 지경이면 들르는 지압원 원장은 사람의 몸은 바깥과 안이 유기적으로 연결되어 있다며, 쇄골 아래쪽을 손가락으로 아주 살짝 눌렀는데 심은 기절할 것 같은 통증에 그의 손을 확 뜯어내고 말았다.

냄새만 맡고 버려야지 하며 뽑아온 커피를 다 마셔버렸다. 의사는 당분간 죽을 먹으라 권했지만 병원을 다녀온 후로 한 끼도 죽을 먹지 않았다. 심은 죽어도 죽을 먹기가 싫다. 호주머니 속에서 문자도착음이 들렸지만 확인하지 않았다. 응, 아니면 몰라. 둘 중 하나일 것이고 무엇이든 상관없다. 심 역시 집에 있는 가족에게 안부문자를 보내는 심정으로 날렸으니까. 몰라, 는 윤의 부정문이다. 응, 이라고 했다 해서 그녀가 약속을 지키는 것도 아니다. 나가는 길에 세탁물을 맡겨달라거나 밀린 설거지를 해놓으라거나 하진 않았으니 보나마나 응, 이겠지.

그녀와 이렇게 오래 같이 지내게 될 줄은 몰랐다. 다가구 연립의 이 층인 심의 집엔 방이 두 개였고 하나는 비워둔 채로 지냈다. 동료 기사가 관만 한 크기의 방 월세가 오십이라며, 그래도 자기는 도저히 고시원 생활은 못하겠다고 푸념하는 걸 듣고는 부동산 사이트에 올려놓았었다. 제대로 된 가구가 없어 막 이사 나간 집 같은 실내를 휴대폰으로 찍은 사진을 보니 휑뎅그렁

한 게 살상게임의 배경화면처럼 보여 벤자민 화분 하나를 컴퓨터 그래픽으로 집어넣어 보았다. 화분 하나에 거실 풍경이 어찌나 풍요로워 보이는지 진짜로 사다놓을까 생각도 해봤다. 혹 클레임을 걸까 봐 화분 구석에 깨알 같은 글씨로 '이미지'라고 무늬처럼 써놓았는데 와보지도 않고 계약한 윤은 화분 따위 기억도 못했다. 지나가는 말로, 화분이나 하나 들여놓을까, 물어보았더니 물도 줘야 하고 생각만 해도 귀찮아, 그랬다. 이사 들어오고서야 대학병원의 간호사란 걸 알았는데 근무가 없는 시간엔 잠만 자니 부딪칠 일도 없었다. 각자의 방에 있을 때보다는 이렇게 심야의 휴게소에서 혼자 커피를 홀짝이다 청결한 병원 복도를 걸어가는 윤의 모습을 상상할 때 훨씬 친밀한 느낌이 든다. 혼자 지낼 때 강아지 한 마리를 입양했다가 석 달 만에 차에 태우고 나가 화물을 실으러 간 부둣가에 내려놓고 돌아왔다. 이틀 만에 집에 돌아와 보면 벽지를 죄다 할퀴어 뜯어놓거나 모노륨을 갈기갈기 찢어놓았다. 발톱이 빠진 자리에 피가 엉겨 있었고 어린 게 늘 분노에 차 있었다. 어디에 있든 여기보단 낫겠다 싶었다. 컵을 버리고 트럭에 올라 시동을 걸고 습관처럼 오일 게이지를 확인하고 기어를 넣기 전에 무심코 메시지를 열어보았다. 이런.

ㅎ 잘못 보내셨네요. 역류성 식도염엔 밀가루 음식도 좋지 않습니다.

윤에게 다시 문자를 보낼까 하다 휴대폰을 조수석에 던져버렸다.

심은 길 위에서의 삶이 짐작보다 나쁘지 않다고 생각한다. 키가 작아 트럭에 오를 땐 한껏 다리를 치켜들고 허벅지에 힘을 주어야 하지만 지상에서 일 미터쯤 떠 있는 이 닫힌 공간을 심은 좋아한다. 다른 직업을 꿈꾸어본 적도 없다. 꼬박 뜬눈으로 새우는 한이 있어도 시간은 꼭 지켜왔다. 한 번 일을 맡겨본 사람들은 계속 일을 맡겼다. 서울의 동쪽 끝에 스물두 평짜리 집을 마련할 수 있었던 것도 이 트럭 덕분이다. 열 살이 넘은 이 차와는 정이 깊었다. 한밤중 똑같은 화물트럭들이 줄줄이 서 있어도 한눈에 알아볼 수 있다. 도로에 차가 너무 없어도 심야운전은 힘들다. 지금처럼 적당히, 저만치 앞에서 유도하듯 달리는 차도 있고 백미러 속으로 멀찌감치 따라오는 불빛도 보여야 마음이 편안하다.

손가락이 쥐가 나듯 저리기 시작한다. 심은 핸들을 잡은 제 손을 내려다보았다. 손은 크고 두툼할 뿐더러 화물을 부릴 때 입은 상처들이 굳은살로 남았다. 손가락은 어떤 반지도 들어가지 않을 만큼 울퉁불퉁하다. 영락없는 남자 손이다. 손뿐인가. 십 년 넘게 이 일을 해오는 동안 외모는 천천히 변해갔다. 귓불이 드러나도록 짧게 친 머리야 기르면 되겠지만, 턱선은 근육에 묻히고 목도 두꺼워졌다. 나뭇가지 모양의 자벌레가 색깔마저 나무둥걸 빛깔로 진화한 것과 같은 까닭이겠지. 대놓고 말하진 않아도 차에서 내리는 심을 본 사람들은 비어 있는 운전석과 심을 새삼 쳐다보곤 했다. 짧게 커트한 머리와 립스틱조차 바르지 않는 심을 보고 누군가는 농담처럼 그랬지. 여잔 줄 알았어요. 심은 그런 농담이 하나도 아프지 않다. 그보다는 커피가 긁어놓은 식도가 뻐근하더니 명치끝이 찌르듯 아파온다. 문자를 보낸 사람은 어떤 사람일까. 역류성 식도염을 앓는 심심한 아줌마? 마음이 따스한 사람이네. 심은 조수석에 쌓인 잡동사니 밑을 손바닥으로 더듬어 겔포스 봉지 하나를 집어 앞니로 쭉 찢었다. 콘솔박스를 열어보면 윤이 병원에서 챙겨다 준 알약이 있겠지만 우선은 이게 빠르다.

거대한 컨테이너 트럭이 질주해서 스치자 몸이 두어 번 출렁인다. 그래도 이 안은 세상에서 가장 안전한 곳. 심에겐 그랬다. 충청도의 소도시에서 식당을 하던 부모님은 교통사고로 즉사했다. 일을 마치고 돌아오던 밤에 집에서 그리 멀지 않은 국도의 교차로에서 생긴 사고였다. 사고 후로도 심은 고향을 떠날 때까지 그 교차로를 여러 번 지나쳐야 했다. 통행하는 차량이 별로 없는 교차로는 열 시 이후엔 점멸신호로 바뀌었다. 피곤에 절은 아버지는 어쩌면 약간 졸았을지도 모른다. 교차로는 컴컴했고 마침 좌측으로 진행 중이던 트럭이 빠지는 속도를 가늠하며 그대로 직진했을 것이다. 대형 컨테이너를 운반하는 트럭의 후미는 아버지의 짐작보다 훨씬 길었고 비어 있었으며 점멸등은 없었다. 심이 여섯 살 때였다. 마지막 모습은 보지 못했다. 오랜 시간이 흐른 후에, 큰고모는 찐고구마를 먹으며 말했다. 보여주려야 보여줄 게 없었어. 산산이 흩어져 버렸지. 심은 큰고모 외엔 누굴 미워해본 적이 없다. 미워하는 마음이 생길 수 있는 감정의 자기장 안에 들어온 사람이 없어서였을 것이다. 문방구에서 분홍색의 모조 진주목걸이를 훔쳤을 때, 훔쳤다기보다는 지불의 개념이 없던 여섯 살짜리 딸의 뺨을 아프게 후려쳤던 아버지의 손길이 애착이었다는 걸 나중에야 깨달았을 때 몹시 보고 싶던 이후로, 이제는 그 기억마저 죽은 자의 살처럼 흩어져 버린 지 오래되었다.

빈 겔포스 봉지를 조수석 바닥에 던져 버리고 심은 오디오 버튼을 눌렀다. 섬바디 섬바디 섬바디……. 노래 제목은 모른다. 언제나 그 부분만 따라 부른다. 섬바디 섬바디 섬바디……. 이번엔 입을 닫고 노래에 귀를 기울이다 문득 또렷한 목소리로 중얼거린다. 완벽해. 다른 시디를 사야겠다는 생각은 해본 적이 없다.

*

"지적된 두 곳의 공정은 개스킷의 연결방식에서 발생 가능한 문제점을 찾아내기 위한 의도된 오류로 봐주시기 바랍니다. 우리나라에선 처음 시도하는 방식이기 때문에 저희로선 엄청난 부담을 가지고 진행했습니다. 공사가 시작된 후에 접합부분의 오차가 삼십 밀리미터 이상 벌어지면 완전히 제로

베이스로 돌아가야 합니다. 제로베이스가 무엇입니까? 투입된 콘크리트 구조물을 다시 오십 미터의 해저에서 지상으로 끌어올려야 되는 작업입니다. 자, 그 장면을 한번 상상해봅시다."

심은 말을 멈추고 비로소 타원형의 긴 테이블에 앉아 자신을 쳐다보고 있는 사람들을 내려다보았다. 이렇게 매번 심이 프레젠테이션을 담당하는 건, 논리적이면서도 결정적인 순간엔 마음을 뒤흔드는 감성적인 말재주 때문일 것이다. 한결 마음의 여유가 생기면서 문이 입은 원피스의 실루엣과 색깔까지 또렷이 보인다. 새로 샀을까. 그 주황색 원피스 덕분에 회의장 전체가 화사할 지경인데 정작 문의 표정은 그리 밝지가 않다. 어쩌면 저 표정을 보기 위해 에너지 음료를 보약처럼 들이키며 밤을 새웠을지도.

"돌이켜보면 교량 설계에 관한 한 최고의 기술과 경험이 축적되었다고 자부하는 저희들이지만 한순간도 긴장을 늦출 수 없는 과정이었습니다. 솔직히 이 최종판의 완성도는 저희가 수차 변경했던 설계의 오류 부분이 아니었다면 도달하기 어려웠음을, 이제는 고백할 수 있습니다."

앉아 있는 사람들 중 몇이 감회에 젖은 표정을 지었다.

"기술축적과 피드백 효과를 생각해보면 그동안의 몇 가지 문제의 발생이 오히려 축복이라는 생각이 들더군요. 모든 실패에는 운명적 요소가 있고, 동시에 그런 상황에서 영감을 받아 획기적인 기술도약을 이룰 만큼의 잠재력이 저희에게 있다는 걸 확인할 수 있는 기회였습니다. 사실 저로서는……"

어쩜 이렇게 말을 잘할까. 심은 끊임없이 말을 토해내는 한편 스스로에게 경탄한다. 파워포인트와 청중을 적절히 오가며 듣는 사람을 쥐락펴락하는 사람이 자신이 아닌 것 같다. 겨우 삼십 대 중반에 경영의 실권을 쥐고 있다는 본부장의 표정도 느낌이 괜찮다. 교량과 해저터널이 결합된 이 거대 프로젝트의 실제 결정권자는 그의 아버지일 것이다. 아무리 갑이지만 너무 싸가지 없는 거 아냐? 회식자리에서 누군가 그의 말투를 욕하자 문이 말했지. 싸가지 있으면, 그거 위선 아닌가요? 심과 단 둘이 있을 때 그녀는 그런 똑부러진 모습을 보여준 적이 없었다. 어떡하지? 왜 프로그램이 멈추나 모르겠네. 솜털 뽀송한 어린 새처럼 늘 고개를 갸웃거리거나 손가락을 살짝 깨물며 쳐다보았다. 마무리를 하고 내려와 자리에 앉자 비로소 심장이 쪼그라드는 듯한 긴장이 밀려온다. 무엇보다도, 문은 이 양복을 기억하고 있을까.

사내의 설계기획팀은 모두 다섯인데 입찰을 준비하는 방식이 조금 특이하다. 회사 차원에서 공모참여가 결정되면 프로젝트는 두 개 팀이 동시에 진행해나간다. 어느 시기까지는 정보를 공유하며 기본 설계도 같이 진행한다. 서로 문제점을 지적하고 보완해가는 동안 설계의 완성도는 높아간다. 그렇게 시너지효과를 누리다가 어느 시점부터 분리해서 진행하고 입찰도 따로 들어간다. 회사로선 수주 확률이 두 배로 높아지지만 시간이 흐를수록 팀 사이엔 초기의 가족적 분위기는 흔적없이 사라지고 살기 찬 전투에 돌입한다. 사무실을 같이 쓰는 건, 상대에게 빼오고 싶은 게 있으면 수단과 방법을 가리지 말라는 사측의 권유처럼 보였다. 팀원은 고정되어 있지 않고 프로젝트마다 매번 새로 팀을 꾸렸다. 그렇긴 해도 어느 정도까지 진행된 상태에서 팀을 바꾸는 경우는 없었다.

이 년 전 신입으로 들어와 심의 팀에 배정된 것이 문과의 첫 만남이었다. 영리하고 눈치가 빨랐다. 프로젝트의 틀이 잡히면 전체를 돋보이게 해줄 만한 감각적인 아이디어들을 곧잘 내놓았다. 외모에 대한 평가는 편차가 컸으나 심의 눈엔 예뻤다. 뽀얀 피부 때문인지 호감을 가진 남자 사원들이 많았지만 문은 심만 따라다녔다. 알을 깨고 눈을 뜨는 순간 심을 본 오리처럼. 오리 오리 꽥꽥, 동료들이 대놓고 놀렸다.

그때라고 심의 성격이 지금과 다르진 않았다. 회사 사람들과 일을 진행하는 데는 어려움이 없었지만 막상 친하게 지내는 동료는 하나도 없었다. 프레젠테이션이 맡겨지면 열정적으로 능숙하게 치러냈지만 사적인 대인관계는 늘 서투르다못해 먼저 도망치곤 했다. 누군가와 단 둘이 있게 되면 등이 축축해지곤 했다. 후배가 여자를 소개시켜 주겠다 하면 만나는 사람이 있다고 거짓말을 한 적도 있다. 그런 심의 성격을 아는 사람은 심 외엔 아무도 없다. 심지어 심의 부모조차도.

그 오후의 사무실엔 둘뿐이었다. 내내 그랬던 건 아니고 사람들이 들락거리던 틈새였을 것이다. 출근길에 계절답지 않은 폭우가 쏟아졌고 점심 때가 되기 전에 비가 그치자 사무실 안으로 늦봄의 햇살이 찬란하게 부서져 들어왔다. 앉아 있던 심에게 다가온 문이 허리를 숙여 속삭이듯 말했다. 옷 사러 가시면 엘리베이터에서 가장 가까운 매장에 들어가서 처음 입어본 걸로 사들고 나오죠? 심은 화들짝 놀라, 날 본 적 있어요? 물어볼 뻔했다. 월요일 피티 있잖아요. 팀장님에겐 블랙보다는 감청색 양복이 어울릴 것 같아요. 이제 여름이잖아요. 그리고 문은 제자리로 돌아갔는데 심은 귀뿌리가 타는 듯 뜨거웠다. 지난번에 입은 게 칙칙해 보였나? 하긴 그 옷은 좋이 삼 년은 되었다. 심은 한 계절에 두 벌의 양복으로 지냈다. 봄가을은 구분조차 없었지만 부족하다고 여긴 적은 없었다. 그날 퇴근 후에 택시를 타고 백화점으로 갔다. 엘리베이터 옆 매장에 들어가서 줄무늬 없는 검정 양복을 고르는 걸로 끝이었던 평소와 달리 남성복 매장 전체를 천천히 둘러보았다. 모든 옷들이 다 똑같아 보였다. 한 번 더 돌다 적극적으로 호객을 하지 않는 매장으로 들어가 감청색 양복을 보여달라고 하자 판매원은 세 벌의 옷을 펼쳐 보였다. 줄무늬가 들어가지 않은 두 벌 중에서 판매원은 더 비싼 쪽을 권했다. 지불할 만한 가치가 있죠. 그렇게 말하는 판매원이 전문가처럼 보였다.

세일을 하지 않는 양복을 산 건 처음이었다. 옷 한 벌을 사는데 한 시간 반이나 투자한 것도 처음이었다. 월요일 그 옷을 입고 프레젠테이션을 했고, 복도에서 지나치던 문이 속삭였다. 다른 사람처럼 보였어요. 다른 사람처럼 보인 게 발표 때문인지, 아니면 새 양복 때문인지, 혹은 새 양복을 입고 발표를 하는 모습이었는지 알 수 없었지만 양복에 들인 돈과 시간이 아깝지 않았다. 그 무렵이 일에 있어서도 심에겐 절정의 시기였다. 직전 분기엔 이백 프로의 성과급이 비공식적으로 심의 팀에 지급되었지만 그건 회사 내에서 비밀도 아니었다.

이어진 도 팀장의 발표가 진행되는 동안 심은 테이블 위의 작은 흠집을 찾아내서 노려보고 있었다. 세부가 조금 다를 뿐 심의 것과 비슷하다. 연결 오차를 줄이기 위한 타설 공법도, 개스킷을 연결하는 플랜지 방식도. 그럴 수밖에. 문이 도의 팀으로 옮겨가기 전 진행하던 부분이었다. 심에겐 도 팀장의 설명이 한층 차분해 보인다. 심의 것보다 한 단계 더 나아간 보완책도 들어가 있다. 구조적인 차이는 없으나 건축주의 마음을 끌 만한 디테일이다. 예를 들자면, 쌍둥이 주상복합 건물의 한쪽 옥상은 시멘트로 마무리되고 한쪽은 야생화와 등나무 테라스가 있는 것 같은. 손바닥에 땀이 났고 혀뿌리에 침이 고인다. 배는 고프지 않은데 스팸 김밥 생각이 간절하다. 출근할 때 피티에 온통 정신이 팔려 그걸 사오지 않았다는 생각이 들자 더 초조해진다. 오른쪽 다리를 달달 떨고 있다는 걸 깨닫고 심은 손바닥으로 제 허벅지를 지그시 눌렀다. 종아리에 쥐가 나는 것 같다. 모두들 앞에 있는 도가 아니라 자신을 주시하고 있는 것 같다. 마침 전화가 오기라도 한 듯 심은 휴대폰을 꺼내들었다. 대출업체로 추정되는 부재 중 번호가 두 개였고 입력되지 않은 번호가 찍힌 문자가 하나 와 있다.

국수! 그래도 역류성 식도염에 가장 나쁜 건 스트레스와 철야라는군요.

국수. 국수. 맨끝에 달린 우는 모습의 이모티콘을 보자 누군가 짐작이 되었다. 같은 병을 앓고 있다고 생각하는 걸까. 심은 끈끈한 손바닥으로 액정을 문질렀다. 역류성 식도염의 증상은 어떤 걸까. 검색을 해보니 오 분만 읽으면 전문의 노릇도 하겠다. 위산의 역류로 인한 식도 상피세포의 손상으로 인한 염증. 새벽에 증상이 심해지며 통증부위가 비슷해 심근경색과 혼동할 수도. 불규칙한 생활과 스트레스……. 심은, 저 역시 스트레스와 철야가 일용하는 양식이지만 이 병을 앓고 있지는 않습니다, 라고 썼다가 지운다. 민간요법에 의존하기보다는 병원에서 꾸준히 치료받아야 하며 완치가 쉽지 않습니다, 라고 썼다가 지운 후에도 도의 발표는 끝나지 않는다. 식도염엔 사과가 특별한 효과가 있습니다. 그래도 속쓰림엔 양배추즙보다 좋은 게 없는 것 같아요. 즙 만들기가 어려우면 성분을 담은 일본산 알약도 나와 있어요. 도의 말이 문자 사이로 파고든다. 침매 방식에서 구조물 연결부위의 틈은 현실적으로 불가피한 것이며 가상의 오차 수치는 별 의미가 없고……. 저 새끼가. 목이 졸린 듯 숨쉬기가 어렵다. 심은 쓰고 있던 문자를 전송해버렸다.

문과는 복합상영관에서 영화를 본 게 첫 데이트였다. 그전에 어정쩡한 저녁 약속이 두어 번 있었다. 밥을 먹으면서도 일 얘기를 나누었지만 세 번째 저녁을 먹으면서 더 이상 일 때문인 척 할 수 없다는 걸 알았다. 단둘이 있는데도 심박동이 불규칙해진다거나 얼굴로 피가 몰리고 커다란 손이 가슴을 꽉 쥐어짜는 듯한 압박감을 느끼지 않는다는 걸 깨달았던 날이다. 그녀는 심의 성격을 치유해주었다. 떠남으로써 그 증상은 급격히 그리고 치명적으로 재발했지만.

먼저 보자고 해놓고 한 시간이나 늦게 온 문은 모임이 그렇게 늦게 끝날 줄은 몰랐다면서도 무슨 자리였는지 말하지 않았다. 이미 저녁을 먹었다기에 심도 먹었다고 거짓말을 하고 들어간 카페는 유난히 들락거리는 손님이 많았다. 원두 가는 소리와 스팀 내는 소리가 끊임없어 정신이 하나도 없었다. 문이 얘기를 할 때 몇 번이나 되물어야 했는데 꼭 소음 때문은 아니었다. 도의 팀으로 옮긴다는 게 무슨 소린지 이해되지 않았고 자기가 진행해온 부분은 갖고 가겠다고 했을 땐 더욱 이해가 되지 않았다. 심이, 안된다고 대놓고 말하지 못하고 그건 우리 팀이 여태껏, 그러니까 공동의…… 더듬거리자 문은 말을 자르며 조근조근 말했다. 사실 저도 힘들었어요. 어느 지점부터 이건 아니다, 이렇게 해서는 어렵다는 확신이 들었어요. 제가 몇 번이나 문제를 지적했지만 받아들여지질 않았어요. 팀장님이야 다 모르셨겠지만. 문은 무언가 더 말을 하려다 차라리 말을 말자 하는 표정을 지으며 곧추세우고 있던 등을 의자에 기댔다. 심은 말하는 도중에 자기가 말을 더듬고 있는 걸 알았고 그러자 더 심하게 버벅거렸다. 이, 이건 치, 칠 개월 동안 내가, 우리가 같이…… 핵심적인 부분은 이미, 끄, 끄, 끝……. 갑자기 말을 더듬자 문은 놀란 듯 동그랗게 눈을 떴지만 귀엽다는 생각은 들지 않았다. 사실상 설계는 끝난 단계고 이제 모형 제작에 들어갈 때란 걸 알고 있지 않냐는 말은 꺼내지도 못했다. 그렇게 생각하고 계시는구나. 이 방식은 특허도 아니고 뭣도 아니에요. 모든 교량설계에 어떤 방식으로 적용하느냐에 따라 기능이 달라지는, 만능볼트에 가까운 거죠. 그녀가 그렇게 말할 때 심의 머릿속으로 몇 개의 장면이 슬라이드처럼 연결되었다. 그의 어깨에 양복을 대보면서 색깔의 조화를 가늠하던 표정, 밤을 새워 수정한 부분을 보여주자, 어떻게 이런 아이디어가 나올 수 있는 거죠? 할 때의 표정, 심의 옆에서 뒤늦게 잠이 깬 문이 부신 듯 콧등을 찌푸리던 얼굴, 그리고, 그리고…….

이후로 심은 하룻밤 사이 푹 꺼져버린 구덩이에 물이 고인 우물처럼 변해버렸다. 아니다. 그 우물은 심의 내부에 원래부터 있던 우물이었다. 다만 조금 더 깊고 차갑고 컴컴해졌다.

*

새벽에 들어와 샤워도 귀찮아서 바로 침대에 쓰러졌었다. 통증 때문에 잠이 깼는데도 좀체 일어나지질 못하겠다. 냉장고에 우유가 있으려나. 암막을 덧댄 커튼을 쳐두어 한밤중처럼 어둡지만 늦은 오전일 것이다. 비 맞은 볏짚처럼 한동안 널브러져 있다가 철수세미로 속을 싹싹 문대는 듯한 통증을 더는 견딜 수 없어 일어났다. 우선 물이라도 한 잔 마셔야지. 현관에 함부로 벗어던진 윤의 주황색 구두가 보인다. 지금 막 잠들었겠구나. 심은 발소리를 죽여 냉장고 쪽으로 걸어갔다. 식탁 위엔, 아마도 윤이 가져다놓았을 약봉지 하나가 놓여 있다. 고마워라.

대놓고 말한 적은 없지만 심은 윤이 좋았다. 윤은 오월의 흔한 하루처럼 밝았고 다감하고 단순했다. 심에겐 없는 면모였다. 이를테면, 밤근무 때도 분장에 가까운 화장을 하고 나서는 까닭을 물었을 때 진지한 표정으로 그랬다. 사실 한시도 긴장을 늦출 수가 없어. 심이, 병원이란 데가 그렇긴 하지, 언제 곡소리가 날지, 맞장구를 치자 역시 진지한 얼굴로 오해를 정정해주었다. 그게 아니고, 어느 모퉁이에서 싱글인 의사와 맞닥뜨릴지 모른다고.

하루종일 앉아 있는 게 흡연보다 나빠. 심혈관계 질환으로 사망할 확률이 삼십오 프로나 높다니까. 휴게소에 자주 들르고 맨손체조라도 해. 밤낮을 바꿔 사는 것도 안 좋은데 깨어 있는 내내 앉아 있으니. 그 말이 얼마나 애틋하게 느껴졌는지 윤은 모를 것이다. 병원 갈 시간을 맞추기 어려운 심을 위해 이렇게 약을 챙겨다주기도 했다. 밤 당번 다음 날이면 조금이라도 더 자게 해주려고 심이 가스레인지도 켜지 않고 티브이도 안 켜는 걸 저는 모르겠지만.

조심조심 걸어서 소리 안 나게 냉장고 문을 열려고 손목에 한껏 힘을 주고 있는데 윤의 목소리가 들린다. 통 잔소리가 없어서 편하긴 한데, 남자 아닌가 몰라. 가까이서 얼굴을 마주치면 화들짝 놀란다니까. 목소린 또 어떻고. 소파에 앉아 있을 땐 고래 한 마리가 턱 누워 있는 것 같아. 보나마나 천연기념물이지. 그럼 어느 남자가……. 심이 방문 여는 소리를 못 듣기도 했을 테고 제 방문 틈이 약간 열려 있는 줄도 모르는 모양이다. 쪼로록. 폭좁은 스트로로 공기와 액체가 뒤섞여 끓어오르는 소리. 그녀가 좋아하는 다이어트 콜라가 바닥을 드러냈나보다. 냉장고와 방 사이가 아득하게 멀게 느껴지는데 윤의 목소리는 사정없이 거실로 쏟아져 나온다. 내 방에 가끔 들어온다니까. 다 알아. 엄마가 보낸 유자차를 절반이나 덜어갔는데 그건 뭐 괜찮아. 팬티도 하나 없어진 것 같아. 큰맘 먹고 세트로 산 건데 아무리 찾아도 없어. 너무 징그러운 거 있지. 의뭉스러운데다 미련하기까지 하다니까. 심은 왼손에 들고 있던 약 봉투를 식탁 위에 도로 내려놓았다. 까치발을 하고 방으로 돌아와 문을 살며시 닫고는 이불을 뒤집어썼다. 심장이 쿵쾅거린다. 모르는 줄 알았는데. 그녀의 말은 맞기도 하고 틀리기도 하다. 유자차는 윤이 먼저 타주었다. 마트에서 산 것과는 이상하게 맛이 달랐다. 그건 어떻게 다르다고 표현할 수 없는 차이였다. 며칠 전에 속이 아파 따뜻하게 한 잔 마시려고 냉장고에 보니 병이 보이질 않았다. 제 방 책꽂이 아래 칸에 놓아둔 걸 두어 번 타서 마셨다. 심이 사들고 온 귤이나 호두과자를 식탁에 올려놓고 너나없이 먹어온 것처럼 다 먹고 나면 제가 하나 사다놓을 참이었다.

그리고 팬티. 그건 할 말이 없다. 걷어온 빨래를 개키다 섞여 들어온 그 손바닥만 한 게 윤의 것인 줄 알면서도 심은 도로 내다놓질 않았다. 왜 그랬는지 저도 모르겠다. 그것뿐이다. 그 작은 천조각은 어떤 마술의 소품처럼 여겨졌다. 자신에겐 애초부터 없었거나 저도 모르는 이유로 사라져 버린 어떤 것을 되돌려줄 바로 그것 같다는 건 나중 생각이었고 그 순간엔 그냥 꺼내놓고 싶지가 않았다. 유자차라면 몰라도 그건 설명이 불가능하다는 생각이 들었고 문자 신호음이 들려왔을 때는 절망적인 심정이었다. 심이 마루에 나왔던 걸 알아챘을 거란 생각이 들었다. ……사과, 그리고 양배추. 심은 또박또박 읽어보았다. 가만히 들여다보았다. 다시 읽어보았다. 좋아하지도 않는 양배추라는 이름을 소리내어 읽자 왜 가슴이 뻐근하면서 눈물이 차츰 차오르는지 알 수 없었다.

*

늦을세라 연신 시계를 들여다보며 줄을 서서 사가는 사람들은 알까. 이 김밥의 맛이 매일 달라진다는 걸. 배합초의 비율에 따라 단맛이나 신맛이 도드라지는 날도 있고 김의 두께도 미세하게 달라져 살짝 질기거나 너무 얇아서 아쉬움이 느껴지기도 한다. 다 괜찮다. 스팸의 기름기가 쪽 빠지지 않았을 땐 늦잠을 잤구나, 이해한다. 그래도 입에 넣고 꼭꼭 씹다보면 달달한 맛이 나면서 그 모든 차이들이 사라지니까. 삼키고 나면 잠깐 식도가 뻐근하지만 물까지 챙겨올 순 없다. 입에 김밥을 밀어넣고 쓰기 시작한 문자를, 꿀꺽 삼키는 순간 전송하고 다시 하나를 집어넣는다. 이 리듬이 심은 마음에 든다. 통화를 위해 채 씹지 않은 김밥을 급히 삼켜버리지 않아도 되고 전화를 끊기 전에 저녁이나 한번 같이하자는 말을 하지 않아도 된다. 무엇보다도, 불과 일주일 사이 우리는 서로에 대해 놀랍도록 많은 것을 알게 되었다. 일주일 동안 낮밤을 내리 같이 지낸 것보다 훨씬 더.

언제부턴가 사무실 사람들은 단체로 야참을 먹으러 갈 때도 심에겐 아예 같이 나가잔 말을 하지 않는다. 그들이 심의 역류성 식도염을 내심 좋아한다는 억하심정이 들 때도 있다. 들어올 때 간혹 전복죽이나 호박죽을 사다주는 그들의 옷에서 풍기는 냄새만으로도 무엇을 먹었는지 알 수 있었고 냄새가 사람을 외롭게 만들기도 한다는 걸 알았다. 문은 이 김밥을 좋아하지 않는다. 막내가 언젠가 나누어 먹겠다고 넉넉히 사들고 와 펼쳐놓았을 때, 심은 제 서랍 속에 똑같은 게 들어 있다는 얘기는 하지 않고 두어 개 집어먹었다. 문은 고개를 가로저었다. 그거 쓰레기야. 황이 포르쉐 얘기를 한 게 그날이다. 황이 정작 하고 싶은 말은 이거였겠지. 이 김밥 우습게 보지마.

문과 만나는 동안 심은 두 벌의 양복을 더 구입했다. 그중 하나는 문이 같이 가서 골라주었다. 옷을 사고 난 심이 마음에 드는 옷을 하나 골라보라고 하자 문은 말했다. 여자들은 옷 사는데 시간이 좀 걸려요. 한 벌 사는데 보통 마라톤 풀코스를 완주하죠. 심은 백화점을 좋아하지 않았다. 양복 한 벌을 샀을 뿐인데 피로가 밀려왔다. 옷 대신 문이 평소에 갖고 싶었던 핸드백을 사는 데는 채 십 분이 걸리지 않아 심도 문만큼이나 만족스러웠다. 물론 누구나 쇼핑에 동행해주었다고 고가의 핸드백을 선물하진 않는다. 사실은 그 전날 밤의 이야기를 하지 않으면 백화점에서의 일련의 구매행위는 잘 이해가 되지 않는다. 그러니까 둘이 하나의 괄호 속에 묶인 날이라고나 할까. 보통의 젊은이들에겐 드물지 않을 그런 일이 개인적인 관계맺기에 극심한 두려움을 느끼는 심에겐 코페르니쿠스적인 전복의 경험이었다는 걸 문역시 알지 못했을 것이다.

중간보고서 때문에 팀 전체가 차려 자세로 서서 대표에게 완전히 깨지고, 사무실로 돌아왔을 때 황이 볼멘소리로 말했다. 오늘이 제 생일이에요. 우리 집에서 술이나 푸죠. 그렇게 깨지지 않았더라면, 황이 지방 출신인 데다 미역국 한 그릇 끓여줄 사람 없는 싱글이 아니었다면, 황의 오피스텔이 회사에서 오 분 거리가 아니었다면, 무엇보다도 팀의 책임자라는 자신의 입장이 아니었다면 무슨 핑계를 만들어 봉투만 하나 내밀고는 빠졌을 것이다. 얼마씩 돈을 모아 급히 차린 생일상은 제법 풍성했다. 닭튀김과 초밥, 방울토마토와 수박, 피자까지 펼쳐놓으니 작은 앉은뱅이 탁자가 꽉 찼다. 먼저 케이크에 촛불을 켜고 악악거리며 축하송을 부른 후엔 폭탄주 담당인 막내가 소주와 맥주를 쫓기듯 말아서 돌렸고 초밥을 안주 삼아 취해갔다.

문은 특이하게도 소주잔에 맥주를 부어 계속 원샷을 하며 방글방글 웃고 있었고 심에겐 그게 그렇게 귀엽게 보였다. 라면 몇 개를 끓여 냄비 위에 머리를 맞댄 채 먹기도 했는데, 그게 먼전지 갑자기 막내가 무어라무어라 떠들다 울음을 터뜨린 게 먼저인지는 모르겠다. 누군가 막내를 꼭 안아주자 마치 취중의 게임처럼 돌아가면서 안아주었는데, 오직 심만이 안아주지 않았다는 걸 혹시 누가 눈치채진 않았을까, 내내 신경이 쓰였다. 그날 싱글인 남자들은 심 외엔 모두 거기 쓰러져 잤고 막내는 다시 말짱해져서 언니나 데려다주라며 씩씩하게 손을 흔들고는 택시를 잡았다. 문이 많이 취했었지만 그날 심의 집에서 밤을 보낸 게 심 멋대로 벌인 일만은 아니라고 생각했다. 심은, 그럴 배포가 못 되었다. 그날 우리는 사랑을 나누었다. 사랑을 나누다니. 참으로 진부한 표현이다. 그래도 그렇게 말할 수밖에 없는 건, 이전의 다른 여자들과는 사랑을 나눈 게 아니라 다만 섹스를 했을 뿐이었다는 생각이 들어서다. 그러나 그녀 역시 사랑을 나누었다고 생각했는지는 모르겠다.

지난해 시작된 이번 프로젝트가 심으로선 어쩐지 궁합이 맞질 않는다는 느낌이었다. 겨울도 끝인가 싶었던 이월 초에 가파르지도 않은 집 앞 골목에서 흙 사이에 박혀 있던 얼음에 미끄러져 나동그라지는 바람에 새끼발가락에 금이 가서 한 달 동안 깁스를 하고 지내야 했고 중간보고서를 제출할 때마다 이런저런 트집과 함께 반려되어 매번 수정해서 제출해야 했다. 공간 디자인 파트를 문에게 맡긴 건 발가락을 다쳐 거동이 불편하다거나 시간에 쫓겨서 그랬던 건 아니다. 그래보고 싶다는 말을 문이 먼저 꺼냈다. 듣고 보니 수석 디자인팀에 이름을 올린다면 상당한 경력이 되어주리라는 생각이 들어 심이 더욱 서둘러 물밑 작업을 했다. 공식적으로는 공동 설계였지만 비공식적으론 심이 주로 작업을 하고 완성된 파일을 그녀에게 건네주는 식이었다. 공간디자인과 기초설계의 접목 방식을 가르쳐주려는데, 문은 손가락으로 제 귀 뒤를 콕 찔렀다. 그냥 다운로드 해줘. 여기다. 서른이 넘은 지 한참인 여자가 이렇게 귀여울 수 있다니. 심은 고개를 끄덕이고 말았다. 이제 마음을 다 정리했다 해놓고도 어떤 장면이 불쑥불쑥 떠오르는 건 어쩔 수가 없다.

사무실 사람들은 요즘 공공연히 그녀의 욕을 늘어놓는다. 학교 다닐 때부터 유명했다는데. 어떻게 그 많은 남자들과 놀아나면서 학위를 받은 건지 동기들이 경악했다더군. 능력자야! 심과 그녀 사이의 일을 모르는 걸까? 아니면 그런 여자와 찢어진 걸 위로하는 동료애의 방식일까. 팀뿐만이 아니라 회사 전체가 알고 있지는 않을까. 내가 없는 자리에선 모두들 내 얘기를 하며 웃지 않을까. 요즈음 심이 자신을 부려놓을 수 있는 곳은 이 좁은 칸막이 안쪽 뿐이다.

심씨는 모두 동성동본인 거 알고 계시죠?

여자가 보낸 문자에 심이 웃는 얼굴의 이모티콘을 막 전송하자마자 똑같은 이모티콘이 금세 도착한다. 이심전심. 동성동본이란 게 결혼을 염두에 둔 사이가 아니라면 무슨 의미가 있겠는가. 둘 사이엔 안전거리가 있고 그러니 골치 아프게 엮일 가능성이란 애초에 없다는 선언 같은. 어쩌다 이름은 모르는 채 서로의 성만을 알게 되었는지 모르겠다. 어쩌다 이름도 모르는 채 그렇게 많은 것들을 털어놓았는지도.

서른 초반의 종합병원 소아과 간호사. 전주가 고향이며 서울서 간호전문대학을 나왔다. 두 번의 연애가 있었다기에 잤느냐고 물어보자 그럼 이 나이에, 라는 답이 주저없이 왔을 때 심은 약간의 고통과 흥분을 느끼기까지 했다. 마주보고는 하지 못했을 이야기를 솔직하게 털어놓고 나면 거의 마술적인 친밀감이 생겨났다.

혼자, 푸르스름한 모니터의 빛에 갇혀 작업을 하고 있을 때, 자요? 문자가 오면 각이 서 있던 어깨가 툭 떨어졌다. 사소한 질문과 대답들, 예를 들면 뭘 좋아해요? 김치찌개. 진짜 맛있는 햄버거집을 알아요. 어딘데? 같은 문자를 주고받을 때면 세상 사람들이 모두 잠든 가운데 둘만 깨어 있는 것 같은 기분이 들었다. 하얀 캡을 쓴 그녀 얼굴은 상상 속에서도 흐릿했으나 그건 그리 중요하지 않다. 그녀의 목소리는 초콜릿 무스케이크처럼 달콤할 거라 상상했지만 굳이 듣고 싶다는 갈망 역시 없다. 오늘은 스팸이 약간 탄 듯하다. 오히려 더 구수한 맛이 난다. 뜻밖의 발견이다.

*

오후 세 시가 지나도록 심은 내처 누워 있었다. 한 시쯤 잠이 깼지만 윤이 현관을 나가고 자동잠금장치의 전자음이 들리기를 기다리고 있었다. 아무렇지 않게 대하려 했지만 쉽지가 않다. 윤이 없을 때 팬티를 몰래 가져다놓을까 하는 생각을 안 해본 건 아니지만 이번에야말로 완전히 이상한 사람이 될 것 같아 그만두었다. 윤의 방 손잡이를 돌려보았다. 잠겨져 있지 않다. 손잡이를 잡은 채로 방 안을 둘러보았다. 모든 게 그대로다. 유자차 병은 책꽂이 아래 선반에, 푸른색 땡땡이무늬 잠옷은 화장대 의자에. 사진을 찍듯 그 광경들을 한동안 바라보다 문을 닫고는 라면을 하나 끓여 먹고 집을 나왔다.

택시를 타고 공연장에 도착했을 땐 시간이 사십 분이나 남아 있었지만 이미 긴 뱀처럼 구불거리는 줄은 끝이 보이지 않았고 그걸 보는 순간 후회했다. 티켓을 사서 공연장에 직접 온 건 심의 인생에서 처음 있는 일이다. 첫 내한공연이라는 기사를 보았을 때 충동적으로 예매를 해놓았고 이 날을 기다리기조차 했다. 심보다 나이가 훨씬 위인 사람들이 많았고 동행이 없는 건 심 혼자인 듯 보였다.

공연이 시작되기도 전에 사람들은 전부 일어서 있었다. 처음부터 끝까지 눌어붙은 듯 자리에 앉아 있은 건 심이 유일했다. 둥근 천장을 뚫고나갈 듯한 환호와 광란의 한가운데 동그마니 앉아서 심은 적재함이 텅 빈 트럭의 운전석을 떠올렸다. 자정이 지난 고속도로를 달리며 창문을 닫고 듣는 게 더 좋았다. 심은 코앞에서 방방 뜨는 앞사람의 엉덩이를 멍하니 바라보았다. 엉덩이 사이로 세 번째 앙코르송이 터져나왔다. 그때였다. 차에서 무수하게 들었던 노래의 한 구절이, 한숨처럼 따라 불렀던 한 구절이 해일처럼 심을 덮쳤다. 심이, 어딘가에 있는 또 다른 심에게 사랑을 느낀 건 바로 그 순간이었다. 특별한 가사는 아니었다. 어쩌면 세상의 모든 유행가에는 비슷한 내용이 들어 있을 것이다. 누군가에 대한 사랑을, 혼자 간 공연장에서 모르는 사람들의 엉덩이를 쳐다보며 느꼈다고 하면 아무도 이해하지 못할 것이다. 왜 윤의 팬티를 들고 왔는지 아무도 이해하지 못하는 것처럼. 유 돈 노우 왓 유 민 투 미. 그 부분이었다. 눈에서 눈물 한 방울이 흘러내렸다. 빼곡한 엉덩이도, 고막을 터뜨릴 듯한 함성도 아득히 멀어져갔다. 심은 사람들이 모두 빠져나갈 때까지 손바닥으로 심장을 누르고 눈을 감고 앉아 있었다.

공연장 바깥엔 여름이 와 있었다. 어둠 속에서도 이파리들이 반짝이고 그 사이로 햇살이 쏟아져 내리는 것 같아 멈추어 서서 하늘을 올려다보았다.

너는 모를 거야. 네가 내게 어떤 존재인지. 윤이 어떤 오해를 한다 해도 상관없다고 생각한다. 심은 어제까지의 세상이 차갑고 납작하고 황폐했었다고 생각한다. 그 사람만은 자신의 모든 것을 알고 모든 걸 이해하고 있을 거라는 생각을 하며 밤의 공원을 빠져나왔다.

*

모처럼의 늦잠에서 깬 순간, 미열이 있나 감기는 정말 싫은데, 그런 생각이 들었다. 그러나 이 열기는 감기와는 좀 다르다. 몸뚱이가 쨍한 햇볕에 내놓은 밀폐용기처럼 느껴진다. 희박해진 공기가 꽉 차 있는 듯한 그 느낌은 간지러움과 흡사했다. 심은 홑이불을 폭 뒤집어썼다. 이 느낌을 조금만 더 어루만지고 싶다. 그녀는 솔직한 사람일 것이다. 밝고 유머감각도 있고, 무엇보다 마음이 따스한 사람일 것이다. 심은 베개 옆에 두었던 휴대폰을 집어 도착한 문자가 없나 열어보았고 하나도 없음에 약간 실망하였으나 동시에 그만큼의 편안함을 느꼈다. 그녀는 어떻게 생겼을까. 간호사라니 손이 유난히 청결하고 희겠지. 얼굴은 조그맣고 고양이처럼 생겼을지도. 그렇다면 새침한 성격일지도. 심은 그 상상이 썩 마음에 든다.

그 새침한 고양이를 밀폐된 상자 속에 집어넣는다. 상자 안에는 즉시 고양이를 죽일 수 있는 독가스 장치가 있고 그 작동은 순전히 우연에 맡겨진다. 가스는 이미 일 분 전에 분사되었을 수도, 그렇지 않을 수도 있다. 상자 바깥에선 그 안에서 일어나는 일을 알 수 없다. 고전 물리학에서는 그 고양이는 죽거나 죽지 않았거나 둘 중 하나이다. 그러나 양자의 세계는 다르다. 상자 속을 들여다보기 전엔 고양이는 천국도 지옥도 아닌 곳에 있다. 살아 있지도 죽지도 않았으며, 실재한다고조차 할 수 없다. 누군가 상자 안을 들여다보기 전엔 고양이의 운명도 결정되지 않는다. 심은 슈뢰딩거의 고양이 이야기를 좋아한다. 원자 이하의 세계를 다루는 양자역학은 과학이 아니라 철학이다. 액정 속 문자로 연결된 여자는 실재하지도 부재하지도 않는다.

해저터널 설계와도 비슷하다. 일 밀리미터의 틈도 없는 완전무결한 설계도를 그릴 순 있지만 거대한 콘크리트 구조물을 투입하여 실재로 만드는 과정에서 설계도와는 달리 오차가 생길 수밖에 없다. 오차를 최소화하기 위해 설계와 시공방식을 거듭 변경하지만 사실을 말하자면 상자를 열어보기 전엔 누구도 틈의 크기를 알 수 없다. 그 오차에 대한 압박감은 이루 말할 수가 없다. 심은 모든 상자가 무섭다. 열지 않아도 되는 상자라면 마지막까지 열고 싶지 않다. 무엇보다도 사람 사이의 일 밀리미터에 대해서는 도무지 자신의 역량 바깥이라는 생각이 든다.

휴일이지만 특별한 외출 계획은 없다. 오후엔 빈 사무실에 나가 도면의 세부를 검토하고 수정할 것이다. 잠들기 전 맥주 두 캔을 마시고 잤더니 방광이 터질 듯 팽팽한데 속은 헛헛하다. 스팸을 넣은 김밥의 냄새가 코끝을 감돈다. 자신이 그리워하는 게 그 김밥인지 처음엔 서늘했다가 이내 체온과 같아지는 변기 커버의 느낌인지는 잘 모르겠다.

그녀와 같이 지낸다면 이 아침풍경은 달라질까. 눈을 떴을 때 스팸 김밥이 아닌, 구수한 된장찌개나 북어국 냄새가 흘러들어오고 아침을 준비하는 다정한 소음들이 또닥또닥 들려오겠지. 간밤의 숙취를 단숨에 걷어내줄 듯 알비노니의 상큼한 오보에 소리가 배음으로 흐른다면 더할 나위가 없을 것이다. 그 풍경을 상상하자 명상의 상태처럼 온몸이 이완되었다. 상상 속의 풍경이기에 더욱 그러했다. 설계 중인 교각의 전체 이미지를 떠올려본다. 접합 부위 오차를 이 밀리미터만 더 줄일 수 있다면 최종안으로 선정될 가능성이 높은데. 최종입찰에서 선정된다면 앓지도 않았던 역류성 식도염은 공식적으로 치유될 것이다. 회식자리에 나가 유쾌한 농담으로 분위기를 띄우고 문이 맞은편에 앉아 있어도 냉동오징어처럼 뻣뻣해지지 않을 것이다. 그나저나 오늘은 김밥트럭이 쉬는 날이네. 그 생각을 하자 빈 우물 같은 허기가 몰켜 든다.

*

시속 팔십 킬로 정도를 유지하면서 문자를 보내는 일은, 운전을 하면서 음악을 듣는 것과 별다르지 않다. 오른손 엄지손가락은 자음과 모음 위치를 정확히 알고 있다. 문자를 손가락으로 읽을 순 없지만 앞차와의 거리를 가늠하며 화면을 들여다보는 것도 힘든 일은 아니다. 어쩌면, 언젠가는 이 손바닥으로 문자를 읽을 수도 있을 것 같아.

그와 알게 된 이후로 트럭의 시속은 평균 십 킬로쯤 떨어졌다. 이 속도에 평화가 있다는 걸 문자를 주고받기 전엔 알지 못했다. *언제 지나칠 일이 있으면 그럴게요.* 막 그렇게 문자를 보낸 참이다. *테헤란로 근처를 지날 일이 있으면 연락하세요. 맛있는 밥을 살게요.* 그의 문자에 대한 답이었다. 그럴 일은 없으리란 걸 심은 알고 있지만 김이 오르는 식탁에 마주 앉아 밥을 먹는 듯한 훈훈함은 남는다.

액정 속의 그는 보고 싶은데 보지 못하는 안타까움이 어떤 것인지 알게 해주었다. 잠들기 전 외로운 욕정을 혼자 해결하는 순간에도 이 느낌은 여전해서 가슴으로 느끼는 오르가슴이 어떤 것인지 알게 해주었다. 휴게소에서 허기를 채우기에 급급해 국수를 밀어넣는 순간에도 그는 옆자리에 앉아 있다. 비가 오는 고속도로 위에서도 그는 나와 같이 달렸다. 심지어 그를 의식하지 않는 순간조차 그는 함께 있다. 그는 어디에나 있다. 시간이 지날수록 자신도 믿을 수 없을 만큼 그에게 솔직해진다. 간호사라고 한 것 외엔. 자부심도 수치도 없이 살아왔지만 트럭을 운전한다는 말은 하고 싶지 않았다.

자신이 좋아하는 일을 찾아라. 그 일에 몰입하고 열정적으로 일할 때 세 상은 당신을 존경할 것이다. 개나 소나 그렇게 말하지. 그렇게 말하는 인간 들에겐 엿먹으라고 하고 싶다. 최선을 다해왔지만 존경은커녕 최소한의 존 중조차 받아본 적이 없다. 팔 년, 아니 칠 년 전이었나. 휴게소 부근 갓길에 트럭을 세우고 늦은 저녁을 먹으려 걸어가는데 뒤에서 누가 아는 척을 했 다. 일을 하면서 얼굴이 익은 남자였다. 혼자 먹는 밥의 서글픔이 사무치던 나이였다. 식당에서 같이 수다를 떨며 국밥을 먹었다. 그가 뽑아준 커피를 마실 땐 오래 알아온 사람처럼 느껴졌다. 그의 트럭은 심의 것보다 세 대 뒤 에 있었다. 그는 용도가 불분명한 모포 위에서 바지를 반쯤만 밀어내린 채 심의 배 위로 올라왔다. 금속 버클이 무릎에 쓸려 아팠지만 무릎보다 아래 쪽이 더 아팠다. 짧은 관계가 끝나자 그는 한 마디도 하지 않고 벌렁 누워 숨 을 세 번 쉬고는 가볍게 코를 골기 시작했고 이내 깨어나더니 부스럭거리며 담배를 피워 물었다. 원래 그런 사람인지 화가 난건지 알 수 없었다. 처음이 긴 했지만 출혈이 있으리라고는 생각지 않았다. 느낌이 이상했는지 바지를 입으려던 남자가 어둠 속에서도 심란한 표정으로 제 아래쪽을 내려다보았 다. 벨트까지 맨 그가 말했다. 내려. 네? 놀라는 심에게 다시 말했다. 내려. 덤불인지 개천인지 분간할 수 없이 어두운 갓길 쪽으로 내려설 때 발목이 시큰했다. 어떤 기억은 영원히 지워지지 않는다.

연결구조의 틈이 삼십 밀리미터가 넘으면 철거하고 다시 시공을 해야 합 니다. 그 일은 때로 불가능하게 여겨지기도 합니다만, 그래도 사람과 사람 사이의 일 밀리미터를 메꾸는 일보다는 쉽다고 생각합니다. 열어보지 않아 도 외우는 그의 문자들이 가슴속에 꽃처럼 피어난다. 숨소리가 들리도록 가

까이 다가왔던 어느 누구도 그렇게 말해주지 않았다. *세상이 나를 오려낸 도화지, 화려하게 채색된 커다란 도화지처럼 느껴집니다.* 그렇게 문자를 보내면서도 그게 무슨 의미인지 모를 거라고 생각했었는데. 소를 실은 소형 트럭 하나가 추월을 한다. 나란히 달리던 짧은 순간, 누렁소와 눈이 마주친다. 커다란 눈은 닥쳐올 운명을 알고 있는 듯 담담한 슬픔에 차 있다.

*

왜 이런 이상한 생각을 하게 되었을까. 심은 액정을 들여다보았다. *내 아이의 아빠가 되어줄래요?* 고개를 갸웃하는 사이 다시 들어온 문자. *그러니까, 그냥 아이의 아빠만.* 처음엔 농담을 하나보다, 했다. 이런 식의 농담엔 어떻게 답을 해야 감각 있는 사람으로 보일까. 손가락을 꼼지락거리고 있을 때 다시 문자가 도착했다. *아니 다시 말할게요. 내가 엄마가 되는 걸 도와주기만 하면 돼요.* 이게 다른 말이라고 생각하는 건가. 심은 헐, 이라고 썼다가 지웠다. 김밥을 씹으며 심이 화장실 벽에 비치된 손바닥만 한 잡지에서 베껴 보낸 시구절 때문일까.

왜인지 어디서부터인지도 모르는 채 당신을 사랑했네.

사랑했네. 당신을 바라보지도 가늠해보지도 않고서.

끝에 네루다라고 적었던 것 같은데. 설마. 심은 농담으로 치부하기로 했다.

우리가 동성동본이란 걸 잊었나요?

생각해보면 이 이상한 제안엔 성적인 암시가 핵심인 게 분명하지만 이전에 주고받던 문자들과 달리 조금도 에로틱하지도 달콤하지도 않았다.

너무 무겁게 했나요? 사실은 나도 썩 내키진 않아요. 뭐랄까, 당신이 싫다는 게 아니라, 누군지 모르면 좋겠어요. 이전에도 몰랐고 앞으로도 모를 사

람, 다시 마주치지 않을 사람 말이에요. 어둠 속에서 만나 어둠 속에서 헤어지고.

취하지도 않은 술이 깨는 느낌이었다. 신나게 달리던 차가 어딘가에 추돌을 하고 에어백이 삐질삐질 펼쳐지는 걸 지켜보는 기분이었다.

불임클리닉엘 가지 그래요? 훨씬 전문적이고 비밀이 보장되는 시스템일 텐데.

근데 아이는 왜?

연이은 문자에도 더 이상 답이 오지 않는다. 근데 그런 얘기를 문자로 해요? 다시 심은 그렇게 쓰고 물음표까지 찍었다가 지워버린다. 문자가 아니면, 일식집 호젓한 룸? 밤의 한강변? 백화점 커피숍? 이런 얘기를 주고받기에 카카오톡보다 더 맞춤한 공간은 없다는 생각이 들어서다. 심의 손가락이 허공에서 머뭇거리고 있는 사이 다시 문자가 날아온다.

길 위를 떠도는 동안만은 내가 사는 방식이 이상하다는 걸 잊게 돼요. 그렇다고 언제까지나 길 위에서 살 순 없잖아요.

길 위라니. 종합병원이 아니라 이동진료소인가. 슬슬 엉덩이가 아파온다. 변기커버가 편안한 건 아홉 개의 김밥을 먹는 딱 그만큼의 시간 동안이다. 언제나 그랬다. 어느 게 마지막 문자가 될지는 서로가 모른다. 심은 비닐봉지를 챙겨 호주머니에 넣고 화장실을 나온 후에야 아차 싶다. 쓰레기통에 버렸어야 하는데.

*

하행차선 쪽에 길게 이어진 경광등 불빛이 소란스럽다. 심은 제 의지와는 상관없이 옆을 돌아보았다. 추월차선으로 끼어드는 쏘나타를 승합차는 보지 못했든지, 아니면 네가 이기나 내가 이기나 보자, 위협적으로 상향등을 번쩍이며 속력을 올렸을 것이다. 분리벽에 처박은 쏘나타의 앞부분이 활짝 벌어져 강철로 만든 꽃처럼 보인다. 눈이 가늘어지는 건 절반만 보겠다는 건 아니다. 차의 속도는 백 미터쯤 전부터 조금씩 줄어든다. 누군가 설치해 놓은 대형 포르노 화면 앞을 지나치는 사내처럼.

일을 해오는 동안 섬뜩한 광경들을 무수히 보아왔다. 보여줄 게 없었다는 고모의 말은 보여줄 수 없었다는 말이었다는 걸 길 위에서 알게 되었다. 차의 흐름이 전체적으로 느려진다. 도로의 운전자들이 확인하고 싶어하는 건 으깨어진 타인의 육체가 아니라 자신이 그 세계로부터 얼마나 멀리 있나 일 것이다. 검고 기다란 적재함을 매단 트럭의 운전석 외엔 세계는 불안의 심해이다.

현장이 뒤로 밀려나자 심은 좀 더 따뜻한 세계를 떠올려보려 애쓴다. 그는 양배추를 먹어보라고 했다. 밀가루 음식은 좋지 않다고 알려주었다. 장난기 가득한, 그러나 얼굴이 보이지 않는 두 장의 사진도 보내주었다. 처음 온 건 머리 위로 손을 쭉 뻗어서 찍은 것이었다. 헝크러진 머리카락만 화면에 가득 찬. 그 다음 사진은, 처음엔 잘 알아볼 수 없었으나 그곳을 찍은 것이었다. 풍성한 음모 사이로 발기하지 않은 성기가 보였으나 에로틱하게 느껴지지 않았다. 그 사진을 보낸 날은 술을 좀 마신 것 같았다. 이번엔 당신 차례, 라고 문자가 왔지만 심은 픽 웃어버렸다. 며칠째 그에겐 문자가 없다. 마지막 문자를 보낸 건 자신이니, 답이 없는 셈이다. 전화를 해볼 생각은 없다. 길어지는 침묵이 짐작보다 훨씬 아프다. 어떤 고통의 감각을 고스란히 표현할 수 있는 단어란 존재하지 않는다는 생각이 심을 고통스럽게 했다. 한 가지 사실만 빼곤 그에게 놀랍도록 솔직하게 자신을 드러냈다고 생각했으나 진짜 자신은 그에게 말했던 것들과 말하지 못했던 것들 사이에 있다는 생각을 내내 하고 지냈다.

　나는 당신과 나의 문자 사이에서 흩어져 내리는 모래부스러기에요. 심은 그렇게 썼다가 지워버린다. 캄캄한 액정을 엄지손가락으로 내내 어루만지고 있자 어떤 격렬한 파도 같은 아픔이 속에서 치밀어 오른다. 역류성 식도염과는 다른, 점점 커져서 자신을 부수어버릴 것 같은 커다란 덩어리의 아픔. 진득한 땀이 손바닥에서 솟는다. 돌아보면 자신을 스쳐간 것들에 대해 한 번도 제대로 애도해본 적이 없었다. 흩어져 내리는 모래부스러기 같은 자신에 대해서는 더욱. 그 생각이 들자 심은 갓길을 어림하여 핸들을 오른쪽으로 돌렸다. 가로등이 없는 구간이었다.

＊

　"단체관광을 갔던 버스가 벼랑에서 굴러 돌아가신 목사님이 천국문 앞에 도착했어. 마침 화장실에 가고 싶었던 베드로가 자신의 권한을 대행시켰지. 오는 사람이 누구든 한 가지 질문을 해서 맞히면 천국으로, 틀리면 지옥으로 보내시면 돼요. 같이 버스를 탔던 친구 목사가 맨 처음으로 도착했고 목사님이 물었어. 수요예배가 열리는 요일은? 친구 목사는 함정이 있지 않을까 오 초쯤 생각하다 다른 대답은 있을 수 없다는 듯 수요일이라고 대답하고는 천국 문으로 들어갔어. 뒤이어 자신의 아내가 도착한 거야. 목사님이 조용히 말했어. 체코슬로바키아의 정확한 스펠링을 대시오."

　나갈 준비를 하던 팀원들이 서거나 앉은 채 까르르 웃는다. 작년에는 체코슬로바키아 대신 차이코프스키라고 했다. 그때도 다들 이렇게 웃었다. 이런 우스개는 물 흐르듯 터져 나오는 게 아니었다. 심은 자신의 부재가 선명하지 않도록 몇 개의 농담을 늘 준비해두었다.

"아, 팀장님이 같이 가셔야 재밌는데. 병을 너무 오냐오냐 해주시는 거 아니에요? 술 마신 다음날 속 안 쓰리면 그게 이상한 거지. 역류성 식도염엔 아귀찜이 특효에요."

입으로는 그렇게 말하지만 막내를 비롯하여 누구의 얼굴에도 아쉬움은 보이지 않는다. 사람들이 나가고 혼자 남자 하루치 피로가 밀려온다.

옷차림이 점점 가벼워지면서 김밥을 넣을 호주머니도 마땅치가 않다. 심은 왼손에 비닐봉지를 쥐고 빈 복도를 걸어 화장실로 갔다. 비어 있는 아홉 개를 지나 맨 안쪽 칸으로 들어가 변기커버를 내리고 앉았다. 비닐봉지를 열어 김밥을 하나 집어 입에 넣는다. 사실은 금요일 밤 마지막 문자를 받고 그 번호를 스팸으로 등록한 순간부터 이 스팸 김밥이 몹시 먹고 싶었다. 김밥을 꼭꼭 씹으며 역순으로 문자를 읽어나가던 심은 하나씩 지울까 하다가 그만두기로 했다. 이 문자들만큼 그녀의 부재를 강하게 증명해주는 건 없을 것이다.

느닷없는 아이라는 말에 화들짝 놀라긴 했지만 꼭 그것 때문이라곤 할 수 없다. 그녀가 정말 원한 게 아이라고는 생각지 않으니까. 길어야 몇 줄인 문자로 자신을 보여주기 위해 그녀는 서투른 은유를 사용했을 것이다. 나 역시 때론 누구에게도 할 수 없는 얘기를 놀랍도록 쉽게 털어놓았으나 아무것도 말하지 못했다고 느낀 순간도 있었으니. 다만 문자를 주고받던 어느 순간에, 이 관계의 기승전결이 다 이루어졌다는 느낌이 들었다. 그녀로선 느닷없을까. 하지만 이건 꽤 괜찮은 방식이지 않은가. 상자 속에 고양이와 독약을 넣어두되 언제까지나 상자를 열어보지 않는 것.

여름이라기엔 아직 이른데도 오후엔 불쾌하리만큼 더운 날들이 이어지고 있다. 김밥에서 익숙치 않은 맛이 난다. 배합초의 신맛과는 다른, 쉰내에 가까운 이 맛은 아침부터 지금까지 닫힌 서랍 속에서 생겨난 맛일지도 모르기 때문에 심은 김밥 파는 남자를 원망하진 않는다. 시큼한 트림이 울컥 올라오면서 밥알 몇 개가 목구멍을 도로 넘어온다. 가슴팍 어딘가가 쩌르르 아프다. 이런 게 역류성 식도염인가, 하면서도 남김없이 김밥을 먹어치운다. 먹는 동안 비치된 잡지를 읽지도 않고 휴대폰을 들여다보지도 않았다. 대신 가까운 사람의 장례식에 온 늙은 여자처럼 상체를 흔들며, 소리 없이 울었다. 단 한 번도 만난 적이 없는 여자를 생각하며.

액정 사회[1]의 아포리아

대학 동창들 모임에서 서로들 열심히 자신들의 스마트폰에 몰입하다가 헤어지면서 하는 말. "중요한 용건은 우리 다음에 만나서 이야기하지, 뭐." 이 엽기 풍경이 극명하게 압축하고 있는 바와 같이, 대인 커뮤니케이션에서 오프라인 접촉과 소통이 차지하는 비중이나 지위는 갈수록 축소되거나 위축되고 있다. 그 빈자리를 점령군의 파죽지세로 접수하고 있는 소통 권력이 바로 트위터나 스마트폰, 또는 페이스 북이나 이메일 등과 같은 온라인 매체들이다. 시·공의 압축을 통한 소통의 편리와 효율이라는 이점을 지닌 온라인 매체들의 위세는 인간관계마저도 인스턴트식품처럼 일회적으로 소비하는 부박한 현대사회의 허영과 영합하면서 맹렬한 질주와 폭주를 가속할

- - - - -

[1] 이 용어에 학문 공동체의 개념적 시민권을 부여한 이는 서울대 국제대학원의 이근 교수이다. 이 용어에 대한 간략한 설명에 대해서는「'디지털 화면 속' 대중과 소통하는 '액정 사회'」,『한겨레신문』2014. 1. 14 참조.

것으로 보인다. 이와 같이 관계와 소통에서 주체와 타자 사이의 '접촉'과 '교감'보다는 주체와 화면 사이의 '접속'과 '교신'이 지배하는 '액정사회'는 인간관계와 소통을 간절하게 원하면서도 갈수록 인간관계와 소통에서 자신감을 상실해가고 있는 현대인들의 불안과 강박을 징후적으로 보여준다는 점에서 현대사회를 읽어내는 매우 중요한 텍스트로 기능한다. 이러한 맥락의 연장선에서 이 글의 해설 대상인 정미경의 「목 놓아 우네」 또한 중요한 텍스트가 아닐 수 없다. 단자화된 개인으로 존재하는 데서 오는 '고독'과 타자들과의 관계에서 감당해야만 하는 '고통' 사이의 타협이 이루어지는 지점에서 절묘하게 발화하고 작동하는 '액정사회의 아포리아'라는 코드로 해석 가능한 작품이 바로 이 텍스트이기 때문이다.

이 텍스트의 서사는 초점인물로 기능하는 '심심남녀'(이 작품의 서사 주체이자 초점인물로 기능하는 두 남녀 인물의 성이 모두 심씨이다.)의 고단한 일상을 씨줄과 날줄로 갈마드는 교차서술의 방식으로 직조된다. '화물트럭 기사'로 일하는 여자 심과 '건설회사의 설계 디자이너'로 일하는 남자 심의 소통과 교감을 가능하게 할 만한 촉매는 거의 없어 보인다. 하지만 두 사람은 심씨 성을 공유하고 있다는 사실 말고도 적지 않은 실존의 상처를 공유하고 있다. 그중에서도 '죽음에 이르는 병'에 이를 정도로 치명적이면서도 처절한 외로움은 천인단애의 절해고도(絕海孤島)로 존재하는 두 사람의 실존을 연결하는 교량 역할을 한다. 그리고 여자 심의 이층 연립에 세 들어 사는 대학병원의 간호사인 '윤'에게 보낸 문자가 남자 심에게 잘못 전달되는 '우연한 실수'가 실제 교량으로 기능한다. 자신에게 잘못 전송된 문자에 남자 심이 답신을 보내는 것을 계기로 생면부지 두 심심남녀의 소통과 교감이 이루어지기 때문이다.

사람에 따라 정도의 차이는 있겠지만, 인간관계의 이면에 도사린 외설의 심연을 간파하거나 경험해버린 주체에게 타자와의 관계는 '끔찍한 악몽' 일 수도 있을 것이다. 이 작품의 서사 주체로 기능하는 '심심남녀' 두 사람은 바로 그러한 인물들의 전형을 보여준다. 여섯 살 때 불의의 참혹한 윤화(輪禍)로 부모를 동시에 잃고 졸지에 천애의 고아 신세로 전락한 그녀가 겪었을, 아니 겪을 수밖에 없었을 신산과 고난의 행로를 짐작하기란 어렵지 않다. 건장한 남성들도 버겁다는 화물 트럭 기사로 10년 넘게 일하는 고단한 삶을 탕진하는 과정에서 그녀의 외모는 매력적인 것과는 전혀 거리가 먼 모습으로 변모한다. 여성의 섹슈얼리티가 거세되다시피 한 여자 심의 외모는 "여잔 줄 알았어요."라는 동료 기사들의 농담을 아무렇지도 않게 받아들이거나, "소파에 앉아 있을 땐 고래 한 마리가 턱 누워 있는 것 같아" 보일 정도로 여성과 남성의 경계에 위태롭게 걸쳐 있다. 고속도로 휴게소에서 다정하게 말을 건네는 동료 기사의 애정 없는 배설에 가까운 폭력적인 섹스에 대한 환멸 이후 여자 심은 남성에 대한 관심을 차단한 후, '지상에서 일 미터쯤 떠 있는 닫힌 공간' 인 화물 트럭의 운전석으로 망명하는 일 중독을 통해 애정결핍을 보상하는 자폐적인 삶을 선택한다.

남자 심 또한 실존의 방식이나 문법에서 여자 심과 크게 다르지 않다. 남자 심 또한 일 중독을 통해 애정결핍을 보상하는 자폐적인 삶의 방식을 선택하는 여자 심의 궤적을 반복하기 때문이다. 본래부터 신경증에 육박하는 대인장애와 공포에 시달리던 남자 심은 회사의 후배에서 연인관계로 발전한 문의, 부조리극을 연상하게 할 정도의 느닷없는 배신 이후 타자들과의 관계나 소통에서 심각한 장애를 겪는다. '설마 했던 니가 나를 버렸어' 라는 대중가요의 가사처럼, 남자 심의 신경증을 단박에 치유할 정도로 화사하고 찬란했던 문과의 화양연화는 그리 오래 가지 않는다. 그리고 그로 인해 심이 감당해야만 할 상처는 "이후로 심은 하룻밤 사이 푹 꺼져버린 구덩이에

물이 고인 우물처럼 변해"버릴 정도로 근원적이고 치명적이다.

타자와의 관계에 대한 회의와 환멸로 인한 대인장애에 시달리는 심심남녀 두 사람은 '화물 트럭의 운전석'과 '사무실 화장실의 밀실'로 자신의 삶을 유폐하는 실존을 선택한다. 그러한 두 사람에게 외로움은 피할 수 없는 정서의 주름으로 각인되고, 그 외로움의 강도는 두 사람의 존재를 압도하고 잠식할 정도이다. 자신이 좋아하는 가수의 내한공연에 홀로 간 여자 심이 "유 돈 노우 왓 유 민 투 미"라는 가사에 저도 모르게 눈물을 흘리거나, 자신이 모르는 번호로 발송된 여자 심의 문자 메시지에 남자 심이 "평소의 심이라면 결코 하지 않았을 짓"인 답신을 보내거나, "불과 일주일 사이 우리는 서로에 대해 놀랍도록 많은 것을 알게 되었다. 일주일 동안 낮밤을 내리같이 지낸 것보다 훨씬 더"라는 고백을 가능하게 할 정도로 두 사람이 급속하게 가까워지는 것도 모두 외로움, 그놈의 외로움 때문이다. 외로움으로 인한 타자와의 소통에 대한 심심남녀 두 사람의 간절한 열망이 결실을 맺는 것은 하지만 딱 거기까지이다. 문의 돌연한 배신으로 인해 받은 과거의 상처와 충격으로부터 자유롭지 않은 남자 심의, 배신에 대한 강박적 두려움이 더 이상의 관계로 발전하는 것을 억압하기 때문이다. 자신의 생물학적 아버지가 되어 달라는 문자 이후 여자 심의 번호를 스팸 처리하는 것도 또 다시 버림받고 상처를 받을지도 모른다는 남자 심의 강박적 두려움 때문이다.

해저터널 설계와도 비슷하다. 일 밀리미터의 틈도 없는 완전무결한 설계도를 그릴 순 있지만 거대한 콘크리트 구조물을 투입하여 실재로 만드는 과정에서 설계도와는 달리 오차가 생길 수밖에 없다. (…중략…) **열지 않아도 되는 상자라면 마지막까지 열고 싶지 않다. 무엇보다도 사람 사이의 일 밀리미터에 대해서는 도무지 자신의 역량 바깥이라는 생각이 든다.** (316쪽, 강조 – 인용자)

'일 밀리미터의 오차도 허용하지 않는 해저터널 설계도와는 달리 사람 사이의 일 밀리미터에 대해서는 도무지 자신의 역량 바깥이라는 생각이 든다.'는 고백적 진술에서 확인할 수 있는 바와 같이, 타자와의 관계에서 일방적인 버림을 받을지도 모른다는 강박적 두려움은 남자 심으로 하여금 오프라인에서의 직접 접촉과 교감에 대한 자신감을 완전히 상실하게 한다. 그렇다고 "액정 속 문자로 연결된 여자는 실재하지도 부재하지도 않는다"는 남자 심의 진술이나, "나는 당신과 나의 문자 사이에서 흩어져 내리는 모래 부스러기에요"라는 여자 심의 자조를 통해서 확인할 수 있는 바와 같이, 문자를 통해 주고 받는 온라인 접속과 교신이 오프라인에서의 결락과 결손을 말끔하게 메워줄 완전무결한 처방이나 치유가 결코 될 수는 없을 것이다. 자위가 건강한 섹스가 아니듯이, 액정을 통해서만 유지되는 소통 또한 결코 건강한 관계는 아니기 때문이다. 오프라인에서의 접촉과 교감은 두렵고, 온라인에서의 접속과 교신은 허전한, 따라서 이럴 수도 없고 저럴 수도 없는 불행한 의식의 아포리아 상태에 놓인 남자 심이 선택할 수 있는 실존의 문법은 안타깝게도 그리 많지 않아 보인다.

> 먹는 동안 비치된 잡지를 읽지도 않고 휴대폰을 들여다보지도 않았다. 대신 가까운 사람의 장례식에 온 늙은 여자처럼 상체를 흔들며, **소리 없이 울었다. 단 한 번도 만난 적이 없는 여자를 생각하며.** (324쪽, 강조-인용자)

사무실의 화장실 변기 위에서 홀로 온기 없는 김밥을 의무감으로 우적우적 씹어 먹으며 소리 없이 눈물 흘리는 남자 심의 애절한 모습. 이 마지막 장면이 과연 소설 속에서만 있을 법한, 그것도 남자 심 한 사람만의 엽기적인 풍경이라고 말할 수 있을까? 그리고 또 인간관계와 소통을 간절하게 원하면서도 갈수록 인간관계와 소통에서 자신감을 상실해가고 있는 현대인들의 불안과 강박을 이 장면에다 포개고 겹쳐 읽는 것을 과잉 해석이라고 말할 수 있을까? 아! 존재의 외로움이여! 그리고 또, 아! 관계의 괴로움이여!

　정여울의 글로 이 글을 매조지하고자 한다. "우리는 타인 때문에 상처받고 타인 때문에 주눅 들고 타인 때문에 피해를 입는다. 하지만 우리는 타인에게 사랑받고 타인에게 용기를 얻고 타인으로 인해 혼자서는 결코 배울 수 없는 세계의 비밀을 접한다. 우리는 타인의 눈에 비친 우리 자신의 모습을 결코 완전히 알 수 없다. 바로 그 '알 수 없음' 때문에 우리는 마음속에 수많은 타인들을 초대하고, 내 안의 수많은 나와 공생하는 법을 배워야 한다. 타인은 지옥이다. 하지만 타인 없는 삶은 지옥보다 더 고통스러울 것이다."[2]

· · · · ·
2) 정여울, 『씨네필 다이어리』 2, 자음과모음, 2010, 286쪽.

2004년 『문예중앙』에 작품을 발표하며 등단했다. 소설집 『천사들의 도시』, 장편소설 『한없이 멋진 꿈에』 『로기완을 만났다』 『아무도 보지 못한 숲』 등이 있다. 신동엽문학상을 수상했다.

조해진

빛의 호위

빛의 호위

입국 심사대로 이어지는 낯선 공항의 좁은 통로에서 나는 문득 걸음을 멈추고 주위를 둘러봤다. 눈 내리는 둥글고 투명한 세계를 부드럽게 감싸주던 그 멜로디가 또 다시 귓가에서 되살아나고 있었다. 갑작스러운 악천후로 비행기가 한 시간이나 연착되는 바람에 저마다의 스케줄에 차질이 생긴 사람들은 통행에 방해가 되는 나를 거칠게 밀치며 지나갔다. 통유리 너머로는 눈이 쌓여가는 뉴욕국제공항의 어두운 활주로와 창문마다 희미한 불빛이 어른거리는 비행기들이 보였다. 눈이 내리고 있었구나. 그제야 알게 됐다는 듯 나는 나직이 중얼거렸다. 그 순간 내 귀에만 들리는 멜로디의 볼륨이 한 단계 더 올라가는 듯했다. 권은을 다시 만난 이후로, 아니 녹슬고 찌그러진 현관문 안의 풍경을 기억의 영역에 고스란히 복원하게 되면서부터, 그 멜로디는 그렇게 종종 긴 세월을 통과하여 내가 서 있는 곳으로 흘러들어오곤 했다. 그럴 때 내가 할 수 있는 거라곤 그 멜로디가 울려퍼지는 세계 안쪽을 가만히 들여다보는 것 외엔 아무것도 없었다. 그 세계는 부엌과 화장실이 딸려 있지 않은 작고 추운 방일 때도 있었고 일요일의 눈 쌓인 운동장일 때도 있었으며 가끔은 약품 냄새가 진하게 밴 병실일 때도 있었다. 그리고 그 세계에 사는 주민은, 언제나 권은 한 사람뿐이었다.

1년 전, 일산에 위치한 북카페에서 20여 년 만에 권은과 재회했을 때 나는 사실 그녀를 기억하지 못했다. 파주에 살고 있다는 권은을 만나기 위해 일산까지 가게 된 건 오로지 인터뷰를 위해서였다. 그 무렵 신문사와 연계된 시사잡지사에서 기자로 있던 나는 문화계를 이끌어갈 신진들을 인터뷰하는 코너도 하나 맡고 있었는데, 주로 분쟁지역에서 보도사진을 찍는 젊은 사진작가 권은이 바로 그 주의 인터뷰이였던 것이다. 그날 그녀가 내게 들려준 이야기는 대부분 인상적이었고 사뭇 감동적인 면도 있었다. 친구가 준 필름 카메라를 접하면서 사진에 입문했다는 이야기는 흥미로웠고, 분쟁지역에서의 생사를 넘나드는 에피소드들에는 하나같이 그녀의 절박한 열정이 그대로 투영되어 있었다.

인터뷰가 끝나갈 쯤, 북카페 창밖으로 굵은 눈송이가 날리는 게 보였다. 금방 그칠 눈 같지는 않네. 인터뷰 원고를 저장하며 혼잣말을 하는 내게 권은이 작은 목소리로 이렇게 말했다. 태엽이 멈추면 멜로디도 끝나고 눈도 그치겠죠. 보통의 사람들이 구사하지 않는 그녀의 표현이 재미있어서 수수께끼냐고 장난스럽게 물었지만 권은은 말없이 웃기만 할 뿐, 더 이상 아무 말도 하지 않았다. 인터뷰를 마무리하고서 북카페를 나온 우리는 신호등 앞에서 헐거운 악수를 나눈 뒤 헤어졌다. 몇 발자국 걷다가 무심결에 뒤를 돌아봤을 때, 고개를 숙인 채 가만히 눈을 맞고 있는 권은의 옆모습이 보였다. 눈발이 제법 거세지고 있었는데도 그녀는 좀처럼 움직이지 않았다. 다가가 우산이라도 씌워주고 싶다는 생각을 잠깐 했지만 같은 우산 아래 있는 동안 우리를 둘러싸게 될 침묵이 부담스러웠다. 나는 이내 지하철역 쪽으로 걸음을 돌렸고 권은 쪽을 다시 돌아보지 않았다.

돌이켜보면 그 만남에서 그녀가 내게 한 이야기들, 가령 사진에 빠져들었던 계기며 태업과 멜로디에 대한 언급은 일종의 힌트들이기도 했다. 심지어 차가운 눈 속에서 꿈쩍도 않고 서 있던 그 모습도 나에게는 하나의 기호였는지도 모른다. 하지만 그날 그녀가 내게 건네고 싶었던 것이 잊고 있던 지나간 시절을 열어줄 열쇠와도 같은 것이었음을, 그때 나는 짐작조차 하지 못했다.

감각은 왔던 순서대로 떠났다. 멜로디가 옅어지면서 우리가 나누었던 대화도 지워져 갔고 권은이 서 있던 거리 풍경도 점점이 뒤로 물러났다. 남은 건 아스팔트 바닥에, 권은의 코트깃에, 그리고 그녀의 신발 위에 내려앉던 하얀 눈송이뿐이었다. 정신을 차리고 다시 고개를 들었을 때, 그 눈송이는 공항의 통유리 너머에서 나부끼는 눈발 속으로 금세 스며들었다.

공항을 빠져나가 버스를 타고 맨해튼 시내에 도착한 건 밤 11시가 다 되어서였다. 밤의 네온사인은 눈이 부셨고 원색의 광고판은 끝도 없이 이어졌지만, 출구 없는 미로에 내던져진 듯 대도시 한복판에서 나는 자주 방향감각을 상실했다. 예약해놓은 호텔을 찾아가는 동안, 이 휘황한 도시가 누군가의 꿈속은 아닌가, 하는 생각은 점점 더 견고해졌다. 그러니까 작고 추운 방에 혼자 앉아 스노볼의 태엽을 감고 또 감으며 눈 내리는 세계에 빠져 있다가 눈물 한 방울 흘릴 새도 없이 급하게 잠이 들곤 했던 어떤 외로운 소녀의 꿈. 그런데, 이 꿈속은 어째서 이토록 추운 것인가.

*

일산에서의 인터뷰 이후 권은을 다시 만나게 된 건, 아마도 스노볼 때문이었을 것이다. 인터뷰 기사를 잘 봤다는 그녀의 전화를 받기 전, 나는 조카의 크리스마스 선물을 사러 대형마트 아동코너에 갔다가 스노볼을 발견하게 됐는데 그 사물에는 권은의 수수께끼를 풀어줄 단서들이 모두 들어 있었다. 조카의 선물을 골라야 한다는 것도 까맣게 잊은 채 태엽이 돌아가는 동안 멜로디가 흐르고 눈이 내리는 그 둥글고 투명한 세계를 나는 한참 동안 넋 놓고 바라봤다. 갈 곳이 없다는 듯 하염없이 눈을 맞으며 우두커니 서 있던 권은이 그 세계 안에 있었다. 그제야 나는, 그날 거리에서 본 그녀의 모습이 오랫동안 내 마음의 한 부분을 차지하고 있었다는 것을 느리게 깨달았다. 의례적인 감사의 전화를 걸어온 권은에게 술이나 한 잔 하자는 제안을 한 건, 그러니 스노볼 때문이었다고 밖에는 설명할 수가 없다. 나는 그때껏 인터뷰를 통해 알게 된 사람을 사적으로 다시 만난 적이 한 번도 없었고 그런 필요성을 느껴본 적도 없었다. 권은과의 두 번째 만남이 없었다면, 그래서 헬게 한센의 〈사람, 사람들〉에 대해 듣지 않았다면, 어쩌면 나는 평생 그녀가 누구인지 모른 채 살았을지도 모르겠다.

지금의 나는, 아무것도 후회하지 않는다.

아마 크리스마스가 지난 어느 날이었을 것이다. 서울의 연말 분위기는 절정에 달해 있었고 어디를 가나 사람들이 많았다. 잡지사가 위치해 있는 을지로 지하철역에서 만난 우리는 그 근처 술집으로 자리를 옮겼다. 맥주와 간단한 안주가 나오자 권은은 뜻밖의 소식을 전했다. 일주일 후 보도사진을 찍으러 목사와 선교사로 이루어진 봉사단체를 따라 시리아의 난민캠프를 방문할 거라는 얘기였다. 시리아는 내전 중인 국가였고 외국인을 인질로 납치하거나 부상을 입히는 것으로도 악명이 높았다. 걱정이 되는 건 사실이었지만 나는 다시 생각해보라거나 가지 않는 게 좋겠다는 말은 할 수 없었다. 그건 전적으로 권은의 일이었고, 잘 알지도 못하는 젊은 사진작가의 필모그래피가 내 간섭으로 바뀌는 상황은 껄끄러웠다. 카메라만 있다면 모든 위험을 충분히 피해갈 수 있다고 믿는 그녀의 순박한 열정을 내 멋대로 깎아내릴 수도 없었다. 게다가 그녀는 이미 적지 않은 분쟁지역을 다녀온 전문적인 사진작가였다.

그래서 어떤 사진을 찍을 계획인데요? 나는 괜히 맥주나 거푸 비우며 건성으로 그런 질문밖에 할 수 없었다. 사람을 찍어야죠. 그녀가 대답했다. 전쟁의 비극은 철로 된 무기나 무너진 건물이 아니라, 죽은 연인을 떠올리며 거울 앞에서 화장을 하는 젊은 여성의 젖은 눈동자 같은 데서 발견되어야 한다. 전쟁이 없었다면 당신이나 나만큼만 울었을 평범한 사람들이 전쟁 그 자체니까. 마치 준비라도 한 듯 유려한 문어체로 덧붙여 설명하는 그녀를 나는 어리둥절하게 건너다봤다. 내 표정이 너무 진지했는지 그녀는 이내 웃음을 터뜨리며 누군가의 말을 인용해서 대답한 것뿐이라고 이어 말했다. 헬게 한센이 한 말이죠. 헬게 한센? 그 사람이 누군데요? 내가 가장 좋아하는 사진기자예요. 분쟁지역을 다니게 된 것도 그의 영향이라고 할 수 있고요. 그랬으므로, 그 사진기자가 생애 최초로 다큐멘터리를 찍었다는 소식을 들었을 때 그녀는 어떻게든 그 영상을 보고 싶어 한동안 여러 독립영화관의 상영 스케줄을 수시로 확인했고 각종 영화 관련 사이트를 돌아다니며 디브이디나 파일에 대해 문의를 하기도 했다. 하지만 그 다큐멘터리는 국내에서 상영된 적이 없었고 디브이디나 파일을 판매하는 곳도 없었다. 그녀가 헬게 한센의 유일한 다큐멘터리인 〈사람, 사람들〉을 볼 수 있었던 건 일본에서 영화를 공부하는 친구가 어렵게 파일을 구해 보내준 덕분이었다. 처음엔 헬게 한센에 대한 관심으로 보게 된 그 다큐멘터리에서, 그리고 그녀는 알마 마이어라는 여성을 알게 되었다. 이상해요. 권은이 말했다. 권은의 표현에 따른다면, 각기 다른 시대와 역사에서 출항한 배에 탑승한 승객들처럼 아무런 관련이 없는 알마 마이어와 그녀는 비슷한 경험을 공유하고 있었다. 마치 두 사람을 태운 전혀 다른 두 척의 배가 똑같은 섬에서, 똑같은 풍랑을 견디며 잠시 표류된 적이 있기라도 한 것처럼. 그래서 그때부터 시간이 날 때마다 알마 마이어에게 편지를 쓰곤 한다고, 권은은 쑥스럽다는 듯 웃으며 말했다. 그 웃음이 어딘지 낯익어서 나는 물끄러미 그녀를 건너다봤고, 어느 순간 그녀와 나의 시선이 허공에서 어색하게 얽혔다. 그럼 알마 마이어한테서 답장도 받고 그랬어요? 나는 그녀에게서 재빨리 시선을 거두고는 그녀의 빈 잔에 맥주를 따라주며 얼떨결에 물었다. 개인 블로그에 쓰고 있어요, 일기처럼. 아, 물론 한국어로요. 어차피 알마 마이어는 내 편지를 받을 수도 없거든요. 그녀는 이미 2009년에 죽었으니까요. 나는 맥주를 따르다 말고 또 한 번 진지하게 그녀를 건너다봤다. 그렇다면 그녀는 한 번도 만난 적 없는, 게다가 이미 죽고 없는 여성에게 무엇을 기대하며 편지를 써왔다는 말인가. 그녀와 알마 마이어의 겹쳐진 경험이 무엇인지 궁금하긴 했으나 타인의 내밀한 사연을 섣불리 공유하고 싶지는 않았다. 자연스럽게 화제가 바뀌었다. 전세 가격의 믿을 수 없는 상승이라든지 30대 중반이라는 우리의 애매한 나이 같은 시시콜콜한 주제로 대화는 이어졌지만, 내 마음속엔 권은의 이야기가 사라지지 않고 응고된 채 남아 있기는 했다.

밤 10시쯤 술집을 나와 각자의 길로 돌아서기 전, 나는 그녀에게 말했다. 참, 수수께끼 풀었어요. 태엽이 멈추면 멜로디도 끝나고 눈도 그치는 곳 말이에요. 그녀는 그게 뭐냐고 묻는 대신 마치 내가 무슨 말인가를 더 해주기를 기다린다는 듯 말없이 나를 되바라보기만 했다. 근데 나이가 몇인데 아직까지 장난감을 좋아하는 거에요? 나는 농담을 한 건데 그녀는 웃지 않았다. 마침 빈 택시가 우리 앞에 와서 섰다. 그녀는 곧 택시에 올랐고, 나는 택시 밖에 서서 조심하라는 식상한 당부를 했다. 고맙다고, 그녀가 말했다. 카메라……. 네? 택시가 곧 출발했으므로 카메라에 연이어졌을 그녀의 또 다른 힌트들에 대해서 나는 듣지 못했다. 작고 추운 방, 그 방에 형광등이 켜진 순간 작동을 멈춘 스노볼, 그리고 그 방을 나설 때마다 내 시야를 가득 채웠던 주황빛의 허름한 골목들과 카메라를 가슴에 안고 그 방으로 달려갔던 어느 늦은 가을날……. 이런 힌트들은 좀 더 시간이 흐른 뒤에야 눈 쌓인 운동장에 띄엄띄엄 새겨진 발자국처럼 한 걸음씩 천천히 내게로 왔다.

*

다음 날 아침, 뉴욕엔 짙은 안개가 꼈다. 9층 높이의 호텔방에서 내려다본 뉴욕 거리는 물에 잠긴 고대도시만큼이나 비현실적으로 보였고 영원이라는 시소 끝에 세워진 허상인 듯 멀게 느껴졌다. 내가 아직 알아내지 못한 비밀들이 잔뜩 숨겨져 있는, 길을 잃은 채 울먹이며 헤매고 다녀야 했던 권은의 어린 시절 꿈속 도시처럼.

호텔을 나와 맨해튼의 앤솔로지필름아카이브에 도착하자 〈사람, 사람들〉의 특별 상영을 알리는 표지판이 보였다. 나는, 맞게 찾아온 것이다. 로비에 마련된 테이블에는 이스라엘이 팔레스타인을 공격했던 5년 전의 자료 사진과 〈사람, 사람들〉의 팸플릿이 놓여 있었다. 팸플릿 한 장을 들고 로비의 구석 자리로 걸어갔다. 팸플릿에는 〈사람, 사람들〉의 감독인 헬게 한센이 2009년 1월 이집트에서 팔레스타인으로 향하던 구호품 트럭이 피격되었을 당시 살아남은 사람들 중 한 명이라고 소개되어 있었다. 헬게 한센은 이 다큐멘터리를 완성하게 된 계기를 이렇게 말했다. : 구호품 트럭의 피격으로 사망한 노먼 마이어와 하나뿐인 아들을 잃은 그의 어머니 알마 마이어를 통해 역사의 폭력에 맞서는 개인의 가치 있는 용기를 보았기 때문이다. 나는 생존자고, 생존자는 희생자를 기억해야 한다는 게 내 신념이다.

팸플릿이 구겨지지 않도록 납작하게 잘 펴서 가방에 넣은 뒤 상영관 안으로 들어갔다. 평일 이른 시각이었지만 객석은 절반 이상 차 있었다. 지정된 자리에 앉자 곧 관내의 조명이 꺼졌고 바로 그 순간부터 예상하지 못한 긴장감이 밀려들었다. 스크린에 영상이 비치고 다큐멘터리의 제목이 뜰 때까지도 긴장감은 수그러들지 않아 이내 손끝까지 떨려왔다.

다큐멘터리는 아무런 자막이나 내레이션 없이, 팔레스타인의 수도인 라말라의 사원 벽에 붙어 있는 수많은 사람들의 사진들을 비추며 시작됐다. 사원 벽은 하나의 거대한 앨범처럼 보였고 조악한 한 장 한 장의 사진 속에 들어가 있는 남자, 여자, 노인, 아이 들은 각기 다른 표정으로 떠나온 세상을 고요하게 건너다보고 있었다. 히잡을 쓴 젊은 여성이 청년의 사진 앞으로 비틀비틀 걸어가 정성스럽게 입을 맞추는 장면에 카메라는 오래 머물렀다. 사원으로 오기 전, 죽은 연인에게 보여주기 위해 화장을 하면서 눈동자가 젖을 만큼 눈물을 흘렸을 그녀의 모습을 상상해보라고 주문하듯이.

짧지만 강렬한 오프닝 화면이 지나가자 곧이어 구호품 트럭 안이 나왔다. 운전수를 비롯한 여섯 명의 동승자들은 간간이 웃으며 이야기를 나눴고 트럭이 잠시 쉴 때는 지도를 펼쳐놓고 진지하게 상의를 하기도 했다. 아마도 편집으로 인해 다른 동승자들의 컷이 잘려나간 때문이겠지만, 주로 원샷을 받는 사람은 노먼이었다.

내가 찾아본 기사에 따르면, 노먼의 죽음은 미국 사회에서 커다란 이슈가 되었고 오랜 기간 회자되었다. 아무리 전시라 해도 구호품 차량은 피격하지 않는다는 불문율이 깨졌다는 것, 그로 인해 퇴직 의사였던 유대계 미국인이 사망했다는 것, 그리고 그 구호품 트럭에 실려 있던 대부분의 구호품은 이미 그 유대계 미국인이 전재산을 털어 구입한 거였다는 것, 이 모든 것은 많은 사람들에게 드라마 같은 인상을 주었고 특별한 시사성을 얻을지도 모른 다는 기대감을 갖게 했다. 노먼에 대한 관심이 고조되자 그의 어머니 알마 마이어도 본의 아니게 유명해졌다. 각종 매스컴은 연일 그녀와의 인터뷰를 시도했고 유대인 커뮤니티를 제외한 각계각층에서 위로의 메시지가 날아왔 다. 그녀는 그 어떤 인터뷰에도 응하지 않았고 위로의 말들은 모두 무시했 다. 외출을 하지 않았으며 손님을 초대하지 않았고 전화도 받지 않았다. 그 녀가 노먼의 일로 만난 외부인은 헬게 한센이 유일했다. 헬게 한센이 그녀 에게 보낸, 노먼의 마지막 열다섯 시간이 기록된 영상—그리고 이 영상은 훗날 〈사람, 사람들〉에 고스란히 담기게 된다—을 보고 난 후였다.

*

권은과의 그 두 번째 만남 이후 석 달 만에 신문과 뉴스를 통해 그녀의 불 운한 소식을 접했을 때, 나는 사실 그리 민감하게 반응하지 않았다. 놀라긴 했지만 충격 수준은 아니었고 착잡한 심정은 들었으나 일상을 잊을 만큼 괴 로워하진 않았다. 내가 그 술집에서 그녀를 만류했다 해도 그녀는 떠났을 터 였다. 게다가 내가 무슨 자격으로 그녀의 결정을 되돌릴 수 있었을 것인가. 그리 생각하는 게 편했다. 그 무렵, 나는 영화잡지사로 직장을 옮겼으므로 권 은에 대한 생각을 오래 붙들고 있을 만한 여유도 없었다. 새로운 직장에는 새 로운 인간관계와 새로운 형식의 글쓰기가 있었고 나는 그 모든 것에 최대한 빨리 적응해야 했다. 권은의 일은 저절로 잊혀갔다. 아니, 잊기 위해 무의식 적으로 나는 노력했다. 권은을 망각하는 일은 그렇게, 거의 성공할 뻔했다.

기억의 뒤편에만 희미하게 남아 있던 권은의 이름이 손끝에 닿을 듯 다시 가까워진 건, 잡지사 선배 기자가 갑자기 퇴사를 하면서 그에게 배당된 여러 업무가 나에게 넘어오면서부터였다. 내가 새로 맡게 된 그의 업무 중에는 뉴욕에서 열리는 다큐멘터리 영화제의 취재 건도 포함되어 있었는데, 그가 작성한 영화제 관련 자료에서 나는 헬게 한센의 〈사람, 사람들〉을 발견했던 것이다. 자료에 따르면 이 다큐멘터리는 2010년에 공개되자마자 평단의 호평을 받았으며 그해 다수의 국제 영화제에 초대를 받기도 했다. 자료에는 또한, 영화제 측이 구호품 트럭의 피격이라는 전례 없는 사고의 발발 5주년을 맞아 〈사람, 사람들〉의 특별 상영을 준비할 거라는 내용도 담겨 있었다.

그날부터 나는 권은이 일산의 북카페와 을지로의 술집에서 내게 했던 말들을 자주 되새겼다. 기자들이 모두 떠난 깊은 밤의 사무실에 앉아 권은에 관한 모든 정보를 찾겠다는 듯 인터넷을 뒤지기도 했다. 기억들은 어느 한 순간 섬광처럼 내 머리를 강타한 것이 아니라 아주 먼 곳에서 한 조각씩 내 감각 속으로 흘러들어왔다. 친구가 준 필름 카메라로 사진에 입문하게 됐다는 그녀의 고백이 첫 번째 단서였고, 을지로 거리에서 택시에 올라탄 그녀가 고마웠다고 말한 뒤 카메라를 언급한 장면은 확증처럼 다가왔다. 아무려나 내가 기억 속에서 돌아보는 그녀의 세계에서는 언제나 눈이 내리고 있었다. 그 세계는 둥글고 투명했으며 눈이 내리는 동안만큼은 쉬지 않고 귀에 익은 멜로디가 흐르기도 했다. 그리고 이런 비현실적인 대화를 나누었던 일요일 오후의 눈 쌓인 학교 운동장. 셔터를 누를 때 카메라 안에서 휙 지나가는 빛이 있거든. 그런 게 있어? 어디에서 온 빛인데? 평소에는 눈에 잘 안 띄는 곳에 숨어 있겠지. 어떤 데? 장롱 뒤나 책상 서랍 속이나 아니면 빈 병 같은 데…….

뉴욕으로 취재를 오기 전, 나는 권은이 입원해 있는 병원을 수소문해서 찾아갔다. 예상대로 그녀는 내 방문을 무척 놀라워했다. 다리에 박힌 포탄 파편을 제거하는 수술을 이미 세 차례나 받았지만 남은 생애 동안 두 발로 걸어 다닐 수 있을지는 의문이라는 우울한 이야기를 전하면서도 눈빛만은 의아함으로 겁게 일렁이고 있었다. 그 후지사의 필름 카메라, 아직도 갖고 있어요? 긴 침묵 끝에 내가 묻자 그녀는 잠시 뚫어지게 날 바라봤고, 이내 우리는 서로를 마주보며 멋쩍게 웃었다. 다시 찾아오겠다는 말은 끝내 하지 못했다. 병실을 나서기 전, 그녀는 자신의 블로그 주소를 메모지에 적어주었다. 그 블로그에 내게 쓴 편지도 있다고 덧붙여 말하면서도 또 보면 좋겠다는 식의 얘기는 그녀 역시 꺼내지 않았다.

그날 집으로 돌아와 나는 노트북을 켜고 권은의 블로그로 들어갔다. 블로그의 카테고리 중에는 편지란이 있었고 그 속에는 그녀가 알마 마이어 앞으로 쓴 열두 통의 편지와 내게 쓴 한 통의 편지가 포스팅되어 있었다. 책상에 앉아 단숨에 편지들을 다 읽은 후엔 욕실로 들어가 오랫동안 샤워를 했다. 수건으로 몸을 닦으며 뿌연 김이 서린 세면대 거울 앞에 서자, 옳고 그른 선택 따위 없는 모호한 세상을 창문 안쪽에서 건너다보고 있는 듯한 착각이 들었다. 나쁘지 않은 착각이었지만 김은 곧 사라져 갔다. 조금씩 선명하게 내 모습을 되비추는 거울에 대고 나는 속삭이듯 물었다. 그래서 넌, 지금 행복하니? 모호한 세상에서는 답변이 돌아오지 않았고, 내 등 뒤에서는 문 손잡이를 돌리는 쇳소리가 들려왔다. 돌아보지 않아도 알 것 같았다. 그 문은 녹슬고 찌그러진 현관문일 것이고, 얼떨결에 문을 열게 된 열세 살의 소년은 암순응이 되지 않은 두 눈을 껌뻑이며 겁먹은 목소리로 이렇게 물을 터였다. 거, 거기, 권은 집, 맞아요?

*

스크린 속에서 알마 마이어는 그 오랜 칩거에 대해 이렇게 설명한다.

—사람들이 노먼을 시대의 양심이니 유대인의 마지막 희망이니 하는 수식

어로 포장하는 걸 도저히 용납할 수 없었어요. 그런 거창한 수식어 뒤에 숨어 있으면 아무것도 하지 않고도 정의의 증인이 될 수 있다고 믿는 건, 뭐랄까, 나에겐 천진한 기만 같아 보였죠. 알려 했다면 알았을 것들을 모른 척해놓고 나중에야 자신은 몰랐으므로 아무런 책임이 없다고 주장하는 것처럼 말이에요. 전쟁이 끝나고 나서야 홀로코스트의 잔인함에 양심적으로 경악하던 그 수많은 비유대인들을 나는 기억하고 있어요. 화가 나진 않았어요. 그때나 지금이나 그저 무기력해졌을 뿐이에요. 무기력한 환멸 같은 거, 그런 거였죠.

화면이 바뀌면서 다큐멘터리는 자연스럽게 알마 마이어의 과거를 짚어갔다. 1916년 벨기에에서 태어난 알마 마이어는 유대인이면서 여성이라는 차별을 딛고 1938년에 브뤼셀 필하모닉 오케스트라에 바이올리니스트로 입단했다. 하지만 1940년, 벨기에에 유대인 등록령이 내려지면서 그녀는 오케스트라에서 해고됐고 게토에 갇히거나 수용소로 끌려가야 하는 상황에 처해졌다. 그때 그녀의 연인이자 같은 오케스트라에서 호른을 연주하던 장이 브뤼셀 외곽에 위치한 사촌형의 식료품점 지하창고에 그녀의 은신처를 마련해주었다.

창문이 없던 그 지하창고는 램프를 켜지 않으면 아침이나 한낮에도 깜깜했다. 가끔은 눈을 뜨고 있어도 꿈속처럼 몽롱하고 아스라한 장면들이 허공에 펼쳐지곤 했다. 그럴 때 눈을 한 번 꾸욱 감았다 뜨면 어김없이 낯선 거리가 나왔는데, 그 거리에서 유일하게 불이 켜진 곳은 악기상점뿐이었다. 조심스럽게 그 악기상점의 문을 열고 들어가면 오랫동안 만나지 못한 오케스트라 단원들이 반갑게 그녀를 맞이해주었다. 그들은 곧 각자의 악기 앞에 앉아 무가나 행진곡 같은 활기찬 연주를 시작했고 그녀와 시선이 엇갈릴 때마다 더할 나위 없이 호의적인 미소를 지어 보이곤 했다. 아픈 건 없다고, 살아 있는 한 그 모든 아픔은 위로받고 치유되기 위해 존재하는 거라고 속삭이듯이. 흐뭇한 마음으로 그들의 연주에 심취해 있다가 어느 순간 다시

한 번 눈을 꾹 감았다 뜨면 선율도, 단원들도, 그들의 미소도 사라지고 없었다. 달콤했던 환영이 사라질 때마다 그녀는 더 외로워졌고 더 쓸쓸해졌다. 어머니가 만들어준 음식을 마음껏 먹는 꿈을 꾸면서 자신도 모르게 입술을 오물거리다가 문득 잠에서 깨고 나면 바람뿐인 벌판에 혼자 서 있는 듯한 기분에 견딜 수 없이 추워지곤 했던 것처럼. 2주에 한 번씩 장이 물과 빵이 담긴 바구니를 들고 지하창고를 찾아오긴 했지만 그 무렵엔 누구나 그렇듯 장 역시 가난했으므로 그 양은 보름을 버티기엔 늘 부족했다. 바구니는 가볍고 초라했지만 그래도 장은 바구니 밑바닥에 자신이 작곡한 악보 한 장씩을 깔아놓는 걸 잊지 않았다. 빛으로 에워싸인 허공의 악기상점을 본 날이면 그녀는 바이올린을 꺼내 활이 줄에 닿지 않도록 적당한 거리를 유지하며 그 악보들로 연주를 했다. 조명이 없는 무대에서, 관객의 박수를 받지 못한 채, 소리가 없는 연주를.

─장이 작곡한 그 악보들은 식료품점 지하창고에서 날마다 죽음만 생각하던 내게는 내일을 꿈꿀 수 있게 하는 빛이었어요. 그러니 난 이렇게 말할 수 있어요. 그 악보들이 날 살렸다고 말이에요.

긴 이야기를 마친 뒤 알마 마이어는 천천히 고개를 들어 인터뷰 중 처음이자 마지막으로 조금 웃었다. 어두운 객석에서 나는, 얼떨결에 그녀를 따라 웃고 말았다.

*

거, 거기, 권은 집, 맞아요?

문은 열렸지만 그 안으로 선뜻 들어가지 못한 채 나는 몇 번이나 묻고 또 물었다. 녹슬고 찌그러진 현관문은 깜깜한 방과 곧바로 이어져 있었는데 그

방에서 빛을 발하는 건 둥글고 투명한 스노볼뿐이었다. 햇빛이 거의 들지 않는 그 작고 추운 방에 가게 된 계기는 사실 내 의지와는 상관이 없었다. 권은이 나흘이나 연락도 없이 결석을 하자 담임은 반장인 나와 부반장을 맡고 있던 여학생을 불러 상황이 어떤지 보고 오라고 부탁했었다. 교무실을 나서자 부반장은 피아노 교습이 있다며 동행을 거부했고, 어쩔 수 없이 나 혼자 종이에 적힌 주소를 따라가 보니 바로 그 현관문이 나왔던 것이다. 더디게 암순응이 찾아오자 그제야 허름한 외투를 껴입은 채 담요까지 뒤집어쓰고 있는 권은이 보였다. 권은은 곧 몸을 일으켜 형광등을 켰고 형광등이 켜진 순간, 태엽이 다 풀린 스노볼도 작동을 멈췄다.

부엌과 화장실이 딸려 있지 않은 방이었다. 휴대용 가스레인지와 주전자, 그리고 세면도구가 담긴 플라스틱 대야는 그 방의 많은 역할을 보여주는 듯했다. 온기 없는 그 가난한 방에서 열세 살의 그녀가 무엇을 먹으며 어떻게 살고 있는 건지, 나로선 가늠조차 할 수 없었다. 권은의 유일한 가족인 아버지는 짧게는 한두 달에서 길게는 반 년까지 집을 비운다고 했다. 비밀로 해줘. 그녀가 물이 담긴 유리컵을 내밀며 말했다. 난 고아가 아니야. 보호시설 같은 덴 절대 안 가. 할 말이 딱히 생각나지 않아 얼떨결에 벌컥벌컥 들이마신 물에서는 수돗물 특유의 비릿한 소독약 맛이 났다. 나는 얼굴을 찡그리며 유리컵을 내려놓고는 알았어, 말한 뒤 서둘러 그 방을 나왔다. 다음 날 담임에게는 권은이 아프다고 둘러댔다. 따지고 보면 아주 틀린 말도 아니었다. 부임한 지 얼마 되지 않는 젊은 담임은 내 말에 신경도 쓰지 않는 눈치였다. 그날 이후 나는 권은이 죽을지도 모른다는 상상에 자주 빠져들곤 했다. 권은이 죽는다면, 하고 가정하는 것만으로도 숨이 막혀왔다. 어떤 날은 같은 반 아이들이 나 때문에 권은이 죽었다고 수근거리는 환청을 듣기도 했다.

누가 시키지도 않았지만 나는 그 후로 몇 번 더 권은의 방을 찾아갔다. 숨이 막혀오고 환청을 듣는 게 싫어서였을 뿐, 대책 같은 건 없었다. 내가 그녀의 방에 갖다줄 수 있는 거라곤 읽다 만 만화책이나 스노볼에 들어가는 건전지처럼 사소한 것뿐이었다. 너는 어서 가. 나는 괜찮아. 여자애와 한 방에 단 둘이 있는 게 어색했으면서도 쉽게 떠나지 못하고 방 안을 서성이고 있으면 그녀는 그렇게 말하며 내 등을 떠밀곤 했다.

권은의 방을 나와 차도로 이어지는 좁은 내리막길을 따라 걷다보면 주황빛의 전등도, 골목 사이로 급하게 사라지는 꼬마들도, 공동 화장실의 부서진 문짝과 그 사이로 살짝 보이는 더러운 변기도, 심지어 공터에 화난 짐승처럼 잔뜩 웅크리고 있는 불도저도 도무지 이 세상의 풍경 같지 않게 흐릿하게 번져 있곤 했다. 산비탈에 시멘트와 판자로 대충 지어진 집들은 그나마도 반 이상 헐린 상태였다. 나도 권은처럼 열세 살일 뿐이었다. 폐허가 되어가는 동네의 외진 방에서 권은이 감당해야 하는 허기와 추위를 나는 해결해줄 수 없었다. 안방 장롱에서 우연히 후지사의 필름 카메라를 발견했을 때 일말의 주저도 없이 그걸 품에 안고 무작정 권은의 방으로 달려갔던 건, 내 눈에는 그 수입 카메라가 중고품으로 팔 수 있는 돈뭉치로 보였기 때문이다. 권은은 내 기대와 달리 그 카메라를 팔지 않았다. 그건, 당연한 일이었을 것이다. 그녀에게 카메라는 단순히 사진을 찍는 기계장치가 아니라 다른 세계로 이어지는 통로였으니까. 셔터를 누를 때 세상의 모든 구석에서 빛 무더기가 흘러나와 피사체를 감싸주는 그 마술적인 순간을 그녀는 사랑했을 테니까. 그런데, 셔터를 누른 직후 뷰파인더 속 그 빛이 한꺼번에 사라지고 나면 권은도 알마 마이어처럼 더 외로워지고 더 쓸쓸해졌을까. 사진에는 담기지 않는 프레임 밖의 풍경처럼, 그 이야기는 지금 내가 확인할 수 없는 영역 속에 있다. 어쩌면, 영원히.

권은은 그 후지사의 필름 카메라로 방안의 사물들을 찍다가 카메라에 담을 만한 더, 더 많은 풍경을 찾기 위해 조금씩 집 밖으로 나오기 시작했고 학교도 다시 다녔다. 학교로 돌아온 그녀에게, 하지만 나는 다가가지 않았고 말을 걸지도 않았다. 언제나 똑같은 옷만 입고 다니는 권은과 친하다는 인상은 그 누구에게도 주고 싶지 않아서였을 것이다. 권은 역시 날 못 본 체할 때가 많았다. 우리는 결국 친구가 되지는 못했지만 그래도 서로의 비밀 하나씩을 지켜주긴 했다. 나는 권은이 고아나 다름없다는 걸 누구에게도 발설한 적이 없었고, 권은은 내가 아버지의 카메라를 훔친 사실을 끝까지 모른 척했다. 권은이 친척을 따라 먼 지방으로 이사를 가게 되었다는 소식을 들은 건 겨울방학을 2주 정도 앞둔 어느 날이었다. 학교에는 권은의 아버지가 도박장 근처 쓰레기장에서 시신으로 발견됐다는 소문도 떠돌았지만 확실한 건 없었다.

그로부터 아주 많은 시간이 흐른 뒤, 권은은 지상의 주소를 갖고 있지 않은 알마 마이어에게 이런 편지를 쓴다. 아버지가 좀처럼 돌아오지 않는 그 방에서 거의 날마다 똑같은 꿈을 꿨노라고, 그 꿈을 꾸고 싶지 않아 잠이 올 때까지 스노볼의 태엽을 감았고 1분 30초 동안 눈 내리는 세계에 빠져 있다가 마지막 멜로디가 끝나기 직전 이불을 머리끝까지 뒤집어쓰고는 급하게 눈을 감곤 했노라고도. 처음 와보는 낯선 도시를 헤매다가 엄마를 부르며 깨어나는 꿈이었죠. 단 한 번도 그 레퍼토리는 바뀌지 않았어요. 거기까지 쓴 뒤, 권은은 잠시 침묵한다. 나도 그녀의 침묵을 지켜준다. 며칠이 지난 후에야 권은은 다시 블로그를 열고 천천히 쓴다. 어느 날은 차가운 벽에 이마를 대고 간절히 기도도 했습니다. 이 방을 작동하게 하는 태엽을 이제 그만 멈추게 해달라고, 내 숨도 멎을 수 있도록. 내 손에 카메라가 들어오기 전까지 고작 그런 걸 난 기도했던 거예요. 그러니까…… '그러니까'에 이어지는 문장은 권은이 내 앞으로 쓴 단 한 통의 편지에서도 비슷하게 반복됐다. 그 편지에서 그녀는 나를 반장이라고 불렀다. 20여 년 만이긴 했지만 내가 자신을 알아보지 못해서 서운했다고, 그러나 한편으론 다행이라는 생각도 했다고 편지에는 적혀 있었다. 편지 안에서 그녀가 내게 묻는다. 반장, 사람이 할 수 있는 가장 위대한 일이 뭔지 알아? 편지 밖에서 나는 고개를 젓는다. 누군가 이런 말을 했어. 사람을 살리는 일이야말로 아무나 할 수 없는 위대한 일이라고. 그러니까……. 그러니까 내게 무슨 일이 생기더라도 반장, 네가 준 카메라가 날 이미 살린 적이 있다는 걸 너는 기억할 필요가 있어. 은이. 그 편지가 저장된 날은 그녀와 내가 을지로에서 만나 맥주를 마신 날이었다. 내게 고맙다고 말한 뒤 택시를 타고 떠난 그녀는 연말의 서울 거리를 가로지르는 택시 안에서 언제가 살아 있는 사람이 읽을 수도 있는, 이번에는 꽤 쓸모 있는 편지를 써야겠다고 생각했던 것이다.

*

　1943년이 되어서야 알마 마이어는 그 지하창고를 벗어날 수 있었다. 누군가 알마 마이어를 독일 경찰에 신고했다는 소식을 전해들은 장이 이번에도 그녀의 또 다른 탈출을 도왔다. 알마 마이어는 장을 따라 스위스로 갔고 스위스 국경 도시에서 그와 헤어졌다. 그때 이미 그녀는 노먼과 심장과 심장으로 연결되어 있었지만 인지하지는 못했으므로 장에게는 아무 말도 하지 못했다. 그녀가 노먼의 존재를 알게 된 건 미국으로 향하는 증기선 3등칸에서 심한 뱃멀미를 하고 난 뒤였다. 1943년 11월, 미국의 관문인 엘리스 아일랜드에 도착한 알마 마이어가 가장 처음으로 한 일은 그녀에게는 몸의 한 기관과도 같았던 수제 바이올린을 판 것이었다. 그 돈으로 그녀는 거처를 구할 수 있었고 노먼을 낳을 때까지 일을 하지 않아도 되었다. 장이 살아 있다는 것을 알게 된 건 거짓말처럼 전쟁이 끝나고 5년이나 지난 후였다. 하지만 그녀는 이미 결혼을 해서 가정을 이루고 있던 장에게 자신의 생존과 주소를 알리지 않았다. 그녀가 생각하기에, 장은 이미 그녀를 위해서 너무 많은 일을 했고 그로 인해 오랫동안 삶이 불안정했다. 그녀는 장의 일상을 또다시 흔들고 싶지 않았다. 그것은 연인으로서의 자존심이라기보다는 인간적인 예의에 가까웠다.

헬게 한센이 보내준 영상을 보기 전까지, 하지만 그녀는 노먼이 오랫동안 장의 생애를 멀리서 지켜봐왔다는 것을 알지 못했다. 노먼은 무려 30년 가까이 뉴욕 외곽에 위치한, 타인의 개인정보를 비밀스럽게 수집해주는 비인가 사무소의 고객이었다. 노먼은 한 달에 한 번 정도 그 사무소에 들러 장의 최근 동향에 대해 들었고 간혹 사진을 건네받기도 했다. 그러나 노먼은 정보만 전달받았을 뿐, 장에게 자신의 존재를 알리지 않았고 편지나 전화를 한 적도 없었다. 어머니가 생각하는 인간적인 예의에 동의하지는 않았으나 그 선택을 지켜주고 싶었고, 세상에는 진실 이외의 것이 더 진실에 가까운 경우도 있다고 생각했기 때문이다. 2007년, 노먼은 장에 대한 마지막 정보를 건네받았다. 장의 장례식장을 찍은 사진과 묘지 주소가 적힌 책자 같은 것이었다. 유감이에요, 노먼. 오랜 시간 노먼의 일을 담당해오며 노먼과 함께 늙어온 사무소 소장은 그렇게 말한 뒤 담배 한 대를 권했다. 담배를 다 피우고 나서 사무소를 나온 노먼은 주차해놓은 자신의 자동차를 지나쳐 무작정 걸었다. 장 베른, 프랑스계 벨기에인, 평생 작곡가를 꿈꾸었으나 단 한 곡도 발표를 못한 사람, 마흔 이후엔 지방의 작은 오케스트라에서조차 밀려났으며 그 어디에서도 독주 초청을 받아본 적이 없는 무명의 호르니스트…… 30년 가까이 제공받아온 그 정보들을 떠올리며 노먼은 그날 이런 다짐을 했다.

－그가 인생에서 한 가장 위대한 일을 내 삶에서 재현해주자는 다짐이었죠. 쓰레기 같은 전쟁에서 죽을 뻔했던 여성을 살린 그 일을 말이에요. 사람을 살리는 일이야말로 아무나 할 수 없는 가장 위대한 일이라고 나는 믿어요. 보다시피 나도 이제 늙었어요. 더 늙기 전에, 나는 그가 했던 방식으로 그의 역사를 기념해주고 싶어요.

　노먼이 말을 마치자 구호품 트럭 안엔 숙연한 침묵이 흘렀다. 카메라는 동승자 한 명 한 명을 클로즈업한 뒤 조금씩 뒤로 물러났다. 스크린은 조금씩 페이드아웃되고 있었다. 완벽한 어둠이 찾아오기 직전, 그리고 관객들의 뒤통수를 내리치듯 강렬한 폭발음이 상영관 안을 가득 메웠다. 객석에 조명이 들어오고 스크린에는 엔딩크레딧이 한 줄씩 뜨고 있었지만 두 귀는 그 폭발음 너머의 비참한 장면에 닿아 있는 듯 여전히 얼얼하기만 했다. 가장 마지막으로 엔딩크레딧에 올라오는 두 사람의 이름 옆에는 생몰년도가 정확하게 기재되어 있었다. 노먼 마이어, 그리고 감독과의 인터뷰 이후 두 달 만에 자택에서 숨진 알마 마이어가 그들이다. 그들의 세계를 작동하게 하던 태엽은 모두 2009년에 멈춘 것이다.

　엔딩크레딧마저 끝난 뒤에도 스크린에서 시선을 떼지 못한 채 자리를 지키고 있는데 누군가 내 등을 가볍게 쳤다. 뒤를 돌아보자 청소도구를 든 중년의 흑인 여성이 서 있었다. 그제야 주위를 보니 객석은 모두 비어 있었다. 가방을 챙겨 황급히 건물을 나오자 아침의 안개는 모두 걷히고 뜻밖에도 눈부신 겨울 햇빛이 온 거리에 내리비치고 있었다.

*

　나는 빛으로 일렁이는 맨해튼 거리를 천천히 걸었다. 몇 개의 블록과 모퉁이를 지나자 그곳이 눈에 들어왔다. 벌어진 입을 다물지 못한 채 거리의 모든 햇빛을 빨아들이는 그곳, 악기상점의 쇼윈도 쪽으로 나는 한 발 한 발 걸어갔다. 악기상점 안에는 여러 악기들이 진열되어 있었고 그중엔 바이올린과 호른도 있었다. 권은이 옆에 있었다면, 그녀는 분명 알마 마이어와 장 베른이 각자의 악기를 들어 연주를 하는 상상에 빠져들었을 것이다. 아마도 눈을 한 번 꾸욱 감았다 뜬 뒤, 빛의 호위를 받으며. 이상할 건 없었다. 태엽이 멈추고 눈이 그친 뒤에도 어떤 멜로디는 계속해서 그 세계에 남아 울려 퍼지기도 한다는 걸, 그리고 간혹 다른 세계로 넘어와 사라진 기억에 숨을 불어넣기도 한다는 것 역시, 나는 이제 이해할 수 있었다.

발아래를 보았다.

눈이 녹기 시작하면서 그 위에 새겨진 사람들의 발자국들이 조금씩 지워져 가고 있었다. 몇 걸음 앞에서 쭈그리고 앉아 있는 권은의 작은 뒷모습이 보였다. 일요일 오후, 눈 쌓인 학교 운동장에는 우리 외에는 아무도 없었다. 조금씩 권은에게 다가가자 누군가 남기고 간 발자국에 후지사의 필름 카메라를 들이대고 있는 그녀의 자세가 또렷해졌다. 뭐해? 그건, 학교로 되돌아온 권은에게 내가 처음 건넨 말이었다. 권은이 카메라에서 눈을 떼며 놀란 얼굴로 날 올려다보더니 이내 뚱한 목소리로 되물었다. 넌 왜 학교에 있는데? 집에 손님이 왔는데 갈 데가 없어서……. 근데 여기서 뭐하는 거야? 권은은 대답을 하는 대신 손짓으로 자신 옆에 앉아보라는 표시를 해 보였다. 얼떨결에 그녀 옆에 앉자, 테두리가 흐릿해지고 있는 발자국을 손가락으로 가리키며 그녀가 말했다. 발자국 안에 빛이 들어 있어. 빛을 가득 실은 작은 조각배 같지 않아? 어, 그런가……. 여기에도 숨어 있었다니……. 뭐가? 셔터를 누를 때 카메라 안에서 휙 지나가는 빛이 있거든. 그런 게 있어? 어디에서 온 빛인데? 내가 관심을 드러내자 권은은 그때까지 내가 한 번도 본 적

없는 한껏 신이 난 얼굴로 날 바라봤다. 그녀의 이야기는 아직 시작되지 않았지만 나는 이미 알고 있었다. 평소에는 장롱 뒤나 책상 서랍 속, 아니면 빈 병 속같이 잘 보이지 않는 곳에 얄팍하게 접혀 있던 빛 무더기가 셔터를 누르는 순간 일제히 퍼져나와 피사체를 감싸주는 그 짧은 순간에 대해서라면, 그리고 사진을 찍을 때마다 다른 세계를 잠시 다녀오는 것 같은 그 황홀함에 대해서라면, 나는 이미 모든 것을 기억하고 있었다. 권은이 내가 알고 있는 그 이야기를 시작한다. 악기상점의 쇼윈도에 반사되는 햇빛이 오직 그녀만을 비추고 있었다.

진짜 증여의 힘

— 조해진의 「빛의 호위」에 대하여

　조해진은, 그녀의 첫 번째 소설집 제목을 빌어 말하자면, '천사들의 도시'를 꿈꾸는 작가다. 조해진의 소설은 천사들의 합창으로 충일했던 그 순간을, 그리고 그곳을 끊임없이 동경한다. 그렇다고 조해진의 소설이 동화적인가 하면 그렇지 않다. 오히려 비극적이다. 조해진의 소설은 현재 이곳의 사소한 곳에서 천사들의 도시를 발견하는 대신에 진정으로 천사들의 도시를 꿈꾼다. 이러한 '천사들의 도시'에 대한 선험적이고 절대적인 동경 때문에 조해진의 소설이 바라보는 이곳은 한없이 어둡다. 조해진의 소설은 '천사들의 도시'란 언젠가 존재했던 곳이니 되찾고자 하고 되돌아가고자 하나 사실상 현재 이곳에서 어떤 일말의 희망도 발견하지 못한다. 그런 이유 때문일 것이다. 조해진의 소설에 따르면 이곳은 실낙원이다. 천사와 같은 존재들의 희생으로 태어나고 자랐으나 어느 누구도 그러한 천사의 선물에 전혀 감사하지도 행복해하지도 않는/못하는 곳이다. 그래서 영혼의 선물을 주고받는 증여와 감사, 그리고 환대와 소통은 없고 대신 물질적 교환과 이방인이나 타자에 대한 적대만이 존재하는 곳일 뿐이다. 조해진의 소설에 따르면 이곳 지구에서는 거듭거듭 전쟁이, 전쟁과도 같은 적대의 삶이 반복된다. 이곳 지구에는 "알려 했다면 알았을 것들을 모른 척해놓고 나중에야 자신은 몰랐으므로 아무런 책임이 없다"는 무책임과 비양심이 지배한다. 그리고 이런 무책임과 비양심은 기하급수적으로 확대 재생산되며 당연히 이곳에서의 전쟁과 전쟁 같은 적대의 삶은 무한 반복된다. 그러므로 조해진의 소설은 어떤 면에서 보자면 이율배반적이고 역설적이다. 천사들의 도시를 꿈꾸고 있음에도 불구하고 조해진의 소설에는 천사들 대신에 괴물들만이 숨 막힐 듯 질주하고 아름다운 삶의 풍경 대신에 '진짜 악몽'이 무한 반복된다. 말하자면 '천사들의 도시'에 대한 절대적인 동경이 현실에 대한 극단적인 절망을 낳고 그 현실에 대한 절망적인 인식이 '천사들의 도시'에 대한 더욱 더 강한 집착으로 이끌어가는 악무한적인 순환의 회로 속에 갇혀 있는 형국이라고나 할까.

그런데 최근 들어 조해진의 소설에 실낙원에서의 악몽과도 같은 비극을 반복하는 괴물들 대신, 그녀의 소설이 꿈꾸는 '천사들의 도시'로 우리를 이끌 생동감 넘치면서도 현재적 의미로 충만한 인물들이 나타나고 있어 주목할 만하다. 아마도 '로기완을 만'나고 나서부터일 것이다. 『로기완을 만났다』에서 조해진의 소설은 '로기완'을 만난다. 『로기완을 만났다』의 작중화자는 '어머니는 저 때문에 돌아가셨습니다. 그래서 저는, 살아야 했습니다'라는 로기완의 말에서 '일망의 희망' 혹은 이 시대를 이끌 '천사의 휘광'을 발견한다. 조해진의 소설은 로기완에게서 비로소 무책임과 비양심이 판치는 이 세상에서, 누군가의 희생으로 태어나고 자랐으면서도 그 천사의 선물을 또 다른 사람에게 선물하지 않는 이 세상에서, 이곳의 사람들에게 '천사들의 도시에 대한 꿈'을 일깨울 어떤 존재됨과 윤리성을 발견한다. 물론 『로기완을 만났다』는 '로기완'을 '천사'로 지목하지도 예찬하지도 않는다. 다만 어머니가 준 희생과 선물을 이어받아 그것을 다른 사람들에게 돌려주려 하는 과정을 담담하게 서술할 뿐이다. 그렇게 담담하고 냉정하게 '로기완'을 그려내지만 조해진의 소설에서 이 '로기완'이라는 존재가 차지하는 위상이 절대적이라는 것을 읽어내기란 어렵지 않다. 어느 정도인가 하면 조해진의 소설은 '로기완'이라는 인물을 그려내기 이전과 이후로 나눌 수 있을 정도다.

「빛의 호위」는 조해진의 소설이 '로기완'을 만난 이후의 단계에 속하는 소설이다. 그런 까닭에 「빛의 호위」는 거짓과 위선과 무책임과 비양심이 판치는 거대도시의 악몽으로 가득 찬 초기의 작품인 『천사들의 도시』와 『한없이 멋진 꿈에』와는 달리 『로기완을 만났다』의 세계에 근접해 있다. 「빛의 호위」 역시 『로기완을 만났다』의 경우처럼 타인의 희생 속에서 잉태된 자신의 삶에 한없이 감사하고 그 선물을 타인에게 되돌려주는 인물이 주요 인물로 설정되어 있고, 또한 그러한 인물들끼리의 연대가 강조되는 특징을 지닌다.

「빛의 호위」에는 낯설 뿐만 아니라 도대체 상상하기 힘든 기이한 공동체가 등장한다. 이 공동체는 「빛의 호위」의 중핵을 이룰 뿐만 아니라 그 특이성이 핵심 요소로 작용한다. 「빛의 호위」는 표면적으로 작중화자인 '나'와 학창 시절 같은 반 친구였던 권은 사이에 벌어진 만남과 헤어짐, 그리고 해후의 과정에 대한, 그러니까 이 둘 사이의 우정에 관한 소설이다. 둘 사이의 우정을 다루었다고 해서 학창 시절 '나'와 '권은' 사이가 친밀한 관계였는가 하면 그렇지 않다. 반장이었던 작중화자는 담임선생의 부탁에 떠밀려 나흘이나 무단결석한 권은의 집을 찾는다. 그리고 그의 곤궁한 삶을 발견하나 무엇을 어떻게 하지는 못한다. 다만 그녀가 죽을 수도 있겠다는 불길한 예감과 죽을 수도 있는 친구를 외면했다는 타인들의 시선이 두려워 팔아서 생활비에 보태라고 집에 있던 카메라를 가져다준다. 한데 그것이 권은, 그녀를 구하는 생명줄이 된다. 그녀는 카메라의 셔터를 누르면서 눈앞의 현실과는 전혀 다른 '빛'의 현현의 순간에 매료된다. "장롱 뒤나 책상 서랍 속, 아니면 빈 병 속같이 잘 보이는 않는 곳에 얄팍하게 접혀 있던 빛 무더기가 셔터를 누르는 순간 일제히 퍼져나와 피사체를 감싸주는 그 짧은 순간"과 "사진을 찍을 때마다 다른 세계를 잠시 다녀오는 것 같은 그 황홀함"은 결국 권은 그녀를 살게 할 뿐만 아니라 권은 그녀에게 보다 많은 "빛의 호위"의 순간을 목격하고픈 충동을 일으켜 그녀를 세상 밖으로 나오게 한다. 하지만 '나'와 '권은' 사이의 관계는 이것이 전부다. 특히나 '나'는 자신이 권은에게 준 카메라가 '사람을 살리는 아무나 할 수 없는 위대한 일'을 했을 뿐만 아니라 권은 그녀에게 역시 다른 '사람을 살리는 아무나 할 수 없는 위대한 일'을 하게 하는, 그러니까 증여의 삶의 살게 하는 중요한 계기가 되었다는 것도 모르고 헤어진다. 헤어질 뿐만 아니라 단지 일시적이고 우연한 관계였으므로, 기자와 작가로 다시 만났을 때도, 권은 그녀가 옛 기억을 계속 반추시킬 때에도 전혀 기억해내지 못한다.

그러나 이 둘 사이에 또 다른 공동체의 일원들이 끼어들면서 이 둘 사이의 관계는 변화한다. 그들은 누군가 하면 전혀 어떠한 개인적 관계도 없는 이들이다. 전혀 접촉도 없는가 하면 그들 중 둘은 죽은 이들이기도 하다. 그럼에도 불구하고 이들 사이에는 현재적 의미로 충만한 관계가 형성되며 그를 통해 이 기묘한 공동체는 무책임하고 비양심적인 세상과 맞서는 강력한 집단이 되기도 한다. 권은 그녀는 '나'의 도움으로 카메라의 세계에 입문한다. 사진작가의 길에 들어서서는 '나'의 카메라가 자신의 생명을 살렸듯 자신의 카메라로 누군가를 살리는 일에 매달린다. "죽은 연인을 떠올리며 거울 앞에서 화장을 하는 젊은 여성의 젖은 눈동자 같은" 것을 찍어 세계 곳곳에서 벌어지는 전쟁의 비극을 널리 알리고 그를 통해 더 이상 전쟁이 없도록 하는 데 기여하는 사진작가. 물론 권은 그녀가 이렇게 진정으로 아름다운 천사의 삶을 살 수 있도록 작용한 계기에는 헬게 한센, 노먼 마이어, 알마 마이어 들이다. 권은 그녀는 어느 날 종군 사진작가인 헬게 한센의 작품을 통해 노먼 마이어와 알마 마이어와 조우한다. 그리고 그들과 같은 운명공동체임을 직감한다. "각기 다른 시대와 역사에서 출항한 배에 탑승한 승객들처럼 아무런 관련이 없는 알마 마이어와 그녀는 비슷한 경험을 공유하고 있었"고, 권은 그녀는 알마 마이어의 삶에서 "마치 두 사람을 태운 전혀 다른 두 척의 배가 똑같은 섬에서, 똑같은 풍랑을 견디며 잠시 표류된 적이 있기라도 한" 것 같은 동질감을 발견한다. 알마 마이어 역시 제2차 세계대전 당시 유대인 박해를 피해 골방에서 죽음 충동과 싸우고 있었고, 그 죽음 충동을 사랑하는 장이 작곡하여 건네준 악보를 상상 속에서 연주하며 견딜 수 있었던 것. 장과 알마 사이에서 태어난 아들 노먼 마이어는 비록 이미 다른 사람과 결혼해 사는 장을 아버지로 부르며 살 수는 없었지만, 장이 죽는 순간 "그가 인생에서 한 가장 위대한 일을 내 삶에서 재현해주자는 다짐"을 한다.

> 쓰레기 같은 전쟁에서 죽을 뻔했던 여성을 살린 그 일을 말이에요. 사람을 살리는 일이야말로 아무나 할 수 없는 가장 위대한 일이라고 나는 믿어요. 보다시피 나도 이제 늙었어요. 더 늙기 전에, 나는 그가 했던 방식으로 그의 역사를 기념해주고 싶어요. (350쪽)

권은 그녀는 이렇게 또 다른 운명공동체의 성원들과 보이지 않은 유대를 형성하면서 자신의 세상을 또 다른 방식으로 빛나게 하는 삶을 이어간다. 그리고 뒤이어 이 모든 공동체의 역사를 내면화한 '나' 역시 이 공동체의 일원이 되는 것으로 소설은 끝이 난다.

「빛의 호위」에 따르자면 지구 이곳은 여전히 곳곳에서 전쟁과 대립이 일어나고 그것이 수많은 무고한 사람들을 죽음으로 내모는 그런 곳이다. 이런 곳에서 대부분의 사람들은 "알려 했다면 알았을 것들을 모른 척해놓고 나중에야 자신은 몰랐으므로 아무런 책임이 없다"는 무책임한 삶을 살고 이 것은 우리가 사는 이곳을 더욱 지독하고 혹독한 것으로 만든다. 「빛의 호위」는 이러한 부조리한 세상을 담담하게 고발한다. 그리고 다른 한편 그 부조리를 넘어설 수 있는 길로 타자에게 받은 선물을 또 다른 누군가에게 되돌려 주는 증여의 윤리와 그 증여의 윤리를 공유하는 (시대와 공간을 초월한) 공동체를 제시한다. 어떤가. 이 정도의 윤리면 우리 사회도 점점 더 천사들의 도시에 근접해 가지 않겠는가. 우리 모두가 극한 대립을 강요하는 이 쓰레기 같은 세상에서 우리보다 더 극심하게 고통 받는 존재를 먼저 구원하는 증여적 삶을 산다면 머지않아 곧 우리가 사는 세상은 '천사들의 합창'이 울려 퍼지는 그곳이 되지 않겠는가. 불가능한 꿈 아니겠냐고? 그러나 어쩔 것인가. 우리가 모든 인간을 물질로 전락시키는 이 세상에서 벗어나기 위해서는, 그리고 모든 인간들 사이를 적대적 관계로 변질시키는 이 신자유주의라는 전체주의적 질서로부터 자유롭기 위해서는 '일말의 희망'이라도 놓치지 말아야 하는 것을. 불가능의 가능성을 꿈꿔야 하는 것을. 그런 점에서 보자면 「빛의 호위」는 불가능성의 가능성을 꿈꾸게 하는 법을 우리에게 차분하고 담대하게 알려주는 바로 그 소설이며 동시에 근대를 넘어설 수 있는 진정한 길을 알려주는 명실상부한 포스트 모던한 소설이라 할 수 있다. 그러니 이렇게 말할 수도 있겠다. 한국 소설은 「빛의 호위」라는 또 다른 빛나는 목소리를 만나게 되었고 그만큼 풍부해졌다고.

1979년 희곡 〈내가 잃어버린 당나귀〉를 계간 『연극평론』에 발표하면서 등단하여 극작가로 활발하게 활동했다. 1986년 월간 『소설문학』 장편소설 공모에 『구경꾼』이 당선되어 소설가로서 본격적인 행보를 시작했다. 소설집으로 『내 영혼의 우물』 『혼돈을 향하여 한 걸음』 『구렁이들의 집』 등과 장편소설 『새떼』 『나를 사랑한 廢人』 『안에서 바깥에서』 『연애, 하는 날』 등, 연작장편 『아름다운 나의 귀신』이 있다. 대산문학상, 박영준문학상, 한무숙문학상 등을 수상했다.

최인석

초록이 지쳐 단풍 드는데

초록이 지쳐 단풍 드는데

1

    한번 집을 나오면 나는 될 수 있는 한 집으로 가지 않는다. 집이라고 하지만 사실은 집이 아니다. 그곳은 '기사식당 안전운행'의 뒷방일 따름이다. 식당 주인 아주머니가 내 어머니에게 일시적으로 사용하도록 허가해준 방. 그곳에는 내 책상도 어머니의 옷장도 없다. 어머니의 물건이라고는 빈 국수상자에 아무렇게나 쌓인 옷가지들, 내 물건이라고는 그 옆 라면상자에 쌓인 옷가지들, 그리고 그 옆에 뒤엉킨 교과서 나부랭이뿐이다. 어머니와 내가 덮고자는 이부자리도 식당 소유다. 누군가 너 집 어디냐, 하고 묻는데, 매번 이런 긴 얘기를 늘어놓을 수는 없으니까 그저 집이라고 말하는 것뿐이다.

    식당에 들어서면 식탁과 의자 들이 촘촘히 놓인 홀이 있고, 그 너머 비좁은 통로가 있고, 그 통로 한쪽에는 주방, 다른 한쪽에는 창고와 방이 있고, 그 너머에 화장실이 있다. 창고와 화장실 사이의 방, 그것이 말하자면 어머니와 나의 집이다. 언제까지 이곳에서 살아야 하는 것인지 나는 알지 못한다. 어머니는 틈만 나면 돈 많이 벌어 좋은 방 얻어 나가자고 말하지만, 나는 믿지 않는다. 겨우 3천만 원짜리 반지하 월세방 하나 있던 것마저 건사하는 데 실패했는데, 무슨 수로 방을 얻겠다는 것인가.

어머니와 나의 집에 들어서면 식당 손님들과 어머니 사이에 오가는 얘기 소리, 주인 아주머니와 주방장 사이에 오가는 얘기 소리, 그리고 텔레비전 소리가 들리고, 나는 숨이 막히고, 어디에도 엉덩이를 붙이고 앉고 싶은 생각이 들지 않고, 손바닥만 한 창문이 하나 있어 늘 어둠침침한데도 불을 켜고 싶은 생각도 들지 않고, 우울해지고, 슬퍼지고, 나 자신이 미워지고, 지겨워지고, 살기가 싫어지고, 그런 생각마저 오래 할 수가 없고, 뚝배기 불고기 하나, 김치 좀 더 줘 아줌마, 여기 시원하게 콩국수 곱빼기로 하나 가져와 봐, 삼계탕 둘에 소주도 하나 하지, 뭐. 네 알았습니다, 여당에서도 입장을 밝히기를 요구하고 있지만 청와대는 여전히 침묵을 지키고 있습니다…… 이런 소리들에 곁들여 손님들이 화장실에 드나들며 문을 메어붙이는 소리, 그들의 오줌줄기가 변기에 떨어지는 우렁찬 소리에…… 술 취한 사람들은 정말 오래오래 오줌을 싸고, 오줌을 싸며 욕설을 내뱉고 투덜거리고, 고래고래 노래를 부르는 사람도 있고, 냄새가 흘러나오고…… 내 머리 위로 오줌줄기가 쏟아지는 것 같아 구역질이 나고, 나는 숨이 막히고 숨이 막히고 숨이 막혀 으으아아아아아아, 고함이라도 지르고 싶고……. 기껏 내가 할 수 있는 일이란 전화 속의 음악을 찾아내고 리시버를 귀에 꽂는 것뿐이다. 송창식 아저씨는 눈이 부시게 푸르른 날은 그리운 사람을 그리워하자……, 노래를 하고, 나는 그리운 사람이 아무도 없다는 것을 깨닫고, 나도 누군가를 그리워해야만 할 것 같고, 그러나 아무리 생각해봐도 그리운 사람은 없고…….

가끔 주인 아주머니의 아들 영철이가 시도때도 없이 버럭 문을 열고 들여다보는데, 그때마다 나는 눈을 흘기며 쏘아보는 것 외에 어떻게 저항해야 하는 것인지도 알지 못한다. 뭐하냐. 그가 물으면 나는 그를 쏘아본다. 나랑 영화 보러 갈래? 나는 그를 쏘아볼 뿐이다. 나는 문 닫아, 하고 말할 수도 없다. 그가 내 집 문 내가 열고 있는데 왜, 하고 대꾸하면 나는 말문이 막힐 것이다. 제법 잘생긴 녀석이다. 얼굴이 희고 양쪽 뺨에는 여드름 자국이 울긋불긋하고, 아이도 어른도 아닌 엉거주춤한 이마가 털을 벗기다 만 닭대가리 같다. 같은 학교 같은 학년이다. 학교에서는 마주치는 적이 별로 없지만 간혹 마주쳐도 말도 건네지 않는다. 그에 대해서는 어쩌면 나는 고마워해야 할지도 모른다. 쟤 우리 식당 뒷방에서 살아, 쟤 엄마가 우리 식당에서 일하는데 어쩌고, 하는 식으로 떠벌리고 다닌다면 아아, 나는 얼굴 들고 학교에 다닐 수도 없을 것이다.

영철이는 제법 어른인 척, 무슨 짓이든 다 할 수 있다는 듯 위악적 몸짓으로 어슬렁거리지만, 내가 보기엔 찬물 속에 던져진 오리 새끼처럼 서툴고 싱거운 사춘기 아이일 뿐이다. 처음 어머니가 나를 데리고 이곳에 찾아들었을 때는 나는 어머니가 이 식당에 주저앉아 일을 하게 되리라고는 생각하지 못했다. 그것은 어머니도 마찬가지였다. 그때 어머니가 영철이 어머니에게 부탁한 것은 한 가지였다. 며칠만 가게 뒷방에서 머물게 해줘요, 순옥이 언니. 내가 직장 알아볼 때까지만. 그렇게 영철이 어머니의 허락을 받아 가게 뒷방으로 들어선 것이 벌써 열 달이다.

영철이 어머니는 나를 불러 밥과 고기를 먹이고, 등을 쓸어주고, 혀를 차고 불쌍한 것, 불쌍한 것, 중얼거리고, 그럴수록 공부 열심히 하라고 격려하고, 이모라고 부르라 권하고, 영철이에게는 엄마 친구 딸내미다, 너희는 남매나 마찬가지다, 사이좋게 지내라, 하고 얘기해주었다. 나는 그녀의 손길에 몸을 맡긴 채 갈데없이 불쌍한 소녀의 표정으로 웅크리고 앉아 있어야 했다.

나는 식당에 들어서면 될 수 있는 대로 어머니나 순옥이 이모와 눈을 마주치지 않기 위해 노력하며 홀을 가로질러 통로로 들어가 부지런히 뒷방으로 사라져 버린다. 아무리 식당에 손님이 많아도 어머니는 잠시 후면 어김없이 방문을 열고 고개를 들이민다. 밥 먹었어? 뭐 먹을래? 나는 외면한 채 고개를 흔들어댄다. 어머니는 또 묻는다. 왜? 무슨 일 있어? 어머니의 손은 쟁반을, 행주를, 또는 물컵을 들고 있다. 손님이 들어서는 소리가 들리고 뚝배기 둘 줘요, 하는 소리가 들리고, 어머니는 황급히 돌아서면서 고개를 틀어 나에게 말한다. 공부 좀 하고 있어. 이따 맛있는 거 갖다줄게. 나는 대꾸하지 않고 어머니는 이미 홀로 종종걸음을 친다.

공부라니. 어머니는 공부라는 것이 무엇인지 전혀 알지 못하는 것이 분명하다. 나는 옷을 갈아입고 그 방 어딘가에 앉아보기 위해 둘러보지만 늘 그렇듯이 앉을 자리를 찾는 것은 힘들다. 때로는 벽에 기대어 앉기도 하고, 방 가운데 오도카니 앉아보기도 하지만 오래 앉아 있는 적은 없다. 리시버를 찾아 귀에 꽂고, 차렷 열중쉿 경례 이 새끼야 니 엄마의 질 속으로 어서 다시 들어가 차렷 열중쉿 경례 이 새끼야 여자친구를 팔아먹은 버러지 같은 새끼……, (MC스나이퍼의 〈안양일번가〉) 욕설이 진탕만탕 귓속을 파고들어 흘러넘치고, 잠시 쾌감으로 몸이 떨리지만, 아아, 나는 어머니의 질 속으로 다시 기어들어가고 싶지만, 누구에게든지 차렷 열중쉿 경롓 이 개새끼야, 고함을 지르고 싶지만, 다리를 벌려 니 질 속으로 들어가련다, 하고 소리지르고 싶지만, 나는 조용히 방에서 빠져나와 화장실 뒤에서 발견한 무너져 내리는 담을 타고 집 밖의 어둠 속으로 스며든다. 놀이터에 가서 담배를 피우거나 골목을 어슬렁거리거나 정 할 일이 없으면 학교 강당에 가서 농구부

애들이 공을 던지고 받거나 머리를 바닥에 들이박고 벌을 받는 꼴이라도 지켜보며 흥얼거린다 차렷 열중섯 경례 이 개새끼야…….

이사 온 지 일주일쯤 지난 날 밤, 놀이터에서 담배를 피우고 있는데, 버스 정류장 근처 어둠 속에서 동네 양아치들이 건들거리며 나타났다. 담배를 버리고 가게로 뛰어들기에는 이미 늦어버렸다. 누구냐, 너? 어디서 왔어? 운동복을 입고 머리를 시뻘겋게 물들인 녀석이 물었다. 자정을 넘긴 지 오래였다. 아마 한 시쯤 되었을 것이다. 거리의 가게는 대부분 불이 꺼져 있고, 띄엄띄엄 가로등이 물방울처럼 둥근 불빛을 매달고 서 있었다. 행인은 없고 놀이터는 음침한 산자락 그늘에 잠겨 있었으며, 도로 공사가 중단된 채 방치된 포클레인, 캐터필러 따위 중장비들이 망가진 기계인간들처럼 엉거주춤 허공에 팔을 뻗고 있었다. 나는 뭐라 대답할지 알지 못했다. 금세 터져나갈 듯한 싸구려 인조가죽 미니스커트를 가까스로 끼겨 입고 지저분한 운동화를 신은 계집아이 하나가 위협적으로 눈앞까지 다가왔다. 입술은 붉고 뺨은 누렇고 눈은 퍼랬다. 어느 학교 다녀? 몇 학년이야? 거기에도 나는 대답할 수 없었다. 전학을 해야 했으나 아직 어머니는 학교에 서류를 내지 않았고, 지금은 방학 중이었다. 그런 얘기를 이 계집애에게 들려줄 생각이란 없었다. 차라리 맞붙어 한번 싸움박질을 하는 편이 나았다. 나는 길 건너편 '기사식당 안전운행'의 간판을 쳐다보며 거기까지 달아날 수 있을 것인지를 계산해보았다. 몇 발 떼기도 전에 이들에게 머리채를 붙잡히거나 엉덩이를 걷어채여 쓰러지고 말 것이다. 말이 말 같지 않아? 왜 대답을 안 해? 계집아이의 목청이 날카롭게 갈라졌다. 술냄새가 구정물처럼 얼굴에 끼얹혔다. 이 동네에 온 지 며칠 지나지도 않았는데 벌써 싸움질을 벌여야 한다는 것이 두렵다기보다 서글펐다. 나는 각오를 하고 담배 꽁초를 어떻게 할 것인지 궁리했다. 이 계집애의 콧잔등에 문질러줄까. 그저 낯짝에 던져주는 것으로 순하게 타협하는 게 나을까. 낯익은 긴장감이 등줄기를 꼿꼿이 타고 올랐다.

그때 뒤편에서 영철이 나타났다. 가만 있어. 걔 내 동생이야. 양아치들이 그를 돌아보았다. 동생? 무슨 동생? 우리 이모 딸이야. 전학 왔어. 우리 학교. 2학년. 미니스커트 입은 계집아이가 반색을 하며 한달음에 영철의 옆으로 다가가 그의 팔에 한껏 매달렸다. 오빠 동생이라구? 같은 2학년인데 무슨 동생? 야구 모자를 쓴 사내녀석이 나에게 물었다. 이사 왔어? 어디에서? 수원. 아, 수원. 거기 쌩양아치들 동네 아냐? 나는 알지 못했다. 아무튼 내가 아는 양아치들은 좀 있었다. 어디는 양아치들 동네 아니냐. 나는 혼자 중얼거렸다. 야구 모자가 알아듣고 키들키들 웃어댔다. 맞아, 맞아. 나 태수. 나 진희. 그들은 저마다 담배를 붙여 물고 여기저기 주저앉았다. 너희들 방거지 못 봤냐? 사업한다더라. 차도 샀어. 차? 봉고 하나 중고로 뽑았나봐. 그 형 무슨 조직에 들어갔대. 조직은 무슨. 아, 개학 생각만 해도 머리 아프다. 그들은 방거지라는 동네 양아치에 대해, 학교 담탱이에 대해 중구난방으로 떠들어댔다. 나는 반은 알아듣고 반은 알아듣지 못했다. 미니스커트가 폴짝거리며 다가와 내게 손을 내밀었다. 나 성미. 나 진희. 나 영철이 오빠 여친이야. 그녀는 큰 자랑이라는 듯 말했다. 무슨 좋은 말이라도 해주고 싶었으나 아무 말도 생각이 나지 않았다. 멍청하게 축하해, 하는 말이 튀어나왔다. 다행히 성미는 고마워, 하고 대꾸했다. 영철은 물었다. 이 시간에 너희는 뭐 하느라고 몰려다니냐? 가출한 애가 하나 있어서. 어디 가는데? 저기. 라면 아파트. 아. 영철이 고개를 끄덕였다. 거기서 재우려고? 몇 사람 같이 가서 놀면서 난장으로 새워야지. 오빠도 가자. 성미는 다시 영철의 팔에 매달렸으나 그는 고개를 저었다. 안 돼. 어머니 기다려. 너도 집에 들어가. 성미는 고분고분 고개를 끄덕였다. 알았어, 오빠.

그들이 밀려가고 난 뒤 영철은 제법 오빠 흉내를 내려 들었다. 이 시간에 뭐 한다고 여기 나와 있냐? 내가 왜 니 동생이냐? 그럼 뭐라고 하냐? 쟤네들한테 잘못 걸리면 큰일나. 얽히지 마. 니 여친이라면서, 미니 입은 양아치 기집애? 저 혼자 그런 줄 아는 거지. 여친이면 내가 저러고 다니게 가만두겠냐. 너 날 따라다니는 거야? 여긴 왜 왔어? 내가 묻자 영철은 당황했다. 내가? 미쳤냐? 꿈도 꾸지 마라. 그가 과장스레 머리를 흔들어댔다. 라면 아파트가 뭐야? 저기, 짓다 만 연립주택이 있어. 거기서 애들이 컵라면도 끓여 먹고 잠도 자고 그래. 동네 형들이 거기 여자애들 끌어다놓고……. 모르는 게 나아. 그는 갑자기 말을 그치고 피우던 담배를 허공에 던졌다. 불꽃 하나가 어두운 하늘로 날아오르다 떨어졌다.

영철은 나와 자신이 처지가 같은 줄 착각했다. 그는 모르는 게 나을지도 모르지만 나는 알아야 했다. 그에게는 식당이 있고 집이 있고 부모가 있었으며, 이곳에서 산 10여 년의 세월을 통해 축적된 인간관계가 있었으나, 나에게는 아무것도 없었다. 있다면 때로는 신음처럼 때로는 비명처럼 지친 숨소리를 내며 잠든 늙은 식당 종업원뿐이었다. 나는 혼자 살아남아야 했다. 느네 아버지 스페인에서 장사한다면서? 나는 어머니가 그 거짓말을 영철이에게까지, 또는 순옥이 이모에게까지 했다는 것을 믿을 수가 없었다. 스페인에 갔는지 알래스카에 갔는지는 아무도 모르지. 몰라? 편지도 안 와? 어머니는 도대체 어떻게 그 많은 거짓말들을 머릿속에 담아놓고 사는 것일까. 언젠가 전화에 대고 어머니는 그 인간이 워싱턴에 있는 친구 세탁소에 일하러 간 뒤 소식이 끊겼다고 말하고 있었다.

며칠 뒤 놀이터에서 다시 태수 무리와 마주쳤을 때 나는 그들이 권하는 대로 라면 아파트에 갔다. 나에게는 친구가 필요했다. 심심할 때 마음놓고 드나들 곳도 필요했다. 사람에겐 누구나 그런 것들이 필요한 법이다. 콘크리트 벽과 벽 사이에 이부자리와 구겨진 냄비, 휴대용 가스버너와 문짝 따위로 그들이 꾸며놓은 작은 공간이 어머니와 나의 뒷방과 크게 다르지 않다는 것을 알게 된 것은 다행스러운 일이었다.

2

장사를 끝낸 뒤 어머니는 순옥이 이모와 함께 가끔 소주를 마셨다. 그들은 옛날 옛날 한 옛날, 우리가 젊었을 때, 꿈 많고 정 많은 스무 살 청춘이었을 때, 민주주의와 노동조합의 선봉이었을 때의 일을 큰 소리로 주고받았고, 깨어라 노동자의 군대, 하고 노래를 불렀고, 흩어지면 죽는다 흔들려도 우린 죽는다, 하고 고함을 질러댔으며, 훌쩍훌쩍 눈물을 흘렸고, 어째서 세상이 이 모양이 돼버렸어, 하고 비명을 지르고 고함을 질렀으며, 그리하여 나는 그들이 한때 삼익 주물이라는 공장에서 같이 일한 적이 있다는 것을 알게 되었다.

그들이 과거에 무엇을 위해 어떤 싸움을 했는지 잘 알 수는 없으나 뒷방에 홀로 누워 잠을 청하는 내 처지에서는 그들의 술주정은 시끄럽고 지겨울 따름이었다. 술자리가 길어지면 어김없이 영철이 나타났다. 엄마, 아빠가 빨리 들어오래. 그렇게 하여 순옥이 이모가 집으로 돌아가면 어머니는 터덜터덜 내가 누워 있는 뒷방으로 들어왔다. 어머니는 혀가 꼬여 나를 진희, 가 아니라 지니라고 불렀다. 지니야, 우리 딸 지니. 그녀는 내 옆에 엎어져서 설거지 냄새 나는 손으로 내 머리를 쓸고 뺨을 쓰다듬고 등을 토닥거렸다. 우리 딸 지니. 불쌍한 지니. 나는 뿌리친다. 나 안 불쌍하거든. 이제 얼마 남지 않았다. 돈 좀 모아서 대출도 받고 이모한테 좀 빌리기도 하고, 그래서 셋집을 얻기로 하자. 엄마가 이 근처에 별로 비싸지 않은 집을 하나 알아보는 중이야. 어쩌면 될 것도 같아. 늦어도 내년 봄이면 되지 않겠냐. 전세가 어려우면 월세라도 얻자. 니 방엔 책상도 놓고 책꽂이도 놓고 컴퓨터도 놓고 옷장도 놓고……. 화장실에 욕조도 있다. 옹색하게 저놈의 주방에 쪼그리고 앉아 샤워하고 머리 감고 그럴 필요도 없다, 우리 딸내미.

주방에는 언제나 뜨거운 물이 펄펄 끓고 있었으므로 샤워하기가 편했다. 그러나 무서운 일이 벌어지기도 했다. 몸에 비누칠을 하다가 나는 문득 고개를 들었는데, 거기, 홀의 어둠 속에 한 남자가 서서 우두커니 나를 쳐다보고 있는 것을 발견했다. 나는 비명을 지르며 주저앉았다. 그 남자는 주저앉지 않았다. 움직이지 않았다. 달아나지 않았다. 꿈쩍도 하지 않았다. 그저 우뚝 서서 나를 지켜볼 따름이었다. 그가 자신의 사타구니를 움켜쥐고 있었던가. 엄마, 엄마! 나는 고함을 질렀다. 어머니가 뒷방에서 뛰쳐나왔다. 그 남자는 어머니를 보고도 느릿느릿 움직여 홀을 가로질러, 어머니 앞을 스쳐, 아니 강씨 이게, 이게…… 여기서 뭐하고 있어요, 하는 어머니에게는 대꾸도 않고, 식당 문을 밀고 유유히 바깥으로 사라졌다. 그는 주방장이었다. 언제부터였을까? 몇 번이나 거기 서 있었을까?

어머니와 순옥이 이모의 강요로 이튿날 주방장 강씨는 나에게 사과를 했다. 순옥이 이모가 소리질렀다. 또 한 번 그런 짓하면 내가 고발을 해버릴 거야. 알았어? 식당 영업 못 해도 좋아. 진희는 내 딸이나 마찬가지야.

방학이 끝나고 전학을 하자마자 나는 알바를 시작했다. 집에서 한 시간 거리의 편의점, 시급은 5천 원, 하룻밤 일하면 야간수당까지 5만 원이었다. 당연히 학교에서는 대개 엎어져 잤다. 교사들은 나를 깨우려다가 옆의 아이들이 걔 야간 알바 뛰어요, 하고 말해주면 집에 가서 자야지 어째 학교에 와서 자냐, 하고 투덜거리면서도 대개 문제 삼지 않았다. 영철이는 물었다. 뭐하러 학교는 다니냐, 그럼? 알바나 해. 어디 취직을 하라고. 그 역시 철 모르는 소리였다. 나 같은 처지에 고등학교 졸업장마저 없이 세상에 나서면 그 꼴이 얼마나 험악하고 무참해질 것인지 뻔했다. 고등학교 졸업장은 나에게 는 그나마 방패였다. 종이 방패, 그러나 없는 것보다는 나을 것이다.

개학한 지 얼마 지나지 않아 성미는 가출을 했고, 라면 아파트에서 이틀 동안 아비 어미를 원망하며, 영철이를 어떻게 해, 영철이, 하고 흐느끼며 날 밤을 지새다가 깜쪽같이 사라졌다. 영철이는 전혀 신경도 쓰지 않았다. 두 달 뒤 성미는 다시 나타났다. 울긋불긋한 화장이 아니라 은은하고 섬세한 화장을 하고, 싸구려 인조가죽 미니스커트가 아니라 하늘하늘한 쉬폰 미니 스커트에 검정 레깅스, 깃털처럼 가벼운 재킷을 걸치고, 63빌딩만큼이나 높 은 킬힐 위에 가느다란 몸을 아슬아슬하게 싣고 있었다. 나를 보자마자 그 녀는 눈물을 흘렸다. 영철이, 영철이 보러 왔어. 성미는 영철이가 그녀의 가 출을 어떻게 받아들였는지 물었으나 나는 해줄 말이 없었다. 잘 지내. 그녀 는 젖은 눈으로 깔깔 웃어댔다. 망할 놈. 그녀는 이제 성미가 아니라 캐스린 이었다. 앙증맞은 지갑에서 그녀가 명함을 꺼냈다. 그녀의 얼굴은 더 이상 울긋불긋하지 않았으나 명함은 울긋불긋했다. 무슨 명함이야, 이게? 직장에 서 만들어줬어. 명함에 직장의 상호는 없었다. 금빛으로 그녀의 이름이 아 로새겨져 있을 뿐이었다. 캐스린 Kathryn.

나는 캐스린이 일하는 곳이 어떤 곳인지 묻지 않았고, 그녀는 말해주지 않았다. 짐작할 수는 있었다. 그녀와 나는 영철이와 태수를 불러내 술을 마 셨다. 라면 아파트가 아니라 카페로 갔다. 캐스린은 이미 애는 아니고 아직 어른도 아닌 옹색한 영철의 가슴에 어색하게 안겨 흐느꼈다. 미안해, 오빠. 미안해, 미안해. 영철이는 그녀를 엉거주춤 끌어안고 어쩔 줄을 몰랐다. 왜? 뭐가? 태수가 슬금슬금 곁으로 다가와 다리에 손을 얹었으나 그때마다 나는 그의 다리를 힘껏 걷어차주었다. 그는 술잔을 거머쥐고 시발, 시발, 투덜거리다가 캐스린에게 물었다. 나 거기서 일할 데 없냐. 주방에서 접시라도 닦으면 안 되겠냐. 캐스린은 눈물을 찍어내며 말했다. 안 돼. 너흰 이런 데 오지 마. 헤어질 때 캐스린은 나에게 속삭였다. 나 일본 갈지도 몰라. 그것이 자랑인지 걱정인지 나는 알 수 없었다.

나는 애써 그런 데를 갈 필요가 없었다. 이미 동네에 보도방을 운영하는 양아치가 하나 있었다. 동네 아이들이 방거지라 부르는 자였다. 그는 자기집 방 하나에 틀어박혀 여자애들을 끌어모았고, 전화가 오면 노래방에, 단란주점에 여자애들을 실어날랐다. 태수는 그곳에서 죽치는 여자애들에게 김밥도 사다주고 커피나 담배도 사다주고, 전화를 받고, 장사 뛰고 돌아온 여자애들에게서 소개비를 챙기는 따위 일을 했다. 방거지의 조직이란 그러니까 그런 것이었고, 태수의 입맛에는 딱 맞았다. 갈 곳 없는 여자애들이 그곳에 드나들었다. 집을 나오면 거기 들러 화장을 하고 옷을 갈아입고 전화를 기다렸다. 동네 아이들은 그곳을 방공호라 불렀다.

급료 계산 때문에 편의점 사장과 싸움을 벌이고 뛰쳐나온 날, 나는 방공호에 가보았다. 거기 뒹구는 화장품으로 적당히 화장을 하고 거기 뒹구는 옷을 골라 적당히 갈아입었다. 얼굴이 온통 검은 수염으로 뒤덮인 방거지가 나를 위아래로 훑어보더니 거울 앞으로 데려가 화장품을 열고 그 뚱뚱한 손가락으로 너무나 가느다란 솔을 들어 내 얼굴을 문질렀다. 화장이라는 게 말이다, 그림 그리는 게 아니야. 이건 예술이란 말이다, 예술. 안개 같은 것, 알았냐? 예술과 안개가 무슨 상관인지 나는 알 수 없었지만 얼굴을 맡기고 기다렸다. 봐라. 이 입술. 얼마나 예쁘냐. 이 피부, 세상에 무엇이 이보다 더 투명하겠냐? 여기 무슨 그림을 더 그릴 필요가 있어? 그저 슬쩍, 안개처럼, 음? 보일 듯 말 듯, 아슬아슬, 음? 알아들어? 몇 차례 터치, 터치. 맨손으로 하면 싱거우니까 약간의 색채, 약간의 신비감…… 그거면 되는 거야. 봐.

거울 봐. 그렇게 나는 노래방으로 갔다. 노래를 부르고 양주를 마시고 이름도 알 수 없는 괴상하기도 하고 예쁘기도 한 안주를 먹고 아저씨들은 내 가슴을 만지고 다리 사이로 손을 밀어넣고 저희들끼리 옷을 벗어던지고 우리에게 옷을 벗으라 소리 지르고……. 12만 원을 받았다. 5만 원을 방거지가 챙겨갔다. 곧 다시 전화가 왔고, 방거지가 우리를 봉고에 실어 도착한 곳은 단란주점이었다. 비슷했다. 훨씬 예쁜 여자들이 술 마시던 탁자 위에 올라가 옷을 벗고 춤을 추고 아저씨들도 옷을 벗고 엉겁결에 나도 옷을 벗고 노래를 부르고 아저씨들이 기미묘묘한 방법으로 만든 폭탄주를 마시고 또 마시고…….

너 이 미친 년 이리 안 나와! 누군가 고함을 질러 고개를 들어보니, 거기 어머니가, 그 옆에는 순옥이 이모도 서 있었다. 이것이 어찌 된 일일까. 나는 정신을 차릴 수가 없었고, 옷을 들어 몸을 가렸고, 기세가 등등하던 아저씨들은 갑자기 주눅이 들어 왜 이래, 누구 마누라야, 투덜거리며 황급히 탁자 밑으로 기어들어 옷을 찾기 바빴다. 웨이터들이 뛰어들어와 어머니와 순옥이 이모를 끌어내려 했으나, 순옥이 이모는 발버둥치며 웨이터를 밀고 차고 어머니는 웨이터의 팔을 물어뜯었다. 순옥이 이모가 양주병을 거꾸로 들고 휘둘렀다. 비켜! 내 조카딸년 끌어다놓고 뭐하는 짓들이야? 어머니가 버럭버럭 고함을 질러댔다. 너희들 미성년자가 뭔지 알아? 이런 데 미성년자 끌어다놓으면 어찌 되는지 알아? 어머니의 목청으로 룸이 쩌렁쩌렁 울렸다. 신고해, 경숙아. 어머니가 전화를 꺼내자 웨이터들이 기겁을 하여 그녀의 팔을 잡았고, 어머니는 또 그 손을 물었다. 웨이터가 손가락으로 나를 가리키며 소리쳤다. 야, 너 빨리 나와! 어서 꺼져!

나는 옷을 제대로 입지도 못한 채 어머니 손에 끌려 단란주점을 나왔다. 요란한 조명으로 장식된 계단을 올라오는데 뒤에서 어머니가 계속해서 머리를 쥐어박았다. 이 미친 년. 정신 나간 년.

단란주점 앞에는 옆구리에 푸른 페인트로 '기사식당 안전운행'이라고 써 붙인 고물 트럭이 서 있었고, 영철이 아버지가 운전석에 앉아 있었다. 트럭 뒤 짐칸에 영철이가 서 있다가 나에게 손을 내밀었다. 나는 그 손을 잡고 트럭에 올랐다. 어머니와 순옥이 이모가 뒤따라 올라왔다. 출발! 순옥이 이모가 소리치자 트럭이 출발했다. 아직도 휘황한 불빛으로 번쩍이는 논현동의 술집 골목을 빠져나와 큰길로 들어서자 갑자기 순옥이 이모가 우하하 웃음을 터뜨렸고, 어머니가 따라 웃기 시작했다. 알 수 없는 일이지만 그 웃음소리와 함께 나는 눈물이 났다. 영철이 내 어깨를 토닥거리다가 버럭 소리쳤다. 엄만 뭐가 우스워서 그래? 아이고, 안 우습냐, 이것들아. 아까 니가 그 꼴을 봤어야 하는 건데. 어머니는 웃느라 숨을 헐떡거렸다. 룸에 들어갔을 때 얼마나 가슴이 떨리는지 죽는 줄 알았어. 아직도 손 퍼들거리는 거 봐. 옛날 공장에서 전투경찰들하고 싸울 때보다 더 무섭더라. 다시 두 여자는 밀려드는 강남의 호사스러운 거리에 대고 입을 딱딱 벌리고 웃어댔다.

어머니가 다가와 내 어깨에 팔을 감아 끌어안았다. 뿌리쳤으나 어머니의 팔은 완강하여 나를 놓아주지 않았다. 어머니가 말했다. 미안하다, 진희야.

3

일요일이라고 해도 가게는 바빴다. 일요일이라고 총알이 안 나가냐. 순옥이 이모가 툭하면 내뱉는 농담이었다. 점심 장사가 끝나고 잠시 한가해진 무렵 식당에서는 점심을 먹었다. 호박과 감자가 푸짐하게 들어간 된장찌개와 오징어볶음이 그날의 메뉴였다. 우리 주방장 오빠가 된장찌개 하나는 언제 봐도 명품이야. 순옥이 이모가 칭찬했다. 밥을 먹는 동안에도 손님이 한

둘 드나들었다. 어머니는 그때마다 일어나 주문을 받았고, 주방장은 밥을 먹다 말고 주방에 들어가 음식을 만들어 내놓았다.

식사가 거의 끝나갈 무렵이었다. 영철이 아버지가 식당에 들어섰다. 진지 드시려고 나왔어요? 순옥이 이모가 일어섰다. 영철이 아버지 뒤를 허름한 옷에 쥐색 야구 모자를 쓰고 시커먼 가방을 든 남자가 따라 들어왔다. 어머니가 그 남자를 보고 화들짝 놀라는 것을 나는 보았다. 순옥이 이모가 이게 누구야, 이게 누구야, 하고 소리 지르며 그 남자에게 다가갔다.

영철이 아버지가 무거운 눈빛으로 나를 쳐다보았다. 뭔가 할 말이 있는 것일까. 순옥이 이모는 나를 쳐다보다가 어머니를 쳐다보다가 남편을 쳐다보며 안절부절이었다. 야구 모자 역시 나를 쳐다보았다. 모자의 차양 속에서 그의 빛나는 눈이 문풍지처럼 떨리는 것을 나는 보았다고 생각했다. 무슨 일일까. 나와 무슨 상관이 있는 일일까. 어머니는 고개를 떨어뜨리고 앉아 있었다. 기이한 예감으로 가슴이 두근거렸다. 나에게 무슨 일인가 벌어지려는 것 같았다. 나는 달아나고 싶었다. 어머니와 나에게 무슨 일이 벌어진다면 그것은 나쁜 일일 것이다. 지금보다 어디가 더 나빠져야 한단 말인가. 나는 밖으로 나가기 위해 일어섰다. 아무도 나를 잡지 않았다. 나는 떠나고 싶었고, 떠나고 싶지 않았다. 무슨 일인지 알고 싶었고, 또한 알고 싶지 않았다. 소주 하나 가져와. 영철이 아버지가 말했다.

내가 식당 문 앞에 이르렀을 때 어머니가 말했다. 진희야, 니 아버지다.

아아, 나는 아무 말도 할 수 없었다. 돌아설 수가 없었다. 돌아서서 내 아버지라는 남자의 얼굴을 쳐다볼 마음이 생기지 않았다. 그것이 엄청난 용기를 필요로 하는 일이라는 것을 나는 처음 알았다. 나는 식당 문을 밀고 천 근쯤 되는 듯한 다리를 끌고 밖으로 나왔다. 아무도 붙잡지 않았다.

놀이터로 갔다. 은행잎이 가득 쌓여 있었고, 은행잎 속에는 은행알이 감쳐져 있었다. 발로 은행알을 밟으면 구린내가 끈적끈적 운동화 밑에 달라붙었고, 그 냄새는 오래 나를 따라다녔다. 영철이 벤치에 앉아 있었다. 그가 물었다. 안에서 어른들 뭐해? 그는 어딘가 불만에 찬 어조였다. 무엇 때문일까. 소주 마시나 봐. 그 아저씨도 거기 있어? 그 아저씨. 내 아버지. 나는 그렇다고 대답했다. 영철이 투덜거렸다. 그 아저씨 오늘 아침에 교도소에서 나왔대. 나는 기가 질렸다. 교도소라니? 아버지가 범법자란 말인가? 영철은 계속해서 말했다. 우리 아버지 옛날 친구래. 민주주의와 노동계급을 위해 싸웠다나 뭐라나.

영철이 나에게 담배를 내밀었다. 노란 은행잎이 가득한 놀이터에서 그와 나는 나란히 앉아 길 건너편 '기사식당 안전운행'을 쳐다보며 담배를 피웠고, 식당과 놀이터 사이의 거리는 점점 더 멀어지는 것 같았으며, 구린내가 떠돌았고, 나는 그 사람이 아버지라는 것을 아직도 믿을 수 없었으며, 어머니가 이제껏 나에게 한 모든 거짓말들을 떠올렸으며……. 문득 깨달았다. 영철이는 그 사람이 내 아버지라는 것을 모르는 것 같았다. 아니, 모르는 척하는 것일까. 이제 내가 고백해야 하는 것일까. 그러나 차마 그 사람 내 아버지야, 하는 말이 나오지 않았다. 영영 그 말을 할 수 없을 것 같았다. 영영 그런 말은 하고 싶지 않았다. 뭐하러 그는 여기 나타난 것일까.

내가 다섯 살 때 아버지는 돈을 벌기 위해 태평양을 건너 얼어붙은 알래스카로 떠났다. 그곳에서 시베리안 허스키와 함께 얼어붙은 지평선을 가로지르며 썰매를 달려 외로운 에스키모들에게 우편물과 신문을, 식량과 연료를, 사냥용 총과 탄약을 배달했다. 내가 초등학교 때 어머니가 들려준 얘기였다. 아버지는 망명을 했다. 유럽으로 떠나 마드리드에서 관광객들을 상대로 기념품을 팔며 살아가고 있었다. 언젠가 내가 유럽으로 여행을 가게 되면 콜론 광장의 기념품 가게에서 아버지를 만나게 될 것이다. 그것은 내가 중학교에 다닐 무렵 어머니가 한 얘기였다. 아버지는 내가 다섯 살 때 돈을 벌기 위해 미국으로 건너갔다. 친구와 함께 워싱턴에서 세탁소를 했다. 그것은 내가 이태 전쯤 들은 얘기였다. 그때쯤에는 나는 그것들이 다 거짓말에 불과하다는 것을 알고 있었다. 왜 사실대로 말해주지 않는 거야? 사실이다. 이혼했어? 날 임신시키고 달아났어? 아니면…… 불치의 병으로 죽었어? 얘가 무슨. 죽긴. 잘만 산다더라. 무슨 트럼펫인가 뭔가도 배우면서. 밑도끝도 없이 나온 소리였다. 트럼펫을? 그렇다면 어머니는 아버지 소식을 듣고 있다는 것인가? 듣긴 뭘 들어? 어머니는 짜증을 냈다.

영철이가 담배꽁초를 멀리 내던지며 젠장, 하고 중얼거렸다. 입만 열면 민주주의 민주주의 노동조합 노동조합……. 그놈의 민주주의원지 노동조합인지를 위해 그렇게들 열심히 싸우셨어? 알았다고. 그래서 어쩌라고? 그놈의 민주주의 붙들고 알아서들 하시라고. 난 관심없다고.

영철이는 새로운 담배를 붙여 물고 은행잎들을 걷어차며 서성거렸다. 아직도 기차가 떠났다는 걸 모르냐고. 기차가 떠난 건지 망가진 건지 그것도 아직 다들 모르느냐고. 젠장. 어쩌라는 거야? 도대체 어쩠다는 거야? 지금 날더러 어쩌라는 거냐고.

알 수 없이 눈물이 났다. 우리 아버지야, 하고 나는 말했다. 영철이 놀라 다가왔다. 뭐?

어디선가 트럼펫 소리가 가늘게 흘러나왔다. 가늘고 길고 처량하게 그 소리는 이어졌다. 식당에서 흘러나오는 소리였다. 들어본 적이 있는 곡, 어머니가 술에 취해 흥얼거리던 곡, 〈인터내셔널〉이었다.

과거의 그림자, 후일담이 될 수 없는

— 최인석의 「초록이 지쳐 단풍 드는데」

사람들은 주변에 가까이 있는 현실이라도 그것이 마음을 불편하게 하는 것이라면 애써 보지 않으려 하는 경향이 있다. 남녀 불평등의 문제, 빈부 격차의 문제, 외국인 차별 문제, 지역 차별 문제 등 들 수 있는 예는 충분히 많다. 이러한 유쾌하지 못한 현실을 피하고자 하는 태도는 어쩌면 자연스러운 것인지 모른다. 우리는 누구나 편안하고 안전하게 원하는 일만 하면서 살기를 바라기 때문이다. 불편한 일과 직접적인 관련이 없는 사람들에게 심리적 부담을 요구하는 것 자체가 무례한 일인지도 모른다. 그러니 그런 사람들을 부도덕하다고 매도할 이유는 없다.

그러나 사회적 차원에서도 그런 것은 아니다. 사회의 존재 이유 중 하나는 개인의 관심에서 벗어난 사각 지역을 비추고 고치고 알리는 데 있다. 이기주의를 조절하고 구성원의 불행을 최소화하는 것이 사회가 개인에게 해 주어야 할 일이다. 사회를 적정 수준으로 안정·유지하기 위해서도 누군가는 보고 싶은 것과 보고 싶지 않은 것 모두에 관심을 가져야 한다. 국민들이 세금을 내면서 특별히 사람을 뽑아 쓰는 이유가 여기에 있다.

문학 역시 세상이 보기 원하는 것만을 다루지는 않는다. 마땅히 보아야 할 것을 보여주고, 당연해 생각해야 할 것을 생각하게 해준다. 좋은 소설은 바쁘게 살아가면서 놓치고 있거나 피하고 있는 일상을 우리에게 돌려준다. 「초록이 지쳐 단풍 드는데」를 읽고 오랫동안 잊고 있던 문학의 역할에 대해 새삼스럽게 생각하게 되었다.

이 소설의 주인공은 여자 고등학생 진희다. 진희는 기사식당에서 일하는 어머니와 함께 식당 뒷방에서 열 달째 살고 있다. 아버지에 대한 기억은 없고 아버지에 대한 어머니의 설명은 때에 따라 달라서 신뢰할 수 없다. 책상도 없고 마음 놓고 씻을 공간도 없는 곳에서 그녀는 세상에 대한 불만과 현재에 대한 절망을 키운다. 동네 불량한 청소년들과 어울리고 야간 아르바이트를 하면서 학교에서는 졸기만 한다. 어머니에게 들켜 오래 지속하지는 못하지만, 노래방이나 단란주점에서 잠시 일하기도 한다. 그러던 어느 날 기사식당으로 낯선 사람이 찾아온다. 그가 노동운동과 관련하여 오래 교도소에 있었던 아버지라는 이야기를 듣고 주인공은 설명할 수 없는 기분에 빠진다.

전반부만 볼 경우 이 소설은 가난 때문에 방황하다 나쁜 친구들과 어울려 방탕한 삶에 빠지는 흔한 청소년 이야기처럼 읽힌다. 주인공이 담배를 물고 공원에서 동네 불량한 아이들과 만나는 장면에서 시작하여 학교생활에 충실하지 못하고 노래방과 단란주점 아르바이트를 하게 되는 과정을 보면 충분히 그런 상상이 가능해진다. 그녀가 가족의 충분한 보호를 받지 못하는 형편에 있다는 점을 생각하면 그녀의 행동이 안쓰럽게 느껴지기도 한다. 하지만 이 소설은 독자가 한 여고생의 생활을 보고 느끼는 인상보다 더 많은 무언가를 이야기하고 있다.

우선 서술자가 주인공 진희라는 점을 고려하면 표면에 드러난 그녀의 말과 행동을 다른 관점에서 볼 필요가 있다. 잘 알려진 대로 1인칭 소설의 서술자는 신뢰할 만하지 못한 경우가 많다. 서술자가 거짓말을 하거나 허풍을 떨어서가 아니라 일방적인 관점에서 이야기를 풀어가다 보니 독자에게 충분한 정보를 제공해주지 못하기 때문이다. 1인칭 서술의 이런 특징은 단점으로 작용하기보다 서사의 흥미를 높이는 장점으로 작용할 때가 많다. 「초록이 지쳐 단풍 드는데」도 그런 경우라 할 수 있다. 우리는 주인공의 목소리를 통해 그의 처지와 감정은 알 수 있지만 그를 둘러싼 사람들이나 사건들에 대해서 알기 위해서는 그녀의 감정 이상을 살펴보아야 한다. 어찌 보면 시니컬한 주인공의 서술을 넘어 그녀를 둘러싼 주변 환경에 대해 조금씩 알아가는 데 이 소설을 읽는 재미가 있다고 할 수 있다.

진희는 어머니가 언니라 부르는 영철 어머니 순옥의 가게 뒷방에서 산다. 많은 사람들이 드나드는 기사식당은 언제나 시끄럽고 지저분하다. 어머니는 일이라도 하지만 청소년 진희에게 그곳은 '집'도 '안식처'도 아니다. 다만 벗어나고 싶은 현실일 뿐이다. 그러나 다행스럽게도 진희의 주변에 있는 사람들까지도 벗어나야 할 '현실'은 아니다. 가게 주인인 순옥은 "나를 불러 밥과 고기를 먹이고, 등을 쓸어주고, 혀를 차고 불쌍한 것, 불쌍한 것, 중얼거리고, 그럴수록 공부 열심히 하라고 격려"한다. 같은 학교에 다니는 영철이 역시 "쟤 우리 식당 뒷방에서 살아, 쟤 엄마가 우리 식당에서 일하는데 어쩌고, 하는 식으로 떠벌리고" 다니지 않는다. 그랬다면 아마 주인공은 학교를 다닐 수 없었을 것이다. 영철이의 배려는 그것 말고도 많았다. 낯선 동네에서 불량한 아이들을 만났을 때 그를 살펴주고 나쁜 아이들과 어울리지 말라고 충고도 해준다.

단란주점에서 일하고 있는 그녀를 영철이네와 어머니가 함께 빼내오는 장면은 이 소설의 절정이라 할 만하다. 진희를 찾아 단란주점을 기습한 순옥은 자신을 끌어내리려는 웨이터들을 밀고차고 어머니 역시 웨이터들의 팔을 물어뜯는다. 둘은 버럭버럭 소리를 지르며 웨이터들을 놀라게 해 결국 주인공을 주점 밖으로 데리고 나온다. 어머니가 "이 미친 년, 정신 나간 년" 하며 머리를 쥐어박기는 하지만 그녀는 딸에게 미안한 마음을 더 많이 가지고 있는 듯하다. 뿌리침에도 불구하고 완강하게 딸을 감싸고 미안하다는 말을 건넨다.

격렬한 몸싸움으로 이어진 단란주점에서의 소동은 어머니와 영철 어머니에게 "옛날 공장에서 전투경찰들하고 싸울 때"를 떠올리게 한다. 그때의 일이 그녀들의 현재를 지배하고 있다는 사실은 소설 곳곳에서 확인할 수 있다.

> 장사를 끝낸 뒤 어머니는 순옥이 이모와 함께 가끔 소주를 마셨다. 그들은 옛날 옛날 한 옛날, 우리가 젊었을 때, 꿈 많고 정 많은 스무 살 청춘이었을 때, 민주주의와 노동조합의 선봉이었을 때의 일을 큰 소리로 주고받았고, 깨어라 노동자의 군대, 하고 노래를 불렀고, 흩어지면 죽는다 흔들려도 우린 죽는다, 하고 고함을 질러댔으며, 훌쩍훌쩍 눈물을 흘렸고, 어째서 세상이 이 모양이 돼버렸어, 하고 비명을 지르고 고함을 질렀으며, 그리하여 나는 그들이 한때 삼익 주물이라는 공장에서 같이 일한 적이 있다는 것을 알게 되었다. (367쪽)

세 부분으로 나뉜 소설 중 두 번째 부분의 첫 단락이다. 이 부분에서부터 이 소설의 관심 인물은 1인칭 서술자에서 어머니와 순옥 이모로 옮겨간다. 진희의 현재 삶만큼 두 여인의 과거 삶이 관심의 중심에 놓이게 된다. 소설의 후반에 이르면 진희 아버지의 처지, 아버지와 영철 아버지와의 관계도 밝혀진다. 영철 아버지와 진희 아버지는 함께 공장에 다니던 동료였으며 순옥 이모와 어머니도 그랬다. 긴 시간은 아니었지만 영철네는 진희 아버지가 교도소에 간 후 어려움을 겪고 있는 그녀의 가족을 도와주고 있었다. 그것이 진희의 눈에는 마땅치 않게 보이거나 부족하게 느껴졌을 수도 있지만, 어른들은 서로에게 최선을 다하고 있었던 것이다.

진희의 부모는 격동의 시대를 살았고 그 시대에 의해 희생자가 된 사람들이다. 그때보다 나은 현재를 만들기 위해 노력한 사람들이지만 그들 자신은 나아진 현실의 혜택을 누리기는커녕 하루하루의 생활 속에서 허덕이고 있다. 이제는 아무도 그 시대를 기억하지 않으니 교도소에서 '썩고' 나온 진희 아버지와 생활고에 시달리는 진희 어머니는 억울한 마음이 들 만도 하다. 누구도 그들의 현재를 과거의 그들에 비추어 생각하지 않을 것이며 그들에게 고마워하지도 않을 것이다. 불공평하지만 세상은 그렇게 되어 버렸다.

이 소설의 주제는 결말 부분에 잘 나타나 있다. 진희는 갑자기 찾아온 아버지를 보고 당황한다. 죽었거나 먼 곳으로 떠났다고 생각한 아버지가 교도소에서 나와 자신을 찾아왔다면 누구라도 놀라게 될 것이다. 어른들을 피해 집 밖으로 나온 진희에게 영철은 민주주의니 노동조합이니 하며 과거를 회상하는 어른들에 대한 불만을 터뜨린다. "아직도 기차가 떠났다는 걸 모르냐고. 기차가 떠난 건지 망가진 건지 그것도 아직 다들 모르느냐고" 그래서 어쩌라는 거냐고 투덜댄다. 이런 영철에게 진희는 노동운동으로 수감생활을 했다는 손님이 자신의 아버지라고 말한다. 그리고 알 수 없는 눈물을 흘린다. 이 눈물에는 자신의 부모가 살아온 삶에 대한 연민과 그들의 현재에 대한 애정이 담겨 있다. 그들의 삶이 아무런 보상 없이 지난 시절의 유물로 취급받는 것이 억울했을지도 모른다. 소설 제목처럼 '초록'은 이미 지쳐 '단풍' 드는데 그들에게 무엇이 남아 있는지. 진희의 눈물에서 이런 생각을 읽고 나면 떠난 기차 타령은 너무나 이기적으로 느껴진다.

상투적으로 말하면 이 소설은 후일담 문학에 속할지 모른다. 그런데 무엇이 후일담인가? 지나간 청춘에 대한 이야기라면 이 소설을 후일담이라 말해도 좋을 것이다. 하지만 노동 문제를 말한다면 후일담이라는 말은 어울리지 않는다. 우리의 노동 현실은 여전히 개선될 필요가 있고 현재도 누군가는 쟁의로 교도소로 가고 심하면 죽기도 한다. 현실이 바뀌었다기보다 그들에 대한 관심이 줄어들었을 뿐이다. 그것이 남의 일이 아니라 자신의 일이 될 수 있음에도 불구하고. 서두에 말한 대로 유쾌하지 못한 현실을 피하고자 하는 경향은 자연스럽고 또 나무랄 일도 아니다. 하지만 개인의 평안만이 우리 관심의 전부라면 너무 부끄럽지 않을까? 치열하게 살았던 사람들의 불행을 볼 때 최소한 미안한 감정이라도 느껴야 하는 것은 아닐까? 이 소설의 인물과 서사에는 과거의 그림자가 짙게 드리워져 있다. 그러나 그들의 이야기가 결코 후일담이 될 수 없는 것이 지금의 현실이기도 하다.

2014 올해의 문제소설

1판 1쇄 2014년 2월 20일
1판 2쇄 2014년 3월 5일
1판 3쇄 2015년 2월 10일

엮은이 · 한국현대소설학회
펴낸이 · 한봉숙
펴낸곳 · 푸른사상사
주간 · 맹문재 | 편집 · 지순이 | 교정 · 김소영, 김재호, 강하나

등록   제2-2876호
주소   서울시 중구 충무로 29(초동) 아시아미디어타워 502호
대표전화   02) 2268-8706~7   팩시밀리 02) 2268-8708
이메일   prun21c@hanmail.net
홈페이지   www.prun21c.com

ⓒ 한국현대소설학회, 2014

ISBN 979-11-308-0142-1 03810
 값 14,900원